大魚讀品
BIG FISH BOOKS

让日常阅读成为砍向我们内心冰封大海的斧头。

流沙刑

[瑞典] 莫琳・派森・吉莉特　著
郭腾坚　译

北京联合出版公司
Beijing United Publishing Co.,Ltd.

图书在版编目（CIP）数据

流沙刑 /（瑞典）莫琳·派森·吉莉特著；郭腾坚译. — 北京：北京联合出版公司，2019.5

ISBN 978-7-5596-2531-1

Ⅰ. ①流… Ⅱ. ①莫… ②郭… Ⅲ. ①长篇小说—瑞典—现代 Ⅳ. ①I532.45

中国版本图书馆CIP数据核字（2018）第212035号

著作权合同登记　图字：01-2019-1536

流沙刑

作　　者：［瑞典］莫琳·派森·吉莉特
译　　者：郭腾坚
选题策划：北京磨铁图书有限公司
责任编辑：龚　将　夏应鹏
封面设计：蔡云璇

北京联合出版公司出版
（北京市西城区德外大街83号楼9层　100088）
天津旭丰源印刷有限公司印刷　新华书店经销
字数277千字　880毫米×1230毫米　1/32　印张11.5
2019年5月第1版　2019年5月第1次印刷
ISBN 978-7-5596-2531-1
定价：49.80元

目 录

CONTENTS

教　室

丹尼斯倒在左边那排长凳上。一如往常，他穿着印有广告的T恤、从大卖场捡来的廉价牛仔裤，脚上的运动鞋鞋带还是松脱的。丹尼斯是乌干达人。他号称自己十七岁，但看起来却活像个已经二十五岁的肥男。他修读汽修班课程，住在索伦蒂纳[1]的一个专收他这种“未成年”难民的寄养家庭中心。萨米尔就倒在他的旁边。我和萨米尔同班，他通过了学校举行的国际经济与社会科学特殊课程考试，我们才成为同学。

班主任克利斯特就倒在讲桌旁。他自命不凡，总想“让世界变得更好”。他的咖啡杯早已从桌上滑落，咖啡滴在他的裤腿上。阿曼达就坐在不到两米远的窗户下方，身体靠着暖气架。就在几分钟前，她全身还是克什米尔羊毛衣、白金链、凉鞋的打扮。她在我们接受坚信礼时收到的钻石耳坠，在初夏的阳光下闪闪发亮。但现在看到她，你可能会觉得她全身泥泞。我坐在教室正中央处的地板上。全瑞典头号富豪克莱斯·法格曼的儿子——塞巴斯蒂安，就倒在我膝前。

---

[1] 索伦蒂纳（Sollentuna），位于瑞典斯德哥尔摩省中北部的郊区。

教室里的这几个人，很不协调。我们这些人通常不会一起混。或许会在出租车罢工时的地铁站月台上，或者列车的餐厅车厢上遇到，但不会在教室里。

一阵类似臭鸡蛋的气味飘过，灰蒙蒙的空气里散发着浓浓的硝烟味。除了我以外，所有人都中弹了。我所受的，不过就是一块瘀伤。

案号：B 147/66

玛丽亚·诺贝里动物岛综合高中杀人案

开庭首周：星期一

1

第一次看到法院室内的样子时，我觉得很失望。那次是我们班级旅行的访程。我很清楚，瑞典法官不会是头戴假鬈发、身穿长袍的佝偻老头儿，被告也不会是穿着橘色囚衣、嘴角喷着唾沫、脚踝铐着脚镣的疯子。不过，我仍然很失望。那个地方有点像社区医院和会议中心的混合体。我们搭乘一辆散发着脚汗与泡泡糖味道的出租巴士到达法院。被告满头都是头皮屑，衣服皱巴巴的，被指控逃税漏税。除了我们班（当然，还有克利斯特），旁听席上只有其他四个人。但是那里座位很少，克利斯特只能从外面的走廊搬来一把椅子，才有位子坐。

今天情况可不一样了。我们身处瑞典最大的法庭。法官们坐在天鹅绒面高椅背的暗色桃花心木座椅上。正中央椅子的靠背比其他椅子的还要高。那是首席法官的座位，他被称为“首席法官”。他前面的桌子上，摆着一把手柄包覆毛皮的大头槌。每个座位前方都有细长的麦克风竖起。看似橡木制成的壁板，仿佛有数百年的古老历史；看起来庄严气派。座位间的地板上铺着暗红色地毯。

我从来就不想面对公众；我从来不愿加入圣露西亚节[1]庆典的唱诗班，或参加什么才艺比赛。但现在，这里面已座无虚席，他们全都是为我而来，我就是焦点。

我身旁坐着我的那些来自桑德暨赖斯达迪斯律师事务所的辩护律师。我知道，“桑德暨赖斯达迪斯”这名字听起来很像一家古书店，店里还有两个大汗淋漓、戴单片眼镜、穿丝质大衣的男同志正手提煤油灯，步履蹒跚，拍掉发霉书籍与动物标本上的灰尘。不过，他们可是全瑞典最精于刑案辩护的律师事务所。一般刑事犯都只有一名疲倦不堪的公派辩护人，而我的律师则带上了一整票兴奋的职员，还穿着模仿秀演员常穿的那种西装。他们在斯德哥尔摩旧城区舰桥路上一间超炫的办公室办公，常常工作到凌晨时分，除了桑德，每个人都至少有两部手机。他们以为自己在演美剧，用一副“我好忙，我很重要”的表情，吃着打包的中餐。桑德暨赖斯达迪斯律师事务所的二十二名职员中，没有人名叫赖斯达迪斯，叫这名字的人早就死了，想必是死于心脏病，死因想必也是“我好忙，我很重要”。

现在，我的三位律师都在这里：名人彼得·桑德，以及他的两位同事。当中最年轻的是个小妞，发型凌乱，穿了鼻洞却没戴鼻环，也许桑德不准她戴（“马上把这垃圾给我拿掉！”之类的）。我管她叫“菲迪南”。菲迪南认为，自由主义就是一种脏话，比核能发电还要危险。她想证明自己的性别地位已获得提高，因此戴着惹人厌的眼镜。她认为资本主义是我的错，所以对我很厌恶。前几次见面时，她把我当成一名疯狂的时尚博客作家，拿着一个保险已拉开的手榴弹。“好的——当然！”她说话时完全不敢看着我，

[1] 每年十二月十三日（瑞典一年中日照时间最短的一天），各级学校会安排合唱与话剧表演等活动，这一天通常被视为瑞典圣诞庆祝活动的开端。

“好，好——别担心！我们会帮你的！”感觉像是我在威胁她们：要是你们胆敢在我点的有机西红柿汁里加冰块，我就把所有人都炸飞。

另一位助理律师是个有着啤酒肚的四十来岁男子，一张圆脸活像个煎饼，脸上的微笑仿佛在说“录像带在我家里，我可是照字母顺序将它们排好，锁在保险柜里的”。啤酒肚男子理着短短的小平头。我老爸总唠叨着，说没有发型的人是信不过的。但是老爸这个说法，想必也是从电影上“剽窃”来的，而不是自己想到的。老爸好俏皮，好爱说笑。

我第一次见到啤酒肚圆脸男时，他的眼神定在我锁骨正下方，强迫自己把厚重的舌头缩回嘴里，愉悦地嘶声说：“小姑娘，这怎么行呢？你看起来比十七岁大多了。”如果桑德当时不在场，他想必就要喘息，甚至流口水了——口水会一路从嘴里流下，滴到紧身的西装背心上。我懒得告诉他：我成年了，满十八岁了。

现在，圆脸男坐在我左手边。他还把公文包以及装满纸张与卷宗夹的滚轮行李箱一起带来了。他已经清空行李箱，山一般的卷宗摆在他面前的桌上。他留在行李箱里的，只有一本书（《一举搞定——赢家的艺术》）和一把从小内袋里突出来的牙刷。老爸和老妈坐在我后方第一排的旁听席上。

那次观摩不过是两年前的事，却已如永恒一样久远。我们班在出发前还先演练了一次，目的是让我们了解“场面的严肃”以及“现场情况”。我很怀疑这样做是否有效。不过从那儿离开时，克利斯特说我们“很守规矩”。他本来很担心，以为我们会克制不住，咯咯傻笑、喧闹、玩手机。他以为我们会像那些无聊至极的立法委员，准备呆坐在那里玩手机游戏、垂着头呼呼大睡。

当克利斯特说明，法院审判不是儿戏，甚至会影响人们的生命时，声音可是肃穆极了（“各位，给我听好！”）。我还记得他的声音，“直到法院宣告判决，任何人都是清白的”。他一再重复这句话。克利斯特说话时，萨米尔正襟危坐靠在椅背上，用一种所有老师都爱得不得了的方式猛点头。他点头的神态仿佛在说：“对，我都懂！你说的我全都懂！你说得真对，真行，我没有什么要补充的。”

直到法院宣告判决，任何人都是清白的。这是什么鬼话？从一开始，无罪的人就无罪，有罪的人不就已经犯罪了嘛！法院会弄清楚事情发生的经过，而不是判定什么是真的，什么又是假的吧？警察、检察官、法官们事发时都不在场，不知道谁干了什么，可不代表法院事后就能自作主张。

我记得，我跟克利斯特这么说过。法院一直都在犯错，强奸犯老是被判无罪。即使你被大半个难民收容所里的人强奸了，两腿间还被插了一整箱的空酒瓶，他们就是不相信女生的话。就性侵向警方报案，简直是馊主意。而这也不代表什么事都没发生、强奸犯什么事都没干。

“事情没那么简单。”克利斯特说。

老师的回答都是些陈词滥调：“很好的问题。”“我有听到你说的。”“这种事不是黑白分明的。”“事情没那么简单。”这些全都指向一点：他们连自己在讲什么都不知道。

好吧，如果要知道真相、知道谁说谎这么难，那么我们无法确定时该怎么办？

我曾在某个地方读到：“我们所选择相信的，就是真相。”这听来真是更混乱了。好像某个人就能决定真假了？难道事情的虚实，会因为你问的对象不同而有所不同？是的，只因为我们相信的某人说了些什么，我们就可以决定：事情就是这样的，可以“选择相信它是真的”。怎么会有人想到这么白痴的事？如果有人告诉我，他“选择相信我”，我马上就知道，他其实非常确信我完全在说谎，只是假装成相反的那一面罢了。

事到临头，我的律师桑德看起来最漫不经心。“我站在你这边。”他只这样说，摆着一副国字脸。桑德是那种喜怒不形于色的人，有他在，一切轻松自然，都在掌握之中。他没有情绪上的爆发，不表现出任何情感，更不会笑到岔气。他出生的时候，八成也没有哭叫。

老爸和桑德正好相反。老爸从来就不是什么自己所希望成为的“酷男”（他自己讲的）。他睡觉时会磨牙，观看国家队的足球比赛时还会站起来。有一次，邻居在一周内停车停错位置四次，老爸就对着街道办的迂腐老头们大发雷霆。面对电话销售员和复杂难懂的电费合约，他更会直接开骂。计算机、海关护照检查站、爷爷、烤肉架、蚊子、人行道上没铲的积雪、排队搭电梯的德国人和法国服务生，都是他痛骂的对象。任何事物都足以令他兴奋，张嘴尖叫，猛力敲打门板，叫喊着别人去死一死。与此相反，桑德发怒的最明显征兆（或者说，从生气转为暴怒）只是皱皱眉头、咂一下嘴巴。这样，他的同事们就会惊慌，开始结结巴巴，忙着搜找纸张、书本或其他他们觉得能让他高兴的东西。要是老爸没有气急败坏，而是冷静、沉默下来，妈妈很可能也会有这种反应。

桑德从没对我发过脾气，对我提的事情他从未感到生气。发现我说谎，或是我有所隐瞒，他也不会恼羞成怒。

“玛雅，我站在你这边。”有时，他听起来比平常更累，但是，这样就够了。我们从来不提“真相”。

最主要的是，我觉得桑德只在乎警方和检察官提出的证据，这是很聪明的做法。我不需要担心他究竟是真想把工作做好，还是只想敷衍了事。他仿佛只是把所有的死人、所有罪行和所有焦虑换算成数字，如果等式不能成立，他就赢了。

也许，我们就该这样做。一加一不等于三。下一个问题，谢谢。

但是，这帮不了我什么忙。一件事，要么曾经发生过，要么完全没发生过。就这么简单。其他那些拐弯抹角、旁敲侧击的花招，还不都是哲学家（很显然）和其他律师在玩的。还是那句老话："事情没那么简单。"

不过我记得，在那次到法院观摩以前，克利斯特可真是坚持到底，使出浑身解数逼我们听话。"直到法院宣告判决，任何人都是清白的"，他就把这行字写在黑板上，"法治基本原则"。（萨米尔又点头了。）克利斯特要我们做笔记，抄下来。（虽然萨米尔根本不需要做笔记，但他还是乖乖地抄了。）

克利斯特喜欢从短句中学到精华，然后反过来提出问题。两周后我们测试，答对一个可以拿到两分。为什么不是一分？因为克利斯特认为，这种背诵式的习题还是有灰色地带的，你可以做到"几乎答对"；一加一当然不等于三，但你既然还知道用数字作答，我就给你半分。

总之，克利斯特带我们到法院观摩已经是两年多前的事了。塞巴斯蒂安直到最后一年才加入我们班。他没参加那次观摩，之后他必须重新去一次。那时候，我在学校过得很惬意，和班上同学以及从一年级以来各个不同的任课老师都处得不错。化学老师约拿讲话声音比较低，总是记不起来学生叫什么名字，等公交车时，背包还低垂到腹部。法文老师玛莉·露易戴着眼镜，发型活像蒲公英，总是狂吸着一小片止咳药，嘴巴噘得像小野莓一样。体育老师佛利格总是剪着小平头，整个人看起来宛如一块刚上过亮光漆的木质甲板，性别不明，颈上挂着哨子，粗壮、闪亮的小腿刮得干净，身上总散发出毛圈袜和别人的汗臭味。头发漂白、心不在焉的莫琳则是数学老师，面带不满，经常迟到。她每周平均请两天病假。Facebook 上的大头照中，她摆着一张自己身着三点式比基尼泳装、比现在年轻、体重至少轻二十千克的照片。

然后，就是这位克利斯特·史文森了。他非常投入，神情仿佛在说："来吧，我们就在玛莉亚广场见。现在表决！"不过，他整个人却像马铃薯泥拌奶油酱搭配炸肉排一样平凡无奇。他以为摇滚音乐能让世界免受战乱、疾病与饥荒之苦。作为一个老师，他讲话的声音异常激动、投入。这种声音唯一的用途，就是让一条狗听话摇尾巴。

每天，克利斯特总会带一个保温瓶，装着在家里煮好的热咖啡到学校来，咖啡里加了许多牛奶和糖，活像流质的粉底霜。他把咖啡倒在自备的马克杯（"全世界最好的爸爸"）里，将杯子带进教室，还在上课时续杯。克利斯特喜欢规律，每天都做一样的事，最喜欢的歌要一放再放。想必他从十四岁以后，就每天吃一样的早餐，那是某种长途滑雪时吃的玩意儿——燕麦粥加越橘果酱和酸奶（"一日三餐，早餐最重要！"）。他每次和朋友碰面，想必都会喝啤酒和一点儿烈酒。每周五，他都会和家人吃墨西哥玉米卷饼。有什么大事值得庆祝的时候，他会和"老婆大人"一起去街角的比萨店（还会帮孩子准备绘图纸和粉笔），共享一瓶店里最具特色的招牌红酒。克利斯特十分缺乏想象力，总是参团出游，食物里从不加香菜，煎东西只用奶油。

从一年级起，克利斯特就是我们的老师。每星期他至少会抱怨一次天气是多么古怪（"现在真是四季不分了"）。每年在深秋入冬之际，他总会抱怨街上的圣诞节招牌怎么越来越早挂出来（"夏季航班的渡轮一停驶，舰桥路上很快就会摆出美轮美奂的圣诞树。"）。

他会抱怨八卦晚报（"这种狗屎，怎么会有人读？"）和 *Strictly*

Come Dancing 舞蹈实境秀、瑞典歌谣祭、*Paradise Hotel* 实境秀（“这种垃圾，怎么还有人想看？”）。他把我们的手机视为眼中钉、肉中刺（“你们是母牛吗？社交软件整天叮当响，你们干脆把铃铛挂在脖子上好了，那些垃圾有什么好玩儿的？”）。每次抱怨时，他看起来都非常怡然自得，觉得自己很年轻，很“酷”（对，不只我老爸会用这个字）。仿佛他能对我们说“该死的狗屎！”就证明了自己可以和学生打成一片。

每喝完一杯咖啡，克利斯特就会把一小块口含烟塞在上唇下方，把残余物放在一张小纸巾上，再将它们扔进垃圾桶。克利斯特非常讲究秩序与规矩，就连用口含烟也不例外。

之后，在逃税漏税经济犯的审判结束后，我们回到学校时，他显得非常满意。他觉得我们“表现很好”。克利斯特总是只感到“满意”或“担忧”，不会大喜过望，更不会暴跳如雷。每逢遇到背诵题，克利斯特总愿意至少给半分。

克利斯特死时，姿势差不多就像我妹妹莲娜睡得最熟时的样子：双臂抱头，膝盖弯曲，身体低低地躺着。在救护车赶来以前，他就已经出血不止了。我也好奇，他的老婆和孩子们是否会觉得真相并不单纯。由于法院仍没表示我有罪，所以我是无罪的。

开庭首周：星期一

2

我今天穿的衣服是妈妈买的。不过，我还真想穿那件画有卡通坏蛋道顿兄弟的条纹睡衣。我想搞化装秀。女生其实一直都在搞化装秀，扮成出众的大美女或稳重精明的女孩，或是那种“我才不在乎自己看起来怎样”的随兴女孩，头发随意绑成一个朝天髻，穿没有钩环的棉质胸罩，还有几乎单薄到透明的 T 恤。

老妈努力把我打扮成一个稀松平常、没犯什么错，却在这儿出现的十八岁小女孩。然而，我的短上衣紧贴胸口。在看守所我的体重直线上升，上衣的每颗纽扣之间隔着又小又圆的豁口。我活像个披上医生白大褂、在购物中心里追着别人不放的护肤产品推销员。嗯，你别以为自己骗得了人。

“噢，亲爱的，你看起来真美。”老妈从后方旁听席最前排的座位上对我低语。她老是这样，没完没了地夸奖我，而她还预期我会接受她这些垃圾般的夸奖，然后进行垃圾分类。这些夸奖都是无中生有，我既不“美丽”，也没有“很会画画”。放学以后，我其实不该花很多时间练唱或参加戏剧课的。妈妈这种宣称，在我听来是更大的羞辱。这证明她根本搞不清楚我到底擅长什么，或是什么时候才真的比较漂亮。我妈对我没什么兴趣，以致连她对我的夸奖都不符合实情。

老妈对事情的理解和掌握程度低到超乎你的想象。最后这几个月，当她再也无法假装自己希望我“站住，好好谈谈”我每天的生活时，她居然会催促我“你可以去外面走动走动”。嗯，去外面走动走动？我已经到了可以投票的年龄，可以在酒吧、夜店买醉了。从三年前开始，我已经可以合法地和男人发生关系了。她以为我想怎么样？和邻居玩躲猫猫？一、二、三、*四——鬼来了！*在花园里跑得气喘吁吁，只为了躲在同一株树丛下，躲在同一个衣柜里，躲在车库同一个坏掉的遮阳棚下？“玩得开心吗？”当我回来、衣服上散发出大麻味时，她还问：“亲爱的，你要不要把夹克挂在地下室？”

昨晚，我和妈妈通过电话。她的声音比往常活跃。当她一边做事一边说话时，才会发出这种声音。老妈几乎随时都在做别的事情，收拾东西、搬东西、擦干、分类。她始终非常紧张，全身上下散发出不安。她本来就是那个样子，这可不是我的错。

“一切都会好起来的。”她重复了好几次，这几个字互相牵绊在一起。我没什么话好说，只是听着她那有点儿高亢的声音：“一切都会好起来的。不要担心，一切都会好起来的。”

桑德试着说明在审讯过程中会发生的状况，以及我该做哪些准备。在看守所里，我还得看完一部由让人无语的演员主演，对两个在酒吧里打架的小伙子进行审讯的教育片。被起诉的一方最后因起诉书的一半内容遭到定罪。我们看完影片以后，桑德问我有没有什么问题。我说，没有。

我对全班那次针对逃税案审讯到法庭观摩的印象是：那里还真安静。所有人都低声交谈，乃至其他所有声音都被放大——清喉咙的声音、关门声，以及椅脚刮擦地板的声音。假如有人忘记无声模式，在里面弄出一堆声音，那声音就会像电影放映厅里熄灯示范新安装的立体音响系统一样震耳欲聋。就在一切静寂时，逃税漏税的经济犯坐着，抚弄着前额肥厚的刘海儿。检察官宣读起诉书时，经济犯望着自己的辩护律师，愤怒地哼了几声。我还记得，我当时觉得他是只猴子。他干吗假装惊讶呢？检察官和猴子的辩护律师轮流说话，把同样的内容详细地反复讲了两三次，还一直清喉咙。这整件事令人厌烦。倒不是因为一切“都不像电影上那样演”，而是所有人看起来都百无聊赖，就连罪犯本人似乎也难以专心。事实上，大家看起来就像杂牌演员，根本没背熟自己的台词。

不过，萨米尔觉得一切都不荒谬。他在那张坐起来不太舒服的椅子上屈身向前，手肘架在膝盖上，皱着眉头。他的拿手绝活就是：显示自己多么严肃，对重要的事情会慎重对待。萨米尔觉得，这些身穿聚酯纤维的蠢蛋讲的，真是他这一生所听过的最引人入胜的演说。克利斯特对法庭和认真的萨米尔都满意极了。萨米尔不需要张开嘴巴，就能拍克利斯特的马屁。我和阿曼达事后就拿这一点来取笑他。我们喜欢嘲笑萨米尔。但是，拉伯不会，他会拍拍萨米尔的肩膀，好像萨米尔是他最小的儿子，刚在足球比赛中踢进制胜的一球。“萨米尔什么都知道。”拉伯说，萨米尔则咧嘴笑着回应，“他什么都知道。”

*

我上高二时，在家里也过得相当愉快。老妈和我继续谈着我几点钟该回到家的事。老妈很以我为傲，至少她对自己教养我的方式感到骄傲。她拿自己的“有效办法”来说嘴，好逼我做出能让她的生活变得更容易的事。她净讲一些像是：我四个月大时就能一觉睡到天明，第一次吃固态食物时，就能握住汤匙，把“所有东西”全吃完等的故事。我觉得幼儿园好无聊，想早点开始上小学。我在年满八岁前就想自己独自上学，还“喜欢”独自一人在家，不需要大人陪伴。老妈说，在让我坐上真正的双轮自行车以前，她先让我操作练习用的平衡自行车。幸亏这样做了，日后她才从不需要弯腰扶住后座的置物架，防止我摔倒。然后我就“咻——”直接开始骑自行车了，而她只需衣着飘逸地走在一旁，音量适中地笑着。我倒是从不知道，妈妈到底做了什么让我的生活变得容易。不过当时她坚信，因为她一路都做了对的事情，我才会这么容易照顾，而且没发生问题。

我想，今天法庭上也会是一片寂静。不过，和审讯那个逃税经济犯相比，情况截然不同；现场气氛凝重，许多重要人物在室内等着重大事情发生。检察官和律师们想必都谨慎又恐惧，生怕一不小心就把事情搞砸。不认识桑德的人，永远察觉不出他是否紧张。不过，他今天其实是很紧张的。

他们要完成自己的任务。煎饼圆脸男讲到自己对状况发展的想法时，会提到“概率”和“我们的机会”，一副他是篮球队教练、我是球队中锋的样子。他想要赢。桑德咂了一下舌，圆脸男才乖乖闭嘴。

今天的审讯就从首席法官的点名开始。他在麦克风前清了清喉咙，人们停止耳语，安静下来。法官确认该到的人是否都到了。我倒不需要点名回答“有”，首席法官对我点点头，高声朗读出我的名字，然后他朝我的辩护律师点点头，也朗读出他们的名字。他说话很慢，但并没有昏昏欲睡的感觉。他是如此严肃，以至于他那难看的西装上的针线缝合处就要爆裂开来。

法官对我们表示欢迎（他还真的这样说了）。我可没回答“谢谢，很荣幸能到这里来”这种话，因为我不应该也不需要回答他。不过，我相信自己够守规矩。我看起来大致体面、合宜。我既没微笑，也没哭泣，更没用手搔抓鼻孔或耳朵。我背脊保持挺直，设法避免让短衫的纽扣松开。

当首席法官告诉检察官可以开始陈词时，她看起来非常投入，我还以为她会站起来，然而她只是拉了一下椅子，身子向前靠近吸管状的麦克风，按下一个按钮，然后清了清喉咙，仿佛做好准备要发言了。

就在进入法庭以前，我们坐在外面为律师提供的等候室里。煎饼圆脸男表示，好多人想挤进审讯大厅，人多到必须排队。他近乎骄傲地宣称：“就像一场演唱会一样。”桑德看起来很想揍他一顿。

这一点儿都不像演唱会。我不是什么摇滚乐巨星。冲着我来的，也不是什么疯狂乐迷，而是一群食腐动物。当这些摄影记者把我摆在首页新闻时，死尸味就会散发出来，这让土狼们更加兴奋。

然而，桑德仍然希望审讯过程公开。即使我这么年轻，他还是要求让媒体进场采访，让外界人士入场旁听。这倒不是要让圆脸男绷紧神经，而是“关键在于，不要让检察官一手主导审讯的报道”。这很明显意味着他想有所表现。但他可能也认为，憎恨我的人在听完“我的故事”以后，会改变对我的看法。桑德错了。这一点儿影响都没有。他们就是喜欢痛恨我，痛恨关于我的一切。这和演唱会是不是有共同之处？要说煎饼圆脸男曾经去过类似夏天斯堪森户外博物馆大合唱的现场音乐会，那简直不可能。我打赌，他八成只在完美的家用小客车里，听着经典摇滚频道，跟着哼唱广告片的配乐。

这件事情发生后一星期，也就是大约九个月前，动物岛[1]发生了暴动。几个青少年乘地铁到摩比，在那里换乘606路公交车坐了八站，一路来到动物岛中心的广场。他们要“揪出那些狗娘养的！”用更婉转的说法来讲，就是“把他们揪出来”。

一般来说，郊区暴动都发生在那些属于帮派分子的破落街角、廉价国宅、青少年休闲娱乐场，参与的人都是些已经改邪归正、现在担任“青少年活动领导人”和“社区安宁守望相助主任”职务的前飞车党分子——没有哪个脑袋正常的雇主会想聘用他们。报上出现“郊区暴动蔓延”的标题时，通常意味着被烧成废铁的汽车壳。那多半是有着圣诞树形状的芳香剂、没有投全额保险、只要其中一边后视镜坏掉就折价售出的出租车。不过，这次情况可不是这样。

广场上以及位于海滩路上塞巴斯蒂安家旁边的全面战争式冲突，持续了三天三夜，五十多人参与了第二天晚上的冲突。桑德边说边让我看报道文章。

广场上由老太太经营的小店的窗户被砸得粉碎。他们偷了什么？女用紧身衣、苏格兰格纹衬衫、水晶玻璃瓶？被赶出法格曼家的别墅以后，他们又往哪儿去了？冲向我们的房子？他们找到这里来了吗？老妈认为，对她第一个看到、坐在文德路Coop超市门口、包着满是尿臊味的毛毯、摇着杯子乞讨的乞丐，“友好地问候以展现尊重”很重要。那么，她又是怎么对待拎着球棒和燃烧弹的暴民的呢？“嘿，你们好啊！祝你们有愉快的一天。周末愉快！”我很好奇在隶属中央部门的警政署派镇暴警察到我们家外面来“维持秩序”

[1] 动物岛（Djursholm），官方名称为于什霍尔姆，是全斯德哥尔摩省人均收入最高的地区。

那几天，妈妈对他们说了些什么。

桑德给我看过的报道文章上，都在质疑“为什么会发生这种事”。他们想了解我和塞巴斯蒂安“象征”着什么，我们“表现”了什么，以及我们所做的事又“导致”了什么。是不是因为发生的事情实在太过引人反感，才会爆发冲突？他们是否因为自己很穷而我们太有钱才发怒？还是一群帮派小混混想找理由打架（而刚好瑞典足球联盟六月份是休赛季，没理由闹事），才借机滋事？不管怎样，帮派分子不准进入法庭旁听。

旁听席的人多半是新闻记者，许多人用笔记本电脑打字。这里禁止摄影，想必他们进入大厅以前，都得交出自己的手机。无论如何，还是有一部分记者坚持用纸笔记录案情。

这里还有一个可怜的书记员。人们或许觉得我是某个从狄更斯小说中冒出、身上满是跳蚤、可能会被送上绞刑台的年轻人，或是从某一本老旧廉价小说里冒出的艾尔维拉·麦迪根[1]。“喔，即使是我们身处的今日，悲惨的事仍在发生。”[2]我们在小学高年级时就唱这种歌曲。当然，阿曼达能唱到哭出来。她哭的时候表情很可爱，几乎看不出来她很难过（“很讨人喜欢！”），而这让她获得比平常更多的关爱。

阿曼达被形容成我最要好的朋友。报道文章、电视新闻、案件初步调查，甚至连我本人的律师都这么说。“我最好的朋友。”

除了塞巴斯蒂安以外，和我私交最密切的人，难道就是阿曼达吗？是的。我 Facebook 上的两百六十张照片里，她是否都在我身

[1] 艾尔维拉·麦迪根（Elvira Madigan），出生于今日德国北部的北欧舞蹈家、女骑士与马戏团艺人。

[2] 这是瑞典作家约翰·林德斯特伦·撒克逊（Johan Lindström Saxon）根据艾尔维拉·麦迪根被情夫射杀事件所写的歌曲的前两句歌词。

旁？在他们所检查的我最近六个月的手机通信记录中，我是不是平均每天和她聊两小时？她在一百多则 Instagram 的帖文上，是不是都把我标为“永远的好朋友”？对，对，没错。

我爱阿曼达吗？她就是我最要好的朋友吗？我不知道。

开庭首周：星期一

3

无论如何，我喜欢和阿曼达相处。我们几乎形影不离。我们在教室、学校餐厅里都坐在彼此旁边，我们一起写家庭作业，也一起逃课。我们说班上讨人厌女生的坏话（“我们不是说闲话，但是……”），一起在健身房的跑步机上跑步，却又不知要跑向何方。我们一起化妆、一起购物，一聊就是好几个小时，聊天从不间断。我们笑的方式，就像电影里面那些女生一样：其中一人趴在另一人的床上，另一人则站在床垫上，穿着短到不能再短的睡衣，把梳子当成麦克风，哼唱一首好听的歌，或是模仿学校里某个书呆子蠢女孩讲话的样子。

我们一起狂歌纵舞，阿曼达很快就喝得烂醉了。醉酒总是有固定模式可循：咯咯笑，哈哈大笑，跳舞，摔倒，再笑一下，倒在沙发上，流出热泪，眼泪一路直下耳畔。呕吐之后，终于要回家了。这种情况下，总是由我来照顾她，而不是由她来照顾我。

我觉得跟阿曼达在一起很舒服，能够浑然忘我，抛下一切。和她在一起的时间，“人生得意须尽欢”这句话，竟变得如此自然。还有，她惯用的“金发美女耍笨小技巧”，真是能把人逗得开怀大笑。如果有人问她，觉得天气怎么样，她会回答“我要穿人字拖”或“我要穿连体裤袜”。如果天气非常冷，她会说“这真的很适合滑雪后开派对”，然后会身穿发热紧身裤、雪地太空靴和兔毛衣领的羽绒外套到学校来。

人们很容易认为阿曼达非常肤浅。没错，她的确无法像正规报纸上那些专栏作家一样写文章赚外快。她觉得“弱势族群受到迫害很糟”“种族主义很糟”“贫穷真是糟透了”。她像个口吃者那样，把正面的评语都重复一次：非常非常好，超级超级棒，真是非常小小小（喔，最后这个好像还重复两次）。她对政治、性别平等或其他任何政治问题的看法，全部都建立在她所看过的那三期半的《监察最前线》[1]上（她还看到哭出来）。当她观看YouTube网站上一个关于全球最肥胖的男子三十年来首度走出自己家门的短片时，还说：“真恶心！我现在不想看，还是看新闻好。”

阿曼达最喜欢谈论的主题就是自己的焦虑。她会身体往前倾，小声地说厌食症和失眠症让她有多么难受（“真的特别特别难受”）。有一段时间，她一再说明自己“必须”避免绿色和数字“九”，她“必须”避免走在人行道的边缘。（“哎哟，这也不是我能选择的，我得这样做，不然我觉得自己会死，是真的真的会死。”）有时候，如果没有收到预期的反应，她还会拉高音量。有一次我们试着煎薄饼当下午茶时，她皮肤上弄出了一个烧伤疤痕，她假装这疤痕是别的意外弄出来的，而她“不愿意谈这件事情”。她想让别人觉得，这疤痕是她自杀未遂留下的。我想说出真相，但她完全无动于衷。

[1] 《监察最前线》（*Uppdrag Granskning*），由瑞典国家电视台SVT斥资拍摄的新闻性社论节目。

但是不管怎么说，事情并不止于她说谎——这没那么简单。当然，她有时觉得人生真是难受。她觉得，担心错过公交车就是一种焦虑症。她只是在十分钟内吃了两百克的坚果巧克力，就认为自己有暴食症。

当然了，阿曼达被自己的妈妈、爸爸、诊疗师，甚至照顾她的爱马的管理员给宠坏了。不过，这和服装、配件倒没有关系，而是和其他方面有关。她对自己的父母、师长，甚至包括上帝在内的所有权威的态度，和对待豪华旅馆里柜台接线员这种服务人员的态度，是一模一样的。从鼻头粉刺、弄丢的耳环到急诊医疗，甚至永生，她都期望自己能获得帮助。上帝到底存不存在对她一点儿都不重要。但是，她必须帮助她患了癌症的表弟，因为表弟“超级超级可怜”，而且“特别特别可爱，即使他是个秃头男”。她觉得有问题的人很可怜，但如果别人不觉得她也很可怜，她就会受不了。

而且，她只顾自己。她花了很多时间悉心维护自己及腰的长发，比照顾自己病危垂死的外祖母还要用心得多。人们觉得她很和善，但是，她其实并不真的那么和善。她总会问你两次问题，比如，咖啡里要不要加牛奶？（“你真的确定？”）这会让你觉得自己很肥。她会说“我真想像你一样，轻轻松松，都不用在乎自己外表看起来怎么样”以及“嘿，你真的很上相呢”，还希望别人之后会跟她道谢。她完全不理解，别人会把这种话当成是羞辱。

当然了，她觉得“政治超级重要”，但对政治又没投入到会受感召，然后加入青年团、参加露营活动、一起穿短裤射飞镖的地步。她也从来不想把头发染黑，或对貂皮养殖场大发雷霆，甚至连读了一篇关于臭氧层破裂、珊瑚礁萎缩的报道的精力都没有。萨米尔的老爸曾经因为自己的理念被当局监禁，因此，所有老师都认为，萨米尔一定很积极参与政治。阿曼达则绝对不是这么一回事。

要是阿曼达体重超过“比如说，六十千克”，她就打算做减肥手术。对她来说，政治的含义，就是省议会应该帮她支付手术费。“考量到我们缴那么多税”，这“不过就是一项权利罢了”。还有，当她说“我们”时，这个代名词可不包括她的妈妈，因为她能从妈妈那边领到的零用钱，只有每次她在 ICA 超市用现金购物时找回的零钱。阿曼达会把这些钱存进银行，称它为“买鞋基金账户”，她对这个账户嗤之以鼻。她告诉我，她非常鄙视这个账户。她觉得自己的老妈很白痴。倒不是因为老妈会突然决定为全家在十一月初秋假期间，下手预订头等舱和豪华旅馆的迪拜假期，而是因为她必须偷偷把这些钱私藏起来，不经过妈妈同意，偷偷帮自己买一条新牛仔裤。

至于阿曼达如何和爸爸与他的钱合而为一，以及她对自己为国家总体经济的贡献有什么看法，她可是从来不提。

这一切发生的前几个月，我们在政治学概论课上和克利斯特进行讨论时，谈到切·格瓦拉。

“即使我对中东国家的国情不了解，”阿曼达说，“我还是觉得，虐杀儿童真是恶心，不人道。”

教室里，萨米尔坐在她的斜后方。她等了好一会儿，萨米尔才意识到，她是在针对他。

“所以我完全理解你为什么恨美国人。”两人目光终于交会时，她这么说。

我已记不得克利斯特说了什么，只记得萨米尔盯着我看，直盯着我，而不是阿曼达。他觉得阿曼达不知道切·格瓦拉是谁是我的错。她连拉丁美洲、巴勒斯坦和以色列都分不清楚，而她还以为，萨米尔跟美国有不共戴天之仇。

当然，阿曼达对政治的投入就像迪士尼频道那样肤浅，有时我们实在很难苟同她真的非常非常有魅力。我们之间绝少聊政治，这个话题让我感到头痛。当阿曼达发现，别人察觉到她其实不知道自己到底在讲什么的时候，她就会恼羞成怒。

然而有好多次，当我躺在她的地毯上，听着她“哦，我们现在身处一部绝妙的青少年电影，我们跳进顶篷拉下的车内，还不用先开门”那热情洋溢的歌声，就像听电梯里背景音乐那样专注时，我想到我们之间是如此不同，却又何其相似。阿曼达假装自己很投入，而我则假装不在乎。我们是如此擅长假装，以至于骗过了包括我们自己在内的所有人。

我会觉得她很蠢吗？案件初步调查中，发现了一条由阿曼达发给塞巴斯蒂安的短信。这是在他和她死前四天所发的短信。“别难过，”她如是写道，“这个春天，很快就会变成回忆了。”

检察官还没谈到阿曼达。她刻意把这部分保留到后段的高潮，现在她集中处理塞巴斯蒂安的事。

塞巴斯蒂安。塞巴斯蒂安。塞巴斯蒂安。她会用上数天数夜来讨论他，每个人都会谈到他。一直谈，不断地谈。在这整件事中，就数塞巴斯蒂安最有摇滚巨星的派头了。桑德让我看过媒体找到并公布的照片，塞巴斯蒂安那张黑白的班级照片，至少能登上全世界包括《滚石》在内的二十本杂志的封面或头版。不过，他还有其他照片。在这些照片中，他叼着香烟微笑着；他喝得烂醉，额头上满是汗珠；他站在小船的船艉处，我们驾船穿过动物园泉水运河，驶向羽毛列岛[1]，我则斜坐在下方，探头向他张望。那次出游还有另一张照片，萨米尔坐在我旁边，视线远离我们望着别处。他的神情仿

[1] 羽毛列岛（Feather Islands），瑞典语称 Fjäderholmarna，是瑞典接近斯德哥尔摩市中心，隶属利丁厄（Lidingö）自治市的小型列岛。

佛在说：是我们逼他一起去那里的。他待在我们附近，都快要晕船呕吐了。阿曼达坐在另一侧，贝齿雪白，长腿已经被晒成了古铜色，风势将她浓密的长发吹往正确方向。当然了，丹尼斯不在这些照片中。不过，塞巴斯蒂安喜欢在丹尼斯喝得烂醉时用手机拍他。这案子的初步调查，就查到塞巴斯蒂安手机里有几张丹尼斯的照片，我不知道媒体是怎么弄来这些照片的。事实上，也不乏两人同时入镜、喝得一样醉、一起发酒疯、高声鬼吼的照片。塞巴斯蒂安在每张照片里都帅得令人嫉妒，而丹尼斯看起来就只是丹尼斯。

检察官说，塞巴斯蒂安所有的行为，导致我们今天必须“齐聚一堂”，因此，她会继续深入谈到塞巴斯蒂安的行为，而不讲别的。我不知道自己怎么听得下去。不过，分心可是很危险的，因为声音就会在那时响起。

那是他们进入教室把我拉走时，塞巴斯蒂安的头颅摔在地板上的空洞声响，只要我一不专心，这声音就会钻回我的脑海，大声轰鸣。我将手指甲压进自己掌心，试图从那一幕中脱身，但是，这一点儿帮助都没有。我就是无法摆脱那一幕，我的大脑总会又将我拖进那间该死的教室。

我睡着时，有时会梦见这情景。那正好是在他们出现以前。他躺在我膝上，我使出全力，用手止住他的血。不管我怎么用力压，他仍血流如注。那就像试图止住根基松动的水管流出的水柱一样。你们可知道，血是会喷出来的？只凭双手根本压不住？每天晚上，一次又一次，我仍然可以感觉到，塞巴斯蒂安的双手逐渐变得冰冷。一切发生得很快。我也记得克利斯特断气时的情景，那听起来就像把苏打水灌入下水道一样。我本来不知道人是可以回想起别人皮肤的触感和声音的，但实际上这是可以做到的，因为我一直都在这么做。

*

我努力避免和那些专程来到法庭只为了看我的人产生眼神接触。我走进去时，甚至没看老爸。但我经过时，老妈还是盯着我。她的眼神中有种让我感到陌生的东西：她朝我微笑，头晃到一边，嘴唇抽动着，仿佛想提醒我昨天她在电话里说了什么。那是一副“嘿，一切都会没事的”的微笑。但是，就在我把眼神转开前的那一秒，她颤抖了，轻轻地颤抖了。

就在这一切发生以前，老妈最艰巨的挑战，就是在饮食中完全排除碳水化合物。她的体重升降是如此迅速，人们还以为那就是她的职业。当她终于能控制饮食时，她可是非常引以为傲的。而现在，她出现在这里。初步调查报告提到了绝大部分事情。内容不只和那一天的事有关，它还牵扯到我们的舞会，塞巴斯蒂安做了什么，我又做了什么。它也和阿曼达有关，我老妈很爱阿曼达。而至少在一开始的时候，她也很爱塞巴斯蒂安，不过现在她已不愿再承认这一点了。

我很好奇，老妈是否相信“我的故事”，是否“选择”相信它。但她从没提到这一点，而我也没问。我怎么能问呢？自从九个月前的拘留侦讯以来，我就没再见过老爸和老妈了，即使我们通过电话，那感觉还是相当陌生。

这真怪啊，不是吗？我和爸妈齐聚一堂，竟然已经是九个月以前的事了。即便那时，我们也没有真的见到面，我只是透过那教室般大小的侦讯室和访客区之间的玻璃窗看见他们。他们在旁听席上坐了整整一刻钟之久法官才说明，侦讯过程必须秘密进行，包括老爸和老妈在内的所有人都必须被请出去。

我在侦讯时哭个不停。我们一进去，我就开始哭了。我感觉自己就像一只被强迫灌食的鹅那样不舒服。老爸和老妈看起来惊恐得不得了。

侦讯时，妈妈穿着一件我先前没见过的短上衣。那天，一切都尚未明朗时，我很好奇在她知道实情以前，她会以怎样的衣着出现。你们或许认为，她会打扮成一个完全知道一切只是个大错误、自己女儿一点儿错也没有的母亲，但我觉得她其实是打扮成一个一切都做得很对、不管到底发生了什么事都不能责怪她的母亲。

侦讯是在我进入看守所后第三天进行的，我只希望自己不要哭得太凶。我真想把窗玻璃全砸碎，这样才能问妈妈一些无关痛痒的琐事。

我想问她，那天我去找塞巴斯蒂安以后，她有没有把我的床铺弄整齐？谭雅星期五不上班，警察来的时候，床是否依然整齐？在那之后呢？发生了什么事？谭雅有打扫过吗？还是老爸老妈就像那些孩子夭折了就让孩子房间原封不动保持三十年的父母一样，禁止她进入我的房间？

我希望老爸老妈这样做，我希望他们这样告诉我：我那天离家以后，一切一如往常，警察到家后也没翻什么东西。人生，我的人生，之前的生活都被冰封起来保存，包覆在一层层木乃伊专用的绷带里。如果我能平安度过这一切，再度回到家，我希望能认得出自己。

不过，他们当然无法这么说。妈妈有没有把床铺弄整齐或许也不重要了。我已经知道警察做过居家搜索，当他们第一次对我进行问话时，爸妈就这么说了。他们也提到，警察扣押了我的计算机，以及我交给医院的手机（我还得交出我登录过的每一个网络论坛、应用程序、网站的密码）。当我问到他们还拿走什么时，得到的回答是“大部分的东西，包括 iPod、纸张，还有书籍、床单、你舞会上穿的衣服”。“什么衣服？”我真的这么问了，而爸妈也回答了，好像这是天经地义的事，一点儿都不奇怪。“你的洋装、胸罩、内裤。”

他们连我那条脏破的小内裤都拿走了！为什么？我真想把玻璃窗砸个稀烂，要求老妈给我一个解释，因为我不想问桑德这件事。“妈，他们干吗拿走我的内裤？”这就是我想问她的。怒火中烧时，我不想和桑德讲话。

老爸和老妈又是怎么处理那些被警察留下的东西的？这，我也想知道。我很好奇，谭雅是否已将我其他衣物上的气味全都洗掉。我一直觉得，她喜欢悬挂已洗好的衣物。把衣服褶皱理平，将针线缝合处拉直，上下颠倒地悬挂毛衣，让衣袖无助地向下垂挂，呈现全然放弃的鬼样子。袜子则是成双以晒衣夹固定，方便之后将其分类。

我想知道，爸妈是否就让谭雅将我留下的一切清理干净，还是妈妈会在早上瞧着那把我总是忘记收好的奶油餐刀，才猛然想到：她刚刚还在这里，现在却消失了。

“妈妈，”我真想直接高声尖叫，“现在是什么情况，发生什么事了？”

但是，这中间隔了一道玻璃窗。在法官将所有旁听者都请出去以前，我根本来不及问。我没有得到任何回答，反而就这样被拘留起来。

远在这一切发生的很久以前，我曾问过妈妈一次：为什么她从不问我重要的事情。“你希望我问什么？”她反问。她连猜都不想猜。

今天，她和老爸被允许留下，甚至还有保留席可坐（我猜是最前排离我最近的“最佳”座位——即使我们之间相隔了好几米）。老妈变胖了。她仍然打扮成一个什么错也没犯的母亲，但是谁知道呢？也许她一直靠暴饮暴食来自我安慰，大口吞下混合了奶油、奶酪和番茄酱的油腻意大利通心粉，猛吃碳水化合物。考虑到我干的好事，她有理由犯错——包括让体重上升。大家都能理解。反正不管她是胖是瘦，他们还是轻视她。

老妈紧张时，脖子表面就会出现褐斑，只要她试着说明自己的意思，就会变得紧张。这时想要专心听她说什么简直不可能，大家只会直盯着她颈部的褐斑。也许这就是妈妈绝少描述自己想法的原因。这太危险了。她会一直追问老爸的想法。要是老爸心情好，就会跟她分享，这样才不会一整晚都听老妈叨念："我们彼此不再交谈了。"

我实在无法理解，为什么她一方面担心别人不太愿意和她多讲话，另一方面却又从不敢问别人的感受。不过，我从未因为她搞不清楚状况而憎恨她，我只憎恨她不想了解更多，而我最恨的，就是她告诉我我有怎样的感受。

"我知道你很担心。""我知道，你真的很害怕。""我能了解这种感觉。"

我妈真是个白痴。"我真希望自己能代替玛雅。"她说过这种话吗？不管说没说，都不是对我说的。

开庭首周：星期一

4

总检察官丽娜·派森说了又说，老天爷，不知道她还要说多久。她还带了两名参与调查的警员。原告的律师们就坐在他们旁边，为了申请损害赔偿而在场。他们面前的桌上也堆了一大摞文件夹，活像一座小图书馆。室内有两个大屏幕，一个在我后方的墙面上，另一个则在他们后面。目前那里只见一排文献与档案，一切感觉混乱不堪，像一堂准备不周到的社会科学课。

阿曼达的父母不能和检察官坐同一桌，其他家属也不行。我想，他们只能坐在旁听席，或是在隔壁房间观看第三个大屏幕，了解审讯的最新动态。也许，他们只是不想和我共处一室。

桑德说过，检察官有“义务”说明我们为什么会在这里，她认定我做了什么，以及为什么要申请最高处分。

桑德曾经对我说：“考虑到你的年龄，你被判的刑期不会超过十年。”根据法律，不能对未满二十一岁的人判处无期徒刑。不过，如果我被判刑十四年，出狱时也三十二岁了。煎饼圆脸男也提过那些写信、打电话给他和桑德的人。（我从他的声音就能听出，圆脸男非常自豪，因为不只桑德收到了恐吓信，他也收到了。）他甚至还谈到那些半夜潜入我们家庭院，在大门上泼粪的人。老爸和老妈只能在上班前用高压水管将粪便冲刷掉。圆脸男是趁桑德不在场时聊到这些的。

我知道那些纳税人，也就是负担检察官薪水的人，除彼得·桑德也许还有我的爸妈以外，他们都觉得十年、十四年有期徒刑是不够的。他们认为，就连无期徒刑也不够。他们并不以毁掉我的人生为满足。他们要我死。

桑德说过今天不会有太大的进展，不过当检察官读出遇害者的姓名时，我听见有人哭了起来。

我可没料想到这一点。总检察官丽娜·派森还没来得及念完这些姓名，法庭里就噪声大作，有人号叫起来。是阿曼达的妈妈吗？不会吧，她的声音不是这样的。也许，他们把丹尼斯的妈妈或祖母找来了，用飞机载来这里，好坐在这间刷白的房间里，就像诺贝尔奖音乐会上的皇后拉蒂法[1]一样。

那哭声听起来非常专业，就像有个头上缠绕黑头巾、双手伸向空中凝望天际、整个身子挡住电视摄像机镜头的疯子，在某人上校车时引爆自杀炸弹，把自己和五十个儿童炸飞时的厉声尖叫。这里有这样一个女人在场吗？她能通过安检吗？

有件事情倒是可以确定，就是在下一个暂停休息时间，这些新闻记者就会拿这哭声大做文章了。他们会加以报道，写上“现场直

---

[1] 皇后拉蒂法（Queen Latifah），美国黑人女艺人，活跃于音乐、电影与电视演出，曾获金球奖和格莱美奖等多个奖项。

击”并在Twitter[1]上狂发文，在一百四十个字以内描述所见所闻。我以前那些“同窗好友”会回复这些推文，也许还会加个“哭哭”的表情，表示他们感同身受。我很纳闷，他们之中究竟有多少人一路跟到这儿来，排上几个小时的队，好抢到个位子，“保存”这件并没发生在他们身上的事情的“回忆”。

我可不想听这个，但又不能离席，所以只能把手掌按压在桌上。检察官滔滔不绝，说了又说。我希望她能收尾，但她提了一下关于阿曼达的事，关于萨米尔、丹尼斯、克利斯特、塞巴斯蒂安和塞巴斯蒂安的爸爸的其他事。首席法官看起来很紧张，他随意拨弄着面前桌上的木槌，怒视其中一名警卫。

检察官无视哭声继续说着。她在屏幕上点出学校的团体照，观众中传出的人类号叫声慢慢消逝，转成某种别的声音，想必警卫已经叫她闭嘴。我的喉咙感到一阵烧灼，不得不用一只手掌盖住双唇，才能控制住自己不跟着发出声音来。检察官真该学习怎样更简洁好记地表达自己，她讲的每个句子都不够短，无法被放进Twitter文里；即使这已经是她认为我该受什么处罚的“总结”了。这场审判预计进行三周，桑德提到这件事时，我还想说怎么可能这么久。然而，考虑到连总结都可以这么长篇累牍，时间其实很紧迫。

我仍然没转身，反而低头望着椅子。我心想，记者八成也会报道这一点。他们会报道，我听着死伤者的名单，听着哭声（那该死的哭声！），却全然无动于衷。他们喜欢做如是想：我冷若冰霜，泯灭人性。

对我的辩护律师们来说，我整个人就是个大问题——不只是煎饼圆脸男觉得我看起来比实际年龄老而已。我个子太高，太强壮，胸部

[1] Twitter：一个社交平台。

太大，头发也太长。健康的牙齿，昂贵的牛仔裤。总之，不像个孩子。

我今天没戴手表，也没戴任何首饰珠宝，反正那都是多余的。离开看守所以后，我的身份标志就像在阿尔卑斯山区待上一星期后双眼旁的晒痕一样明显。那个检察官到底讲完了没有？我想休息换衣服，得把这件该死的紧身上衣换掉才行。桑德说过，他至少每两个小时会要求一次暂停。现在总该是时候了吧。我要赶快冲进我们四个人的专属房间，菲迪南也许还会问我要不要来杯咖啡。又是咖啡。我已经成年了才能坐在这里，而每个成年人都喝咖啡。当然，除煎饼圆脸男以外，他是我见过的所有超过十五岁的人当中，唯一还喝热巧克力的，他连看守所会议室自动贩卖机里的热巧克力都喝。他用红色双唇啧啧喝着，还把食指伸到杯底抠挖残留的糖块。我得出去，我得离开这里。

我把肩膀往下压，感觉好像肋部有剧痛。我想起在家的最后一顿早餐。管他的，想什么都好，只要不用听检察官讲话就好。我一如往常走进厨房，老爸老妈都在那里，爸爸在读报纸，妈妈正站着大口喝她赖以为生的绿色泥浆状液体。她把甘蓝菜、菠菜、青苹果、牛油果全放一起，用一台贵达九千克朗的特制原汁搅拌机榨成汁。在她开始喝这种果菜汁以前，她喝的是一家美国网络健康饮食店生产的特制茶。她每天早上喝，还搭配一个用四个蛋白煎成的蛋卷。一星期下来，冰箱里多了二十八个硬掉的蛋黄，谭雅每周都得把这些坏掉的蛋黄扔掉。

“我真的不能吃蛋黄。”老妈总笑着对谭雅这么说，好像这是她和谭雅的小默契，“不过谭雅，你或许想吃这些蛋黄？”

每次和谭雅说话，妈妈都会用同一种缓慢的声调，像是对着一个顽固的小孩。然而对我妹妹莲娜或其他小孩，她从不这么说话。她对子女说话是一种音调，对管家又是另一种。就连一场规模不大的小屠杀也改变不了这件事，正所谓始终如一。青山不改，绿水长流——这，就是我妈。

她喜欢假装和谭雅是好搭档，类似同事的关系。这也是为什么她总是问谭雅要不要吃点什么。我从没见过谭雅吃东西，除半杯水以外，我也没见过她喝别的东西，那次，她靠在水槽边站着，一口将水灌入。还有上厕所，我也从没见过谭雅上厕所，也许她在我们家的花圃里拉屎，在我老妈的青绿色果菜汁里撒尿？或者，她会憋到回家才解决这些问题。我始终很好奇，老妈到底觉得谭雅该怎么处理这些坏掉的蛋黄？该像洛奇[1]在重要的拳击赛前吃补品那样，把它们一口全吞下，还是带回家，给家里那些蓬头垢面的小鬼做成蛋酒？我们从没见过谭雅的子女，但出于和问候乞丐相同的理由，老妈还是把他们的名字记住了。“伊莲娜最近好吗？莎莎在学校适应得不错吧？”

最后一天的早餐桌上，摆着鲜榨的果汁（一如往常是柳橙汁）、奶油、奶酪、切片的西红柿和黄瓜。空气里有咖啡和炒蛋的味道——我没看到炒蛋，但我觉得是炒蛋。那顿早餐看起来活像献祭仪式。拔掉的收音机插头软趴趴地摆在砧板旁边，仿佛某个被切断的身体部位。这意味着：我们必须谈谈。他们想和我认真长谈。有人打电话告诉他们吗？是警察吗？有人打电话报警吗？我才不想谈。我拒绝了。老妈望着我，什么话都没说。我别开眼神，一个字都不回。这时我的电话响了，是塞巴斯蒂安。

我答应过，我们要开车一起去学校。“你得这么做。”他很坚持。我从一开始就不想，那时仍然不想，但我也不想待在家里。在我胡

[1] 洛奇（Rocky），一九七六年由西尔维斯特·史泰龙编剧兼主演的电影《洛奇》的主人公，是费城一名落魄潦倒的拳击手。

乱套上鞋子、抓起钥匙以前，竟然还来得及想到：谁来把这些全吃掉？它们还摆在玄关桌上。谭雅会把食物封上保鲜膜，收进冰箱吗？不过谭雅周五不上班。而在她回来上班以前，警察早就在我们家里搜查过一轮了。

“我赶不及了！”我对老爸老妈尖叫，“我们今天晚上再谈。”我一点儿都不想再和他们讲话。他们懂什么？一切都太迟了。

总检察官丽娜·派森说了又说，而我还没转过头看看观众们。我可不想看到阿曼达的妈妈，或其他希望我被关一辈子、最好被判死刑的人。他们希望我至少被监禁起来，然后牢房钥匙就可以丢了。对于桑德有关证据、事发过程、因果关系、动机与其他一切的论述，他们有什么理由感到丝毫兴趣呢？嗯，连我都不感兴趣。

我也不想看见那些新闻记者。我知道他们的打算。他们想说明我的情况，说我是怎样的一个人，成长过程这样，父母那样，我“心情不好”“喝了太多酒”“抽大麻”，听了太多“坏音乐”，交了坏朋友，我“不是个普通女孩”。我确信其中部分属实，其他部分则无法理解。

他们并不想知道发生了什么事，只想把我塞进一个框框里，越小越好，如此就更容易拒绝承认我的存在。他们希望说服自己：我们没有任何共同点。这样一来，他们就能够高枕无忧，就能相信，发生在我身上的事，永远、永远、永远不会发生在他们身上。

总检察官丽娜·派森（她第一次旁听警方对我的一次讯问时，还说“请叫我丽娜”）戴着俗气的耳环（真品钻饰售出时，还得要有简直像免费附赠的武装保安在场），留着不平整的刘海儿，眉毛像用圆珠笔画的。她滔滔不绝，说了又说。我的脑海开始嗡嗡作响，再次用手擦嘴。我的腋下感觉黏黏的，不知道别人是否看得出那里的汗渍。派森在紧张地选一份文件。对她来说，协调这些动作展示那些该死的照片，仿佛是一项超凡的练习。现在，她在一张照片上前后拉动一个小点，指出要展示给所有人看的部分。

桑德可没说过现在就要展示照片。这只是开场而已，检察官就已经在放照片了。这个“开场”还要多久，到底有完没完哪？我得离开这里。我看着桑德，他却没回望我。现在她正放映一张学校地图，宛如迷宫的走廊、教室、最近的紧急逃生门、大礼堂。地图上没有显示学校走廊的天花板究竟有多高，也显示不出即使是五月底阳光灿烂的早晨，里面究竟可以有多暗。

塞巴斯蒂安的某个提袋就在我的置物柜里被找到了，她指着示意图上置物柜的位置，再指着教室最后面那一排通往运动场的门。那天，这些门是上锁的。我猜这是为了说明警方为什么没走这条路（媒体针对这一点批评警方）；不过，其实走哪条路几乎没区别。当他们通知警方时，一切早就结束了。她指着那扇向外通往走廊的门，它只是关上并没锁上，但直到一切都已太迟时，才有人将它打开。除了警察以外，是否有人能够协助？怎么协助？如果有人能帮忙，那又会是谁？她更换图片，摆上教室平面图。我垂下双眼。她讲多久了？感觉已经好几个小时了。

这位“叫我丽娜”讲得还真彻底。我读过初步调查报告书（至少是绝大部分的内容），而她是在解剖我。“叫我丽娜”把我大卸八块，嚼碎我的肉，掏出我的五脏六腑，还嗅闻我内脏的味道。“叫我丽娜”每个星期都针对我召开记者会，有时甚至一天连开好几场，一连数月。她连我该死的内裤都分析了。

“叫我丽娜”——这个死丑八怪丽娜·派森很确信，她对我了如指掌。从她的声音就听得出来。每个字都像是闪闪发光的宝石，她把它们一个一个拿出来，对着光仔细琢磨。她心满意足，非常确信她对我的一切，包括我是谁、我做了什么以及为什么，都知之甚详。她没指着我，但那只是因为她不需要这样做罢了。各位，瞧瞧玛丽亚·诺贝里：凶手，怪物！她就坐在这里！

大家已经在看着我了。

在羁押必要性审查申请书上，检察官注明了她认定的我的罪行和应该被处的刑罚。申请书共计十一页，描述相当详尽。此外还有附件，都是关于受害者的详情：他们是谁、他们发生了什么事、我又做了什么、我开枪打了哪些人、塞巴斯蒂安又开枪打了哪些人，以及为什么一切全是我的错。申请书还包括照片与法律报告书，以及和那些声称认识我、知道事情来龙去脉能够对此加以说明的人所进行的谈话内容。总检察官丽娜·派森说了好长一个故事，从头到尾一气呵成。即使大家还没听见故事本身，但他们都相信这是真的。

我很纳闷妈妈说“一切都会没事”时，她到底是什么意思。

开庭首周：星期一

5

总检察官丽娜·派森终究还是说完了。然后，轮到受害者的律师们说话。我被索赔，不过金额并不高。这些律师只有一人讲话超过了两分钟。他们全部说完以后，桑德终于问道：是否要暂停，休息一下。对此，首席法官看起来比我还要解脱。我们向外走去。我在中间，菲迪南和煎饼圆脸男在我两侧，桑德在前面带头。

我们来到法院分配给我们的房间，关上门。门外面还用胶带贴着一张写着“被告”的纸片。他们到底想要“告诉”我什么信息？说明什么？法院是让真相水落石出的地方，却难以直接说出事情的原貌，不敢用正确名称来称呼这些事情，真是诡异。

“你要不要来点儿什么？”菲迪南问道。我没搭腔，等着她继续说下去。“咖啡好吗？”

我摇了摇头。*我想要白色百合。*如果我大声这么说了，菲迪南可能会晕倒，因为她没什么幽默感，也不认为我是喜欢白色百合花的那种人，所以，我什么也没说。

在整个休息期间，桑德始终站着，他也没说什么。我们房间里就有附设的厕所，它通常不开放使用，但我想那就是我们可以待在这里的原因：不必和其他人共享厕所。或者，其他人不必和我共享厕所。我们轮流使用洗手间，轮到我时，马桶座圈已经变得暖热。

一片沉静，没有人喝咖啡。菲迪南拿起一瓶水啜饮。至此，审讯已经持续了两小时以上，检察官的总结耗了一小时又四十七分钟。

十二分钟后，我们回到法庭。煎饼圆脸男重重甩上门，震飞了门上的纸片。菲迪南又把纸片贴好。我忘记要求换衣服了。

我们再次坐定，桑德正准备开口说话时，我听见老爸清了清喉咙。我必须努力克制自己转头望向他，于是，我专心听桑德说话。我和桑德并肩而坐，他还塞给我笔记本和笔，要我把所有我觉得奇怪，或是想问他的问题全都写下来。

“你觉得这些正确，”他一再强调，我都忘了他讲过几次，“是很重要的。”

我喜欢桑德，不过，有时我搞不懂他是什么意思，或者更确切地说：我了解含义，但很少理解背后的用意。

*你觉得这些正确。*他或许是指，我觉得满意？我不得不问他到底是什么意思，但我其实大可不必管这么多，因为他千叮万嘱，他在“提出我的陈词”时，如果他说了“和我对事情发生经过看法有出入”的东西，我就得“指出来”。

后来他不说了，我想他也察觉到自己的话听起来有多白痴。他看了我一会儿才说：“如果我说了什么让你觉得生气、害怕、恼火或其他类似感觉的东西，你得告诉我。不过在我讲话的时候，你不能直接说出来，不要让检察官和法官听见。把它写下来，我们之后再谈。”

还有一点是我弄不太懂的，就是他说在开庭审讯期间，想谈到（“提出”）的事情。这让我觉得困扰，显然他在我不在场的时候讨论过我，曾和煎饼圆脸男、菲迪南以及其他所有同事“拟定策略”。他们那些同事都长得很像，我根本分不清谁是谁。他们坐在律师事务所办公室的长桌前，讨论“策略”。我猜想，他们也就是在那时候把外卖的中国菜餐盒拨来弄去的。

“玛丽亚·诺贝里承认部分关于罪行的描述，但否认罪行。”桑德说着。我心想，会不会有人认为这意味着我是无辜的，或者有人被说服我其实没犯错。我也纳闷儿，该在纸上做什么笔记才能让桑德的说明更加清楚。

桑德说我必须信任他，因为他对我也是完全“开诚布公”的。我还有别的选择吗？我仍然不知道，这一切要怎样才说得通，才正确。

桑德有一整组不同的眼神，他会针对不同的对象调整这些眼神。他会用专注但感到无趣的眼神直视说话者，看起来他对什么都不惊讶，对方想说的话他全都料到了。警方讯问我的时候，他就用这种眼神看着他们。我喜欢想象新闻记者提出他无权回答的问题（“强制缄默”）时，他就这样瞧着记者。此刻，他就用这样的眼神看着法官和检察官，礼貌地表示厌倦。

而他望向煎饼圆脸男的眼神就更糟了。当圆脸男说出“种瓜得瓜，种豆得豆”或“瞎猫碰上死耗子”这种话时，桑德就会露出“你觉得这样很好玩吗？烦死了”的表情。这种时候，大家只能祈求他别再怒目而视了。相较于此，他咂舌或随便说些什么，都算很好了。

绝大多数人或多或少都看过桑德非常失望、期望落空却别无选择必须忍受的眼神。有时候，菲迪南会被他投以相反（几乎意味着很满意）的眼神。显然他对于她不笨感到很惊讶，因此这种眼神也很接近羞辱。桑德没注意到菲迪南看他时的眼神，或者说，他根本不在乎。

不过，我喜欢彼得·桑德看着我的方式。他不希望我对他说的笑话发笑、问他在做什么或他对事情的看法。桑德从来不偷瞄我的胸部。他只对我说了什么感兴趣，然后致力完成任务。仅止于此。

我不需要担心他会觉得听我描述很麻烦，也不用担心会伤害他，或是我可能会让他有什么感觉。他以对成人或值得被当作成人的人的方式看待我。我猜想，这就是桑德对待自己当事人的眼神，也是他成为名人的原因之一。

我对桑德很“满意”。

要是我问起选他的原因，老爸会说因为他“公认是最好的”。聘用桑德很贵吗？想必比我能想象的还贵，但老爸永远不谈这个。因为“大家都不谈这个”，而老爸也明确遵守，哪些事大家会做、哪些不会做。

这不止是老妈靠家庭庇荫、老爸则是暴发户那样简单。他们都认为自己是上流人士，但其实并非如此。不过无论如何，妈妈确实是在富裕的环境下成长的。外祖父凭借一种用于膝关节手术的仪器赚了许多钱。当他还在攻读医学学位，整个医药产业还没意识到他的发明不仅新奇还很实用时，他就靠这仪器获得了专利权。一两年内它就变成了“必需品”（套句老妈爱说的话）。在“全世界”，“大家”都使用它（还是老妈的话）。外祖父就靠这个新发明，变得“富得流油”（妈妈绝对不这么说，倒是外祖父可能常说这句话）。

外祖父与金钱的关系，就像他和天气的关系一样，取之不尽，用之不竭——想想，这该是多大的福气，人生无憾了。也许外祖父的这种态度，使老妈在金钱上变得附庸风雅，意思就是，她认为让大家觉得她比实际上有钱最重要。老妈努力借由假装对金钱不屑一顾来做到这一点。

老妈常说，我们家里那些古董都是跟着她的“家族”传下来的。比方说，她不知道厨房里的钟究竟是好看还是又丑又怪。当有人谈到那个钟，或只是不巧朝它投去一眼时，她便从鼻孔里喷出笑声。讲到“家族”两个字时，她还会翻白眼，好像是被迫和这些遗物共处，如此她那些已经作古的老祖宗才能安眠于九泉之下。

她从来没提过那些作为破产抵押资产，被外祖父从布考威斯基拍卖行收回后，厌倦了而扔在我们家的家具。这倒不是有意骗人，反正也没人相信妈妈是自己假装成的那个人。但是她仍然继续假装，而大部分人还是很客气的，不会戳破她演的戏。

老爸则完全属于暴发户类型，而他所拥有的钱并不足以支撑他想要的身份。他在高中最后一年就读于乌普萨拉市区外的一所寄宿学校。而他那一本正经、超级无趣、出身于中产阶级的双亲，则在北非一项第三国家农业发展项目中工作。他以为自己在寄宿学校学到了融入环境的技巧，认为自己知道该怎么做上流社会的人才会把自己当成他们的一分子。不过，他可是大错特错了。

老爸现在想必相当害怕，他的真实面貌即将摊在众人眼前。报纸上称他是“投资经纪人”，也许这个名号能唬住一些人，还真说不准呢。不过，所有有点儿分量的人都知道，“经纪人”这一行顶多能干到三十五岁，之后，你就得用自己的资本来打拼了，不然就会像乳房低垂和静脉曲张的女侍一样，困窘不已。我有一次听老爸说：“我是顾问，负责提供建议。”他边说边歪嘴一笑，隐约在说：这太复杂了，很难进一步解释。他名片上印的头衔是“资产管理人”，这几个字的意思当然不是“投资经纪人”，不过也差不多。

我总是听到人们说我像老爸。只要我气急败坏时，老妈就这样对我说；当我领到成绩单时，老爸也这样告诉我。不过，此刻法庭内的一切都指出，从今以后，老爸只能以“杀人犯玛雅的老爸——投资经纪人”的名号自居了。嗯，恭喜。

我很好奇，老妈到底最害怕什么，是我接下来可能的遭遇，还是已经发生在她身上的事？其实我压根儿不在乎，只是不想莲娜担惊受怕。一想到莲娜会有多么害怕，就像想到那间教室一样糟糕。

以前我难以入睡时，常会把莲娜抱到我的床上。有她在身旁，我总会舒服得多，甚至直到最后那几个星期也是如此。睡觉时的微汗让她的头发卷贴在颈上，即使会脏，闻起来还是那么香。我会假装是她做了噩梦跑来找我。有时我对她说：“你做了噩梦，记得梦到什么了吗？”这时她就会望着我，先是困惑，然后描述噩梦。常常是些详尽、极度无趣又不连贯的梦境，有时出现妈妈的身影和我们家的屋子，有时会出现新玩具、蝴蝶结，也许还有一两条狗。莲娜最想要的就是一条小狗。我希望爸妈已经帮她买了一条，让它睡在她的床上。不过，我最希望的还是她睡在我的床上，这样她会更安心。

我试着去想，莲娜应该不知道发生了什么事。她不需要待在这里，也就与这一切无关。但是，这么做的效果并不好，因为我无法假装她不知道发生了什么事，所以比较不害怕。我知道那是什么感觉，那样反而更可怕。

“玛雅否认针对她的指控。她并没有以足以导致法律责任的方式参与。她对塞巴斯蒂安·法格曼的计划并不知情，也并无他人告知她这些计划。她并未教唆或犯下足以导致法律责任的过失行为。她缺乏任何形式的意图，包括过失致死意图。玛雅承认，她在罪行说明书上注明的地点扣动了上面所注明的武器，但那属于自我防卫，因此不应判处她有罪。”

导致、教唆、过失致死意图……这些字眼在我的脑海嘎嘎作响。桑德用这种方式说话的时候，我怕得要命，因为听起来很像在找借口，好像我们使用法律词汇和怪异字眼，只是为了避免谈到真相。无论如何，就是不能谈真相。我想说话，不管会带来什么后果。最糟糕的已经发生过了。我怀疑，桑德是否准备跟检察官一样来个长篇大论。不过他似乎快说完了，而现在才过了十一分钟。我不知道这样是好是坏，但我还是感到害怕。人们难道不会觉得他这么简短，是因为无话可说吗？我用手压着笔记本，圆珠笔笔尖抵住纸张，但我什么都没写。三分钟后，桑德就说完了。

事实上，从我关上我们教室的门到最后一枪发射，前后还不到三分钟。这一切发生后，警察花了十九分钟才赶来，冲进教室。

他们开门的时候，到底有多少人从那儿冲进来？救护人员、警察，是的，一票的警察。穿着靴子，戴着面罩，手持重型武器。其中一个踩住我的手臂，还有一个踢了我的手。有人在地上拖行我，把枪从我手中拽开。到处都是噪声。来了一大堆人，真烦。他们尖叫了吗？我想尖叫了吧。不过我不记得我是否说了什么。在挪动我以前，他们先把塞巴斯蒂安拉开了。他们先把他拽开，一秒钟后才抢走武器。我还纳闷为什么呢。

他们把我放在担架上，有人在我身上罩了一条毯子。我不知道自己是不是他们抬出去的第一个人。我不这么觉得。

一分钟，也许一分半钟，枪击就持续了这么长时间。初步调查报告书中有写，我不需要特别记住这一点。然而，我还是对时间的计算感到困惑。有时我回想起来，觉得这一切十秒钟就结束了。有时，我又觉得自己在里面待了数年之久。就像《纳尼亚传奇》一样，他们开错了衣柜的门，和白女巫战争了几年之后回到原地时，竟只过了不到一分钟。

从我关上教室的门到它再度被打开，共经过了十九分钟。显然这与实情相符。如此充裕的时间足以让一切结束。不过，这当然也和怎么样才算“开始”有关。我说的不只是枪击，而是这整件事情。警方和检察官说：我和塞巴斯蒂安早有预谋，我们的孤立、愤怒一路发展下来，不过导火线还是前一天晚上的舞会上那最后一次争吵。那些聚在法庭外面互相扔鹅卵石的人不仅痛恨我，还有我所代表的一切。想必他们会说，这一切都是从资本主义、皇室或是执政联盟开始的，或是从我们抛弃北欧神话信仰开始的，或是其他连逻辑都兜不拢的理由开始的。

只有我知道。我知道，一切是从塞巴斯蒂安开始，也在他身上结束。

我人生最初的记忆之一（不止于对塞巴斯蒂安的记忆），就是看见塞巴斯蒂安坐在树上。我和妈妈在从托儿所回家的路上，经过了法格曼家。塞巴斯蒂安才五岁，但大家都很喜欢他。他留着波浪状的半长发，在前额卷成刘海儿。他会提出严肃、令人无言以对的问题，看上去漫不经心，实则机敏非常。所有男生都想跟他玩，所有女生都在背后谈论他，就连我们托儿所的老师都会用嫉妒的眼光，怒视着可以在出门前帮他扣上夹克纽扣、系好围巾、从烘衣柜里掏出一双好雨靴的人。塞巴斯蒂安还会指着他那天最中意、看得最顺眼的老师，说：“安奈丽，来帮我。蕾拉，帮我把袜子脱掉。”

塞巴斯蒂安从树上高声喊我。最重要也最关键的是，我记得自己竟然无力回应。老妈一定说了些什么，关于庭院、房子以及他是谁家的儿子。(她兴奋地对我耳语：嘿，那不是塞巴斯蒂安·法格曼吗？你们在托儿所同班啊？好像她还不知情，却又想展现出完全了解情况的样子。)不过我记得，听见他喊我的名字时，我全身感到一阵触电般的颤抖。

“玛雅。”他语气坚定，不是在和我打招呼。我没有回应，想必妈妈有回应。“嘿，塞巴斯蒂安！”她可能还说了类似“小心，不要从树上掉下来！”的话。我则将手抽了回来。我不要她插手。这跟她一点儿关系都没有，她千万别来捣乱。

才过了一星期，我们在游戏间玩的时候，就亲了彼此脸颊。有时我会想到这一点，我们从来没有玩耍(连在托儿所里都没有)，只是彼此亲热爱抚。他和男生在一起，就玩男生玩的游戏：踢球，彼此传球，也许还会盖些东西，用积木堆成塔，再拆掉。但他和我的关系始终非常肉体。他会抱住我、抚摸我，嗅着我的头发，触碰我手臂的内侧，将毛毯拉到我们身上，彼此身体依偎着，吸着我的鼻息。由于暖热与缺氧，我感到头晕目眩。就连在托儿所，他也很难和女生玩一般的游戏。当年五岁的塞巴斯蒂安“接管”了我。这持续了一到两个星期，然后，我必须等上整整十三年，他才再度发现我。

在这之间，这么多年以来，他和别人玩耍，和别人在一起，还高出我一个年级。我知道他是谁，但他却不记得我。我想念当时在一起的情景吗？嗯，那是当然的。

“你不能决定他们要怎么看待塞巴斯蒂安。”桑德一而再再而三地对我耳提面命，我都听到不想再听了，“别人会怎样记住他，不关你的事。我们要集中在你身上。我们必须确保这场审判，就是针对你所能负责的问题。就这样，没别的了。”

我所能负责的问题。好像和塞巴斯蒂安做过的事情一点儿关系都没有。好像还真能把这两者切割得干干净净的。检察官当真不这样想。这位“叫我丽娜”检察官认为，两者是一体的。也许我该在笔记本上写下：我觉得她是对的。

开庭首周：星期一

6

苏丝从看守所来到这里。今天的流程结束时，她就在停车场等着我。她身穿某种制服，对着我微笑，嘴咧得比平常还大，牙齿洁白到看起来反而像浅蓝色。那些牙齿在她被晒成古铜色的脸颊上显得很不搭调，好像伺机准备从脸上逃走。苏丝问我今天情况怎么样，我没有回答，只是走进车内，合上眼皮。

我获准带走笔记本，我还将它抓在手上。我一个字都没写，只是随笔涂鸦，一堆彼此交叠、相切、覆盖的圆圈圈，有大有小，不断地转转转。

苏丝坐进后座，就坐在我身边。我感觉她一直从侧面望着我，却一语未发。她就让我静静待着。

情况怎么样了？

桑德讲到教室的时候，我听得不那么仔细，但我还是注意到，他开始讲到我——“玛雅”。每次讲到任何一个涉案人时，他都确保连名带姓，但提到我时，他就只称我“玛雅”。只有“玛雅”，不加姓氏——始终如此，即使那只是昵称，我的全名是玛丽亚·诺贝里。“玛丽亚”可以是政客、作家、医生或杀人犯。不过，玛雅倒是很可爱，一点儿都不伤人，她可是一只小白猫，是无尾猫彼得[1]的女友。检察官称我“被告”，偶尔称我“玛丽亚·诺贝里”，就是不称我“玛雅”。而在旁听我的讯问时，她可是一直称我“玛雅”。

“重点在于，”桑德说明道（在桑德的世界里，“重点”可真多啊），“院方必须好好认识玛雅。”

我不知道，桑德的构想能不能达到我们（包括桑德自己在内）所预期的效果。但是在他简单的陈词中，他还是借由法律界的行话提到了我老爸、老妈，还有学校；提到成人的世界如何背弃了我；提到自从塞巴斯蒂安进入我的生命以后，我就遭遇困境；提到我陷在泥淖中，无法自拔，这件事发生的时候，我才“刚满”十八岁。

桑德说，我虽“相当聪慧”，但是“还不太成熟，很脆弱，容易被操控”。桑德对我做过智力测验，让我和两个心理医生谈过话。他手上有一堆报告书，说明我是谁，为什么会做出这些事，以及为什么没做根据检察官的说法应该做的其他事情。

车子开上高速公路时，苏丝握住我的手，我则靠着她的肩膀。我在学校的课业表现很好。以至于提问时，老师会朝举着手的我微笑，却不让我回答问题。因为，我不需要再证明什么了，像我这样的学生，头上都罩着特殊光环。从一年级开始，情况就是如此。甚至从开学第一天开始，那时老师测验默写而没告诉我们这是考试，但我还是全对。或者从我学会书写体开始，即使我们不需要学书写体。再或者是从我第一次要求老师多给我几份答题纸开始，全班之

[1] 《无尾猫彼得》（*Peter-No-Tail*），瑞典儿童卡通片，主角彼得是一只靠后天勤学弥补先天缺陷（没有尾巴）的猫。

中，就只有我需要多的答题纸作答。

我很聪明，而所有老师都认为，这是因为他们教得好。老师们宣称，他们是“为了我这样的学生而活”，因为，学生的聪慧无法当薪水。

噢，抱歉，我以前是这样的一个学生。现在，已非如此。现在，我则是学校教育全盘崩溃、解体的最有力证据。桑德或许可以描述我有多“聪明”，直到穷尽溢美之词，但他也不能改变这个事实。在法庭这里我是拿不到 A 的。

“聪明”是一把双刃剑，当你宣称自己只是刚好待在一间满是尸体的教室，却没做错事时，就是如此。桑德告诉我智力测验的结果时，他的声音中带着一点儿遗憾。仿佛我还不知道这是个坏消息，仿佛我在这些年来都没尽力假装自己很平庸。

我所做的，就跟所有女孩的一样：抱怨一切跟自己有关的事，考前假装很紧张，考后假装难过不已：“天哪，我没写完最后一题。只随便乱写，结果一定糟透了。”我对老师、对朋友、对男生、对其他大人都装得很天真，假装自己很笨，就是为了不让自己看起来志得意满，让别人有“哼！她以为她是谁啊”的感觉。我几乎聪明到明白太聪明其实毫无意义，不只全无意义，甚至会变成不利因素。

今天一整天下来，桑德对智力测验只字未提。他反而谈到我如何被操控，我“遭到的对待”如何“影响”了我，以及“玛雅无法预知后果”，“让那些真正必须对此负责的人负责是至关紧要的”。最重要的是，必须记住“我们现在讨论的是法律责任”。最后他还放慢声音，降低音量，让大家注意聆听。

“各位，不要被骗了。”他颤着声音说，大律师彼得·桑德想要告诉全法庭的人，他对这次审讯投入了多少情感。他告诉新闻记者，这是他“最后也是最重要的”案子，不是在开玩笑的。那颤抖的声音在说，对桑德而言，我这个当事人非比寻常。我是玛雅，*无辜，却遭到指控*。然后，桑德提高音量，听来有点生气和反感。“塞巴斯蒂安·法格曼，”他愤愤地说，“应该单独承担所有法律责任。”

然后他暂停，手放在我的肩上停住，等待所有法官望着我们。即便此刻我在车内，苏丝坐在旁边，我依然感受得到他的手有多么厚重。

而后他说：“我们都希望有人为这场悲剧负责，想要有个解释本来就是人性。但是，并没有足够的证据可以起诉玛雅。应当负起责任的，是塞巴斯蒂安·法格曼，而他已经死了。”

爸爸再次清了清喉咙。妈妈哭了。我倒吸了一口气。

我、老爸和老妈，把戏剧化的时间点拿捏得完美无缺，而桑德则适时地补充法律陈述。

我们在看守所建筑前拐弯，车速减慢，苏丝准备出示通行证时，我的头痛又直往额头蹿了。我吞了一下口水，坐起身来挺直腰杆，睁开眼睛。

“我很好，”车子驶入看守所大门时，我告诉苏丝，“我很好。”

救护车，医院

7

整块区域都被封锁了。他们用担架把我抬出教室往救护车走时，我看见在稍远处聚集着大片人群，也看见沿着通往学校的上坡路上，警方用来封锁凶案现场的蓝白色塑胶条正随风摇曳。我想象着，牛栏和玉米田之间想必竖立了封锁人群进入的铁栅。

他们把我塞入车内时，我又听见一声救护车鸣笛声。是往学校去，还是离开？

我记不起来救护车是走哪条路将我从学校送进医院的。我看不到外面。我躺在担架上，盖着毯子，一心只想回家。我假装救护车是在抄捷径，我们很快就会到达阿尔托普[1]，黄色灯光整晚照亮着柔软整洁的慢跑道。老妈总是说“很方便”，我们将会驶过高尔夫球场，“转个弯就到了，很方便”（还是老妈的话）。海湾上还有刚上漆、新下水、准备驶入斯德哥尔摩群岛区的船只，“我们就住在天堂隔壁”（是的，还是老妈的话）。

---

[1] 阿尔托普（Altorp），隶属瑞典斯德哥尔摩省北部动物岛市的一个城区。

三周前，塞巴斯蒂安把船停在那儿。篝火节时，我们在那里留宿。塞巴斯蒂安睡着时，我抬头望着被雾气笼罩的天窗。那完全是最近的事，我也知道救护车并未载着我回家。然而此刻，我比以往更想看到自己熟悉的事物：北草园的曲面屋顶网球场、通往维克多·里德伯格中学陡峭到自行车都骑不上去的步道、瓦萨小学、橡树角的多岩小径、巴拉库达的狭长海滩、两侧树木林立的皇宫斜坡，还有老爸一周前才买的吊床。只要我能看见这些，就表示什么都没发生。但是，救护车没有车窗，而且车速非常快——不断地远离再远离。

现在学校是不是被封锁起来了？毕业典礼该怎么办？会取消吗？阿曼达的毕业派对呢？她是我们所有人当中最后一个举办派对的，而且她还说，我一定得上去致辞一下。“你一定得致辞，一定，一定！”现在，她的派对要怎么办下去？她不是死了吗？我听到她已经死了，听到他们大家每个人都死了，是这样没错吧？我看着他们死掉。就在刚才，我们都还活着，突然，除了我以外的所有人全死了。

那时是几点钟？我和塞巴斯蒂安经过动物岛广场时，派对才结束几小时，是吗？我们已经谈完了，无话可说，因此他走在我前面，不想跟我并肩同行。我看见面包店外的广告牌翻倒了，他们就这样把它放着过夜吗？天气很暖和，真是个温暖的春天，简直像夏天。长达一个多星期的暖和天气让人觉得浪费，仿佛等到暑假时，好天气就不会再剩多少了。和塞巴斯蒂安散步时，我因为脚痛一直赤脚走在柏油路上，用一手提鞋，抓着脚踝处的绑带。我试着用另一手牵他，但他把我推开。然而我还是相信，他已经消气了，平静下来了。他看起来似乎已经平静很久了。这不过是几个小时以前的事情吧？现在，塞巴斯蒂安死了吗？

那次散步，我们走上汉瑞克·帕尔玛大道。整条路空无一人，却明亮一如白昼。我们很快就要到学校和大家见面，丹尼斯、萨米尔，还有其他人，但当时，就我们两人走在那条路上，没有人走在我们前方或后方，更没人经过我们身边。别墅耸立在高地上，车辆停在紧闭的车库里，门紧锁着，还加装了警铃。整个动物岛好像被遗弃了。我没有听见任何鸟鸣声或清晨的声响，一片死寂，我心想，就像原子弹爆炸后那几分钟一样。我怎么会想到原子弹呢？我是那时就想到，还是在事后或现在才想到的？现在一切都结束了，一切都完了。

从学校到医院，一路上我都躺在救护车的担架床上，只能听却看不见。车子开了好一会儿，我又听到从远处传来警笛声。鸣警笛意味着情况紧急吧？还没结束吗？还有人活着吗？

“他们不是全死了吗？”我问旁边的警察，我记得是他把我抬进车内的。那警察没有回答，他连看都不看我一眼。他已经对我有了恨意。

医疗人员戴着乳胶手套脱去我的衣服，并把它们塞进不同的袋子里。好几个小时过后，我才终于能洗澡。前后有三名医生、四名护士检查过我之后，才放我进入淋浴间。我只转开热水开关，就钻进莲蓬头的水柱下，水柱正缓慢转向滚烫，但我完全感受不到水温的变化。我怎样都洗不掉身上的血腥味。浴室的门敞开着，没有浴帘，一名女警倚着门框，在淋浴时全程盯着我。他们做了一大堆采样，戳了我的指甲，还用金属仪器和超大根的棉花棒在我身上、体内刮擦。即使我没有任何问题，还是被迫在医院待了一整晚。

很久以后我才理解，警察来跟我谈话时，其实就是在侦讯我。很久以后我才搞懂，为什么我只能和警察说话，为什么医生和护士会用一种连同情都懒得表示的声音说“我们不能和你谈这个”。很久以后我才搞懂，为什么非得拖上好几个小时，我才能和爸妈见面。

我床边坐着另一名女警，她手握着警棍手柄。我的衣服被脱去放到床上时，我问她我爸妈是否死了。我实在不知道自己怎么会这样问：“我爸妈死了没？”但这显然让她非常紧张。她打了通电话，第一个女警就回来了，就是那个有着像男生一样瘦削的臀部、把头发烫成二十世纪八十年代发型、带着录音机的女警。她眯着双眼，问我为什么会好奇自己爸妈死了没有。我为什么会想知道这个？*为什么、为什么、为什么？*直到后来，我才弄懂她为什么觉得纳闷儿。

两名警员轮流坐在医院里盯牢我。老爸和老妈可以来探望我五分钟，当时应该很晚了，也许已经是半夜，有一名警员陪着他们进来。我的小房间里挤了六个人，老妈坐在我病床的最外侧边缘。她一语不发，什么也没问，“发生什么事了”“你做了什么”，甚至连“你还好吗”都没问。她也没说一切都会没事，或是告诉我现在该怎么做，该怎么做我才不会死，哪怕我说自己快死了。也许我还真想死？老妈只是哭。以前我也看她哭过很多次，但从没这样。她好像变成了另外一个人，看起来变形失真，惊惧不已。我想她怕的是我。我相信她不敢问我或对我说任何话，是因为她对我的回答感到恐惧。

也许警方（或桑德）要求他们不要提出任何问题，或谈到我会怎么样，但是我妈本来就不曾告诉我该怎么做，她总是努力皱着僵硬的眉头“讲道理”。在所有的母亲类型中，她最常选的就是“体贴型”。这一型的母亲会向自己女儿表示，她理解我已经成熟，可以自己负起责任。老妈其实并不这么想，她只是认为，让别人觉得她是这种人很重要。不过，这还真不是显示自己是个杰出老妈的好场合。在那种场合、那种时间点上，能成功证明自己是好妈妈的机会简直微乎其微。爸爸站在她背后，他也哭了。我以前从没见他哭过，就连在祖母的葬礼上他都没哭过。

“我已经打电话给彼得·桑德了。”他不容置疑地说。

其实我知道律师彼得·桑德是何方神圣。或许大家都知道他是谁。每当他为杀童犯或强奸犯辩护时，就会上报纸和电视新闻。八卦杂志也会刊出他参加电影首映会以及诺贝尔奖晚宴的新闻，不只诺贝尔奖晚宴，就连瑞典国王私下办的派对，他也常是座上宾。他还上过一大堆其他电视节目，经常以专家身份谈论那些没请他辩护的审判。

这可能很有意思。他可是我唯一听闻过且真实存在的人物，而不只是在电视、电影中高喊“阁下，我反对”的人，他不是一般人，他和国王有私交，他是个赫赫有名的人物。

我只是点点头。

老妈也点点头。她擤擤鼻子，点点头，接着点头如捣蒜，仿佛借由点头她才撑得下去，或至少能闭上嘴。我很担心，要是我不假思索就开口，恐怕会尖叫不止。我牢牢地闭上嘴。点头，或摇头。点头居多。

就这么办，我想，*闭嘴，什么都别说。*

老爸往后退了半步，我突然觉得他会要求我道谢，就像我小时候那样，他会把声音降低半个八度问道：“玛雅，这时候你该说什么？”但他并没这样做，而是离开了。

我本来想，他们可以待久一点儿的。警方想必很乐意听到一段爸妈和女儿之间亲情洋溢的对话，但情况却非如此。老爸和老妈离开了。我觉得他们不想要久留。

老妈离开前抱了我一下，她的指甲深深嵌入我的上臂。我倾身向前想要回抱她，却有点儿太迟，她的胸骨撞上我的锁骨。要是我没比她高，她或许能亲吻我的额头，或者做出一些充满母爱的举动，但现在不可能了。我把身子抽离她时，看到她的眼眶全成了粉红色，就像实验用的白老鼠。老妈脸上的妆全都被泪水冲净了，之后也没再补妆，足见此事有多严重，以及影响有多深。

他们离开后，一名护士走进来，给了我两颗装在塑料杯里的药片。我把它们塞进嘴里，用另一个较大的塑料杯喝了点儿水吞下去。然后她就离开了，门没关。我床边仍坐着一名制服警员，另一名警员则待在房门口。

他们想必以为，我会受不了自己的所作所为，感到羞愧而打算自杀。不过，这又是另一件我花了一两天才弄明白的事。我开口喊护士，从嘴里挤出“谢谢”，但我或许应该道歉的。我本来该死却没死，反而苟活了下来。*对不起，我真的很抱歉。我不是有意要这样的。我保证，我真的想死。*

我不知道在这儿的第一晚，自己是否入睡了，我想没有。不过我成功地让自己闭上嘴保持沉默，也没尖叫出声。

隔天早上两名警员来到医院。我已经被彻底检查个透，也欲哭无泪了。那名瘦削的烫发女警回来了，还带着一名眼神像在瞪人的较年轻的男子。他在她背后保持半步的距离。也许，坐在我房门外的就是他。不管怎样，他看来像刚睡醒。他依序盯着我们看，最后目光停留在我身上。我真想回瞪他，直到他被迫把眼神转开为止，不过我没能这样做。我累了，仿佛随时都会睡着。

警察看起来并不急，不过他们仍不打算坐下。一名医生带着一份文件进来，由女警在文件上签字。他们说我不需要更衣，可以直接穿着医院的睡衣上车，等我们抵达目的地时，我再换衣服就好。我自己的衣服、手机、计算机、iPod、家里和学校置物柜的钥匙，全被警方扣押了。

我要求上厕所和刷牙。他们同意了，但是烫发女警要跟着我进浴室。当我脱掉医院给的内裤准备小便时，她转身没看，然而擦屁股时，我发现她从镜中望着我。

我没问他们我还得在这里待多久。我们离开房间以前，警察取来一副手铐固定在我的手腕上，把一根手指插在我的手腕和金属中间，确保手铐没铐得太紧，然后，在我的腰间缠上一条腰带，手铐借由链条和腰带连在一起。我并不认为自己能回家，但也许直到那时，我才了解我们要上哪儿去。然而我最震惊的，还是被铐上手铐这件事。

“你们真的有权这样做吗？”我问道，“我只是个……”我本来想说我只是个孩子，或至少只是个青少年。不过我后悔了，不再问下去。

医院外早就聚集了大批新闻记者。四名手持相机的男子，以及四名把手机抓得紧紧的女子，就站在医院大门口。不远处，还站了两三名新闻记者。

当我走出门口时，他们可没大叫，而是马上兴奋起来。外祖父一套上橡胶雨靴，他养的小猎犬就会伸挺鼻子汪汪乱吠。我就是这些新闻记者的雨靴。摄影机快门闪动的声音听来很遥远。我开始以为，他们应该被要求保持在“适当距离”以外，然而现在，他们就待在我眼皮子底下。

我正等着便衣女警打开灰色轿车的车门，准备上车之际，其中一名新闻记者问我感觉怎么样。他的声音很低，我甚至没发现他站得如此近。我退缩了一下。

“谢谢，很好。”我脱口而出，忘记该闭嘴了。开口说出的话，简直比失控尖叫还要糟糕。我全身上下都感到大错特错。“我是说……”我还试着补充说明。这时，我看见新闻记者双眼眯起。他可不同情我。

女警抓住我，她绝对不想让我与记者交谈。

“你的朋友们死了……”新闻记者开始说，但被打断。

“现在闭上你的嘴！”烫发女警的表情像是要把记者痛扁一顿，“不准再问那些问题，否则就是妨碍调查，懂不懂？”

事后我才了解，烫发女警担心记者会把警方还没对我说的话先透露给我，警方希望观察我听到那些话后的反应。但在那时，我以为她在生我的气，甚至比之前还要生气，我脸红了。我可不是什么身材纤细的美女，也没有凝脂雪肤，我脸红的样子一点儿都不可爱。我呼吸困难，身上散发出汗酸味，豆大的汗珠留下盐渍。不过我还是装作若无其事，挺直背脊。

就在烫发、扁臀、指甲平直的女警在口袋翻找汽车钥匙，新闻记者努力想解读警察的话究竟是什么意思时，我感到风将我那散开的头发向后吹拂。烫发女警盖在我双手手铐上的夹克，掉落在地上。我就站在那儿，身穿大得夸张的医院病人服，没穿胸罩，坚挺的乳头正对着离我最近的摄影师。要不是手铐还被牢牢系在腰带上，我早就开始挥手了。我会做出“耶——我是世界百米赛跑冠军！”的疯狂手势，手臂伸直，五指张开，指向静默的“群众”——其实那根本不是什么群众，只是一群震惊不已、没刷牙、身上还穿着昨晚衣服的记者。

我坐进车里时，全身疼痛。衣服接触到皮肤，产生灼烧般的刺痛感。仿佛被水母咬伤、得荨麻疹或三级烫伤后伤口化脓。天哪，要多痛就有多痛。我觉得自己在颤抖。我紧紧贴着斜搭在双臂和双手上的安全带，将身子从烫发女警身旁转开，直到车子驶离停车场、上了高速公路以后，才又开始呼吸。

后面还跟了三辆车，它们与警车保持着距离。我看不见他们疯狂打电话给编辑部，看不见他们摆弄手机、上传照片的情景，但是，我知道他们在搞什么。

我的照片。玛丽亚·诺贝里，动物岛区娇生惯养的臭婊子，和现实生活脱节的疯子、凶手。玛丽亚·诺贝里就是个发疯的杀人凶手。不然警察怎么会这么做？一个十来岁的青少年，怎么会被铐上手铐，以这种方式带走？不消几分钟，我就会占满新闻版面，被三百六十度无死角分析，而且主题完全一样。

烫发女警很快就镇定下来，似乎并不在意我们被跟踪。她把一小包口含烟塞到唇下，用舌头将它往里面卷。她下巴伸挺，递出口含烟盒，作势问我要不要。我摇了摇头。

老天爷啊，我心想，*现在我们两个真成一条船上的蚂蚱了吗*？我真希望自己在上路以前记得要头痛药，或者，至少吃点他们给我的早餐。我突然发现自己好饿。我最后一次吃东西是什么时候？应该是昨天吧。但是，除了和一个警察在阳台上一起抽烟以外，我什么都不记得了。当我问起时，没有人大惊小怪。他们花了好一会儿才决定我可以到哪个阳台上透气，又过了好一会儿，他们才掏出一根香烟给我。除此之外，他们觉得一切正常。难道我再偷偷摸摸抽烟，就会来一场大屠杀吗？

可是，今天我吃早餐了吗？没有。昨天的午餐呢？肯定没吃。晚餐呢？嗯，我想没有。

我把前额贴在玻璃窗上，闭上双眼。即使戴着手铐，我也希望向这些新闻记者挥挥手。这样一来，国王的朋友桑德就可以说，我患了精神病了。

案号：B 147/66

玛丽亚·诺贝里动物岛综合高中杀人案

开庭首周：星期二

8

所有案件的审判都遵循着相同模式，关于该由谁发言、发言的顺序，都有明确规定。桑德全都对我说明过，我也仔细地听了。因为我不想被吓到，想对一切都做好准备。

第二天上午，我们在那个门上本该贴着“凶手”字条的房间见面时，还不到九点半，不过桑德暨赖斯达迪斯律师事务所已经派人从市中心东矿区[1]购物中心的餐厅取回了今天的午餐。食物是冷的，不过看上去还是比我过去九个月吃过的所有东西好吃一百万倍。桌上，咖啡壶旁边摆着一堆薄荷巧克力、一碟方糖和一瓶小瓶装的牛奶。吃完早餐不过两小时，我还是把巧克力吃了个精光，还把锡箔纸卷成小圆珠，堆成一座小金字塔。我完全没问有没有人想尝尝巧克力，倒是问了我能不能抽烟。桑德要求我“克制”（典型的桑德式措辞），因为我们一出房间铁定会被记者包围，而且“从安全性上来

[1] 东矿区（stermalm），位于瑞典斯德哥尔摩中央车站正东方，是重要的商务金融区。

看会有问题”。

不过，菲迪南倒是问我要不要口含烟。嗯，菲迪南当然用口含烟，想必她也不刮腋毛。我在看守所时，有一两个警卫看来也相信，口含烟和茂密的体毛是迈向女权运动抗争的正确方向。还有，稍许的体味是自然美的一种表征。菲迪南用一种更有教养的方式，提醒了我这些。她递给我的不是小袋装的口含烟，而是散装的，我一点儿都不惊讶。

“不了，谢谢。”我说。过去这九个月，我从其他女性手上接受的口含烟数量，已经超过大多数人一辈子需要承受的量了。

“你不知道抽烟很危险吗？”煎饼圆脸男直接在我耳边嘶吼，“吸烟的人会早死的。”

我无法判断，他是不是在开玩笑。

不管怎样，检察官今天要谈到我的死亡——关于我本该死掉的事。

她的论述如下：塞巴斯蒂安和我决定对那些背弃我们的人进行报复。我们在一个提包里藏了炸弹，另一个提包里塞了枪支，开车到学校大开杀戒。直到塞巴斯蒂安死了，大屠杀才告终。根据校园枪击案的模式（或者说，依往例判断），我本来也该死的，但是我却没死。一个或好几个疯子决定对同学进行报复，持枪到处扫射，直到弹尽粮绝，或是警方来到现场。最后通常是以他们持枪互射、饮弹自尽，或被警方打死告终。当然，前提是他们不能临阵脱逃。活下来的，都是懦夫、胆小鬼。而我呢？此刻还活得好好的，正高坐在斯德哥尔摩地方法院一号法庭外面。一个懦夫。检察官想必已经针对我做出这样的评断。

我对煎饼圆脸男说的话没回应。一名保安打开门，告诉我们现在可以进去了。就在桑德收拾自己的东西时，我还在用卷好的锡箔纸盖起最后一层金字塔。菲迪南再次问我，要不要来点儿口含烟。我摇摇头。看来我一定是一副好想抽烟的样子。

“尼古丁口香糖耶！”她欢快地高叫着，好像这是她出其不意的妙招。菲迪南甚至还有时间在自己的提包里翻找，直到桑德咂了舌。桑德绝对不会准许我在审判进行时嚼口香糖。我们走进法庭坐定。

那位“叫我丽娜”气色非常好，脸颊红润发光。也许她今天一大早就站在法院外的阶梯上，召开了记者会。今天天气很好，阳光普照却清冷。我敢下注赌她会非常乐意在法院大门阶梯处，召开户外记者会。嘿，惊悚巨片的超级大人物来喽！或者，她该不会是走路到这里来的吧？就因为每天规律运动很重要。要我猜的话，丽娜·派森一定是走楼梯而非搭电梯，而这让她可以在每天的午茶休息时间，吃上两块糕点或是个别袋装的宾治酒点心卷[1]。“叫我丽娜”看起来就像购买了国债，买了额外退休保险，不靠学生贷款就一路念完了法学学位（欠债的人就没有自由之身可言！）。不需多费心思，我就能想象她家（住在连栋屋）大概是什么光景：松木壁板客厅，儿童床上方挂着捕梦网艺品，玻璃柜里装着全瑞典最大套的陶瓷青蛙组件。现在又轮到她发言了。又来了。我对总检察官丽娜·派森简直厌恶透顶。

九个月以来，新闻和电视节目不断报道这件事，除了我以外，大家——对，就是大家都发过言了，并且在黄金时段大哭。每个人都能召开记者会，想在哪层楼开就在哪层楼开，而我的律师和家人却被禁止发言。这时候，不巧又是检察官发言，真是屋漏偏逢连夜

[1] 宾治酒点心卷（Punsch-roll），是一种外裹绿色杏仁膏的瑞典糕点，混合碎饼屑、奶油和可可制成烟卷状，并加入宾治甜酒增添风味。

雨。现在，她就要来谈谈那个本该举枪自尽，却不敢这样做的大屠杀凶手的故事。一个不敢承担后果的懦夫，一个以为自己可以溜之大吉的家伙。那就是我。

桑德大可解释到口干舌燥，我还是不懂怎么会是她先发言。检察官至少会花上一天来攻击我，或者两天。然后，我们讲完以后，又轮到她了。她会传唤证人，一个接一个，他们都有一个共同点：都同意我是个怪物。

今天，想必又是“检察官丽娜·派森日”，真不知道这种日子还有多少天。她全包了。老妈脸色惨白，看起来就像上了小丑妆。老爸则额头泛光。桑德完全放松下来，他本可以在自家客厅里和邀来的客人高谈阔论。不过，这场鸡尾酒会我可没受邀。我被开肠剖肚，大卸八块放在餐桌上。他们要大快朵颐的就是我，用蛋糕刀一块块分切。

我们必须聆听。接下来要看照片、素描、武器、调查报告书，还要浏览我的电子邮件、短信、Facebook 状态。瞧瞧我打电话给谁、讲电话讲了多久。谈谈我计算机里的储存内容，以及我在学校的置物柜里有什么东西。甚至还要研究我写在某本教科书封面上的笔记，内容引述了某首诗：“当一切无可期待，便无须再承担什么了。”根据检察官的说法，这意味着杀人与求死的夙愿。下周，丽娜·派森会传唤证人出庭，他们将会描述并说明“一切”。假如“叫我丽娜”可以自己做主，我看就连我穿过的内衣都会在庭内传阅，供众人嗅闻。

他们让我最后一个进场。我坐在自己的位子上，盯着桌面。要跟爸妈讲话根本不可能——感谢老天——更别说让他们拥抱我、触摸我、帮我抚平头发了。要是他们可以这样做，煎饼圆脸男会很高兴，因为新闻记者全盯着我的一举一动，煎饼圆脸男不介意他们看着我——只要他能操控他们该看什么。如果老妈能够帮我把刘海儿从面前拨开，将发丝拢回耳朵后方，煎饼圆脸男想必会大喜过望。

就我记忆所及，她一直都这么做。每次动作都清晰到仿佛照了相——用食指和拇指把头发塞到耳朵后方，简直就像 YouTube 上的九连拍。三十年来，拍照的主题始终如一，关于冰河如何融解，或是一个年轻美女如何在吸食冰毒两年后，变成一个牙齿掉光的老太婆。一堆静物照，迅速地依序一闪而过。玛雅梳理好的头发，羽毛一般、短短的婴儿头发；长一点儿的小女孩鬈发，我在托儿所拍团体照那天自己动手剪的刘海儿；还有没先征求妈妈同意就染了的头发；参加坚信礼[1]前，请她帮我烫成波浪状的头发；我头戴仲夏节花环的照片；圣露西亚节庆典的话剧表演；还有橡皮筋绑好的辫子；还有用监狱洗发水洗过、整整十一个月没剪过的超长头发。

新闻记者将会小心检视，老妈有没有当众关爱我。实际上，对此煎饼圆脸男会爽到喷屁。我坐在自己的座位上，空洞地凝望着。丽娜·派森打开她的麦克风，扩音器响起了“噼啪嚓”声。

“欢迎各位。”首席法官表示，他成功地让自己听起来带有憾意。然后，他把场子交给检察官。她的双颊依旧泛红。

“在凶案发生数天，甚至数小时前，被告的行为皆已构成教唆杀人……”她逐字朗读起诉书，“……她的行为导致塞巴斯蒂安·法格曼……”

她为什么要一直读下去？要老太婆记住她起诉我的理由，真有那么难吗？所以说，笨蛋也可以当检察官喽，这怎么可能？

“诺贝里和法格曼共同计划的第一步，就是在同一天早上，于动

[1] 坚信礼：一种基督教仪式，只有被施坚信礼后，才能成为教会正式教徒。

物岛综合高中 412 号教室展开攻击。这导致了第一起凶杀案。”现在她放下文件，甚至连老花眼镜都摘下来了，“我将会说明，被告是如何主动参与该计划的准备与执行的。”她继续说下去。

“我们最后发言是有优势的。”菲迪南这么说过。然而她错了，大错特错。等到检察官把这些全说完，没有人会想听我们说什么。没有人会想看我，更不要说让我讲话了。但是，我对此无能为力，什么都不能做。

我们要讲些什么都不重要了。没人会听懂我讲什么，更没有人会同意。虽然，大家玩的是同一个游戏，只是角色不同罢了。

桑德要谈谈“我的说法”，但是到那时，一切都太迟了。那时，他们早已做出决定了。

检察官继续聒噪，说我们——我和塞巴斯蒂安，是一伙的，说他是我男友。检察官表示，我深爱塞巴斯蒂安，以至于其他一切都变得不重要了，为了他，为了我们的爱情，我什么事都肯干。

丽娜·派森继续说她会如何证明自己是对的。“我将会传唤下列证人……”“关于证词……”“证物……”菲迪南状似同情地斜瞥了我一眼。*别再瞪了*。煎饼圆脸男把两个文件夹的位置对调。*安静坐好*。我很纳闷儿他们两个为什么会坐在这里，根本毫无用处啊。菲迪南的出现，只是为了证明我并不仇恨有色人种。有一次我忍不住问她，为我辩护她有什么想法。她紧张得要命，我还以为她要尿裤子了。她结结巴巴地说，这是“极为独特的机会”，她“很荣幸受此重任”，并“希望她的经验能够成为助力”。狗屎，她完全是在鬼扯淡。对于我和这场审判的一切，菲迪南可是恨之入骨。她恼火的是，自身经验明显不够格担任我的律师，却还得坐在法庭里。她讨厌的是，她跟我的案子“相称”，这意味着她必须在所有新闻记者和嫉妒不已的同事面前全力以赴——即使她出生在松兹瓦尔[1]，在瑞典信义会受过洗，也看起来像桑德的贫民区教徒代表。显然她心中所想却绝对不会说出口的是：她只喜欢关于这场审判的一点，就是我们稳输不赢。

丽娜·派森继续滔滔不绝。

“请参阅附件第十九条和第二十条。根据法医检验报告，被告玛丽亚·诺贝里使用二号武器所开的最初两枪，导致阿曼达·史坦的死亡。几秒钟以后，被告再度击发二号武器，请参阅附件第十七条和第十八条。根据法医检验报告，这两枪导致塞巴斯蒂安·法格曼死亡。”

我们“承认这部分关于罪行的描述”。意思是，这是真的。我把他们杀了。我杀了阿曼达，杀了塞巴斯蒂安。然而这可不是因为爱。关于这点，我们想怎么说它都行——但事情仍旧是我干的。

[1] 松慈瓦尔（Sundsvall），瑞典中北部城市，截至二〇一六年，人口约为十万。

开庭首周：星期二

9

我从不相信这事会那么快结束，不过总检察官丽娜·派森竟排除万难、在午餐前结束了自己的陈词。午餐后（菲迪南抢在我们吃午饭前，冲过去把食物加热），她开始展示各种书面证据：千奇百怪、五花八门的验尸报告，警方的笔记，各种奇怪的地图，会议记录，实验室检验结果、摘录、报告书，我实在没法全记在心里，也越来越难以专心听讲。丽娜·派森高声朗读，丽娜·派森逐字逐句高声朗读，丽娜·派森的声音真是让人厌烦，到了结尾处几乎沙哑了。丽娜·派森本该清清喉咙的，她却没这样做。

申请羁押的文件也不过十一页，但检察官啰里啰唆，搞得像是有一万一千页。不过，如果你把所有的调查文件都计算在内，总数大概就是那个规模。

我一整天都不准说话，又不能拔腿开溜，必须坐在这里承受这一切。我试着不听丑八怪丽娜讲话。

她高声读出我们之间的短信，那些由我发给阿曼达、塞巴斯蒂安和萨米尔的短信，那些由阿曼达、塞巴斯蒂安，噢对了，当然还有萨米尔发给我的短信。同时，她还把我们的短信对话按序列投影在大屏幕上，让所有人都看得一清二楚。能整理出这一切资料，她可是相当自得。这俨然成了她的教育学！

我记得，阿曼达生前曾给我看过一封她外祖母写的信。信中注明，她外祖母希望自己在棺木中要怎么打扮，在教堂里又该播放什么音乐。那是某个特别的四重唱组合唱的经典乐曲。阿曼达和我从没听说过那个合唱团和乐曲。但阿曼达提到，问题在于她外祖母最要好的闺密先死了，葬礼上就播出了同一首歌，所以她外祖母不得不想首新的乐曲，她外祖母可不想被人认为没创意。当然那首曲子播放时，她外祖母已经死了，而她那个闺密死更久了，但是对阿曼达的外祖母来说，不要成为模仿者就是这么重要。

即使死了，大家还是想独树一帜、别出心裁，真叫人费解。噢，不行，千万别像在乌拉瑞尔批发行[1]购物的乡巴佬一样，播放《每一天》[2]这种音乐。一定要特别，令人终生难忘。为了不要在安息之时还受平庸、陈腐的羁绊，一定得有个可怜虫以经典的重金属吉他伴奏，高唱《泪洒天堂》。就像其他那些"私人"葬礼一样。

就连走到人生终点时，人们还是很可悲。这可一点儿都不特别。

而现在，阿曼达死了。阿曼达、塞巴斯蒂安，还有其他所有人。我没办法参加他们任何一个人的葬礼。虽然，看守所不准我外出参加葬礼并不是最大的阻碍。不过我还是想知道，这些葬礼什么时候举行。于是桑德就告诉我了。但是塞巴斯蒂安的葬礼，桑德什么也没透露，因为那是秘密进行的。

我很好奇，塞巴斯蒂安有没有跟别人谈过，希望怎样安排自己

---

[1] 乌拉瑞尔批发行，以瑞典为总部的中低价位批发行与百货公司。

[2] 《每一天》(*Day by Day*)，瑞典女诗人 Linda Sandell 遭丧父之痛后，于一八六五年写成的福音圣歌。

的葬礼。想必没有。他只谈死亡，从不谈之后会发生什么事。不过，阿曼达对自己的告别仪式该如何举行，肯定有一大堆想法。但她干吗早早计划这种事呢？

筹办塞巴斯蒂安的葬礼铁定是一项艰巨的挑战。既不能寄邀请函，更不能在报上登讣闻。至于鲜花，还是送给无国界医生更经济。

但是，总有些什么安排吧？应该只有那些和他最亲近的人，私下出席了葬礼，谁知道那是些什么人，毕竟我跟他爸爸无法参加。不知道他们播放了什么音乐，有没有播塞巴斯蒂安老爸最喜欢的歌曲？那是他最常听的一首，叫《牧师降临学校》，讲的是有个小子犯规了，“忧郁的傻小子，忧郁的傻小子”。不晓得他们给他穿什么样的衣服。我敢说，每个人都该有自己“最爱的T恤”。因为大家都认为，所有死掉的青少年，都有一件自己最爱的T恤吧。

我想，他们会让塞巴斯蒂安穿西装。克莱斯的秘书麦利斯大概得去买一件。用一件昂贵、颜色低调的西装来火葬一个大屠杀凶手，真是再理想不过了。

要我猜的话，葬礼大概会在教堂举行，之后直接入土为安，或是到某个秘密海域，让塞巴斯蒂安的哥哥把他的骨灰随风撒落。总之就是不能有墓碑，否则万一遭人破坏，又要上新闻了。

我也好奇，塞巴斯蒂安的妈妈是否被叫了回来，不管是从瑞士的勒戒诊所、非洲的慈善机构，还是她在儿子心理状况日渐恶化之际待的任何鬼地方。

我可以想见她现身的模样：戴着超大的太阳眼镜，做过蜜蜡、激光除毛的肌肤，光滑剔透有如水母一般。或许还带了一朵橘红罂粟花，好放到棺木上。她绝对不会带玫瑰花，玫瑰花在葬礼上太平庸了。不过很诡异的是，让老太婆看起来像绿头苍蝇的太阳眼镜，却被认为时尚别致。

在总检察官丽娜·派森放映从教室拍摄的照片时，我听见老爸在座位上动来动去。不用看就知道，他难以坐定太久。可是，在她播放被监视器录下的塞巴斯蒂安扫射时的画面，以及我从他家把一个提袋搬到车上、而后坐在塞巴斯蒂安身旁副驾驶座上的视频时，整个法庭都鸦雀无声。从视频上看，我似乎觉得那个袋子很重（也的确是）。事后，他们在我的置物柜里找到了这个提袋。但是，那颗炸弹从来没有引爆，根据专家的鉴定报告，它“质量粗劣”，不足以引爆。不过丽娜·派森的目的，是把我们两个描绘成拥有无数资源的大怪物，专家证词不符合她的目的，所以她干脆不引述。

那天早上我最后一次走出家门时，未跟莲娜道别，她还在睡觉。也许，那天早上她真是睡到自然醒。事到如今，我多么希望能进去看看她，我很喜欢看莲娜的睡姿（她总是趴着睡，双手握拳放在枕头上）。我努力回想自己最后一次看见她是什么时候，我们那时谈了什么，她当时的穿着和模样，但我就是记不起来。

老爸铁定是请了三个星期的假，才能全程旁听审判。不知道他是否得在安检处交出手机？我也想知道，当他们在这里的时候，莲娜又在做些什么？她在外祖父家吗？不晓得外祖父对这件事会怎么说？他会不会告诉莲娜我在哪里？外祖母还在世的时候，她和外祖父的关系大致是这样的：外祖父陈述一些事情，外祖母则提出一大堆后续问题，好让外祖父充分说明。倒不是因为她需要知道更多事实才能了解，而是因为外祖父很喜欢说明事情。外祖母过世时，外祖父看起来很泄气，困惑无助。我们还是继续提出毫无必要的问题，但是一切都不一样了。外祖母过世时，他年事已高。葬礼时，他的身姿已经有些不稳了。而现在他就只是个老头（双眼涣散无神，膝盖肿胀），他再也不会长距离散步，松开狗的颈圈让它们四处奔跑，或是用整只手指着那些他相信你会认识的植物。我不知道外祖父还能不能回答关于我的问题，更不知道莲娜敢不敢问起我的事情。

我最想念的就是莲娜了。我梦想着，她把柔软如桦树叶的小手搭在我的手臂上，望着我问为什么。我真想回答："我不知道。"想来，莲娜提出的问题我势必无法回答，所以，我不再想见她了。

"叫我丽娜"高谈阔论时，我因为一直抬着头，脖子变得僵硬起来。现在，她谈到我们——我和塞巴斯蒂安——在那个像是核战争刚画下句点的晚上互发的短信内容。我真想高声尖叫。

对！你说的我都知道，该死的说教老太婆。闭嘴！

现在，她又逐字逐句读起起诉书。

"检察官根据下列罪行，要求判处被告……"她开始叽里呱啦说起来，"教唆谋杀……谋杀或二级谋杀，或致人死……"不管怎样，她似乎用了整整一刻钟朗读所有可以用来定我罪名的词汇。

我心想，塞巴斯蒂安的葬礼一定很独特，而阿曼达葬礼上播的，百分之百是《泪洒天堂》。

看守所，最初数日

10

在看守所完成注册后大约一小时，我第一次和桑德见面。我在会客室等了好几分钟他才进来。我坐在四张大人椅的其中一张，瞪着孩童游戏区。那里摆着一张小桌子、损坏的娃娃车、塑料咖啡杯具组，还有几本被撕烂的童书，像是绘本跟阿斯特丽德·林格伦[1]的经典作品。幸好莲娜从没来这里探望我，不用玩看守所的这些破烂玩具。

每次跟桑德见面，我们都会先握手，第一次也不例外。第一天，那种感觉很像他是我的客人，但我却不知道拿什么招待他。我倒了一杯水给他，尽管双手颤抖，但水没有洒出来。

第一次见面时，主要都是他在说话。他问我“对这些指控有什么看法”，但我并不知道有哪些指控。想必警方告诉过我，但是当时我却记不起来他们是否真的说过。

---

[1] 阿斯特丽德·林格伦（Astrid Lindgren），瑞典著名的绘本作家，代表作品有《长袜子皮皮》《绿林女儿》等。

“你涉嫌……”当察觉我有多么困惑时，他的声音听起来相当惊讶。我试图解释，但越描越黑。

桑德点点头，要我循序渐进，一次讲一件事。“今天稍晚”或是“之后”，一切就会明朗，我们可能得先听听警方有什么话说。

“你涉嫌谋杀罪的理由相当充分。”之后，他用非常平和的声音说，“不过在今天，你涉嫌的程度还有可能再提升。”他如此说明，仿佛那样可以让一切更容易理解。

在离开之前，他交给我一个装满衣服的提包，里面全是我的私人衣物。他一定是从我老妈那里拿到的。对于这些出乎意料的实用物品，我还没来得及放声大哭，桑德就先走了。

回到房间时，房里摆了一个装着冷掉的食物的托盘。我把提包放在囚室地板上，什么都没吃。有人建议加热盘里的食物，我说不用了，就兀自仰躺在床上，痴痴盯着天花板好几个小时（他们每半小时就来察看，因为担心我会寻短见）。然后他们进来告诉我，警方要侦讯我了。早上那个负责把我载出医院的烫发女警又回来了。她这回带了一个新同事。当然了，桑德也在场，他刚回来。现在，他还带了菲迪南进来。她伸出不断冒汗的手，双唇发干自我介绍说，她叫“艾雯”（没提到姓氏）。烫发女警换了衣服，但衣服看起来像是用不正常的水温洗过。他们在一间特别侦讯室等我。

他们允许我看了侦讯内容，虽然这并不十分必要，因为我对细节记得一清二楚。好几个月以来的这些日子，我唯一能做的好像就是摇头或点头。当时我或许一无所知，但现在我记得一切。

青少年看守所的侦讯室和“我的房间”位于同一栋楼，甚至就在同一层楼。玻璃窗上还结着霜。我完全辨识不出窗外的景物，那只是一片泛着颜色的雾气，以及无以名状的阴影。这是瑞典十一月傍晚的阴影还是半夜呢？*可是现在快六月了，为什么没有阳光？*我记得自己当时是这么想的。*他们真的可以在半夜讯问嫌犯吗？*因此我问了现在几点钟。

“你肚子饿了吗？”烫发女警的同事问。他们整天只会唠叨食物，*吃、吃、吃*。想必瑞典的罪犯都是一帮贪吃鬼。我摇了摇头。

烫发女警的同事回答我，现在是五点。*早上五点？*尽管心里纳闷儿，但我没有多问。不管怎样，外面总该天亮了吧。现在还是五月不是吗？

他继续表示，等我们完成这些问话，就会替我准备晚餐。噢，原来是晚上。我倒是不饿。我没想到自己还能够再进食。

我坐在某种手扶椅上。桑德、菲迪南和烫发女警那位男同事一起坐在普通桌子前的普通椅子上。这名男警员没有穿制服，而是穿着有点儿像睡衣的东西，似乎是一条没烫过的西装裤。他自我介绍，但我马上就把他的名字忘得一干二净了。他前一天也跟着到医院了吗？我不记得了。不过，难道我该记住他吗？看他那头发，铁定一星期没梳理了；至少在理论上，这应该会让人难忘。他清喉咙的声音，深深烙印在每个不得不听这声音的人的大脑皮层上。屋子里有人身上散发出昨天的烟味，想必就是这位仁兄了。我再问了一次他的名字，他清清喉咙又说了一次。我还是没弄懂。*但那不重要，*我边想边点头。

烫发女警表示，讯问会全程录像。她指指斜置在门上方的摄像机，另一台摄像机则摆在对面。她听起来比她同事机敏，即使只是穿着超市卖的牛仔裤，但显然她才是调查的负责人。我朝她点头的同时，发现椅子侧边与衬垫之间的接缝处卡了一块干掉的鼻屎。

想正常坐在椅子上几乎是不可能的。我无法理解，他们怎么会希望我半躺坐着。我可不想向后靠，这样很难呼吸，但是我想不出该怎么解释，所以还是向后靠了。我感觉到自己浮现了双下巴，只好再度坐起身。我不得不坐在椅子边缘，才不至于滑下去。

烫发女警说了我的名字。她常叫我玛雅，听起来很像电话回访的客服人员。“嗨，玛雅。针对罪责问题，你的看法是否改变？玛雅，没有吗？玛雅？”有时她试着让自己听起来语带怜悯，就会用那种“让——我——看——看，他——碰——你——的地方——是——洋娃娃——哪里”的声音。

“玛雅，你是否可以告诉我……说明一下你是怎么卷入这一切的，玛雅？你觉得自己为什么会在这里，玛雅？我希望你能够了解，玛雅，我们必须……”

然后，那种电访员式的声音又回来了。

“你还好吗，玛雅？要不要喝点什么，玛雅？你觉得，我们现在可以开始了吗，玛雅？你觉得，你是不是能……玛雅……玛雅？”

我摇了好几次头。当她看起来困惑不已时，我就点头，直到她又继续说话为止。

她掏出一张白纸和一支很钝的铅笔。这我就真的不了解了，她是想让我用纸笔写下我的答案吗？嗯，她以为我是聋了还是哑了吗？

当我什么都不做时，她就开始在纸上涂鸦——一幅素描。先是一个长方形，一间教室，教室里又画一个长方形，讲台，还有课桌。她标出通往走廊的窗户和门的位置，边画边问问题。一会儿过后，她就放弃了关于教室的问题。接着她又试了几次，想让我谈谈我之前做了些什么。“玛雅，你早餐吃了什么？你是怎么到学校的，玛雅？”

是老妈载我到学校的吗？摇头。搭公交车到学校的吗？摇头。跟塞巴斯蒂安一起到学校的吗？点头。我猜想，这些都只是某种热身用的问题。要想谈些别的事情需要原地慢跑，伸展一下肌肉。

烫发女警没一会儿就放弃这些问题了。

“玛雅，塞巴斯蒂安是你男朋友。”她突然说道。这听来不像是个问题，我猝不及防。不知道为什么，但我没想到她会问这个。这太俗了。她会像电视上演的那样，亮出死者的照片吗？我猜想，她会把尸体照片像扑克牌般摊在桌上，画上标出那些死尸的轮廓。阿曼达、萨米尔、塞巴斯蒂安、克利斯特、丹尼斯。

我闭上眼睛。他就在那儿，双眼直视，似乎想看穿我。那双我永难忘怀的手。他的身体，整个人，粗糙和柔软的部位，强硬坚挺的部位，他的气味，以及他进入我身体时的感觉和我感受到的他的重量。最重要的是，他压在我身上。直到他们把我从教室弄走，将我们拆散，抬走他的尸体。

塞巴斯蒂安，我强迫自己去想。她希望我谈谈塞巴斯蒂安。别无其他。

*不行，*我想。*只管点头就是。*“嗯。”*啥都别说。*

我的脑中响起狂哮。我用双手按住头，以免它崩裂四碎。

塞巴斯蒂安常听他老爸最喜欢的音乐，真的很常听，一直听。我们第一次接吻时（不是在托儿所，是第一次真正接吻的时候），他称我是“甜美的玛莉·珍[1]”。当时我还不知道那是什么意思，而那也是他老爸最喜欢的歌曲内容之一。我刚坐上伟士牌摩托车，戴上头盔，他就这么说，还取下嘴里的大麻烟递给我，下唇上的唾液闪动着。我摇了摇头。老爸和老妈铁定在某扇窗户后面监看我们，我不懂，塞巴斯蒂安怎么敢这样。不了，谢谢。然后他就开始吻我，

[1] 《甜美的玛莉·珍》(*Sweet Mary Jane*)，瑞典歌手 Peps Persson 于一九六八年发行的唱片专辑名称。

身子前倾，用舌头撑开我的双唇。当他抽离时，就把大麻烟塞在我半张开的嘴里。“玛雅。”他耳语道。我深吸了一口，没有咳嗽。他让我吸了三口，然后再度亲吻我。塞巴斯蒂安吻了我，而我就在离自己父母几米的地方吸起了大麻。

我本来可以点头的。“嗯。”他是我男朋友。或是摇摇头，“已经吹了。”无论如何，他们是不会懂的。

他喜欢让我戴上他的耳机，在亲吻我的同时，让我听着他老爸最喜欢的歌曲，用双手爱抚我的肌肤，抱住我，不放开我。他拒绝放开，拒绝让我离开，拒绝放手。

他是我男朋友吗？这种问题根本不值一哂。

“我告诉他，我撑不下去了，”我耳语道，我不确定她是否能听见我的声音，“这段感情，必须结束。”

我们最后一次散步的时候，我真的这么说过吧？或者，我只是想想而已？

我不记得烫发女警是否看着我，但我记得她的语速放慢了。

“听好，”她开口了，“你得了解，在我们对你采取这些措施以前……你刚满十八岁，没错吧？”

我其实无需点头，但还是点头了。她确实知道我的年龄。

“嗯，年轻人遭拘押隔离并全面受限制，这种做法确实不常见，但你要了解，这表示还有其他事情有待厘清，不仅你曾经是否和干出这种事情的男人……塞巴斯蒂安……交往，还有更多事情必须厘清。”

我点头。

桑德坐直了起来。“你指的是什么？”他问道。

“等我们研究完手边资料后，会再详细说明这个部分。我们还有更多事要处理，现在，真的只能拜托你，一次把所有事情都告诉我们，这是为你好。我相信你可以说出更多有别于以往的内容。”

我随即点头，却又反悔地摇头。桑德紧绷起来。

“现在，我要对你再追加一条罪名。”

就在她说出这些话以前，突然每个字好像都比之前更重要了。

“这和你们——你和塞巴斯蒂安到学校以前，发生了什么事情有关。跟塞巴斯蒂安的爸爸有关。”见我一语不发，她继续往下说，“你需要和你的律师谈几分钟吗？我们可以先暂停，休息一下。”

我摇摇头。

“你想跟律师谈一下吗，玛雅？”

“不。”我说。我为什么需要这样做？

接着她就提到，在我去塞巴斯蒂安家准备和他一起开车去学校前大约一小时，塞巴斯蒂安所做的事情。她谈着、描述着、提问着，嘴巴动来动去，越问越多。

我什么都没说，反倒张开了嘴，然后，就开始了尖叫。别无其他——只有尖叫。我一发不可收拾。

11

直到喉咙开始灼痛，身体停止运作，我才停止尖叫。离开教室整整三十二小时以后，我终于睡着了。我需要的，不过是一次歇斯底里的崩溃。一名身穿西装的医生在我的手臂上打了一针，但这一觉睡得并不久。我醒来时，脑海里传来一阵尖锐声响——音乐和歌词的片断，出自我不复记忆的某处。

我没有回到一开始被带进来的地方——“我的房间”，而是置身于监看牢房。尽管从没亲眼见过，但毋庸置疑我现在就置身其中。这里连窗户都没有，只有一张橡胶床垫，摆在和马桶座一样大的地面排水口旁的地板上。他们八成以为我会呕吐。有一面墙则被模糊不清的镜子完全覆盖。

我试着不去看镜子，因为我知道，他们就在镜子后方监视着我，仿佛我是水族箱里的一条鱼。我转而瞪向天花板，等着天花板崩塌下来，或者变得像酸奶一样柔软，然后像伤口一样裂开，从中伸出一只手往下把我拉起，脱离这里。然而，会这么做的绝不会是老爸和老妈。现在他们怕我，我在医院里就看出来了，他们怕我怕得要命。他们女儿可是个杀人犯，她活该，她该死，咦，她怎么还没死？*我爸妈还活着吗？*现在我才了解，为什么我这么问的时候，警察的表情是如此诡异了。

*

其实，我属于那种爱哭的人，在电影院看到有小婴儿的广告片时，或是有人歌声甜美到让歌唱比赛选秀评审震惊地起立鼓掌，说“就是现在！你崭新的人生开始了”时，我会哭。我会因为某人自发的善举而哭，也会因为说不清原因的怒气而哭。电影结局悲伤我会哭。好结局呢？我也会哭。我就是这样的一个人。但我现在没哭。没什么好哭的，也没什么好做的。如果还存在其他选项，或者状似不公不义，悲剧结局才会够悲怆。如果悲剧结局根本不可避免，就没什么好哭的了。

我不觉得自己能再次睡着。我觉得自己会躺在床垫上，等待永恒，就像一条来自水族箱却被冲上岸的鱼。但突然间，我冒汗不止，头发上、双腿间，全身湿透。我冷得打哆嗦，双手手掌冷到发疼。我浑身发冷，根本无法动弹。里面没有毛毯，我的寒战越来越严重。皮肤发痒，头皮发痒，手掌也发痒。

我束手无策，只能望着墙壁上的镜子。我知道，到处都是人。我感觉得到他们在镜子后面绕着我移动，他们望着我，而我却看不见他们。他们就围绕着这个我在其中游动、肚皮朝上濒死漂浮的玻璃水族箱。上宗教学课程时，我们曾谈到一个在博物馆展出金鱼的疯狂丹麦艺术家。他在每个搅拌器里都装了十条金鱼，参观者可自行按下“开启”键开始搅拌。叽——！只要一秒钟，金鱼冰沙就好喽。他们用摄像机监视我吗？是的，那当然了。他们需要告诉我，他们在盯着我吗？才不呢。他们在剥光我的衣服、插针注射我并不需要的药物之前，根本不用问我一声。我没有闭上眼。周遭全是看不见的隐形人。他们有时、经常、三不五时开门，我会忘记他们、记得他们。有时，还会有人进来触摸我，他们的手牢牢定在我的皮肤上。叽——！

我怎么可能睡得着？就凭塑胶杯里那一小粒白色药丸，怎么可能让我放松下来。打一针？免谈。我可不能冒这个险。只要我眼睛闭上，就又会全部回想起来。

警方曾要我从头开始讲。然后他们告诉我，克莱斯被枪击了。塞巴斯蒂安最先杀害的就是他。那天早上我到塞巴斯蒂安家里时，克莱斯·法格曼已经死在厨房里了。

“玛雅，你对克莱斯有什么看法？

“玛雅，他对你做了什么？

“玛雅，你有什么想法？当克莱斯这样做的时候，你怎么想？

“玛雅，请你谈谈，你跟塞巴斯蒂安是怎样谈论他爸爸的？

“我们是否能谈谈，你回家以后，发了什么短信给塞巴斯蒂安？”

他们早就知道了，而这正是他们一问再问的原因。

他们说，我和塞巴斯蒂安早已决定，他爸爸非死不可。其他所有人，也都得死。

“玛雅，为什么他们全都得死？”

他们说，塞巴斯蒂安和我决定要一起死，我们预想的结局就是如此，但是我没胆。他们说，畏惧死亡很正常。

“当你了解到这意味着什么时，你害怕吗？玛雅，你在何时了解到，一切将画上句点？”

我连这是怎么开始的都搞不懂呢。现在，我人躺在这里，躺在一间别人可以盯着我看，而我却看不见别人的囚室里。这还没完呢。

*

在许多所谓一开始的某一次，我和塞巴斯蒂安喜欢待在泳池屋里。它就位于房子左翼。和泳池建筑相通的空卧房从来没人使用，但房里那宽大的双人床被褥却总铺得很整齐，给人一种清爽的感觉。泳池屋到处都是扩音器，天花板上、地板各处、每个角落都有。泳池屋的音响效果最好，音乐声会盖过泳池设备的低沉嗡嗡声。所有那些歌词、旋律，都再熟悉不过了。是他的，我的，我们的歌，在我们身旁流泻萦绕，包围着我们。

我觉得自己神志恍惚起来，我纳闷儿他们到底给我注射了什么。我的头嗡嗡作响，那种感觉很像打开收音机，每个频道都试听五秒钟，再换下一个频道。调到某个频道时，各音频之间的爆裂声便随之传来，然后是节目声音。白噪声，声音，白噪声，声音。

我听克莱斯说过，他唾弃嗑药的家伙。这只是他痛恨塞巴斯蒂安的原因之一。

我用一只手抚摩粗糙的囚房墙壁（它一点儿都不像酸奶）时，

心想这都是多久以前的事了。一定是像永恒那样久远了，或者才刚发生不久？是的，前一天晚上我嗑了东西，事发时我焦虑不安，紧张亢奋却又恐惧。克莱斯很粗暴、不道德，我恨他。他对我很粗暴，对塞巴斯蒂安更粗暴。得有人告诉塞巴斯蒂安：他老爸有问题，有病，脑袋坏掉了。所以我才对塞巴斯蒂安说了那些事情，所以他才做了那些事吗？

我在床垫上坐起身，察觉到自己光着脚，脚底下的地板清凉。在我还被拘押时，他们把我的医院拖鞋换成了一双很像凉鞋、没有鞋带的鞋子。可是现在，连这双鞋也不见了。在文德路圆环边的电缆上，常会挂着运动鞋。我从哪里听说过，在纽约，如果电线杆上挂着鞋子，表示在那儿可以买到海洛因。在动物岛，根本不需要站在街上受冻就能买到毒品。老爸和老妈在书房的雪茄盒里，就藏了现成的大麻烟卷儿。它们被锁在橱柜里，又旧又干，我很怀疑它们还能不能抽。但是对我爸妈来说，只要知道家里还藏着这种东西，就够兴奋的了。*以防万一。*仿佛他们就是那种可能落实“以防万一”“我们动手吧”和“有何不可”的人。不晓得警察搜查我们家的时候，是否发现了他们私藏的烟，或许老妈来得及扔掉它们，或许他们会推说那是我的。我宁可抽兔子便便，也不想去搜刮老爸老妈那可悲的收藏。

我躺在地板上，头部就在排水口上方。我已经很久没有这么昏沉，这么不省人事了。我已经不干这种事了，对吧？总之，几乎是不干了。塞巴斯蒂安生我气的众多原因之一，就是我会说“不”。我的确说了“不”对吧？我的确有喊停对吧？

脑袋嗡嗡作响，我觉得很不舒服。

塞巴斯蒂安常打电话给一名男子，为了“叫出租车”“订比萨”

或者“清理游泳池”，视情况而定。这些代号从来就不难理解。“两个意大利厚馅比萨，奶酪多加一点儿。炸洋葱圈，一瓶芬达，我们有四个人。”不过，后来他就和丹尼斯搭上线了。之后，他就不需要这个“比萨外送男”了。

在毒品方面，丹尼斯的创意还真叫人惊艳。

我该说吗？警方会想知道塞巴斯蒂安是怎么弄到毒品的吗？我该说都是毒品惹的祸吗？让他们这么认为好吗？桑德希望我说吗？我该提到那些派对吗？塞巴斯蒂安办的派对棒极了。他就是传奇。其他人的想象仅止于父母的陈年红葡萄酒和贝里尼唐培里侬香槟王。他们认为，付钱给一些身穿比基尼泳装的十五岁女孩，让她们在年度单身汉晚宴上端盘子，就很了不得了。塞巴斯蒂安可不然。他租用了扩音器、专业DJ、游艇、马戏团、电视明星主厨、烟火秀，还有一名来自拿坡里的比萨师傅。有一次，他用飞机把一名YouTube网络红人从纽约载来，跟我们一起开派对。YouTube网红烂醉如泥，言语不清。不过，他和阿曼达一位喜爱骑马的朋友上了床，两周后便在网络上发布标题为“和瑞典人开派对”的视频，点击量超过两百万次。

塞巴斯蒂安简直没有极限，大家都超爱他办的派对。大家都爱他，爱和他有关的一切，至少一开始是如此。大家都想跟他在一起，但是我比任何人都亲近他。塞巴斯蒂安就是更想和我在一起，而不是别人。*没有了你，他撑不下去的，玛雅。*塞巴斯蒂安和我在别人吃完饭以前，就离开了晚餐桌。其他人还在跳舞时，我们就离开了舞池，走进泳池屋里，从里面把门反锁，让其他人在外面开派对。我们想让他们滚回家时，塞巴斯蒂安就会把电源切掉。音乐一停，大部分人就会离开。我们赤裸着躺在泳池屋的地板上，听着泳池设备嗞嗞作响。这些设备连接着某个独立电源，从不关闭。

塞巴斯蒂安选择了我。这很难理解，我永远弄不懂为什么，他应该选个更漂亮、更与众不同的妞。然而，从他选择我的那一刻起，我就是一切。我变得独特。老爸和老妈完全不知如何自处，他们喜出望外。塞巴斯蒂安！他们永难相信。

一开始，他们其实是因为塞巴斯蒂安而感到高兴。我该说吗？警察会想知道大家多爱塞巴斯蒂安吗？以及，塞巴斯蒂安有多爱我？当我背弃他时，他仍然爱我；也因为爱我，他再次选择了我。他比任何人都要爱我。我爱塞巴斯蒂安。

但是，我恨他爸爸。我恨死了克莱斯·法格曼。我巴不得他死掉。

12

我待在监看牢房里过夜，嘴巴就靠在排水孔旁边。过了一会儿（一小时还是两小时？），我再次从床垫上坐起身来。我睡着了吗？尖叫了吗？我再次醒来时，又过了多久？我不知道，不过头部的感觉不一样了，感觉墙壁越来越硬。我把身体蜷成一团，低语着他的名字。起初，那滋味如此甜美，但不久之后，就像融化在舌尖上的糖霜一样，它黏附在上腭，嘴里充满苦涩的胆汁，我就在离排水孔相当远的地方呕吐起来。有人进来把呕吐物冲掉。那人给了我一杯水，把我的嘴巴擦干，又走了出去。

当我的情况稳定到可以回到“我的房间”（它有窗户和一张床，但我仍然被隔离）时，烫发女警便继续问话。一开始，烫发女警总是主导对我的盘问，她的同事们只能提出几个零星问题，坐在角落抠着指甲，三不五时进行轮替。

看来警方认为烫发女警非常适合和我谈话。她可是“年轻女性”。我则觉得她很可悲。

每次问话开始时，她总是朝气蓬勃。也就是那时，她会一直喊我的名字，听起来就像儿童节目主持人一样快活。到了问话的尾声，她就越来越累，也越来越恼怒。这时声音就会降低一整个八度，讲起话来开始像翻译得很烂的犯罪影视剧。

“真的？那你怎么解释这些短信？”

“我听见你说的了，玛雅，我听见了。但我有点难以理解，如果你没这个意思，为什么要这样写？你常说一些口是心非的话吗？”

在某些方面，她让我想起了莲娜刚出生时，老妈强迫我拜访的那位心理医生（她认为我的妹妹这么晚才出生，对我会是个问题）。这位心理医生读过“ABC 情绪模式”，认为应该等待患者自由诉说，这样我才会告诉他我的心事，避免陷入尴尬的沉默。

烫发女警经常使用相同招数，跟面对心理医生时一样，常会出现我们两人沉默无语、呆坐在侦讯室里的状况。在心理医生办公室时，可能有十分钟都没人说半个字，但在这里不会持续那么久，因为桑德会抗议（“如果你们不提问，我的当事人就无法回答”“你们不能指望我的当事人能猜到你们想知道什么”）。就好像他认为，我一语不发，而警察呆坐在那儿直盯着咖啡冷掉的塑料杯，已经成了一出可笑的荒诞剧。有时候连桑德都保持沉默，靠着那不甚舒适的椅背、双手合十、合上眼睛，好像已经入睡或是陷入沉思，而那时候，他的钟点费还在继续往上跳呢。

我偶尔会回答某个问题，比如前一天晚上的派对、和克莱斯吵架、我的短信；或我们在电话里都谈了些什么、什么时候决定一起到学校；或在我回家前几个小时的那次散步时讲了些什么，但没过几分钟，烫发女警就又提出一模一样的问题。

“我才刚回答过这个问题。”我说。

“我很希望你再谈一次。”烫发女警说。

这时，桑德就会发出叹息。

烫发女警会被惹恼，有时甚至恼羞成怒，不过她总能把持住自己，从不会大吼大叫。她总用同样湿润的眼神盯着我看，不温不火，不和善也不空洞，纯然空白无表情。她的同事们就比较沉不住气了。一旦他们高声说话，烫发女警就会不容分说立刻请他们出去，但又不是以命令的形式：她会请他们去拿些东西，水、纸、一些洋芋片或“一点儿热饮”。所以她的同事们只有控制音量瞪着我，才能留在这里。

最恶劣的就数那位二十五岁的男子。他在第一周快结束时加入，他对我的恨意，远远超过对所有曾经拒绝过他的女孩的恨意——看得出来他的床上功夫非常差。但是，他没让烫发女警看到他瞪我的眼神，因为如果被她看到，他大概已经被强制休假，或被调到其他岗位，比如检查超速车辆。

我怎么知道他恨我？因为他让我想到，有一次，我带塞巴斯蒂安参加外祖父举办的狩猎。外祖父的狩猎好友是七个吃饱喝足的CEO，他们午餐前就喝醉了，在森林里打盹儿，还撒谎说：“噢不！我没有伤到公鹿，只是射偏了而已。”这样一来，他们就不必用猎狗去追踪负伤的猎物，猎狗跑得很快，才跑十几米，就满嘴血腥味了。我得和塞巴斯蒂安留守岗位，而不是参与追逐。

塞巴斯蒂安有时会和他爸爸一起打猎，所以一起打猎的人给了他不错的狙击点，尽管他可能还太年轻，不足以完全胜任。外祖父见到我们很高兴，他用大人的方式跟塞巴斯蒂安打招呼，还眯起眼睛打量塞巴斯蒂安把来复枪扛上肩的样子。塞巴斯蒂安比平时还要沉默。当我们围着狩猎领队，站成一圈听取打猎说明时，他看起来也比平常冷静许多。我们步行前往指定地点时，他仿佛旁若无人，几乎在神游。我们站定后等待猎物接近我们的地盘，他摇身一变成为我从未见过的人，仿佛他的体内血液正在沸腾流窜。我就在他旁边，但就算我用拳头捶他的手臂，恐怕他还是浑然不觉我就在旁边。塞巴斯蒂安的全副心神都在森林里，都在他即将杀死的猎物身上。然后，一头鹿在我们面前现身，慢动作般转头朝向我们，塞巴斯蒂安同时站起身，身体往前倾，举起来复枪。我本以为他要直冲向前，用枪管抵住猎物的喉咙。但是，他直接开枪了，迅速开了两枪，那头鹿还没来得及发现我们，就已经侧躺在血泊中了。塞巴斯蒂安走上前，蹲在鹿的旁边，我以为他会从口袋里掏出一把刀，割开它的皮，让双手沾上鲜血，近距离体验鹿的濒死过程。但是，他也没这样做。他只是在出气，短促、尖锐，汗涔涔的头发贴在额头上。事后他受到夸奖，外祖父对我微笑，好像这应该归功于我。但我托词胃痛，没吃晚餐就去睡了。

当那名男警员趁烫发女警没注意瞪着我时，我就想到塞巴斯蒂安那次狩猎的表现。我被拘押、监禁一点儿都不重要，但是这个男警员需要宰了我，才能用血腥让自己平静下来。我想告诉他他让我想到塞巴斯蒂安，只为了看他会怎么反应。不过，我终究没有这样做。

案号：B 147/66

玛丽亚·诺贝里动物岛综合高中杀人案

开庭首周：星期五

13

我从囚室里那张宽八十厘米的床上起身，然后按铃。从我的床位到门口有一点五米的距离。小时候我总是希望自己生病，这样就可以整天赖在床上，想吃什么就吃什么（白吐司涂橘子酱），看书（《哈利·波特》）、用手机上网、看电影、听音乐。

我不想上法庭。如果他们认为我生病了，也许我就可以留在这里，留在我的“房间”里。

我在女子看守所整整蹲了两个月。在这之前，我在青少年看守所待了七个月。正常情况下，只有男生能被关在青少年看守所，但是，由于“特殊原因”（也就是*我们不必遵守规定*的司法行话），我还是得待在那里。无论如何，都必须让被拘禁的男性远离女性，甚至，那或许就是他们被关的原因。但是，他们为我破了例、扯了一大堆特殊原因，诸如：女子看守所已经人满为患；我毕竟得受隔离，不能和别人有任何往来；“针对这种情况”，青少年看守所有更好的“资源”，诸如此类的话。但其实主要是想昭告“外界”，他们对我可没有特别礼遇。他们有特殊理由将我列为特殊个案处理，好向大众保证，他们没给我任何特权。

在放风场上，看守所的另一名囚犯在我旁边连续高声叫骂了二十四次“贱婊子，该死的贱婊子”（我真的数过）以后，我不得不换看守所。我从没看到他长什么样子，只是最后他的声音变得沙哑不已。也许他们是为了他，才把我弄走。

但对我来说，差别并不大。两个看守所的房间几乎一模一样。厕所墙上的涂鸦倒是不一样，但一模一样的金属水槽上方，也装着一模一样的金属把手。没有座圈的马桶也是金属材质的，松木家具也长得一样。这里也有男囚犯，他们被安置在别处，所以我从没见过他们。

我从床上坐起身来，等着被放出去。假如有人在我从医院被载到看守所、解下手铐、换掉病人服、穿上生硬的绿色长裤和同样生硬的绿色运动衫以及白色内裤和白色胸罩时就告诉我，我会在这里待上至少九个月，想必我会把这些话当成耳边风，完全无法理解。我会做的，还是跟一开始时一样：等着离开这里。

当时，我还相信自己过几小时就能回家，除了看守所的囚服，我什么也没穿。粗硬的布料摩擦着皮肤，不愿贴合我的身体。即使桑德带了我自己的衣服来给我，我还是穿着囚服。“我的衣服代表我的身份。”阿曼达常用一种自以为很聪明（这还是别人发明的话）的口气这么说。当我来到这里时，才了解到她说得对。我甚至不想看自己的衣服。穿上一件过小的胸罩，一条松紧带松垮、换上时裂开的内裤，显然更合适。看守所的囚服，代表我不需要再当自己。这真是天大的解脱。*这是第一个好处。*

那么，“我的房间”又是怎么样的呢？囚房的毛毯散发着灰尘和无香洗衣液没加柔顺剂的味道，感觉不是很舒服，不过至少不会被爆料说浪费公款。每两星期，我会收到一个内装一支牙刷、一小块肥皂和一支迷你牙膏的纸袋。每两星期他们就会问我需不需要卫生巾，那种两厘米厚、非常短的卫生巾。每次我都会点头说："好啊，谢谢。"我把这些卫生巾收在没有门的衣柜里。每次守卫在我身后锁上门时，我都看得出他们在想什么。*好可怜的小富婆*。当我陷入崩溃，受到持续监控时，他们幸灾乐祸。*对这个没有羽绒枕头就没办法露营的小妞来说，看守所铁定比水刑还要糟。真奇怪，这个来自手机时代的草莓族，怎么没有经常发作、崩溃？*

天花板正下方，我床脚边的一个角落有电视插头，却没有电视机。床头小桌旁还有一个安全插座，却没有闹钟。他们不想让我干扰调查过程，因此设下许多限制。初步调查结束以后，他们放宽了一部分限制，但绝大部分限制仍未解除。桑德说，直到法院发布判决以前，他们会继续全程盯着我，我们束手无策。*特殊情况*。跟我有关的一切，都属于*特殊情况*。我的腕表在医院就被他们拿走了，我实在不知道这只腕表会怎么干扰调查，更不知道它为什么是个问题，但是跟他们争这个是没有用的。

"选好你的主战场。"桑德的口气听来好像是早晨电视节目里的婚姻顾问。在我被转移到服刑地点以前，我都得忍气吞声。*怪你自己喽，你这小贱婊子！你这超——有——钱——的——小——婊——子！*因此，我得按铃叫警卫进来，就只是为了问现在几点钟。

我起身，又按了一次铃，这次按久一点儿，要是他们认为我很麻烦，大可以把我的腕表还我，或者把显示时钟的收音机接上。让我知道时间过得多么缓慢是有多危险啊！

不管怎样，现在我起码可以读报纸了。显然桑德评估过，这是一项值得力争的权益。另外，他还把我在初步调查期间错过的报纸内容补给我，他认为我必须知道报纸上写了什么（"他们对你的指控，比你实际上被起诉的事情还要多，就连法院也不敢否认这一点"）。但是，我只能拿到平面媒体的报纸，我不能用网络，也不能借由Twitter了解网友针对我发了什么样的文章。不能读到标示“玛雅”“杀人狂”“动物岛大屠杀”关键词的推文。不准用谷歌搜寻，不准上Facebook，不准接收匿名的聊天室信息。没有那些黑色的荧屏截图，上面写着：你——去——死。

这是第二个好处。

我第三次按下那该死的电铃，然后躺在床上，等着他们前来开门。我躺下时，就能触及房间另一端的桌角。仿佛只要我伸展双臂，就能撑在墙壁上。这真不像在家里，我终于逃离了那令人反胃恶心的家。*这是第三个好处。*

我们住在一小片空地上的新式楼房里，旁边围绕着拥有百年以上历史的别墅。因此，我们住的楼房有点儿虚有其表。我第一次见到它时，还以为需要3D眼镜，才能看清它真正的模样。当我们进去时，大厅里还有一座迷你喷泉。它就伫立在那儿，喷了一两个星期后，四个波兰工人才来把它拆掉，并在整个大厅（不仅是喷泉拆除后留下的空地）铺上新地板。老爸说，当初买下这片空地、盖了这栋房子的人“是干DJ这一行的”，他是“那种不演奏乐器，也不自己写歌的音乐家”。

这位“音乐家”把车道建得很宽广，足够让悍马车一路开到屋前。然而他忘记把弯道也建得大一点儿了，导致车子无法顺利转弯。老爸总说：“这想必就是他们住不到一天，就把房子卖掉的原因。在美国，不用学会倒车，也可以考到驾照的。”

这是老爸最喜欢的故事之一，他一讲再讲，我都忘记他讲过几次了。每次他讲完，自己还会干笑。我想，这证明世上还有比他更超级的暴发户。或许，他只是因为自己从来没机会开悍马车，心生嫉妒而已。我老爸超想当个很酷的时髦人士，穿西装和T恤，穿鞋时不穿袜子，成为“某种音乐家”，或是身价数百万的科技新贵，不用为了喜欢二十世纪八十年代那些在迈阿密拍摄的影集而感到羞耻。

然而，老爸超担心感冒，那会影响他参加马拉松的赛前练习。他在西装裤下穿着吸湿排汗的美丽诺羊毛及膝长袜。每周五午餐后，他会解下领带，挂在办公椅椅背上，然后才继续工作，就是这样，老爸的耍酷程度，也仅止于此。

我仍然被禁止会客，老爸和老妈不能到这里“关怀”我。*这是第四个好处。*

我第四次起身，在电铃上整整按了五秒钟，还算了一下秒数，以免胆小退却，太快就松手。一瓶麦芽酒、两瓶麦芽酒、三瓶麦芽酒……就像外祖母在暴风雨来袭时，在闪电与雷声之间计时那样。我这里听不见铃声，但我知道外面的警卫会听见铃声，高亢、刺耳的铃声。那一定很恼人。但是，我没生病，而我又不知道该怎么做，才能让别人相信我有病。所以，就这么做吧！

苏丝昨晚保证过，吃早餐前第一件事会让我先去洗澡。“你一醒来就洗。”她说。我已经变得非常善于辨认黑夜何时消逝。现在应该是五点钟了，应该能说服警卫，现在并不会太早。

*我的说法。换我了。*不过，不是今天，也许是星期一吧。

桑德保证，今天不会发生什么决定性的大事。检察官会结束书面总结，但花的时间远比预期的还要长，我们的行程被耽搁了。检察官举证完，桑德才能开始陈词。但是就算轮到桑德说话，我除了坐着听，也什么事做不了。因为陪审们（我猜，还有律师）在周五都想早点下班陪自己的小孩，我应该能很早就回到看守所。桑德说，整个周末我可以清静无事，休息，补眠，不需要上法院，不需要听“叫我丽娜”、煎饼圆脸男或其他人说话。

其实，今天我并不需要装病；就算要装病，也是桑德获准进行陈词以后的事。那时候，我就可以提出我的“说明”了。不是周一就是周二，这取决于我们今天讲多少。我还是坐在平常坐的座位上，桑德说过我不需要移动位置，因为他们没有针对证人设置可以望着群众的小隔间。他也保证过，我不需要把手按在《圣经》上发誓。不过，他会提出那些我们已经演练过无数次的问题，我要对着麦克风直接回答。所有我说的话都会被录下。那些待在那里，只为了瞪着我看的人，现在全都可以听我开口说话了。

通常我都要等上一段时间，警卫才会来开门，但很少需要等这么久。即使知道反复按电铃会让他们心烦气躁、气急败坏，我还是又简短地按了三下。警卫不会睡着了吧？也许还没五点钟，也许现在才四点？如果现在还没超过三点钟，我就不能冲澡。也许他们真的被惹毛了，要我等到最后一刻。

如果我今天生病了，整个审判流程就会顺延一天。属于我的那一天会被顺延。也许，就算没人要请我吃果酱三明治，现在就“生病”仍然不失为一个好主意。我不想整个周末都窝在这里，也知道周末一过，就该是我在法庭上发言了，但我还真不知道该怎么假装生病。他们不可能让我独处，再摆一支体温计在我旁边，这样太危险了。我会把体温计咬碎，把里面的液体吞下去，自我了断。一两个星期以前，隔壁囚室的女生才刚吞了一支笔。他们必须用救护车送走她，走廊上一团乱，就连我们这些窝在自己囚房被隔离的人都注意到了。我要苏丝告诉我发生了什么事，对于那女生的行为她震惊不已。

在看守所的最初几个星期，他们怕我自杀，对我全天候监视。当我在囚房时，三不五时就会有警卫进来，问“情况怎么样”。其中一个警卫塞给我午餐，另一个警卫取走空空如也的餐盘后，他们会开着门瞪了我半秒钟，才关上门。他们就是不让我闲着。一天二十四小时都这样搞。不敲门，钥匙在手上当啷啷响着，开门，瞪着我，关门。

一开始我觉得他们好像每五分钟就来一次，有时又觉得他们每次检查都隔了几个小时，这让我感到紧张。于是每次他们进来，我就开始问现在几点钟。我只是想知道时间，如果时间已经是晚上，而我一无所知，我也会害怕的。我努力想说服自己，我可以从窗口望见天色变暗。然而，由于我一开始记不住自己最近一次睡着是什么时候（也许我已经一连睡了好几晚，却忘得一干二净；也许，昨天我还住在家里呢？），因此我要求知道时间，并用一支（够短的）笔，写在一名警卫给我的便条本上（不知道为什么，他们不认为我会吞下便条本。也许他们觉得本子太小，就算我吞下去，也不会有太大的危险）。

第三天或第四天，他们给我一整叠过期一年以上、给男生看的杂志，那是关于战争、经济、汽车轮胎、裸体美女的刊物，如果这些主题都合并在一起，就更理想了。过了几天，他们送来了《菜鸟从军》[1]漫画书，以及三本破烂的平装书。我翻了翻，从前面翻到后面，又从后面翻回前面，但就是读不下去。

过了几周以后，我在中世纪般的监狱里像个无期徒刑罪犯般（比如说不梳头，用血淋淋的残余指甲在囚室的水泥墙上刻出刑期剩下的天数）的日子终于结束。大约又过了一个月以后，我读到了报纸上关于退休险、淡啤酒和护发产品的广告，且还能看懂它们。我保留了便条本。当他们把我转移到女子看守所时，我带着便条本，

[1] 《菜鸟从军》（*Beetle Bailey*），美国漫画家 Mort Walker 于一九五〇年绘制、以美国陆军为主题的连环漫画。

部分原因是提醒自己，事情看起来比较正常了；另一方面是不想忘记一切都是安排好的。但是最主要的原因是，我记下了警卫每半小时就进来一次。总之，想寻短见的话，时间很充裕，更确切地说，是整整二十九分钟。即使我不知道该怎么做才能死，时间充裕的事实还是让我心安。那块被固定在水槽上方的不锈钢盘（或者说是镜子）是打不破的，没法用它来割腕。床上的毛毯（还有一条在架子上）用奇怪的蓬松材质做成，看起来更像真空吸尘器吸起的尘团，而不是一块布料。我的床单甚至是纸做的，要用它们上吊根本不可能。桑德交给我的提包里有一条肩背带，警卫已经将这条背带拆掉，带走了。我可能来得及用自己的 T 恤或裤子弄成一条临时代替的绳索，但不知道该把自己绑在哪里。靠我这一侧的门板没有把手，墙上或天花板上也都没有钩子。我从来就不想自尽，所以也从不费心思量该怎么做。看守所的警卫似乎认为我应该会想要死。或许，他们是对的。

就在我准备再度按下电铃时，警卫来了，他的恼怒程度就和我想的一样。五点半了，我睡得比自己想的还要久。我可以洗澡了，用我从看守所小卖部买的肥皂和洗发水洗澡。

老妈试过将一整个提包的美容用品拿给我，但他们不准桑德把它交给我。他们想必是担心老妈在睫毛生长液里偷塞毒品或一些鼓励的话，这我怎么知道？（老妈觉得自己那有杀人嫌疑的女儿，应该要照顾好自己的眼睫毛，这一点，倒是没人有意见。）

我看了看他们不交给我的物品清单，如果我不服，可以申诉。管他的，我决定不要选择战争。

好聪明的小富婆呀。

开庭首周：星期五

14

当我洗完澡穿好衣服回来时，早餐盘里装的是味道和塑胶一样的果酱奶酪面包卷，以及我从来不喝的浓缩果汁冲剂。苏丝钻进我的房间，我则站在那块不锈钢盘前，尽可能地化妆。她坐在我的床沿观看。实际上，我还是被准许了收下老妈寄来的睫毛生长液，现在正在涂抹。苏丝会带我到法院去。

苏丝很少在大清早、夜间或周末上班。此外，她在周五下午也常常早退。但是今天不行，她身穿警卫制服，要载我从法院回来。有时候她在换完装以后，还会进来说声再见。这时，她常会穿背心上衣、磨损的牛仔裤，脸上有着闪亮的紫色眼影，拔除杂毛的双眉被漆得乌黑。苏丝是那种会使用快速现金贷款，只为了包机到泰国度假的人。半年后，皮肤仍然呈古铜色的她，因为把整份薪水都砸在网络鞋店 Zappos 上买鞋，而在第三频道讽刺、劝诫有钱人的*Luxury Trap* 节目上，被两名教人省钱的“教练”痛斥一顿。苏丝有一个女儿，还有一个“练举重的男朋友”（用她自己的话说）。她其中一边肩胛骨上的彩色刺青是女儿的名字（天堂、天使，或是类似的名字）。不过，她穿长袖衣服时，刺青就被遮住了。她上班时，总是穿长袖上衣。

苏丝常会带些小东西，好让我有事做。今天她带了一整袋糖果和一张 DVD。DVD 有点儿人畜无害（本来就很人畜无害），封面上是一个噘嘴、抬高屁股的女生，手上抓着十四条狗链。我房间里仍然没有电视机，但是苏丝已经说服值夜班的警卫，给我一台不用安装电线的手提电视机。这意味着，他们将用“电视推车”将电视机推进我房间。她觉得我从法院回来时，可以看部电影，“想点别的事情”。

“玛雅，如果你晚上十点钟还没睡着，”她说，“就吞颗安眠药吧。”见我不回话，她就继续说：“……然后，答应我周六和周日的放风时间，都到外面走走。”

苏丝活像我的幼儿园老师。对她来说，人生中最重要的事，莫过于晨间例行工作与呼吸清新空气（“没有坏天气，只有你穿错衣服！”[1]），“自由重量”健身房和利乐包蛋白质补给饮料则是例外。

苏丝老对我唠叨不止。她叫我预订听课时间（她把这称为“家庭作业辅导”，问题是我根本就没有什么课要上的）；叫我到“健身房”（一个没窗户的房间，里面有一台跑步机、两台体重机，还有一张气味恶心、太硬而无法展开的瑜伽垫）锻炼身体；叫我和牧师、心理医生、医生，以及其他有的没的人预订时间（因为他们多少会“帮助我”，使我能够“渡过难关”）。

有时候，我会说“好”，但这样说只是要让她闭嘴。

“是的，妈。”我这样回答时苏丝就会笑，她非常喜欢这样。除非八岁就怀孕，她才能真的当我妈。不过她喜欢觉得自己比我成熟，比我好。苏丝从不喜欢称自己是我的“狱卒”，我也没听过她称自己是“监狱辅导员”；换句话说，她不想承认她在盯我的梢，或是对

[1] 瑞典谚语。

我糟糕透顶的感觉负起重大责任。

我绝少有余力抗议。现在我点点头，我甚至不知道自己是对什么事点头。对电影、糖果或是安眠药，甚至放风时间。也许，是对所有事情点头。今天我真的累了，很累，不过很不幸——没有生病。

“我这就帮你预订明天一大早放风休息区的时间。”苏丝自作主张，太帅了。我将“有机会”一大早就起来，在二月清晨的黑暗中，好好“享用”看守所的放风休息区。我尽可能对她微笑着。她起身，准备离去。她没抱我，不过我看得出来，她想这样做。撇开她的衣着不谈，也许她不是会办实时贷款的那种人，然而，她绝对会拥抱杀人犯，而且遇人不淑（我愿意用钱打赌，她女儿的老爸一定在坐牢，她还担任过他的指挥官、守护者、老妈。不过这段感情已经吹了，因为她的女儿*永远最重要*），她还喜欢扭转无望的案例，这就是她为什么会在这里，在我的囚室，坐在我的床沿。因为她相信我需要被照顾，她需要担任我老妈的角色，才去弄来电视机以及星期六的糖果。

突然间我想到老妈，我真正的老妈。我无法抑制自己，我记得她那些白痴至极的告诫：如果你拿着剪刀到处走动，记得握住刀身处；把刀子放进洗碗机时，尖端要朝下；过马路时，要注意双向的来车；你到的时候，要发个短信给我；在森林里跑步时，不要听音乐；天色开始昏暗的时候，不要到公园去；晚上不要一个人回家；不准做这个，不准做那个……*见鬼去，狗屎*。

我一不留心，就会想到老妈。就在苏丝快离开的时候，我哭了起来，泪流不止，真该死，现在又得重新化妆了。而且，老天爷，苏丝开始抱我。她当然会这样做，只要她逮到一丁点理由，就会不顾一切来抱我，靠近我，只想*证明她关心我*。现在，她已经不再抱我，而是用双手捧住我的脸颊，揩去我的泪水。就这样时间飞速流逝，即使我这么早就洗澡，也只想穿上衣服直接上路，不想交谈，更不想、真的不想拥抱，时间仍然变得非常紧迫。

记得有一次，我和妈妈一同坐飞机（当时我六七岁）。飞机在空中遭遇强烈乱流，我使劲抓紧妈妈的手，甚至哭出来。妈妈就在我耳边低语："没事的，别怕！"她安慰我，在我以为自己死定了的时候，她还是那样平静镇定。

我不要想到妈妈。

苏丝终于走了以后，因为今天是星期五，我就瞧了瞧她给我带了些什么：一大袋小熊软糖。

桑德已经尽可能说明之后会发生什么事情，但是这对我一点儿帮助都没有。我和他对这面墙壁以外所发生的任何事情都无能为力。要是我失控，有了任何不该有、遭到禁止的想法，我就不能再活动了。我会被恐惧感吓瘫痪，我的一生就这样完了。癌症患者一旦六年没有出现症状，医生就会宣布患者恢复健康，但是，我是永远无法恢复健康了。不管我被判无期徒刑还是进入少年感化院，其实都没什么影响。桑德挺直的背脊、兴致索然的眼神，都救不了我。一切都会彻底搞砸。我曾经发短信给塞巴斯蒂安，告诉他，他老爸不值得活下去。我这样做是要让塞巴斯蒂安了解，我很在乎他。我是要告诉他，我了解他老爸脑筋到底有多么不正常。我觉得，塞巴斯蒂安如果能摆脱他老爸，他会比较舒服，因此，我才会写，我希望他老爸死。这样，他才会想活下去。

我只能尽量去想，只要法院的审判一结束，我就不需要再回答更多问题了。然而我知道，这只是一厢情愿。我永远逃不过这些问题，而他们对我的回答也永远不感兴趣，因为他们早就先入为主，觉得自己了解我的为人。

我厌恶小熊软糖。我把袋子扔到固定在墙边的带盖的垃圾桶里，然后又哭了起来。

开庭首周：星期五

15

当我们抵达法院时，我的心情已经平复了下来。菲迪南看我双眼通红，想给我滴几滴眼药水。煎饼圆脸男却十分不悦，他甚至认为我脸上有哭泣过的痕迹真是“太好了”（没化妆的我看起来比较年轻，因此，他完全不希望我化妆）。但菲迪南坚持要把眼药水瓶递给我。我想，当桑德直接一把抓来眼药水递给我时，他们准会大打出手。在进入法院以前，我甚至还来得及抹几下菲迪南给的防水墨黑眼睫毛生长液。桑德和其他人先进去，我则在律师室等着。轮到我时，另一间法庭外站着一男一女，他们背对彼此，各自在电脑上打着字，我经过时，那女人抬起头来。在她反应过来（就是她！）以前，我们四目相对了半秒钟，然后我赶快把视线转开。背后，讲电话的声音变得高亢、兴奋起来。她说的是西班牙语。

老爸老妈坐在自己的座位上，院方与律师们都已坐定。所有人都到了。老妈外表看起来浮肿，仿佛烂醉了大半个晚上，没卸妆就倒头大睡，但是，我妈是从来不会喝到烂醉的。*她喝葡萄酒*。她和老爸，与其他同样是四十五岁的朋友出席那种主题派对（007 或好莱坞），这样女士们就可以重拾二十世纪八十年代的打扮，身着最近一次纽约行买回来的亮片短裙，跳起迪斯科还有美国鸭子舞。她们会一起喝鸡尾酒，在晚餐时致辞，对于青少年时代同班时的种种放浪行径哈哈大笑。男士们则拦腰抱着别人的老婆，对彼此称兄道弟。

我觉得老爸和老妈吵过架。过去，他们为了老爸上完厕所没把马桶座圈放下这种事吵架，不过，他们是在四下无人的时候吵架。当众女士一如往例聚在一起，开始讨论“我们家的笨男人”时，老妈就只会开玩笑：“嘻嘻，通常会头痛的可不是我哦……”而老爸就会回答：“嘿嘿，我现在可没头痛。各位亲爱的好友，你们觉得呢？是不是该回家啦，嗯？”

他们对于自己的性问题倒是非常大方：老妈好想上床、好想被干的时候，老爸只能带她去二人世界。然而当老爸老妈吃完晚餐，手工面包、法国奶酪全吃完，那瓶有着烟熏一般底色的橄榄油（“这是我们的好朋友给的，他们在佛罗伦萨郊外有栋房子，这可是用自己种的橄榄酿的”）被收走，“跳蚤市场买的瓷碗”（其实是在哈洛德百货公司买的）被收进洗碗机以后，性欲也就没了，剩下的就只有陈腔滥调了。

你酒喝太多了，你工作应酬太多了，你为什么整天晚上都和约瑟芬厮混，你尿完尿以后把那该死的马桶座圈放下来有那么难吗？

我很好奇他们今天早上吵些什么。我很好奇，莲娜有没有听见他们吵架，他们是不是先把她送进托儿所才到这里来的。我努力地向他们微笑，他们也很努力地对着我微笑。

那马桶座圈想必已经不再是重点，他们最近应该也没再受邀参加什么主题派对了——家里有个涉嫌屠杀被起诉的女儿，就是会有这种下场。这样就能摆脱那些陈腔滥调，真正变得独特起来。

桑德很快就要发表关于遇难者的谈话了。他会依序谈到罹难者，然后谈到当时我在哪里及确切的时间点，他会用低沉、快慢适中的声音陈述。他想让陪审们听话的时候，他们就会听话；他想让他们感到困惑的时候，他们就会困惑。我会一直坐在他旁边，所有人都会盯着我看。

大家会盯着我看，但没有人想听。他们只会固执己见。人们常说小孩相信他们想要相信的，但真相是小孩是骗不了的。大人则不然，他们会选择最适合自己的故事和说法。人们对别人说的、想的，一点儿兴趣都没有，他们会跳过一切直接下结论。人们只会对自认已经知道的事情感兴趣。

在警方开始问话以前，我从未想过这一点，但是情况很快就明朗了。当中最恶劣的，就数那个烫发女警。要是我刚好说了她预期我会说的话，她就会睁大双眼——她的眼睛真的变大了，从这一点来说，她还真不谨慎。她还在椅子上乱动，像是尿急似的。她不了解，这只会清楚地显示她兴奋得不得了。

桑德和烫发女警正好完全相反。我从来不明白他希望我说些什么。他一开始说："你对调查不需要负任何责任。"对调查负责？他这是什么意思？我该闭嘴吗？该说谎吗？不应该协助警方吗？

桑德说，我在向警方陈述以前，必须先对他陈述。他从来没有解释，这是否意味着我该先把事情一五一十地告诉他，他再对我说明哪些是我绝对不能告诉警方的。他要求我千万别说谎，或保持沉默，一切照实陈述就行。但他同时又说："你只管回答他们提出的问题就好……"这真令人费解。嗯，不然我还要回答什么？

难不成桑德别有所图？我不知道。我连他是否有别的"企图"都不知道。

这样一来，和警方谈话就变得比较容易了。我知道他们的计划大致如下：诱使我上钩，想把我关进监狱。我越快搞懂他们根据这个计划想让我说出什么，我就能越快摆脱他们。我从一开始就想摆脱他们。我不想跟他们讲话，只想待在自己的床上，窝在自己的房间，那里最清静。

不过，由烫发女警主导问话两个礼拜以后，警方调来一个三十五岁左右的暗金发男子，准备进一步对我“抽丝剥茧”。他卷起衬衫袖子，叉着双腿而坐，用和天鹅绒一样柔和的声音问我：“你怎么样，玛雅？”

我了解，这家伙在延雪平、恩雪平或林雪平[1]，还是其他某个名字以“雪平”为结尾的、该死的城市念高中的时候，超受女生欢迎。我也知道，他们的计划就是让我爱上他，把一切都告诉他。但我对他可没有一见钟情，我觉得他荒唐可笑。诡异的是，即使我知道他们认为我会怎么反应，我还是想告诉他。当这位“雪平男子”表示他理解我痛恨克莱斯·法格曼时，当他说他理解我是想帮助塞巴斯蒂安、当个好女朋友时，当他说如果他处在我的情况也会非常生气时，就仿佛按下一个按钮：我开始痛哭，就像看到一部烂电影的结局。

让他照顾我的念头，就像在我身上设定好的程序一样。我想说“是呀！我告诉我男友，该杀了他老爸，我们也决定报复，一了百了”这些话，只是为了让他觉得我好可怜（*对呀！我特别难过！*）。然后，我希望他说出他觉得我有多可怜，他就可以离开，警方就可以弄到他们所需要的资料，就可以让我一个人清静。

桑德帮了我，我现在已经弄懂这一点。一开始，当他在问话进

[1] 分别为J.nk.ping、Enk.ping、Link.ping，皆为瑞典的城市名。瑞典有相当多名字中包含“雪平”的中小型城市。

行到一半突然要求暂停时，我觉得他很奇怪。他无意打断我，甚至也无意打断警方问话，他只是想要三不五时就提醒我，我是谁。他要确保，我没忘记这一点。

“好的……”首席法官的话语喷进麦克风里，“现在，我们继续审讯的流程……”他继续叽里呱啦、口齿不清地说下去。

他滔滔不绝地说着，过了一阵子，他说到一个段落稍微停下来时，桑德要求针对本日议程发表一些看法。法官不耐烦地点点头。桑德说明，考量到我的“健康状态”，我们最晚在下午三点钟结束今天的审讯流程是“至关重要的”。桑德“必须顾及”这一点，他也再度重申我的年龄，我“不得不承受”“漫长又异常艰苦的拘禁期”。法官同样不耐烦地点头，很显然，他不喜欢被再三提醒这一点。桑德一讲完，法官又开始滔滔不绝地陈述，今天应该“探讨”哪些议程。

以前我觉得桑德一直讨论时间表很奇怪。他没有打算尽快结束这场审判、赶快摆脱它，而是顽固地提出申请，指出他在第二周有哪几天不可出庭，第三周又有哪几天不可出庭。审判流程已经延迟过一次，因为法官要求，必须一连数天开庭审讯。我渐渐了解到，对我而言，将审判过程分为几个星期，对我是有利的。第一星期四天，下星期开庭三天，第三个星期开庭两天半，以此类推。开庭的频率越不平均，陪审们忘记我们上次见面说过的话的概率就越高。如果他们无法把一切都牢记在脑海里，对我就是有利的。他们觉得混乱、不合逻辑，就是对我有利。只要他们觉得事情不单纯、没那么清楚，那个丑八怪“叫我丽娜”的工作就是不到位。就算桑德不抱着“获胜”的希望，他至少可以祈祷检察官败下阵来。

桑德“让我们对这场审判感到稀松平常”的策略，真是烂透了。

我们要天天见面，谈上一整天，直到这一切结束为止。然而桑德只要一逮到机会，还是继续谈论时间表。

然后，轮到检察官了。她只需要提及一两份会议记录，但是主审法官提出一大堆问题。因此，所耗费的时间比预定的还要多。每个人脸上都带着怒容。

当检察官终于讲完时，轮到被害人的律师发言。他们开始逐一说明我为什么得支付赔偿金，还列了许多证明文件，以及我如何造成了无法弥补的损失。就在两名律师陈词之间，时间是上午十一点五十分，桑德忽然要求休息，进入午餐时间。这显然比平常的午餐时间要早，但桑德似乎认为，这可是生死攸关的大事。

我突然意识到，*桑德在拖延时间*。他不想在今天就开始陈词，他想拖下去。

法官建议我们持续到下午一点再休息，这样就能讨论完损害赔偿金的部分。对此，桑德看起来更加恼怒了。对于他们不了解我太年轻、血糖值难以承受这么沉重的考验与打击，他浑身上下散发出怒火。

他们就这样来回讨论、纠缠了至少一刻钟。最后法官让步，我们休息，进入午餐时间，一点钟回来。

我不觉得当桑德发言时，情况会一样棘手。他讲话时看起来一点儿都不紧张，他也不需要思考自己该说什么。

在开场白的时候，他就已经提过我知道的还有不知道的事情，以及我做过和没做过的事情（主要是强调我没做的事情）。桑德偏好讨论我没做过的事情。

就拿我和塞巴斯蒂安到学校之前来说吧。当我在家里睡饱，来到塞巴斯蒂安家以后，在那里逗留了十一分钟，之后，我们才再度出门。上方车道处设有监控，但屋子里没有。没有人能够确定，当我站在玄关处等待塞巴斯蒂安时，发生了什么事。

等待？这就是我所做的事吗？怎么可能？检察官说过，在这六百六十秒钟里，我做了一大堆除了“等待”以外的事情。桑德说，我什么都没做。那是一段很长的时间。你也可以说，那像永恒一样长久。那时我不觉得花了很多时间吗？我难道就双手抱膝乖乖地在玄关等吗？我连手机都没看吗？没上 Facebook，没上 Instagram 吗？聊天网站呢？韩塞尔和葛雷特[1]被父亲骗进森林里，迷路、即将饿死时，总还撒落了一点儿小石子和面包屑。难道我在这段时间内，完全没留下一个表情符号，也没在 Facebook 上点“赞”（连蛛丝马迹都没留下）吗？有没有证据显示，检察官针对我的指控是合乎事实的？

很不幸，没有。我那时候，真的连 Instagram 都没上。

---

[1] 韩塞尔和葛雷特：德国童话作家格林兄弟《糖果屋》故事中的主角。

开庭首周：星期五

16

我们吃完午饭，被害人的律师把他们所有的“如此这般”“是否”“合理地”“理应”“非蓄意”“蓄意”全讲完以后，距离法院诸君企盼已久的“周五下午亲子同乐时光”只剩下五十分钟。我从未见过桑德如此暴怒。

“我们完全无法接受这一点，”他用最尖酸刻薄的声音说，“我们现在根本无法开始陈词。”

有那么一会儿工夫，我觉得法官想要抗议，但是他并没有抗议，他只说了一句“OK”，今天的议程就结束了。检察官也没抗议。我们把文件夹、纸笔、档案、公文包全收好，然后离开法庭。因为我们的时间被耽误了，今天离开法院的时间反而比预定时间要早。

现在，我们开始等待下周一的来临。然而看守所为我提供的接驳车[1]还没到。我和桑德、菲迪南、煎饼圆脸男就只能呆坐在我们的房间里。大家都想回家，但是菲迪南和煎饼圆脸男都没胆要求直

[1] 接驳车：一般是指用于特定的短途的两个固定位置之间来回的车辆。

接离开这里。桑德在房里踱来踱去，然后转向菲迪南。

“你去查一下丹尼斯·欧耶马的遗产和法格曼家律师群之间的协商进行得怎么样了。”

菲迪南点点头。

在教室里，塞巴斯蒂安先射杀了丹尼斯。各大报社用这位黑人青年第一个被打死的事实大做文章。然而塞巴斯蒂安不是什么种族主义者，丹尼斯的问题不是出在肤色。有一两个新闻记者努力把整件事情渲染成种族主义所酿成的悲剧，指称动物岛区的势利鬼们不愿接纳和他们不同的“他者”，但家长们对于来自其他邻近地区的青少年在这里就学，并没有什么意见。从一些方面来看，情况还正好相反。来几个肤色够黑的青少年，包括认真的萨米尔，动物岛综合高中的 Instagram 账户真是再受欢迎不过了——就像一张来自马拉喀什[1]市集色彩鲜丽的照片，能喂养我妈那令人反胃的政治正确。不管我们有没有过滤、筛选过，这样的学生都能证明学校的课程是多么引人入胜，证明我们的教育是多么多元、宽容、没有任何偏见。

可是，丹尼斯就不一样了。他可不是那种有着拿铁咖啡般淡褐色皮肤、来自南岛区[2]的帅哥，也不是笑口常开的金发美女和某个来自非洲的交换学生交往后生下的产物。他的姓氏和著名的黑人灵歌乐手没有半点关系，肤色也不够淡，不足以套进被认为“异国、多元、刺激”的标准形象里。丹尼斯吃东西时会咂嘴；老是高声问些怪问题；明明不该笑、不好笑的事情，他偏要笑。丹尼斯只要走一层楼梯，就会气喘如牛，在接下来几分钟内只能把扁平的手掌放

[1] 马拉喀什（Marrakech），摩洛哥西南部的城市，为该区域行政与商业中心。

[2] 南岛区（Södermalm），位于斯德哥尔摩中央车站以南的小岛，为市区内的主要住宅区。

在大腿上，斜着身子向前倾，耸起肩膀急促地喘息着。他或许有气喘病，但最主要的问题是：他体能特别差，整天就吃反式脂肪食品蘸番茄酱。丹尼斯和另外至少三个来自汽修班的朋友，每次午饭时间都会抢先到食堂，也是最后离开的。学校一点儿都不以汽修班为荣。汽修班教学的地点位于一小座扩建的屋舍里，离我们其他人听课的教学楼有一小段距离。我们知道其中一个汽修班男生叫什么名字的唯一原因，就是他手上总有毒品可卖。

*

桑德忧虑不已地皱着眉头。皱纹之深，从侧面就看得出来。现在，他转向煎饼圆脸男。

“我们星期天下午还需要见个面，讨论一下该怎样让法院注意到这位欧耶马人生中的其他部分。”

检察官拿丹尼斯有多么可怜拼命渲染、大做文章。他如何只身从非洲一路“出逃”，被安置在寄养家庭，面临被遣返的危险……都是屁话。我觉得桑德双眉深锁的原因是，他不知道该怎样才能让法庭了解，我们觉得丹尼斯好可怜（嘿，我们都是好人哟），我们同情死者这位肥胖的毒枭，同时又要提醒他们，他其实是怎样的人（其实就是塞巴斯蒂安专属的肥胖毒枭），而又不让我们显得先入为主，充满歧视。

其实，大家都对丹尼斯有成见。每个政治正确的新闻记者、每一名陪审、每一位律师（不管是代表谁出庭），他们对丹尼斯的想法是如此显而易见，简直可以在额头上刺一个纳粹党徽的刺青了。丹尼斯不是什么“朋友”，他也不够“酷”（就连克利斯特都不会这样称呼他）。丹尼斯有“专注力障碍”（这是老师惯用的词语，说明为什么他的老师必须每天早上到公交车站接他。不这样做，他就无法到教室上课）。丹尼斯的瑞典语是个笑话，好笑的大笑话。每次和女生交谈，他眼神总是色眯眯的。而他跳舞时的样子，就像“凸槌”的爵士体操。丹尼斯甚至连最基本的乐感都没有，看他音痴的程度，你会怀疑他到底是不是聋子。

丹尼斯觉得用发蜡很时髦，他会不胜怜爱地轻拍自己油腻的头发，就像在爱抚自己的小弟弟。和他一道在泰比市中心或斯德哥尔摩中央车站附近鬼混的女孩子，头上套着长长的假发，戴假指甲、假睫毛，腰间松垮的肥脂不断从牛仔裤的腰带处挤出。她们很努力地把上衣扎进牛仔裤里，想遮住股沟，不过一点儿用也没有。她们在肩上及股沟上方处刺着乱七八糟的刺青，喷着会让人感到头痛的香水，张口大嚼口香糖，还以为炸薯条是一种蔬菜。当他们办派对买的蘸肉浓酱羊肉卷比萨不够大片、不够吃时，想必会把香肠和士力架巧克力放在面糊里一起烤，然后请客人吃。丹尼斯的“兄弟”和“姐妹”（是的，他们会互称“姐妹”）见面时，会这样称兄道弟：“嗨，小子！”“哟，小子！”基于一些没人了解的理由，他们会把大拇指和食指比成手枪状，彼此互指着，说着冷笑话，然后高声狂笑不止。没有人能够想象丹尼斯长大以后会成为说话得体、稳当保守的政治人物。

没有任何技术证据及其他证据显示，我和丹尼斯的死有关系。我没杀丹尼斯。桑德一定会讲到这一点。他也会尽全力让所有人了解：我没有任何想杀丹尼斯的理由。

除了最后一晚以外，丹尼斯从没给过我可卡因、大麻或别的毒品。塞巴斯蒂安会把我要的毒品给我。我不认识丹尼斯，也不想认识他，而丹尼斯也不想认识我。当他和塞巴斯蒂安讲话时，要是我在场，他就会站着，拉扯自己的衣服，试着不盯着我的胸部。但是，他从没和我讲过话，他不会和“别人的女友”讲话，他认为“女友们”只有和别人不得不尊敬的“男人”在一起的时候，才需要尊敬。最后一天晚上，当克莱斯把他赶出门时，他豆大浑圆的泪珠像蜡一般，伴随透明的鼻涕流出，他也不擦干净，就任由自己涕泪纵流。他是因为弄丢了自己本来要拿来卖的毒品才哭的，而这些当然都不是他的毒品。假如几小时后塞巴斯蒂安来不及杀掉丹尼斯，他的“上游供应商”也保准会宰了他。

宣称我希望塞巴斯蒂安杀掉丹尼斯，真是荒谬。宣称我需要说服塞巴斯蒂安杀掉丹尼斯，那就更荒谬了。

枪击案发生后，警方搜查丹尼斯的置物柜时，发现一把未装填的手枪。我知道，桑德也会针对它大做文章。他不知道丹尼斯为什么会有这把枪，但他会努力借由这把枪让所有人了解，丹尼斯不过就是个亡命之徒。丹尼斯的人生几乎就像塞巴斯蒂安的一样危险，甚至更危险——这就取决于你看事情的角度了。

新闻记者指称，我们把丹尼斯当成自己家豢养的宠物对待。但是他们其实也心照不宣：我们还不是最坏的。举个例子：假如有人让丹尼斯穿上一件拉尔夫·劳伦[1]衬衫，不到二十分钟，学校当局就会要求打开他的置物柜严密搜索，来找到剩余的赃物。另外，丹尼斯可是靠着塞巴斯蒂安赚了大把钞票。日子一周又一周过去，丹尼斯的牛仔裤越来越贵，他颈间的肥肉底下也藏了越来越多条金链。但是没人有那样的闲工夫仔细打量丹尼斯，或注意到这一点。老师和他所住地方的大人可能只认为他的珠宝都是假货，或许也不理解，他那双丑丑的运动鞋究竟有多么昂贵。但我相信，只要他没从别的学生身上偷东西，他们根本就不管他的钱是从哪里来的。不过几个月以前，根据丹尼斯谎报的出生日期，他满十八岁了，为此，他还得先从他住的地方撤离而“回避”一阵子，才能避免遭到遣返。当

[1] 拉尔夫·劳伦（Ralph Lauren），美国服装品牌，致力于生产和设计高端服饰。

时要是顺利遣返，他们就能摆脱他和他带来的所有问题。对于丹尼斯被遣返，老师们生不生气？少装蒜了，他们骨子里可是庆幸得不得了。

没有人相信，他会懂事，能理解行为要检点。丹尼斯不知道行为是什么意思，他连“行为”这个词怎么拼都不知道，而他的手机是匿名预付卡，不能用自动校正功能帮他弄懂这个词。

检察官和她那一票记者朋友只会声嘶力竭地高喊：“不要再让任何人受到和丹尼斯一样的遭遇了。”事实上呢？没人觉得他可怜，也没人想采取行动帮助他。他还在世的时候，每个人就已经把他当死刑犯来对待了。塞巴斯蒂安至少还对他一手交钱一手交货呢。

我没杀丹尼斯。我对他的观感，就和其他所有人对他的观感一样，不会更差。我相信，桑德会把这一切告诉法院，但他不知道该怎么说才好。

一两天以前，检察官丽娜朗读了我发给阿曼达关于丹尼斯的短信内容。其中一封是：“他疯了，但他死期也不远了。”另外一条发给塞巴斯蒂安的短信内容较长，其中一行是“必须把他从你人生中除掉”。

“我们必须用具体、明确的方式处理这些短信，”现在桑德说，“在这样做的同时，我也不要触及其他的留言内容，它们之间没有关联性。这就是我们的主战线。把它们分开。”

桑德仍然对着菲迪南和煎饼圆脸男说话，而不是我。我猜想，他们在每日审判过程结束后，都会逐一探讨这一天中在庭上发生的状况以及之后该怎么做，但他们通常都是等到我回看守所以后才开检讨会。菲迪南和煎饼圆脸男似乎认为桑德很啰唆。

“我们处理关于丹尼斯的短信，应该不会碰到太大的问题。很显然，玛雅不希望塞巴斯蒂安再和他有任何关联。”桑德说。菲迪南毫无兴致地点点头，“玛雅希望丹尼斯从塞巴斯蒂安的人生中消失，这一点，没有人能怪她。”煎饼圆脸男同样漫不经心地摇了摇头。这些话他们已经听了一千遍。桑德对此自言自语的时候，他们就必须听这些话，次数已经多到连他们自己都数不清了。

我觉得桑德是对的。但没有人会承认，如果只有丹尼斯一个死者，我根本不需要被拘留。也没有人敢承认，他们宁可亲手宰掉丹尼斯，也不想让他和他们的子女变成好朋友，因为没人敢戴上“种族主义者”这顶大帽子。不过，我可不认为丹尼斯觉得自己像只被人豢养的宠物。他根本不在乎别人怎么对待他，他只想在最后不得不开溜以前，尽可能多捞点钱。

“我会从时间轴开始讲起，特别强调我们对当天晚上各个事件的态度。”桑德还是在自言自语，菲迪南和煎饼圆脸男仅仅在附和着。“不过，当我讲到被害人时，会先从丹尼斯和克利斯特开始。这能把问题减到最小。”

关于克利斯特被杀一事，一般的指称是：我协助塞巴斯蒂安，做了他想做的事。如果这一点被采信，我就对克利斯特的死负有连带刑责，如果不被采信，我就不会被定罪。

也许，克利斯特的死是一种“偶然”？或者说，所有试图告诫塞巴斯蒂安该怎么生活的成年人，都该死？桑德告诉过我，他不想去揣测塞巴斯蒂安到底想怎样以及不想怎样。检察官也不知道为什么塞巴斯蒂安会杀了克利斯特。也许他只是在错误的时间点上，出现在错误的地方？也许塞巴斯蒂安根本不管谁死掉，能杀越多越好？他们在我置物柜里翻出的证物，指出他还想杀更多人。喔，不好意思，根据检察官的说法，它证明我和塞巴斯蒂安想把半个学校的人都杀光。

本周稍早，当检察官讲到萨米尔的时候，我哭了。我知道煎饼圆脸男希望我哭，所以我不想哭。但是，那时我就是克制不住。我想说些什么，好让他们不要一直听检察官说的，然而，我只能在轮到我、该我说话时才能说话，于是我只能哭了。

检察官说，即使塞巴斯蒂安没告诉我，即使我在塞巴斯蒂安家里时没看见克莱斯·法格曼的死尸，我还是应该来得及了解到，克莱斯是在我待在塞巴斯蒂安家里那十一分钟之间死掉的（特别考量到我前一天晚上及当天早上发给塞巴斯蒂安的短信内容）。她这么说的时候，我没哭。当她说我和塞巴斯蒂安一起策划这起谋杀及其他所有环节，一心只想杀人，然后同归于尽的时候，我的眼神朝向前方，没有反应。她指称，就算我不了解塞巴斯蒂安是玩真的，就算我笨到不知道提包里藏着武器和炸弹，我还是应该明白并且抗议。既然我没抗议，那我就是共犯。检察官又说，技术证据显示，我犯下了谋杀罪。关于“技术证据”这个词，她一说再说。她好爱这几个字，声音激动到几乎要炸裂开来。但我依然保持冷静。

当她讲到阿曼达时，菲迪南把手放在我肩膀上。她的手瘦长，动作轻柔，几乎触碰不到我。我还是得咬住自己的手，以防尖叫出声。

没人觉得我杀死塞巴斯蒂安是一场灾难，他们觉得我本该早点儿这样做的。但我杀了阿曼达这件事，缺乏合理的解释。

“那是出于自卫。”这将是桑德针对我所开的那几枪采取的说辞。

“误射”“疏忽”“正当防卫”。

他将会使用一大堆字眼，来说明这是无心之过，不应该为此追究我的责任。我的行动是为了阻止更大的危险。

但在内心深处，我是知道的。我无意用任何处心积虑、冠冕堂皇的理由来为自己辩解。我根本没有想到“帮助”，没有想到“我得杀了塞巴斯蒂安，不然他会杀了我”。我所感受到的恐惧，是无法说明的，就在灵魂准备受死以前，我的身体就发生了一些变化。

这一个星期以来，我已经哭了好几次。但这可不是因为煎饼圆脸男希望我这样做。我不认为那样会有所帮助。

当我们终于收到通知，从看守所来的接驳车已经到达时，煎饼圆脸男便主动要求，要跟着我和警卫一起下楼。当我们走出电梯来到车库时，新闻记者早在那里等着我们了。我很累，他们用超大型摄影机疯狂照相，那咔嚓咔嚓的快门声活像装了消音器的机关枪。苏丝迎向我们，站在我面前，手臂环抱住我，我将脸探向她的领口。她其实比我高，几乎高得离谱。也许，这样看起来很贴心，像妈咪一样。

这些记者在有人像妈咪一样“爱抚”我的时候照相。煎饼圆脸男一定爱极了这种情景。这让我看起来更年轻、更难过，也更像个小女孩。也许，搞不好就是他事先告诉媒体我们会走哪条路，告诉他们该站在哪里，才能拍照取景。

“玛雅，”一个新闻记者喊道，“你觉得今天怎么样？”

我一语不发，任由苏丝将我推进后座。我尽可能远离那些摄影机。车窗窗格是暗色的。但是，我看到煎饼圆脸男走向那些记者。他一路跟到车前是很诡异的，通常有警卫在场就够了。他和我之间，也没有什么超级有趣的对话聊到一半不想中断。他不是该继续和桑德开检讨会，讨论情况怎么样吗？煎饼圆脸男在这里干吗？他八成想确保我把自己管好了，没有脱序行为。然而要不是他事先知道在潮湿的车库里有新闻记者，他又怎么会担忧我有没有把自己管好呢？

煎饼圆脸男唠叨个没完，说“他们”对我有兴趣，对我是谁有兴趣，让我“获得”属于自己的“个性”，“成为一个活生生的人”，可是很重要的。根据煎饼圆脸男的说法，我所有的辩护就全仰赖这一点了。我“是”谁。那当然喽。我们一取得初步调查报告书，桑德就进行了无数次的研究与推敲，仔细检查由技术分析与调查获得的结论。但是，煎饼圆脸男似乎只专注于让“他们”了解我，我不觉得他所指的“他们”就是法官，不管怎么说，绝不仅仅是法官而已。

苏丝拍拍我的手臂，我任由她握住我的手。现在，再也没有人能看到我了。驾驶座的车门开了一条缝，但摄影师似乎都没注意到这一点。我听见煎饼圆脸男在用低沉却清楚的声音和记者们讲话。

“你们要了解，我们现在不能谈话。这是漫长的一天。”他的声音听起来很累，比从电梯来到车库时还要累，“玛雅很难过，这对她来说是很艰难的。她还这么年轻……”现在，他又来了。我很纳闷儿，新闻记者是否开始想他又要重复了，“像她这种年纪的女孩，通常并不需要被关押这么久。她已经度过了一段非常漫长而痛苦的拘留时间。”

我试图在车上睡去，我累了。煎饼圆脸男真是有同情心，他说的这一点情真意切。但是，他说的其他内容大错特错。看守所的情况并没那么艰难。这倒不是说，看守所是什么既温馨又愉快的好地方，也不是说，那里的伙食有多好。主要是因为，我在那里能够逃避一切。

在看守所里的每一天，都是前一天生活的复制、剪下、贴上（特别是他们不再一直对我问话以后）。那感觉真是超级放松的。没有什么惊喜，也没有什么陌生人。不管是肉丸、鳕鱼或炒蛋，所有食物吃起来口感都一样。我一天就吃早、中、晚三餐，放风一个小时，在健身房一个小时（我当作是去锻炼），听课，十分钟洗澡时间。我躺在自己的床上，躺在自己的地板上，我上自己专用的厕所，听着经过的人声，我试着读一点儿书、听音乐，我睡得比这辈子里的任何时间还要多。只有在桑德到看守所时，我才会有访客。不过，这个周末我可就要自己过了。没有人会跟我讲话，让我惊讶或促使我思考。

我们今天来不及进行陈词，但是这个周末一过，“我的说法”就会出现了：关于我和塞巴斯蒂安，关于我们之间的爱恨情仇，以及我如何背弃了他。

我和塞巴斯蒂安

17

我和塞巴斯蒂安是在凶杀案发生前的那个夏天开始成为情侣的。斯德哥尔摩陷进一股超级热浪里，三个星期以后，再也没有人有兴致讨论天气。人们开始抱怨出现故障的空调，抱怨 711 里味道像旧袜子一般的冰块和粉状冰激凌。不过，没人抱怨天气太热（那已经是一种生活常态了）。任谁都无法想到这种天气会改变。

我在一家位于史图尔广场[1]的旅馆柜台暑期打工的最后一天晚上，塞巴斯蒂安出现了。一连三个星期，我每天晚上十点到隔天清晨七点必须接听电话，接受客人订房和取消订房，打电话召集早餐部和清洁工作所需的额外人手，听那些喝醉的芬兰人询问（“喂，那些漂亮又听话的小妞都到哪儿去啦？”）是否能把烈酒送到他们房门口（“好女孩，你要乖乖听话。嘻嘻！”）。桌子下方有个紧急按钮，但我从来就用不着。三不五时还会有人吐得一塌糊涂（通常是在房

[1] 史图尔广场（Stureplan），接近斯德哥尔摩市中心的东矿区，附近为重要的金融、财经与商业区。

间里），但我也不用处理这种事情。有一次某个家伙割腕，他在真正动手以前，还先在 Twitter 上发文，告诉警方他要割腕了。

上班途中，我见到一些疲倦的观光客，他们出入便宜的餐厅。有瞪大眼张望的父母和他们坐在后向式婴儿车上的孩子，也有脚上穿着凉鞋的德国游客，手上拿着皱巴巴的地图。这份工作没什么压力，也并不困难，薪资相当体面，而且能“给你经验”（套句老爸的话）。老爸“支持”我打工，对他而言，这就像一朵镶着“青年实业家坎普拉德[1]”字样、散发出香气的云朵。老妈希望我每天早上回家时都能坐出租车，不过老爸不允许，所以她就没敢再啰唆。

当时，塞巴斯蒂安在附近一家夜店泡了好一阵子，他进来借用厕所。柜台只有我一个人，我的同事因为要给儿子庆生，提前下班了。

除了投宿在旅馆的房客以外，我们不允许其他人借用厕所。不过，我是从不会对塞巴斯蒂安说“不”的。至于他是怎么知道我那时会在那里工作的，我永远不得而知。我甚至不知道，他还能认出我是谁。我们上同一所幼儿园，但那已经是陈年旧事了。塞巴斯蒂安大我一岁，如果不是被迫留级重修一年，他早就高中毕业了。但是现在我知道，我们很快就会开始在同一班上课。大家都知道塞巴斯蒂安要留级重修，而现在，他就窜进了我工作的旅馆柜台。

“玛雅。”他的声音充满自信。对于看到我，他似乎一点儿都不惊讶。就像我们上幼儿园时那样，我的心剧烈地跳动了一下。然后他就待在那儿，直到我该下班为止。我们一起漫步，城市空荡荡的，天气比前一天早晨还要冷。我们肩并肩，穿过亨姆勒公园，沿着英格尔贝克街上行，来到斯德哥尔摩东站。我们从那里搭小型列车，

[1] 坎普拉德（Ingvar Kamprad），瑞典宜家家居（IKEA）创办人。

抵达奥斯比。车厢里，他坐在我旁边。当列车进入斯德哥尔摩大学站时，他躺在我膝上沉沉睡去，没多说一句话。当列车即将抵达站点开始减速时，我用手触摸他的前额，把他叫醒。他醒过来时，盯着我看，然后他举起手来，将拇指压在我的下唇。就是这样。

当天下午，我就和爸妈及莲娜去度假了。妈妈决定我们要开车自助旅游，玩遍欧洲。我们先飞到了日内瓦，租了车。老妈在一个保证拥有“神祕”“独特”经验的网站上，预定了位于各地的精品旅馆，这辆车就是我们在各家旅馆之间的交通工具。

老爸开车——当他和老妈同时在车上时，他总是担任司机（他们参加派对时除外）。车程长达数十公里，当收音机的音质开始刮擦、爆响时，我们就换台。我们在不同的国家收听一样的音乐，那些DJ的声音听起来完全一样，雀跃的笑声和友善的sje音[1]：“谢……蕾哈娜！”“咻咻……咻……爱莉安娜·格兰德[2]！”当然了，节目主持人说着不同的语言。在意大利，他们放的意大利歌曲比较多，在法国，主持人播的法国歌曲比较多。然而，这些音乐整体上听起来都一样，我陷入了某种震惊状态。塞巴斯蒂安的形象在我脑海中爆开了。我来错了地方，挑错了同行的伙伴。坐在汽车后座，旁边是莲娜和她的晕车呕吐袋，我上网搜寻着。老爸和老妈铁定会抱怨我的国际漫游费，但我不管那么多了。我到处搜寻，疯狂地漫游着，但却找不到他的蛛丝马迹，不敢问他认识的人，或是去一个他还没加我的社群网站，然后加他。车里的我越来越绝望、恐慌，因为机会就这样从我手中流逝了。塞巴斯蒂安曾经躺在我的膝

[1] 瑞典语的发音系统中，sje是一个独特的清擦音，其读音较接近中文的“谢”音。

[2] 蕾哈娜（Rihanna）和爱莉安娜·格兰德（Ariana Grande）均为现代英语流行音乐界歌手。

上，他曾经望着我，然后，我就从那儿离去了。真有人能笨成这样吗？

那是假期的第九天，他来电话的时候，我们正在前往南法尼斯的滨海自由城途中。手机在我冒着汗的手中振动着，他使用了隐藏号码。当他骑着伟士牌机车来接我时，老爸惊讶不已，老妈则几近于震惊状态。塞巴斯蒂安在我们投宿的旅馆大厅迎接我们，当天晚上，他请老爸、老妈，“当然了，还有莲娜”（怪了，他怎么知道她叫什么名字？）一起“在船上”吃晚饭。他老爸的“船”就停在尼斯港外。我可以看到，老妈开始在那里踩起踢踏舞步，她不知道自己是否还来得及购买新礼服。老爸则像是整个人的体积胀成原来的两倍大，因为塞巴斯蒂安的老爸绝对不仅仅是个“潜在客户”而已，克莱斯·法格曼很可能就意味着老爸的新生。

塞巴斯蒂安假装浑然不觉，只盯着我看。

阿曼达告诉塞巴斯蒂安我们在哪里之后，他决定当天早上就南下来找我们。这一切令人难以置信到濒临超现实的境地。在老爸、老妈、莲娜来和我们与塞巴斯蒂安的老爸吃晚饭以前，我就已经跟着塞巴斯蒂安离开了旅馆，坐在他伟士牌机车的后座，双手揽住他的腰，驶过海岸边的狭长小径，那里地势陡峭，天气暖热。在他们来以前，我们就在他船上那张椭圆形双人床上（在一条白色被单上）发生了关系。之后，就是在灿烂星光下共进豪华晚餐了。

这艘船全长将近六十米，糖浆色的甲板就像蚕丝一样柔软，举目望去，到处都是黄铜镶嵌物、银质饰品、金色和白色的大理石。开味菜上桌时，太阳早已西沉。我们坐在甲板的最高处。船上的灯火一路延伸到吃水线以及餐桌所在的上层甲板周围。天鹅绒一般黑暗的夜色沁脾入骨。服务我们的侍者人数之多，连我都数不清了。和平常相比，老爸老妈此时更常望着我看。莲娜想坐在我膝上。

“关于在这儿遇上塞巴斯蒂安这件事，我本来已经不抱任何指望了，”塞巴斯蒂安的爸爸对我父母说，露出好大一朵微笑，“我猜想，他愿意大驾光临拜访我们，应该是玛雅的功劳。”

在第一天晚上，我无法忍住不看克莱斯·法格曼。他是个说故事的高手，一个充满魔力的演员，甚至比报纸上写的还更耀眼。老妈咯咯笑着，像一只小鸟那样雀跃不已。她刚买了一套新礼服，头发上还插着看起来像镀着假金箔的桂冠饰品。不过那当然是真货，不然的话，她绝对不敢戴看起来如此廉价的东西。

塞巴斯蒂安环抱住我，克莱斯说着一些我从未听闻过的人物故事，我老爸则笑得越来越激动。从另一方面来说，塞巴斯蒂安的爸爸很擅长让人放松下来，他从不害怕陌生人聚在一起时所产生的隔阂，沉默、咳嗽声或无趣的话题都不足以使他感到压力。他只管露出微笑，继续说着他的笑话，就能轻易逗人轻松大笑。第一天晚上，我还看不出这其中的端倪，也料想不到他的真面目。老妈喝得醉醺醺的，把自己的甜点一扫而空。莲娜则在沙发上睡着了，虽然空气温暖而轻柔，其中一名职员还是把一条薄毛毯盖在了她身上。

有一次，克莱斯对我说：“你要知道，我很有钱。”他这么说倒不是要炫耀，而是想说明他的出身。他富有的程度，简直可以让他在护照上的“国籍”一栏填上“有钱人”。他活在属于自己的国度里。有钱人和地理区域是没有什么关系的，真正有钱的瑞典人和真正有钱的日本人、意大利人或阿拉伯人有更多的相似之处，和其他瑞典人的差异反而比较大。因为克莱斯·法格曼是亲手为自己创造的这么一个“国籍”，而不是靠继承遗产或特权，或是继承南曼兰省的地产、北部诺尔兰省的林地、位于哥特堡的造船厂，或者国王狩猎队成员之类的，老爸对此欣羡崇拜不已。

老爸对“搞信托基金的那些白痴”，还有他们那些“毫无意义的投资嗜好”厌恶至极。他下班回家后，会谈到他们在做的项目。“如果你想用风险资本开发一种能告诉你一升牛奶多少钱的应用程序，就会出现一大堆开着破车、有着老掉牙头衔、刚创立投资公司的二十多岁的年轻人。他们相信老百姓真的需要用应用程序来取得这种信息，因为，那些被老爸娇生惯养的公子哥儿，从来不需要看货架上的标价。”此外，搞信托基金的人也不是“真正有钱”，而这也正是他们唯一亲手办到的事情，变成“假的有钱人”。

“真是悲惨，”老妈总是这么回答（这也是老爸爱用的词汇。老妈和他讲话时，他会使用这词汇），“真是悲惨。”

老妈则会提到，她的一位同事或朋友离职了。她说：“我猜她的先生要买下一家家饰精品店给她。”对于和她相同年纪、顺利“抛下工作，远走高飞”的女人，老妈的厌恶程度和老爸对继承遗产的人是一样的。“抛下工作，远走高飞”，正是她梦寐以求的。

老妈是一家上市公司的法律顾问，薪资大约是老爸的一半。莲娜出生时，她缩减了工作时数，她说自己不想“蜡烛两头烧”，不过还不想辞职。她假装一切都好得很，假装自己还是很忙，但没人会上她的当，尤其是老爸。

“他们真该把这些钱全拿去买乐透，”老爸通常还会继续这样说，“这样比较容易获得红利。”（就算老妈在讲别的事情，老爸还是会继续讲自己的事。他们之间最“投机、热切”的讨论，总是这个样子。）

但面对克莱斯·法格曼，老爸老妈就变成了天真的男孩乐队铁粉了。我和塞巴斯蒂安在一起后的好几个月，老爸每次和我独处的时候，都会谈到克莱斯·法格曼。他说，克莱斯·法格曼将自己继承的岌岌可危的集团，翻转成为“瑞典三大财团之一”。因为他开始投资高科技产业（比方说缆线和芯片，我觉得自己好像从没这么认真听老爸说过话），而没有“满足于夷平森林，在诺尔兰省的溪流间淘金”，他才能成功。他讲得口沫横飞，我完全没机会插嘴。老爸对克莱斯是如此崇敬，连一点儿嫉妒的感觉都没有。

有一次，老爸告诉我：“克莱斯·法格曼唯一不那么独特的一点，在于他娶了某年瑞典小姐选美比赛的第三名。法格曼是全瑞典有史以来最伟大的人之一，他将会名留青史。”

在船上度过的第一晚，我其实也很喜欢克莱斯。他让我感受到他觉得我很特别。他说笑时总能让我在真正的笑点上发笑，这就足以让我觉得有趣。当他提到塞巴斯蒂安的哥哥卢卡斯，以及卢卡斯在哈佛大学的丰功伟业与如何聪明时，他很引以为荣。我觉得这样的他很可爱。当他说到卢卡斯“很显然”会“成为人才”时，我觉得他像是在对我吐露一些私人的关于家庭的秘密，也就是克莱斯只对少数几个人说的事情。我相信，会炫耀大儿子丰功伟业的老爸也会对小儿子感到骄傲。我没注意到他的父爱是有条件的，你必须努力表现，才不会被克莱斯·法格曼蔑视。

半夜时，我和塞巴斯蒂安告辞离去。

“我们打算去游个泳。”

“在海滩上散步。”

老妈用手捧住我的双颊，她仿佛觉得我还是处女，而这是我的新婚之夜。老爸看着我，眼神中透露出相似的自豪。

“我的小女孩啊。”老妈想必这样说。

“你要表现好一点儿。”老爸或许这么说。然后他对塞巴斯蒂安微笑，说：“别做和我一样的事情。”我的老爸很固执，总是坚持说出这种话来。

“如果我能理解你从他身上看见什么特质就好了。”克莱斯·法格曼说，“你要知道，他和他妈很像。”我们大家都笑了。我也笑了，因为那时我还不懂，克莱斯在塞巴斯蒂安面前取笑、挖苦他的时候，可不是在开玩笑的。

除了这句评语以外，我们没谈到塞巴斯蒂安的妈妈，也就是那位瑞典小姐选美比赛的第三名。当天晚上没谈到，往后也没谈到。她的地位也没被某位更年轻的瑞典小姐取代，她只是消失不见了，或者至少说她搬走了，不在了，不重要了。是她离开了克莱斯，还是克莱斯甩了她？我认为自己永远无法得知这件事的真相。和克莱斯·法格曼摆在一起，她显得如此无足轻重，我根本没想到她，连她不在场的事实都没想到。

我和塞巴斯蒂安在一起以前，交过四个男朋友。第一任男友叫尼斯。当时我们十二岁，很快就十三岁了，就在他双胞胎妹妹邀请我参加的派对上，我们在黑暗中私订终身。音响播放着克里斯蒂娜·阿奎莱拉[1]的歌曲，他迅速、凶猛地吻我，我们倒在沙发上，亲吻着、爱抚着彼此，直到我嘴唇肿胀、内裤裤底湿透为止。他抚摸了我的胸部，那是我不曾有过的美好感受，不过我们没做爱，甚至压根儿没想过这件事。

三周以后，我们就吹了，而我直到两个月后才弄懂这一点（因为当时是暑假）。那九个星期以来，我望着他的照片，还给他写明信片（“我在乡下外祖父、外祖母家里，外面正下着雨，我已经看过《尸变》[2]。”），他都没寄明信片给我。开学以后，他在学校遇到我，连招呼都不打。就这样吹了。

[1] 克里斯蒂娜·阿奎莱拉（Christina Aguilera），全球知名的美国流行女歌手兼作曲家。

[2] 《尸变》（*The Evil Dead*），美国出品的恐怖电影。

我在半年多以后，交了第二个真正的男朋友，他比我大一岁（十四岁半）。他在学校公交车站的发车时间表上写着：安东觉得玛雅好可爱。这则八卦只花了六到八分钟，就传进了我耳朵里。我也没那么笨，马上就明白，这是我生命中发生过的最重要的事情。即将十五岁的安东，有着厚实的双唇和金色鬈发。我们在一起长达七个星期，其他人用已婚夫妻的眼神看待我们。但是某个星期五晚上，在一场于自由山学校举办的派对上，他把各种酒类饮料混在一个旧洗发水塑料瓶里，喝得烂醉如泥，然后吐露了真心话："玛雅，你太年轻了！我们还是分手好了。"我觉得很可耻，但其实并不真的难过。不管是安东本人，还是他那只能沾湿我脸颊下半部的亲吻，或是"在一起"这码事，都没能让我更投入这段感情。

在之后一段时间里，我只能爱上年纪比我大得多的男生。他们对我一无所知，可能是因为我们并未真正见过面，或是我们的"相遇"仅止于我望见公交车上我前六排座位男生的后颈。我完全不记得他们之中任何一个人叫什么名字。超过十五岁时，我遇见了马克斯。

十六岁的马克斯吸大麻、弹电吉他、写诗，他妈妈曾是理查·爱维东[1]的摄影模特。他就读于位于市中心东矿区的东实高中，是家喻户晓的大人物。当我和阿曼达钻进一栋位于卡拉广场旁别致的街道上的二楼公寓时，马克斯和他所属的乐队就在楼上，演奏着我们认不出来的封面主打乐曲。派对已经热烈地进行了好几个小时，一个皮肤上有痘疤、涂搽着紫色指甲油的男生递给我们一块黏糊糊的巧克力蛋糕和一杯喝起来有香草味的奶油饮料。我在毫无家具的客厅里跳舞跳到满头大汗，却没有想到像这样把手伸向空中、拼命

[1] 理查·爱维东（Richard Avedon），生于美国纽约的时尚摄影师。

甩头看起来有多蠢。然后，停电了。后来消防局的人来了，他们说整个东矿区的电力供应瘫痪了。“举办音乐会前要申请许可证是有原因的。”消防局的人走了以后，又有两名穿着制服的警察上门。我终于了解，自己这辈子第一次体验到吸毒产生的恍惚感。阿曼达和我钻进了其中一间浴室，把门从里面反锁，努力不让自己活活笑死。我们不知道，让我们产生吸毒快感的，究竟是那块蛋糕还是那杯香草味的饮料。我们就躲在那儿，直到警察走人、马克斯敲门为止。他全身赤裸，手持点着五根蜡烛的烛台。他把浴缸放满水，就在他开口问时，我开始宽衣解带和他一起泡澡。阿曼达则在铺着毛巾的瓷砖地板上睡着了。

马克斯留着长长的刘海儿，这使他不需要用正眼看人。之后，就在同一个星期的某天下午，他就在他爸爸的褶皱床罩上，夺取了我的贞操。那感觉其实不错，不痛，而他没发现我以前没做过“爱做的事”，这让我很宽心。当我打电话给他（因为他从不接手机，而我又相信他所说的“我不爱用手机”，我就打他家的市内电话）时，他假装不在家。我从他老妈的声音里听出她有多么恼火，但我还是继续打他家的市内电话和他的手机。我了解他不喜欢我，但无所谓，因为我就是无法放下。之后，在不同的派对上，马克斯和我又做了四次爱（通常一开始我们会先泡澡，他在所有派对上都这样做）。当他说自己很爱我的乳房时，我会假装他是爱我的。我们最后一次做爱，是在一张铺好的床上（我们从不盖着被单做爱），当时大约晚上十点，就在我用自己的T恤擦干肚子时，他转过身去告诉我，他和小名叫“特西”的特蕾丝在一起了，因此，我们“不能继续这样下去了”。

同一天晚上，两个半小时以后，当这位特蕾丝和马克斯一起从浴室走出来时，我见到了她。这位和美国可卡犬同名的“特西”身上裹着浴袍，马克斯再度全身赤裸。直到那时，我才感到难过，不过我隐藏了情绪直接离开了那里。

下一个男朋友，是由我提出分手的。他叫奥利佛，认识不过四天他就说他爱我（而不仅仅是我的乳房而已）。当我告诉他我喜欢他，他“很帅”，但我们“不适合对方”（我已经变成爱情专家了，知道该说些什么）的时候，他就开始每天都给我打电话（即使他根本没醉），每天晚上发短信给我，只为了“说晚安”。

在这段感情告吹以后的一两个月内，我们仍然维持性关系。不过，后来塞巴斯蒂安就来到我上班的旅馆柜台，早先我所有的经历和塞巴斯蒂安完全没有共同点。这是全新的一切，而这一切可不仅止于我重新开始而已。塞巴斯蒂安开启了我的生命。

我已经记不清楚自己是否问过老爸老妈，能不能和塞巴斯蒂安一起出游，而不是和他们继续游遍欧洲。不过，我应该是问过的，因为那天晚餐时，他们带来一个新买的旅行箱。旅行箱里装着我所有的行李，那想必是老妈所能找到的最贵的同类型产品了。

第一天早上，我比塞巴斯蒂安醒来得早。我向来很难在新的地方一觉到天明，而塞巴斯蒂安还熟睡着，我不想吵醒他。当我来到上层甲板时，克莱斯就坐在那儿用早餐，其中一只手还拿着一份对折的瑞典语报纸。

“来吧，请坐，”他招呼道，“你早餐想吃什么？”他一边问，一边继续盯着报纸。

当我喝完咖啡，吃了一点儿法式牛角面包（我们在一艘停在地中海的船上，这早餐很应景）时，克莱斯放下报纸友善地看着我。如果他问了我问题的话，我还真记不起来他当时问了什么，但我们交谈着，我感觉自己逐渐由紧张变得放松。他就留在那儿，直到头发没梳理的塞巴斯蒂安穿着内裤和一件雪白T恤走出来坐在我身边。这时克莱斯起身，拎着报纸离开了。他们没互向对方道早安。

离开学还剩下十七天，塞巴斯蒂安就要成为我的同班同学了。我们在克莱斯的船上待了十五天。就在隔天早上，我们沿着意大利海岸南下，前往卡布里岛。蔚蓝的海，沁凉的风，每天晚上都是如此温暖，无一例外。有时我们还会稍作停留，从甲板上放下一个摩托小艇。我们可以在小艇上进行跳水、浮潜或滑水等活动。有一次，直升机（降落在甲板上）将我们载到摩纳哥的一级方程式赛车场，我们站在终点线的围栏边，在引擎的轰鸣声中相视而笑。我努力想记住船上每个人的名字，但就是力不从心。船长桑德洛回答我关于我们经过的各个地方的许多问题。厨师路易吉知道我早餐喜欢吃法式牛角面包配柠檬汁、希腊酸奶和甜瓜，午餐喜欢鸡肉沙拉或羊奶起司沙拉，我还喝黑咖啡。船上的温泉浴场直通健身房，和电影厅位于同一层楼。他们会在温泉浴场演奏清脆的音乐，而一个叫佐薇的女人会帮我修手指甲和脚指甲，还用一种闻起来像牙膏和香草籽的油帮我按摩。她光着脚走来走去，我不曾在温泉浴场以外的其他舱见过她。

我很爱这艘船，很爱所有在船上工作的人。我们见面时，他们看起来总是很开心。更让我神往的是，我这么快就适应了一切，住在船上任由日子一天天过去，简直是再自然不过的事了。每天晚上我们都和克莱斯用餐，即使他一直只和我们共进主菜，我们的参与似乎还是很重要的。他会问我三到五个问题，然后就回去了。不过，在他和我们同桌而坐的短短一小时里，他的关注为我们提供了温暖。当我们说话时，他倾听着，点着头，偶尔他心情特别好时，就和我们聊一些他觉得重要的事情。

某天晚上，应该是第五或第六天吧，塞巴斯蒂安的老爸带我们到一家餐厅。他要和一位商界熟人吃晚餐，希望我们一起来。我们没问他为什么，不过我猜，我们要协助他让用餐的气氛轻松一点儿，不要那么正式。

这家餐厅位于某座山村的突岩上，离博尼法乔[1]不远，我们最后步行了一小段距离来到餐厅。在黑暗中，所有的色彩都消失无踪，一辆小货车停在港边，铺在一个货柜上的防水布随风摇曳着、起伏着。虽然太阳已经西沉，但天气还是相当暖和，某些地方还能闻到垃圾的味道。那位商界熟人是个意大利人，他说的英语鼻音很重，简直可以拿来当夹心面包的涂抹酱了。他在船上时就已经喝得烂醉了。

“来扶我一把。”意大利人对塞巴斯蒂安说，他伸出手来，短短的手指朝向塞巴斯蒂安。塞巴斯蒂安放开我的手，扶住了老头的手臂。当我们进入这个小村庄时，我的鞋子在鹅卵石路上很不好走，不过他乐见我们走慢一点儿。老头咒骂着，汗如雨下。他毫不害臊地靠在塞巴斯蒂安身上，每走二十米就得停下来休息喘口气。当我们终于站在餐厅门口时，老头用湿润的嘴唇在塞巴斯蒂安脸颊上吻了一下，非常接近塞巴斯蒂安的嘴巴。塞巴斯蒂安退缩了一下，他老爸则拉开餐厅的门。克莱斯·法格曼转身面向意大利人，用手势示意请他先进去。

“塞巴斯蒂安，如果不是你的缘故，我可从来不会上这儿来。”意大利人说着，终于松开了塞巴斯蒂安的手臂。

“能听到他还有点儿用，我真庆幸，”克莱斯说，“这对我们大家来说，真是个大新闻。”

克莱斯很生气，简直气疯了。然而我并不知道他为什么生气。

[1] 博尼法乔（Bonifacio），法国南部科西嘉岛上的小山城，位于博尼法乔海峡口。

先前那些让我联想到克莱斯·法格曼的特质全被替换掉了。从我们下船以后，他就不曾主动开启任何话题。我说的话，他充耳不闻，把眼神转开，转过身去，走在前面，别人喊他他也爱答不理。我的肠子仿佛纠结着，塞巴斯蒂安眼神呆滞空洞，完全不看我。不过，意大利人看起来可是毫不在乎。

我们被带到靠窗的座位。餐厅是如此贴近岩壁，仿佛就在海面上自由地漂浮着。从下方港口船只上发出的光线仍隐约可见；一座灯塔则在船只下锚停泊港湾的入口处闪烁光芒。塞巴斯蒂安的老爸没问我们要吃什么就帮大家点完了菜。意大利人笑了起来，笑声大到让餐厅另一端的客人都转身侧目。我们惊恐地听着，因为他更改了克莱斯所点的菜，说该换另一道开胃菜，绝对不是这道主菜，科西嘉人不是那么喜欢乌贼，这一点众所周知，每个人想必都知道。塞巴斯蒂安的老爸一言不发，只是微微朝侍者点头。侍者递上酒水单时，他让意大利人接过酒单，点他想点的。不过克莱斯完全不碰他的酒，也完全不尝自己的开胃菜。

就在我们等着主菜上桌时，我不得不去上厕所。我回来时，意大利人已经坐了我的位子，还招手要我坐他之前坐的位子。塞巴斯蒂安没有抗议。有一次，塞巴斯蒂安试图起身，也许是想走到我身旁。

“见你的鬼去，给我坐好！”克莱斯用瑞典语对塞巴斯蒂安说，“你以为这样搞就会成功吗？坐好，闭嘴，很难吗？”

塞巴斯蒂安坐了下来，他没看着我。不过他笑了，笑容明显僵硬，一句话都没说。

当意大利人没有让塞巴斯蒂安唱“瑞典语的饮酒歌”时，他就谈起生意经。我所能了解的，仅止于他想出售一家公司。他越来越兴奋，声音越来越高亢，我们其他人则越来越沉默。就在塞巴斯蒂安的老爸去打电话，讲了一下后把电话交给意大利人时，我在想，他会不会由于过度兴奋、失控而发起酒疯。他挂断电话时，克莱斯举起自己的酒杯，与意大利人的酒杯相碰。我的解脱感是如此明显，几乎让我感到恶心、不舒服。

在该回家以前，我们吃了四道菜、两道甜点，喝了咖啡，尝了一整个银盘的巧克力杏仁糖、迷你蛋白酥和果酱糖。塞巴斯蒂安的老爸设法派人从山下弄来一个轮椅。当法格曼家船上的一名职员把意大利人推回港口时，他已在轮椅上睡着了。就在他们把轮椅放上甲板时，他醒了过来，用力起身，宣布他想散步（他用英文说："我在散步耶！"）。我和塞巴斯蒂安离开那里去睡觉了。四点钟时，从前甲板传出的声音将我吵醒。我从床上坐起身时，塞巴斯蒂安又将我按了下来。

"躺着啦，"他只说，"那不关我们的事。"

我俩独自吃了早餐。

"你爸爸已经走了。"其中一名穿白衣的职员说（我还不知道他叫什么名字）。塞巴斯蒂安只是点点头。他看起来并不惊讶。"他说，你们可以用他的房间。我们快打扫好了。"

当意大利人来到甲板时，我们正躺着晒太阳。他的脸上满是瘀伤，右臂包着吊腕带。他的右臂似乎敷上了石膏。他站在离我们三米远的地方，没有走近我们。

"老天爷，"我不禁惊呼一声站起身来，"发生了什么事？"

意大利人只是摇摇头。

"晚上别到海滩去。"他吐出这么一句，歪嘴一笑，然后他转向塞巴斯蒂安问道，"你爸在吗？"

塞巴斯蒂安将我拉回躺椅上。

"不在。"他闭着眼说。

"你能不能……"意大利人继续说。

“不能。”

意大利人走了以后，我和塞巴斯蒂安就搬进他老爸的套房里。现在我们有两间浴室，而不只是一间。我们的正前方就是海景，我猜从船长座位上望见的也正是这样的景色。其中一间浴室里，浴缸上方的屋顶是可以打开的。我们就独自在那儿吃晚餐。

“你老爸打了那个意大利人吗？”那天晚上，当我们躺在甲板上的露天泳池里时，我这么问，“就因为他和你调情？”

塞巴斯蒂安没生气。“没有，”他淡淡地说，“他当然没这样做。”

我故作轻松地笑了，努力假装这只是个玩笑，但塞巴斯蒂安可没笑。他伸出双臂，靠在游泳池边，抬头望着黑暗的夜空，双眼紧闭。

“妈妈消失的时候，我问过爸爸一次。他对她做了什么，为什么她……他怎么……让她搬走……”

他安静下来。

“他怎么回答？”

“爸爸说……在我们家，不需要把垃圾拿出去倒掉，有人会帮我们处理这种事。”

我想问他这是什么意思？难不成有人帮克莱斯办事，协助他甩掉塞巴斯蒂安的妈妈，揍了意大利人？不过，我思路中断了。因为塞巴斯蒂安哭了。他没啜泣，没流鼻涕，但他哭了。我不知道该说些什么，我把手放在他的脸上，亲吻他。我亲吻的力道越来越强，我深吻着他，比先前吻他的时间还要长久，他回吻我，直到我一心只想让他进入我的体内。当他这样做的时候，我几乎立刻就高潮了。我达到高潮的速度比他快，次数比他多，频率也比他强。

九天后，我们从拿坡里搭机返家。机上就只有我们两人。前一天晚上，我听到塞巴斯蒂安和他老爸打电话。克莱斯认为我们没必要搭公司的专机，我们可以搭一班航空公司的客机。不过，当我们到机场时，专机还是在那儿恭候我们大驾光临。车子直接将我们载到飞机起飞的坡道上，不用过任何安检。

我们下船后，那艘船仍继续航行。一年到头，船上的人员编制都是完整的。一星期后，估计他们就离开地中海了。直到我们从动物岛入口下高速公路以前，我还觉得这整件事情超现实到令我震惊，那宛如明信片般的湛蓝大海、闪耀阳光以及叮咚旋律萦绕的世界。回来后一切都和我们不到一个月前离开时的情景看来非常相似，非常相似——就算一切都变了。

我们在布罗马机场着陆。另一辆车已经在户外的停机坪上等候。其中一位机组员协助我们把行李箱搬进车内。塞巴斯蒂安看起来已经累了，而我不认为自己能期望开学以后，我们可以继续这样下去。出于某种原因，我难以相信他会想和我共同度过日常生活，感觉上这只是比较像是暑假的一时欢乐。我为他留下了一个保留地——那可是我生命中最美好的几个星期。到家后，他们让我下车。我不知道该怎么说再见，该怎么感谢这一切。不过，塞巴斯蒂安跟着我进了门和老爸握了手（大人明明兴奋不已却还装得若无其事，就是老爸那时候的表情）。然后他吻了我的脸颊，说“明天见”。之后，他就走了。

隔天，就是开学第一天。塞巴斯蒂安在早上七点半发给我一条短信（前一天晚上，他一整晚都没发短信），要我在我家下方的路口和他见面，他在那儿接我。我觉得他这样做是为了在开学以前和我分手，一刀两断。半路上，我哭了。也许，我就是想这样做，当他和我一刀两断时，我不得不开始哭泣，那还不如现在就哭。他看到我哭就把车开到一边熄火，移动座椅靠背，两腿叉开跨坐在我身上。

他将手伸进我的衬衣底下，爱抚我的背，亲吻我，更深、更用力地吻我，抱住我，将我抱紧。我感觉到了他的力道，对自己松了一口气是如此讶异：我好害怕他不愿意继续和我在一起。

我们手牵手从停车场走进学校，那像极了高中电影，最受欢迎男生的女朋友本来是个戴眼镜、留着怪异发型的丑女，她动过整容手术、变成超级美女以后，两人联袂出现。这倒不是说，我以前是个怪胎，这也不是说，塞巴斯蒂安是个笑口常开、留着三七分发型的足球型男。不过，我们进入学校的整个过程，色调柔和、气氛温馨。

当然阿曼达已经知道我们在一起了。她在户外的吸烟区迎接我们，先拥抱我，再用双臂搂住塞巴斯蒂安的脖子。她就像一棵圣诞树上的装饰品，悬挂在那儿。之后塞巴斯蒂安才甩开她的勾缠，我们走进学校。

第一节课开始前，塞巴斯蒂安需要处理一些事情，我们就在置物柜前分开了。当他说再见时，再次吻了我的脸颊，这越来越像那部高中电影了。阿曼达朝天翻了个白眼，一如她演的角色应该做的事（她没有穿啦啦队服，要不然就完美无瑕了）。对于自己突然间在塞巴斯蒂安生命中取得这么一个核心的位置，她满意至极，兴奋不已。现在，塞巴斯蒂安将会成为我们人生的一部分。前一年和他打交道的那些人都消失不见了，不是已经上了大学，就是在自己老爸的公司实习，或是到美国读语言学校。现在轮到我们了。阿曼达欣喜若狂。不过她嘴上当然不会明说，反而吐出我和塞巴斯蒂安应该去“租个房间一起住”这种话来。我头向后仰，笑了起来，笑声不高不低，完全符合脚本的要求。

我和塞巴斯蒂安在那次地中海之旅中留下了许多照片。照片上的我看起来很开心，满足极了，就像个在做爱前被自己男朋友用水溅湿、又叫又笑的人一样。即使事后很难记得自己感到了快乐，我看起来还是很快乐。世事难料，祸兮福所倚，福兮祸所伏，时过境迁之后，才有可能看清真相。

事后，直到现在我才意识到，塞巴斯蒂安看起来从来没有快乐过。就连最初的那几张照片，他看起来也并不快乐。

18

不过，对我们其他人来说，开学后最初的几个星期真是妙不可言，棒极了。开学第一天更是无与伦比。当法格曼家的小儿子高三必须留级一年、要在我们班上就读的风声传开时，这可不只是阿曼达所经历过的最惊天动地的大事。学期开始以前，班上所有人就已经非常好奇，议论纷纷，引颈企盼。现在，这成真了，而我置身于事件的中心。

第一节课即将开始时，塞巴斯蒂安还不在教室。我和阿曼达一起去了教室，坐在熟悉的座位上。克利斯特没问我们暑假做了什么。他当然不会问，想必教学大纲或学校章程有规定，不能问这种问题，给小鬼们的作文题目，绝对不能是“我的暑假”。因为这会让家里没钱度假的小孩觉得自己被孤立了。根据学校和家长们的说法，“觉得被孤立”（与众不同）是一个人所能遭遇到的最坏的处境。这一点和学校咖啡厅里的含糖饮料自动贩卖机一样，被视为“万恶的东西”。家长和老师都喜欢毫无意义的老生常谈，只要让自己和学校表现出富有同情心的形象即可。老师不问这个问题，就仿佛对情况有所帮助似的。关于其他人去哪里玩或至少没做哪些事情，我们可是清楚得很。

克利斯特使出浑身解数，找到其他的话题。他对阿曼达二十世纪八十年代风格的古铜色的日晒皮肤，爱丽丝的朝天辫（“老天，这是我老妈逼我绑的，我今晚会把它们拆掉，我的老天啊……”），或是雅各那条骨折的手臂（大家都知道，他是滑水时折断手臂的，这件事就连克利斯特想必也知道），都不予置评。对于看起来从两个月前上学期结业式后体重轻了二十千克的苏菲雅，更是不予置评（哪怕他的眼神显露出震惊，一两秒后才又把持住自己）。他什么都聊，就是不聊这些。

克利斯特问我们有没有“读了什么好书”。班上所有男生里只有萨米尔回答了。他坐直，抬头挺胸地说出三本书的名字。克利斯特努力装出一副自己知道这些书内容的样子，不过，他没有提出问题，所以我认定，他根本不知道这些书。

“你整个暑假才读三本书啊？”我问道。

萨米尔笑了，不过皮笑肉不笑，嘴角抽动了一下。当我对他说这种话的时候，他就会这样做，然后将手插进浓密的头发里。有时当他陷入沉思时，会把一个套子塞在食指上。他会把套子转——转——转，转到手指头似乎要充血为止。我回给他一个微笑。从一年级开始，我和萨米尔的互动模式就是这样。我们争吵、讨论，也理论。我们会装作从不认为对方有道理，或说了什么有趣的话。想到过了一个暑假，我们还能保持这样的互动，真令人庆幸。

“哪有，没这回事，”他说，“我只是想说三本最好看的书而已。这样，你才有时间……”他犹豫着。我接口说下去。

“我没读什么和马有关的书，更没看什么和月经有关的漫画。”

“可是，你喜欢那本关于得了癌症即将死去，却爱上彼此的青少年的书？”

阿曼达跳起来，像是受到了冲击。“对呀！”她雀跃地说，“那本书真的很悲惨，我这辈子从没哭得这么惨过。”

萨米尔瞧着我。我们所想的完全一样。阿曼达哪有读过什么书？她只是看过电影而已。但是我们什么都没说。然后塞巴斯蒂安就窜进了教室。他开学第一天迟到，我们会感到惊讶吗？也许吧。短短几星期后，他准时出现时，才会让我们感到惊讶。

“不好意思。”他敷衍地说出这么一句话来。

克利斯特微微点头。

塞巴斯蒂安坐在我身边，不待他开口要求，阿曼达就坐到了另一张椅凳上。当她跨了两步，来到离她最近的空位时，她朝天翻了个白眼，假装在拉小提琴。

我可以感受到教室里的同学在逐渐了解现在的情况，就像一道有色气体钻进教室沿着书桌扩散开来。从第一排（我坐在第一排其中一端，萨米尔坐在另一端）到最后一排（抹着黑色指甲油、穿了鼻洞的梅拉，就坐在那里），大家都察觉到我们是一对，围绕着塞巴斯蒂安掺杂着崇拜与好奇（还要假装我——才——不——在——乎——他）的气氛漫延开来。不过，这可是我第一次牵涉到这种事情，或至少“部分”牵涉到这种事情。

我曾经读过一个在成长过程中，每年都搬家的演员的故事。她说，每次她开始在新班级上课时，都有着同样类型的角色：最受欢迎的主角（相当惹人厌）、主角最要好的朋友（更讨人厌）、用功的书呆子、体操做得最差的可怜虫或没朋友的孤鸟。每个班上都有固定数量的角色可以扮演。她每转一次学，唯一需要处理的，就是弄清楚还有哪个角色可以演，而那就是接下来一年中她要演的角色。

我在学校里始终演同一个角色：在校功课表现好，受欢迎程度数一数二，没被欺负过，也不会欺负人，在班上属于很酷的那群人，但从未和最酷的人约会。我从没想过自己会获得一个新角色，但我确实得到了。这让苏菲雅那很失败的整形都相形见绌。

书桌下，塞巴斯蒂安握住我的手。我感到自己脸部发热。

克利斯特抛出一个新问题，不过我没听见。他盯着我看，等我回答。我转向萨米尔。也许他会用一个充满讽刺意味的评语让我了解这问题在问些什么，以及我该怎么回答。但是，他没有看我。他的左臂弯曲着，枕在书桌上，这是他准备写字时的动作。他低头，盯着自己的笔记本看。除了萨米尔，没人会在开学第一天做笔记。他牢牢握住那支装有墨管的粗大的黑色钢笔。他握到指关节都发白了，但是什么都没写。我不得不转向克利斯特。

“对不起，”我说，“我没听见……”

克利斯特笑了。也许，对于掌握到整个夏天最重要的大事，对于他不需要问就知道这件事情，他感到如释重负。

“塞巴斯蒂安……”他问道，“你在暑假看了什么好书没有？”

不只萨米尔哈哈大笑，但我只听见了他的笑声。听起来，他可不觉得这有什么好笑。

19

不，萨米尔可不觉得塞巴斯蒂安加入我们班是什么有趣的事情。由于塞巴斯蒂安新加入我们，克利斯特要我们向他自我介绍一下。那时很明显地，萨米尔和塞巴斯蒂安处不来。塞巴斯蒂安看起来像是不知道萨米尔叫什么名字，也许这是对萨米尔高声大笑的一种报复，也许他可能真的不知道。但是，当萨米尔假装不知道塞巴斯蒂安是谁的时候，情况就显得很荒谬了——全校每个人都知道塞巴斯蒂安是谁。

萨米尔是唯一对此感到不爽的人，我们其他人可是兴奋得不得了，就连各位老师看起来也对塞巴斯蒂安的加入感到很高兴。如果有人在刚开学那几天问克利斯特，他一定会说“再给塞巴斯蒂安一个机会是值得的”这种话。最初的两个星期，塞巴斯蒂安上课可以迟到，想出现时才出现，在上课时间提早离开，各位老师对此完全不予批评。他没带课本和作业（其实他总是没带）时，他们只会说“你可以和玛雅一起看”，或是把教学用计算机借给他用。

克利斯特永远不会承认，其实他老早就知道塞巴斯蒂安高中毕不了业。*每个人都值得拥有第二次机会*。萨米尔就不一样了，他完全不给塞巴斯蒂安任何机会。

整整九天以后，塞巴斯蒂安就安排了这学期的第一次派对。克莱斯出远门了不在家，而塞巴斯蒂安的哥哥卢卡斯已经回波士顿了。我和阿曼达最先到场。我曾经说过我们要帮忙的，但从私人车道上，我们很明显就看得出，这不属于那种派对。塞巴斯蒂安办自己专属的派对时，是不需要什么“帮忙”的。

“哎哟，这不是针对你们啦！你们想吃什么就吃什么。不过我其实还是把持不住。”

阿曼达还没开始吃她的塞浦路斯奶酪堡，她只是将奶酪堡夹在拇指与食指之间，小心翼翼地打量着奶酪堡的两端，想找出哪一端的卡路里含量更少。她直盯着我的肉块瞧，仿佛那是一块被踩毁、注满抗生素、装在窄小水泥畜栏里的母猪肉。我擦干嘴角的些许酱料，点点头，吞咽着。

太阳正在下山，大部分人已经吃过饭了，平底煎锅上已经剩下不到三个汉堡，聘来的烧烤师傅漫不经心地煎烤着肉排，油脂滴落到木炭上。小而盛怒的火花散落着，然后逐一熄灭。一位穿着镶有美国国旗短裤的侍者，端着一个装满圆锥状报纸包着炸薯条的托盘，赤脚走在柔软的草皮上。塞巴斯蒂安和六七个总是会在他许可下跟着他的男性小跟班，一起走进屋不见了。

阿曼达和我坐在那铺砌石块的露台上，向下俯视着海面。

“塞仔跑哪儿去啦？”她问道。只有她会这样称呼塞巴斯蒂安。

我耸耸肩。

“拉伯今天来了吗？”

我再次耸耸肩。就在塞巴斯蒂安重新加入我们班级时，拉伯已经离开这所学校了。他不用留级重修，却被迫转学。在我们这伙人之中，只有拉伯从过去就认识塞巴斯蒂安，也许就是因为这样，阿曼达才开始相信拉伯会成为她的新男友。不过，塞巴斯蒂安是没有什么“超级好朋友”的，跟在他身边的，只有一群趋炎附势的苍蝇，以及从几周前开始，像流浪狗一样紧随他不放的丹尼斯。

阿曼达叹了一口气，搁下吃到一半的汉堡。我已经啃完了自己的汉堡，现在正努力地和炸薯条奋战。我把装着薯条的圆锥状纸包递给阿曼达，她摇摇头，看都不看一眼。

我们下方那暗色的海水，闪动着铅灰般的灰色光泽。游泳池里泛出的光线，照亮了码头。克莱斯·法格曼的两艘船都停在码头上，其中一艘的前甲板上，浮现出两道暗影。庭院里有四棵树，一对情侣就躺在其中一棵树下方的吊式圆形座椅上亲热。六七个女孩坐在其中一组户外座位上，那是嵌着马赛克图案的石桌，旁边摆着几张铁质的形状不协调的椅子。她们抽着烟，喝着白酒，轮流把自己手机的屏幕秀给大家看。塞巴斯蒂安来到我身边，挽住我的手，将我从地上拉起，拥抱着我。

“可恶，这个派对好无聊。”他抱怨道。

然后他拔腿跑开，一路上把自己身上的衣服剥光，冲上码头，跃入水中。我跑在他后面，快速地脱光内裤以外的所有衣服，跟在他后面跳进水里。我们游得很快，水已经不再那样温暖了。就在他在我身旁浮起时，他勃起了。我双腿张开夹住他的臀部；他把所有来宾全晾在岸上，在水中和我亲热。我甚至无需亲手解下自己的内裤，只需任由他在水下拉开我的内裤就行了。我不知道他顺不顺利，但当他完事以后，我们就上岸了。塞巴斯蒂安觉得很冷，双唇都成了蓝紫色，牙齿打着战。阿曼达在我们走上阶梯时取来浴袍，将浴袍递给我们。塞巴斯蒂安挽住我的手，我们拔腿冲向桑拿房。

“这个派对，烂死了。”

即使桑拿房的温度很高，无须披着浴袍，我还是将它盖紧身体，在最接近门口的位置坐定。萨米尔和丹尼斯坐在最里面。塞巴斯蒂安开口说话时，丹尼斯吓了一跳，好像这场派对没达到塞巴斯蒂安的期望就是他的错一样。

塞巴斯蒂安看见萨米尔的时候，他笑了。他很惊讶。我从来没想到萨米尔会在那里出现。萨米尔和丹尼斯一起出现，也真是怪。他们应该素不相识啊？

塞巴斯蒂安站了一会儿，他把浴袍搁在地板上，一丝不挂地站着，把水加进蒸汽浴设备里，任由蒸汽一路蹿升到天花板，然后才坐下。不过，没几分钟，他就又赤裸裸地走到室外。“狗屎蛋，无聊死了，这个派对烂翻了。”

丹尼斯跟在塞巴斯蒂安后面。现在，他总跟在塞巴斯蒂安后面，保持半步的距离，眼睛盯着塞巴斯蒂安的背，我那时真搞不懂他。丹尼斯没来由地在上面、前面转圈圈，紧跟在塞巴斯蒂安身边打转。他这样比较像一只蝙蝠，而不像流浪狗。

里面剩下我和萨米尔。

“你是跟拉伯一起来的吗？”我问道。高一，萨米尔加入我们班时，他和拉伯就成了朋友。就算拉伯已经转学了，他们还是保持往来。

萨米尔点点头，望了我一会儿，然后才换了位子，坐到我的正上方。他不太像平常的自己，脸有点儿肿，而且铁定很生气，简直气疯了。我从来就不喜欢做桑拿，但我根本不可能在这时离开，因为萨米尔或许会觉得，他让我觉得尴尬。

“我不觉得你和塞巴斯蒂安……”我先开口，但他打断我。

“是拉伯问我要不要来的。”

然后他沉默下来。不过，他不需要再多说什么了，我完全懂了。被问到想不想来塞巴斯蒂安家里的人，都会把自己先前说过所有关于塞巴斯蒂安的坏话忘得一干二净而接受邀约。他们一有机会就会赴约。这样，假如别人问起他们上周末做了什么，他们才能回答自己去过哪里。当他们谈到别的事情时，就能“顺便一提”，不说白不说：我到塞巴斯蒂安·法格曼家里参加派对了，对呀！就是克莱斯·法格曼的儿子。

我很纳闷儿，为什么自己会觉得萨米尔的情形不是这样。不过……他怎么这么恼怒？

除了拉伯以外，我们大家都是这学年开始之后第一次参加塞巴斯蒂安办的派对。以前和他有往来的熟人，绝大多数都离开高中了，今晚只有一两个这样的朋友到场。

萨米尔身子朝下，贴着我。先前，他坐的位子已经太接近我了，现在，他的腿压着我的手臂。我闻到了他身上的汗味，那是很奇怪的味道。这怪味和牛仔裤烫得平整、运动鞋总绑着双结的书呆子班长萨米尔很不搭调。

“我觉得应该来看一下，看看大家嘴里在讲的究竟是怎么一回事。你那男朋友，嗑药嗑到大脑短路了。不过，他至少说对了一点：这真是无聊死了。”萨米尔摇摇头，身子贴得更近了，“还有，你想必不喜欢和那房子里的黑鬼一起吸大麻吧。”

起先我真是惊呆了。以前，我从没听过萨米尔对我或对任何人用这种方式说话。我起身，准备离开那里。我来这里是要找乐子的，我可不想让他坐在那里对我评头论足。但是下一秒钟，萨米尔就闪身来到门边挡住我的去路。

“他有没有直接在你裸体的小肚肚上吸可卡因啊？”此刻，桑拿房都快让人窒息了，“丹尼斯让塞巴斯蒂安尝了最新的毒品，总有奖励吧？丹尼斯可以一起玩玩吗？”

“你有完没完？”他是在开玩笑吗？看起来不像。

现在，他压低音量。“事实上，我们都避免接触丹尼斯，因为他是疯子。这你是知道的。如果你放他进产科病房，他就会在那里卖起纯可卡因。”

我的心跳变得好快。我不知道萨米尔是否察觉到我现在很兴奋，也不知道他是否就是为此感到生气，但我只想离开这里。

“你还不懂吗？玛雅，塞巴斯蒂安只是个人渣而已。他成不了大器的。只要把这一切拿掉……”他其中一只手在桑拿房里挥舞，小指外伸，仿佛泛着雾气的木质墙壁是凡尔赛宫富丽堂皇的镜厅，“他就和一个空罐头一样，没戏唱了。”

终于，萨米尔退后一步。他退得很快，绑在腰间的毛巾松开，他再度把毛巾绑紧。

这时我才看清楚，萨米尔醉了。我以前从没看过他喝醉。不过，就算是全班最厉害的优等生，凡事也总有第一次。我松了一口气，差点笑出声来。*他不知道自己在说什么*。我把门弄开，喝醉酒的男生可以直接无视了，不用再和他啰唆。但是，我又后悔起来，转向他。

“我懂，”我说，“你不喜欢丹尼斯，没人喜欢他。但是今晚是谁帮你埋单的？如果你已经跟拉伯喝了几杯，我跟你赌一块钱：你的酒钱还是丹尼斯出的。你不喜欢塞巴斯蒂安，这没关系。你不了解他的为人，也没关系。你到这儿来，坐在他的桑拿房里，用他的毛巾擦身体，这挺好的吧？这样他就有用了吧？”

室内热到无法呼吸。我离开时，用浴袍袖口擦干了鼻子。

*

震耳欲聋的音乐声从游泳池建筑里传出来。三个在学校和我同年级不同班的女生从沙滩上冲过来，经过我身边，直奔我刚离开的桑拿房。就在我离场的短暂时间里，这场派对的规模仿佛暴增了两倍。塞巴斯蒂安经常邀他不认识的女生参加派对。他多半是在城里，可能是在某处排队时认识她们的。他看到她们起水疱的伤口包扎着绷带，就表示同情，借机邀请她们来派对狂欢，在他厌倦了她们的性感露肩装或从 H&M 成衣店买的眼镜以后，他就邀新的妞儿回家开派对。不过，他似乎从不担心情况会失控。这或许是因为，要闯进法格曼家派对上骗吃骗喝是不可能的。警卫没有干扰我们，更从不探听我们派对上进行的活动。不过他们还是在场的，保持着适当的距离。

阿曼达在舞池里喊叫，她身着比基尼，头发散乱，看起来不像是游过泳的样子。拉伯站在离她三米远的地方，衬衫的纽扣开着，盯着她看。

“来吧。”她喃喃自语，鼻息直扑我的脖颈。

我们以前就这样做过。阿曼达超喜欢面对观众，而我无疑是她最爱演出的一部分。

音乐声震耳欲聋。我身上还穿着浴袍，但阿曼达一把扯下我的浴袍，手掌搭在我的背上，头向后仰，我们就这样翩翩起舞，两人是如此接近，以至于我们的腰部触碰在一起。我们都光着脚，阿曼达还穿着比基尼上衣。游过泳以后，我的内裤还显得潮湿，不过我闭上双眼试图让脉搏放慢下来。音乐——我要专心随音乐起舞。萨米尔的想法无关紧要，他只是喝醉了，不知道自己在说些什么。

塞巴斯蒂安站在音响设备前。他望了一会儿，然后走到我们身边，一只手臂搭在阿曼达身上，另一只手则揽住我的腰肢。我很爱塞巴斯蒂安的双手，当他用力抱住我时，我就觉得自己很美，美得惊人。我拉起他的手，将他的手向上引到背脊，他放开阿曼达，把她推向拉伯。拉伯笑了起来，然后搂住她。塞巴斯蒂安只想碰我，不是她。

汗珠在他额头上闪闪发亮，双眼牢牢盯住远方的某个东西。我瞧着阿曼达，拉伯站在她的面前，双手上下摆动，那姿势很像在粉刷墙壁。拉伯从来就不曾真正跳过舞，只是令人啼笑皆非地动几下，他是为了我们这些喜欢跳舞的人，做做样子给我们看。即使他不知道这样做有什么意义，他还是这样做，以表示他对我们没有成见。

我从地上捡起浴衣，塞巴斯蒂安将它披在我的肩膀上。但我却找不到腰带，所以离开了游泳池，穿过客厅和厨房，经过丹尼斯旁边（塞巴斯蒂安要他待在厨房，把自己的东西管好）。在我经过时，丹尼斯带着好奇的神色望着我，但我摇摇头，一路走上二楼，来到塞巴斯蒂安的房间。除非保安被通知进入室内，否则他们就只能待在外面巡逻。室内也没有监视器，这是塞巴斯蒂安的老爸决定的。原因很明显：克莱斯不希望他屋里发生的事情被录下来。录像带会被拷贝、发送，变成勒索、恐吓的绝佳素材。我进了塞巴斯蒂安的房间，套上一件女用紧身背心，穿上一条塞巴斯蒂安的拳击短裤，然后，我走进浴室。夜晚的序幕已然揭开，我要擦干头发。我的脉搏还是太快，不过我可不是什么大烟鬼（这过时的字眼是什么意思？）。我只是有点儿操之过急，不太习惯。我想喝点儿什么，今晚剩下的时间只管喝酒，别的什么都不管。不过，当务之急是让脉搏慢下来。吹风机嗡嗡作响，对着扑面而来的热空气，我闭上双眼。我并不急着下楼。我双眼紧闭，用鼻子吸气，从嘴巴吐气。头发吹干时，我听见了他们的声音，是好几个男生，也许还有个女生。音乐被关掉了。

我下楼走进厨房时，两名保安抓住萨米尔的上臂。丹尼斯靠墙站着，鼻孔流血。他背后一幅主题为酒瓶的油画歪到一边。丹尼斯的表情与其说是生气，不如说是惊讶。

“放开我。”萨米尔异常平静地站着，像是在故作清醒。他的音量并不高，不过还是清晰可听。

其中一个保安望着塞巴斯蒂安。塞巴斯蒂安点点头。

“你该回家啦。”保安对萨米尔说。

“要不是你们付钱，我才不想留在这里。”

塞巴斯蒂安转向我。他停在门口，背对着萨米尔，说道：“请你们务必不要让另外这个家伙的血流满一整个厨房。现在，他也该回家了。”

萨米尔从塞巴斯蒂安背后直直盯着我瞧。他双唇颤动，仿佛想再说些什么，但却只像是冲着我用口型示意什么。看起来像是“过来”。他要我跟他走，还是……他在用另外一种语言喃喃自语？阿拉伯语？波斯语？我甚至记不起来，哪个语言才是萨米尔的母语。我才不在乎呢。

当然我想到萨米尔喜欢我，我也喜欢他。但此时此刻，在塞巴斯蒂安家里，他却突然摇身一变，成了烂醉如泥的卫道士。他把“带领我离开享乐之路”当作任务，而他就是高举长矛的骑士。

丢人。我想，他真是令人难堪。我希望他离开，希望他带走他的自命清高和优越感，以及带走他要我认真看待自己生命、离开这里回家去的表情。我没要求他保护我，我不需要他的保护，我可不是那个跟错王子而无依无助的小公主。

数学组的一个男生，挽住塞巴斯蒂安的手臂。

“可是，我该怎么……”

“甭担心，”塞巴斯蒂安说，“我们有准备，够用的。”

塞巴斯蒂安握住我的手。我们朝游泳池建筑走去，音乐声又响了起来。没发生什么大不了的事。丹尼斯被撵走了，萨米尔回家了。塞巴斯蒂安从后颈抚摩我的头发。我呼吸着属于他的气味，冷冽、清新。啊，我好爱塞巴斯蒂安的气味，我好喜欢他让我产生的感觉！和他在一起，我很开心。我们一直都玩得很开心。玩得尽兴时，不需要感到可耻的。

塞巴斯蒂安耳语着：“你看到没？没有牺牲就没有成果。而现在，这场派对终于要开始了。”

20

塞巴斯蒂安家派对结束之后的那个周末其实过得很快。周六，我和塞巴斯蒂安、拉伯、阿曼达到了城里。周日，我和爸妈、莲娜、外祖父一起去餐馆吃饭。老妈对我的“一脸疲倦”感到很生气，老爸则因为我们是和外祖父一起上馆子，觉得我不该是这副神色。我没有再想到萨米尔，至少没再多想。周一早上，塞巴斯蒂安在学校外面放我下车，他“有事情要处理”。我不知道这是什么意思，但我没在意。那时我还不会为这种事情担忧。吃完午餐，我有两小时的空闲时间。阿曼达生病了，而塞巴斯蒂安又不接电话。

自从学校图书馆的对外网络连线被封锁以后，那里就不再人满为患。不过，我可不是独自一人，爱薇就坐在另一头。她和我同年级不同班，鼻梁瘦削，身穿碎花裙和棉袜。她穿过的鞋子类型简直“族繁不及备载”，包括芭蕾舞鞋。即使爱薇才上二年级，但她去年就已经赢得国际扶轮社举办的写作比赛。她的短篇小说写的是她自己发育不良的弟弟，所有人都对这故事信以为真。或许，这就是她获奖的原因。当事实证明她根本没有什么弟弟，只有一个完全正常的妹妹时，大伙儿都失望不已，很多人甚至感到非常生气，他们觉得她“作弊”。其实这只是让这部短篇小说变得更好，但这显而易见的事实却没人点破。

离我座位几米远的沙发区，坐着两个刚上高中的女生。她们各自翻阅着封面闪亮的杂志，共享一包糖果。她们讲话的音量刚好足以让我听见，她们每句话的最后一个字都会缩减。现状就是这样，所有的一年级新生讲话都是这副德行。我和阿曼达还小的时候，讲话时也会发明一堆自己的字眼或措辞，但这些屁话只是一派胡言。这让儿童黑话听起来比拉丁语还要精练。

“可是，北（鼻）……听（着啦）！我真要疯（了），他到底想不想在一（起）？我快急（死了）！”

另一个女生点头，只顾继续翻杂志。

“真（是有）病（呢）！”

几天前的英语课上，我们才谈过贝克德尔测验，它可以用来检查电影是否合乎女性主义的标准。有三个问题可供检验：电影中，有没有至少两个被提到过名字的女性角色？她们是否彼此交谈（没有男生介入）？谈论的话题是否与男生无关？

老师举出许多几乎大家都看过的电影，我们要探讨它们是否符合上述条件——它们都不符合这些条件（我们很体贴地假装不了解。这不就是他提问的用意吗？）。当然了，我觉得这样很糟糕，我也了解电影中女性角色做些谈论男人以外的事情为什么很重要，但事实上，女生一天到晚都会聊到男生，就连老妈和她的朋友也是一逮到机会就大吐关于自己老公的苦水（以及她们有多么无助）。充满诉求且具有青年经济学家会员身份的辩论社小妞，演出法文话剧并准备列车漫游欧洲计划的戏剧社社员，还有现在坐在我旁边的这两个“北鼻”闺密，都有一个共同点：她们都在聊男生。自己的男朋友，别人的男朋友，自己想交的男朋友，想甩开的男生。她们整天就只会聊男生。或许大家应该要注意：只要电影中的描述和实情相符，对于自己在电影中被如何描述，就无须再抱怨了。

萨米尔重重地推开门，力道之大还让门撞上一个摆着关于皇家理工学院、乌普萨拉大学法学课程以及社区大学数学课程资料的书架。萨米尔的双腿和身体其他部分相比显得太长，这使他看起来总是脚步匆忙。他在服务台前猛然停下，将耳机从耳朵里扯出来。他的动作非常急促，精力永远过剩，反应总比别人快一拍。别人才刚开始思考，他就已经想到了。我想，我们很容易就相信他受到了很大的压力。其实我从不认为他会感受到压力。但现在，他看起来确实很紧张。

在我没来得及想到要假装没看见他以前，他就发现我了。太迟了。他几乎直冲到我面前。

“我可以坐一下吗？”

我试着将视线移到别的地方。

“你啊，小北（鼻）……”其中一个女生对另一人耳语，不过她们的音量仍足以让我和萨米尔听见，“你有带卫生（棉）吗？”她难为情地笑着，“我把我的盥洗用具袋忘在家里了。”

我的手提包里就有卫生巾，我大可以走过去，坐在她们旁边，告诉她们“请——慢（用）”，而对萨米尔置之不理。这种关于女性体液的对话，他绝对不敢插嘴的。这绝对会让他感到压力。关于月经的闲聊，应该也符合贝克德尔测验的要求吧？应该是的。但是，如果把月经称为“大姨妈”或是“好朋友”，它还能属于女性主义允许的范畴吗？

“玛雅？”萨米尔还站在我面前，试图捕捉我的视线。

“我又不在这里上班，你去问馆员。”

他看起来很惊讶。

“啊？我要问他们什么？”

“谁可以坐在这里不是我决定的，但你如果坐在这里，我就走人。”

他安静下来。随后他伸出双臂，清了清喉咙。

“很快就好。我只是想道个歉。”他的双臂又垂落下来，“我对上周五的事情向你说声抱歉。我真蠢。我不知道自己怎么会说出那种话，我应该是醉了。”

沙发区的两位闺密安静了下来。她们假装深入地研究其中一人放在膝上的杂志里的一篇文章。

“什么？你醉啦？”我说。萨米尔察觉我话中讽刺的意味，头朝前低垂着。现在，那些女生一声不吭。她们可不想错过任何细节。

“我本来不该去那场派对，我真的不应该责难你。我不喜欢的是塞巴斯蒂安。我实在不应该……”

“你还记得你对我说了什么吗？”

他点点头。“我很抱歉。”

他额前的刘海儿垂落下来，看起来他等着我打他屁股呢。他知道自己有多帅吗？他当然是知道的。他的言行举止有时带点儿刻意，很像事先演练好的，而他应该也很清楚自己看起来是什么样子的。他希望获得原谅时，就是这副德行——我不是第一个看过他惭愧表情的人。不过他在派对上看起来应该是很难过，真的很难过，不只是发酒疯而已。

这是萨米尔不为人知的一面。他对我和阿曼达以及我们的校外生活，看起来几乎毫无兴趣，他都是和拉伯厮混。除此之外，他绝少参加派对，从不问别人上周末做些什么。我还一直觉得他认为我们很蠢。突然间我意识到，他从不愿单独和我谈与学校课业无关的事情，这是很令人失望的。现在他终于这样做了，但讲的却是塞巴斯蒂安。我心想，男人间总爱鬼扯。就算是男生，也还是聊男生爱女生的事情。这念头突然浮上脑海，根本无法阻止，我忍不住微笑了一下。我希望他和我谈到关于我的事，谈什么都好，就是别谈塞巴斯蒂安。萨米尔回我一个微笑，不是那种平常调皮式的微笑，而更像是松了一口气。

扩音器响起，两位闺密收拾自己庞大的手提包，以及封面闪闪发亮的杂志，跑去上课了。萨米尔抓来一张椅子，坐在我对面。他噘着嘴，脸上摆出像是自拍照的表情。

“塞巴斯蒂安是你的北（鼻），”他尖声说着，“我完（全）懂。”然后，他的个性又随之一变，手臂搭在椅背上，滑坐在椅子上，两腿岔开，用很做作的斯德哥尔摩郊区带有中东移民口音的瑞典语说：“他是你的小甜心啦，你是他情人啦。小妞——没问题！够了，够了，我们会‘放尊重点’的。”

我笑起来。他想使坏装流氓，但装得真不像。不过他帅，就算他知道这一点，又有什么区别？那调皮的微笑又回来了。老天爷，我好想念这微笑。

21

又过了好几个星期。也许有六七个星期吧，十月中旬，我们决定到拉伯家位于乡下的“别庄”做客一个周末。拉伯称它是“庄园”，不过，它其实是一座古老的城堡。从古斯塔夫三世国王执政时开始，拉伯父亲的家族就一直拥有这座城堡。拉伯母亲的家族在距离数十公里远处，也拥有一座类似的城堡，不过我从没到过那儿。这次萨米尔也跟来了。我不记得自己当时的感想——也许这很酷吧，我不觉得这会令我感到不安，也不认为这样很蠢。当然了，塞巴斯蒂安和萨米尔的关系很紧张，但这没什么好担心的。

我和阿曼达躺在各自的躺椅上，各自盖着毯子，查看各自的手机。一只黄粉蝶飞过，宛如在风中震颤的枯叶，往下朝湖边被割得短而齐整的草坪飞去。这只蝴蝶的寿命早该终了了，不过今年秋天可是异常温暖。

“如果你能许愿，”阿曼达问，“能拥有世界上任何东西，在一切之中，你最想要什么？”

我们后方通往厨房的门半开着。拉伯的妈妈玛格丽特正在听着歌剧煮饭，并不需要帮忙。不过她三不五时就会出来，站在离我们不远的地方，双手叉腰，脸上露出一丝笑容。她喜欢我们在这里做客，我们也喜欢在她这儿。

阿曼达睁开眼睛，眯眼看我。

“我不知道。”我答道。我没心情回答她的问题。当你什么都不缺时，你的愿望是什么根本不值一提。

“拜托！”阿曼达抗议道，“你一定会想要些什么吧？”

阿曼达老爱问些可以在事先印好的卡片上进行对话游戏的问题，

尽是一些让参加者能够“踊跃表达”的“话题”。别人回答以后，她很爱继续追问，她也很爱回答自己提出的问题。

“来吧，玛雅。”阿曼达站起身来，一手高举向天空，另一手摆在心口上，“我先开始吧。”她清了清喉咙，“我的愿望是，世界和平，所有儿童都有饭吃。”

她摆出选美比赛优胜者调整头上皇冠的姿势，我笑了起来。

“但是，说真的，”她坐在我旁边，“下学期我们就毕业了。然后，一切就重新开始了。我要到伦敦实习，你懂吗？我要在那儿待上六个星期，老爸说，夜班必须只能上半个晚上。当然了，我得复印文件、弄茶水，还有类似的工作，我得做好准备。但是，我还是不知道自己会有什么感觉。你认为，我会觉得这是真正的工作吗？我做的事有意义吗？我们总应该带来一些影响吧？是真正的影响。我们总该为这个世界，为其他人做点儿什么好事吧？”

我没搭腔。

“我当然想这样做。大家应该都想吧？”她紧张地笑了，“不过坦白说，我最想知道自己想要什么。或者说，做某件事情的意义是什么，比如有个规划。你懂我的意思吧？”

我点点头。这是很典型的“阿曼达式”讨论。阿曼达总说些很明显的事实，然后问我懂不懂。这样一来，她就变得迟疑、多愁善感，然后泪水涌上她的眼眶。

“你懂我的意思吗？”

这句话可能意味着：她觉得我很钝，都搞不懂她的意思。但实际上是她想跟我确认，她不像自己所感觉的那么笨。

“我了解。”我说着，露出微笑。

拉伯的妈妈又来到后院里。

“我不敢保证世界和平，不过所有孩子的饭菜倒是已经好喽。亲爱的，你能去叫那些男生进来吗？”拉伯的妈妈脱去一只烤箱烘焙用手套，用手背搓揉着阿曼达的脸颊。阿曼达和拉伯在一起还不到一个月，但拉伯的妈妈和阿曼达已然发展出完整的婆媳关系。我和塞巴斯蒂安在一起的时间，远超过他们一倍。虽然我还没开始对他老爸心生怨恨，这主要还是因为我实在很少见到他。

三天前，克莱斯肯定在家。他接到学校的电话，五点钟就出现了，要跟塞巴斯蒂安谈谈。塞巴斯蒂安已经先把我支回家，但我知道他们谈些什么。实际上，塞巴斯蒂安已经不再听课了。他几乎每天跟我到学校，有时跟丹尼斯在校园鬼混一两个小时，但大部分时间里，他只是直接回家。即使克莱斯白天从来不在家，他肯定还是知情的。

厨房和后院直接相通，我们就在那儿用餐。玛格丽特摆上有着缺口和花卉图案的瓷餐具，每个盘子的主题都不一样。经历多年洗碗机的洗涤后，多莱斯[1]水杯的色泽变得模糊起来。拉伯站在阿曼达身边。阿曼达站在自己专属的座位旁（是的，她已经有专用座位了），握着一张浅蓝色高背椅的椅背。拉伯亲吻她的脸颊时，她低声娇笑，听得出来，她觉得自己性感无比，拉伯似乎同意这点。拉伯的背部以一种奇怪的角度弯着，想把下巴贴在她其中一边肩膀上。他们看起来很亲密，不过恋爱中的人都是傻子。

比较讽刺的是，拉伯留了一小撮皇后乐队主唱的那种八字胡，刻意要证明自己不是同志，但即使他外表看起来像同志也没什么大不了的。阿曼达捏了拉伯上唇边缘的几撮胡须，仿佛丘比特之弓，然后转身面向他的妈妈，问道：“玛格，你觉得他这胡子会留很

---

[1] 多莱斯（Duralex），一九四五年创立的法国玻璃餐具品牌。

久吗？”

“唔……”玛格丽特瞧着自己的儿子，似乎并不怎么欣赏，“我还是不予置评好了。”

我和萨米尔四目相对。他望着我，几不可察地用食指和拇指搓揉自己上唇，嘴角下垂，鼻孔张开，摆出一副“嘿，我可是这座庄园的领主”的表情。我不得不低头望着桌面，才不至于爆笑出声。

萨米尔、阿曼达和拉伯坐在餐桌的同一边，萨米尔旁边的主位坐着拉伯的妈妈。另一端，则是我和塞巴斯蒂安。拉伯的爸爸乔治则坐在玛格丽特对面（餐桌的另一主位），当我们坐定时，他刚好进来。他足蹬木底鞋，身穿牛仔裤和一件肩膀穿洞的T恤，一副老花眼镜则被推上额头。就座以前，他把一叠报纸递给萨米尔。

“你看到梯若尔[1]在今天《金融时报》的文章没有？”他问道。萨米尔开始阅读报纸，但拉伯的妈妈却轻柔地将报纸从他眼前拿开，放在旁边一张台子上。

“不要在餐桌上看报纸。”

在拉伯的妈妈拉开椅子以前，塞巴斯蒂安坐了下来，将自己的酒杯伸向拉伯的爸爸。

“我满十八岁了。”他试着这么说。

“气泡矿泉水。”玛格丽特接话。她和老公隐约朝彼此投去一瞥。他们事先讨论过这一点，“即使满十八岁，还是应该喝气泡矿泉水。”

难不成是克莱斯要求他们不要让塞巴斯蒂安喝酒？克莱斯知道塞巴斯蒂安酗酒。有那么一两次，即使我还没有驾照，还是得把塞巴斯蒂安的车开回家去。有一次当我停车时，克莱斯就站在私人专用车道上。事后塞巴斯蒂安没告诉我他老爸对他说了些什么，当我

[1] 梯若尔（Jean Tirole），法国经济学者，二〇一四年诺贝尔经济学奖获得者。

问起时，他则说：“问点别的我想聊的东西，OK？”于是我就不再追问了。也许克莱斯不知道，即使我还不能开车，可还是开车了。或者他其实了解，而且认真看待这件事了。

我和阿曼达帮玛格丽特把餐点摆在餐桌上。先上的是马铃薯韭葱汤，炸得酥脆的野猪培根肉单独盛在另一个碗里，面包还是温热的。

“我还以为你吃素呢。”阿曼达捞起一大匙培根肉，装在自己餐盘里时，塞巴斯蒂安说。

“这是野生动物，所以不一样。”她说道，脸颊泛过一抹淡淡的红晕。阿曼达从第一次和拉伯舌吻开始，就把吃素这回事完全抛在了脑后。上周她跟拉伯和塞巴斯蒂安一起去猎驼鹿，老妈强迫我参加外祖父的生日晚宴，因此没能跟他们一起去，但阿曼达可是全程跟着，她和拉伯在射击塔里亲热，在睡袋里做爱。她穿了赫特威灵顿雨靴，终于第一次让靴底沾到了水。

“我要参加专业猎人执照的课程。”她边说边把碗递给萨米尔。他没有捞点儿什么，而是把碗再递给玛格丽特。

“你当然要。”萨米尔自言自语，只不过音量有点高。我用餐巾遮住自己的笑意。我感受到了塞巴斯蒂安的眼神。

“真是好主意，”拉伯的老爸不露声色地说，“多亲近大自然可是很有益处的。”

在每一段关系里，阿曼达总是那个完美无缺的“人妻”。有一次（那时高二刚开学），她和一个位于斯德哥尔摩的乐队的贝斯手在一起，这乐队宣称他们和索尼公司有合约。那时，她甚至还成了他们最完美的摇滚乐迷。

“那么，我们该聊些什么呢？”我们盛汤盛到一半时，拉伯的爸爸问道。

“来聊零利率政策吧。”萨米尔说。

“对呀，”塞巴斯蒂安喃喃自语，“你们难道就不能行行好，聊什么零利率政策嘛！”

“我是在说笑，”萨米尔声音冰冷，“你听过玩笑吗？”

“太酷啦！”拉伯说，“简直太有趣啦。零利率，哈哈哈。不过你和我老爸玩的这一套……所有这些书籍、报纸、主题、状况，还有趋势……你们这样玩，就只是想让我觉得自己是呆瓜吗？还是你们其实有别的打算，但因为我是呆瓜，所以搞不懂？”

“甭担心啦，”萨米尔又说，“我马上就停止搞笑。”

“好啦，”玛格丽特拍拍萨米尔的手，“现在，我们别再玩这一套喽。拉许·贾布瑞尔，你说对不对？”拉伯的父母可从不叫他“拉伯”。不过我从没听过玛格丽特直呼拉伯的全名，这名字听来像是来自于新闻短片。也许她是通过这种方式提醒拉伯她是认真的。不过，拉伯还是无所谓地继续吃着。乔治试图缓和一下场面。

“拉许，没有人觉得你是呆瓜。自从你搬到锡格蒂纳[1]以后，你的表现好极了。”他将一片面包塞进嘴里，“萨米，我们真的很感谢你，你帮了很大的忙。”

“也就两个考试，”拉伯伸出两根手指，“两个。然后，‘好极了’表示我通过考试了。我的成绩分别是‘尚可’和‘佳’。萨米狠狠训了我一顿。他觉得除了‘特优’以外，其他所有成绩都和挂科是一样的。”

“我不懂，你怎么能对‘特优’以外的成绩感到满足。”萨米尔说，“我同意你爸的说法，你可不是呆瓜。”

这句反唇相讥的话很有意思，也许他在强调“你”这个字。但

---

[1] 锡格蒂纳（Sigtuna），位于斯德哥尔摩以北约七十公里的小镇，镇内街道刻意保留了中世纪的遗风。

是，大家都听见萨米尔说的话了，也就是他含沙射影地暗示：你和塞巴斯蒂安不一样，你不是呆瓜。

“我知道除了零利率政策以外，我们可以聊些什么……”阿曼达开口，不过为时已晚。

“他们付你多少钱？”塞巴斯蒂安目不转睛地瞪着萨米尔，“你赚很大喽？”

乔治和玛格丽特真可谓是粉饰太平的高手，拉伯还没完全得到他们的真传。不过，当乔治在“大房子”里展示肖像集，讲到卖国贼、弑父的罪犯、通奸的妇女，以及许多私生子是如何被安置在村子里时，拉伯就会开玩笑，说“保持沉着冷静”就是他们家的祖传武器，现在，它们正好大显身手——脸部表情归零，纹丝不动，面对塞巴斯蒂安时甚至上唇都不弯一下。但是，萨米尔迟疑地摇摇头，目光像网球般在乔治和玛格丽特之间来回弹跳着，他们则避免和他的目光接触。塞巴斯蒂安可不放手，他速度放慢、音量拉高，好像怕萨米尔听不懂他说的话。

“你——是——赚——多——少？你靠指导拉伯赚了多少？”

“塞巴斯蒂安，”玛格丽特音量很低，但仍不以为意地说，“喝你的汤吧。”

乔治把盛着面包的篮子推向拉伯。他摇摇头。

“真抱歉。”塞巴斯蒂安两手一摊，摆出一副“我投降了”的手势，挤出一声轻笑，“这问题很不适当。当我没说，我什么都没说。”他把音量降得恰到好处，让其他人能够假装他们什么都没听到，“你们付薪水给谁，不关我的事。”

我们在这之后还聊了些什么，我已经不记得了。不过，就在乔治把汤喝完的时候，玛格丽特铁定想出了某些话题。变换话题，是另一项家族真传。我们都尽可能依照话题转换的方向聊天。玛格丽特说完、吃完以后，乔治就起身把餐盘收拾干净。除了塞巴斯蒂安以外的所有人都试图照做，但被乔治婉拒了。直到主菜端上餐桌，玛格丽特才又把手放在萨米尔的手上，然后她将身子凑到餐盘前，拾起刀叉。

“萨米，你爸妈好吗？”

一小时以前，我也被这样问过。在我们离开停车场，来到今晚准备睡觉的位于西面的侧厅以前，阿曼达就回答过这个问题了。不管玛格丽特认不认识其他人的家长，她总会问大家爸妈过得如何。塞巴斯蒂安则还得描述卢卡斯在美国过得如何。玛格丽特很想掌握状况。除了班级家长会以外，她几乎不可能在别的场合见到萨米尔的父母。但是，她还是想了解。

“他们很好。”萨米尔说。

“你妈妈现在在哪里上班？”

“沪丁厄医院。”

“哟，你看吧！”玛格丽特和乔治隔着桌面，互望着对方，“这么说，她执照的问题也解决了？啊，真令人开心哪！”

“没有，”萨米尔擦干嘴巴，他吞咽着，说得很快，音量压低，“她担任助理护士，现在……她还在等。不过，她很喜欢医院的环境。”

乔治摇了摇头。“很难相信我们连在这个国家里的人才都不能善加利用。我真不懂。”

“这可真怪哟。我可以赌咒发誓，”塞巴斯蒂安压根儿没吃盘中的食物，“我可以发誓，你说过你妈是律师。”他转身面向拉伯，“拉伯，萨米尔刚到我们学校的时候，你不是告诉过我，他对那些还听得下去的人说，他老妈是律师吗？”塞巴斯蒂安放慢速度，让每个字拖得更长。拉伯不搭腔时，他又转向萨米尔。“不过，也许她有双学位。呀，萨米，好厉害哟！”

塞巴斯蒂安没醉，我也不觉得他嗑了什么药，但是他嘴上竟然冒出那个除了拉伯和他父母以外没人会使用的昵称：萨米。塞巴斯蒂安刻意让它听起来像个黑奴名字。

“我爸是律师。我妈是医生。”

“啊哈！”塞巴斯蒂安欣喜地点点头，“当然喽，是这样没错。你那位大律师的老爸，他在瑞典干吗？”萨米尔没搭腔。“开出租车，嗯？”塞巴斯蒂安继续说，然后他又转向拉伯，“应该是你提过，你认为一个月前，就是萨米尔的老爸从史图尔广场载我们回家的？”拉伯也不搭腔，萨米尔的脸色变得死白。“不过，嘿，亲爱的萨米，帮我说明一下，怎么每个来到这里，开始当驾驶员和清洁工……对不起，”他哼了一声，“开出租车和当助理护士的移民……怎么每个人在自己祖国都是医生、土木工程师、核物理学家？还每一个都是。你那位‘医生’老妈，”塞巴斯蒂安的手指在空中画了个引号，“很多人跟她一样。这里每个卑微的清洁工，在自己祖国其实都不是清洁工。如果他们讲的还能相信的话。他们当中可曾有人在叙利亚的超市当收银员，或是在伊朗老家的公园里捡破烂儿换押瓶费？没这回事啦。只有医生、工程师、律师，还有……”

“塞巴斯蒂安，够了。”乔治低声说。他粉饰太平的能力值到极限了。不过，塞巴斯蒂安充耳不闻。他朝我们挥动手臂，露出一副我过去从未见过的神情。

“你们都不觉得这很怪吗？”没人答话，塞巴斯蒂安又转向萨米尔，“那些没大学文凭，没接受过至少六年高等教育的人，你们拿他们怎么办？你们要不要直接毙了他们，才能确保他们不来抢你们的工作？”

克莱斯·法格曼，我心想，*塞巴斯蒂安看起来就像他老爸*。

萨米尔起身时，玛格丽特抓住他的手臂，她对他摇摇头。然后，她反而转身面向塞巴斯蒂安。

“塞巴斯蒂安。”她开口说道。玛格丽特是外交部的主任（我忘记她管辖的单位叫什么名字了）。现在，听得出来她很习惯开会和协商，那都是一些她明明气得要死，却必须保持礼貌的场合。妈妈般温柔的声音已经消失无踪了。他们粉饰太平的戏码显然结束了。

“现在，你给我仔细听好。”她说得很慢，“有些事情是很难理解的。很难相信有许多一路顺利逃到欧洲、逃到瑞典的难民，使人难以置信的是，他们……”

她无声地吸了一口气。我觉得，她本来想要说“就像你我一样”。不过，她改变了主意。

“他们不总是但常是生活情况良好、经济稳定，以及受过高等教育的人。为什么会这样？”她直接自问自答，“因为能顺利来到这里的人，出得起钱把全家送到这里追求更好的生活。这样做是需要钱的。在你的天地里，塞巴斯蒂安，那算是小钱。但是，你还是应该能了解的。你以为所有来到这里的人都有高学历，那就错了。认定那些来到这里、有高学历的人对自己的背景说谎，也是错了。许多新瑞典人都是学者。我们现在谈论到的饱受战火蹂躏的国家，那些最穷、最底层的人，极少能顺利来到这里。这是很令人担忧的。但这不是你做出这种举动，信口说出自己显然一无所知的事情的借口。”

“那当然啦！”塞巴斯蒂安说。他听来甚至并不生气，似乎没注意到玛格丽特声音里的轻蔑之意，“他们到这里来，对瑞典真是再好不过了。那些想在亨姆勒公园创造一个帐篷城市的家伙，他们看来真是精英中的精英啊，是来自自己祖国的知识分子呢。”

玛格丽特清了清喉咙。“塞巴斯蒂安，我从你一出生就认识你了。

真不敢相信你的头脑这么简单。”

她屏住气息时，拉伯的老爸插话进来，取得主导权。他已把摆在膝上的折叠好的餐巾拿开了。

“我和塞巴斯蒂安出去散个步。”他用正常的声调说，他将嘴角擦干，然后起身，“来吧？”

乔治的声音丝毫没有显露出疲倦之意，假如他不得不中断晚餐去接一通重要的公务电话，他听起来铁定会很累。但是，当他站在塞巴斯蒂安的座位后面等着他跟进时，我瞥见他下颌的肌肉抽搐着。

“这是要怎样？”塞巴斯蒂安笑了起来。不过，先前无忧无虑的假象消失了。现在，他生气了，“要我离开这里？而萨米尔，这个只会白吃白喝的家伙，还可以坐在我们面前撒谎？”

“不要再火上浇油了。”乔治抓住塞巴斯蒂安的上臂。他牢牢抓住他，把他从椅子上拉开，将他推出房间。

几分钟后，乔治回来了。我不知道那时我们做了些什么。拉伯低头望着桌面，阿曼达泪水盈眶，玛格丽特喃喃地和萨米尔交谈，我则对一切充耳不闻。要不是我的膝盖颤抖得太厉害，我早就起身离开那里了。

“塞巴斯蒂安决定，最好还是回家。”乔治解释完，才坐回自己的位子，他转身面向我，“玛雅，我觉得你最好留在这里。”

我点点头。

“塞巴斯蒂安完全无法和别人沟通，就算是你。”他边说边将盘中残存的食物一扫而空，“我和他爸爸都同意这一点。”

我再度点头。我惊吓过度，只能点头。

“他要怎么回家？”玛格丽特起身，走上前收拾乔治的餐盘。

“我要约翰载他回家。”

我和拉伯从中学就是同班同学，直到今年他才转学。我听过玛格丽特用无趣单调的女伯爵式声音，和校长、学校值班工友、数不清的老师及其他家长谈话。我曾经幻想过，她用这种声音教训首相会是什么样的光景。这些年来，老爸、老妈和我观察到，玛格丽特只会要求“我们将会这么做”（无论是公交车时刻表没配合学校作息时间，或者全国教学大纲没包括玛格丽特所认为的重要的东西，还是天气不够好，不能举办垒球比赛）。每次玛格丽特一提出什么要求，听起来都只是要求一项小小的“举手之劳”。她会打电话给国王，清清喉咙，然后说：“你知道，我想拜托你一项小小的事情。”而国王从没想到要说不。没人拒绝过玛格丽特，每个人都敬畏她。

我希望玛格丽特和克莱斯谈谈，我想，*她能让他听进去*。我真想挽住她的手这样说，跟他谈谈。但是我什么都没说。我只是坐着，感觉自己真丢脸。这是我第一次因为自己是塞巴斯蒂安的女朋友而感到丢脸。

“所以你联系上他爸爸了，这挺好的。”玛格丽特低声嘀咕，“我们亲爱的克莱斯，他有没有什么话说？”

我们亲爱的克莱斯。玛格丽特并不喜欢他。

乔治耸耸肩，肩膀只动了一半。这种耸肩方式并非表示*我不在乎*，而比较类似*你还要我说什么*？或是*你早知道答案，我们无计可施*。乔治也觉得克莱斯是个傲慢的浑蛋。

“玛格，我们之后再谈这个。”

我还是一语不发，没看任何人，尤其是萨米尔。

“有人要吃意大利蛋挞吗？”玛格丽特推开她的餐盘，“还有手工冰激凌？”

大家都想吃冰激凌。我逼迫自己也跟着吃，把甜点硬塞进嘴里，努力想吞下这种不安的感觉。*塞巴斯蒂安是嫉妒心作祟吗？他觉得自己受威胁了吗？他为什么这样做？*我吞冰激凌吞得太快，以至于额头隐隐作痛，但我还是继续吞了一点儿。

几分钟过去了。我记得阿曼达对萨米尔说："别管他说什么。"然后其他人开始讨论拉伯的爸妈在年轻时去丹麦旅行，并且去参加摇滚音乐节的事。当时天空下着雨，由于泥淖太深，他们没能顺利搭起帐篷。然后，他们又聊起某个和拉伯待在同一间学生宿舍的学生会梦游。

"每周至少三次，他千里迢迢跑到学校食堂，伸直身躯躺在贵宾桌，然后继续睡。"

他们笑了好几次，他们每笑一次，气氛就显得越自然、越放松。他们又去装了一轮冰激凌。然后，我们向主人表示谢意，协助主人将厨房整理干净。没人再讲到塞巴斯蒂安。

我的男朋友。

他们装作若无其事，但我该怎么办？两小时后，我们窝在客厅看电影。这时乔治进来，转达塞巴斯蒂安的歉意。我已经忘记我们看的哪部片子了。当乔治转达这段对话时，我们甚至懒得把音量调低一点儿。

乔治在电话里和塞巴斯蒂安谈过了。塞巴斯蒂安已经"安然返家"，塞巴斯蒂安"希望"乔治能"转达他的歉意"。这个道歉很笼统。虽然这是由乔治转达，但它听起来还是很牵强，像是忘记别人不重要的生日以后，硬编出来的理由。

萨米尔躺在离我半米远的地方，他的手臂枕在头部后方，我瞥见他T恤袖口下方那深色的卷曲的毛发。他上臂的内侧是如此苍白，以至于在电视屏幕反射下发光。他望着乔治连珠炮般念着塞巴斯蒂安的道歉文，乔治喃喃自语：没——事，真——的——没事，当然，谢——谢。乔治说完之后离开了，萨米尔又把眼神转回电视，不过，他看起来并没盯着屏幕，而是呆望着前方。

他起身，直接表示自己要去外面散个步。我则等了整整四分钟才跟着起身。

“我去睡了。”我说。

“晚安。”阿曼达说。

“好好睡。”拉伯说。

之后我关掉手机，把它放在我准备就寝的房间里。萨米尔坐在下方的湖畔，他抱着自己的膝盖。空气清冷，天色漆黑。屋内的光线照在他身上，在我眼中，他看起来就只是一道阴影。月亮从湖的另一端凝视着我们。

“不用安慰我。”我坐在他身边时，他说。

“我知道。”

从近距离，我观察到他有多么不安。

他在手臂上抓痒，该不会是被蚊子叮了吧。

“你不用告诉我，我很笨。”

“我怎么会这样做呢？”

“可恶，当时是我在学校的第一天，我的压力很大。我知道你们一点儿都不紧张，你们大家互相认识，你们对彼此的祖宗十八代都知之甚详。但对我来说，那天简直糟透了。你们真的很奇怪，十五岁的青少年互相问对方父母‘是干什么的’。这不是有病吗？”

“是有病。”我附和道。*我可从没问过你父母是做什么的。*

我们离高速公路相当远，为了能到达庄园，我们在砾石路上开车开了超过二十分钟。但在这里我还是能听见车流的微弱嘈杂声。这声响和其他声音格格不入，它和树、森林、动物的声音都很不协调。

“你妈妈是做什么的？”

“你是什么意思？”

“我猜，她不是你告诉拉伯那样是个律师，也不是你告诉乔治和玛格丽特的，说她是医生。所以，她是做什么的？”

萨米尔从他坐着的地上拽起一束小草，一小块泥土也被拽起来，散落在我的腿上。

“我从没说过我妈是律师，拉伯记错了。妈妈常说她很想成为医生。她在学校表现很好，却不得不休学。现在，一切全完了。她连十分钟的瑞典语新闻都听不懂，她根本进不了这里的医学院就读。另外，她还得工作。而她很喜欢助理护士的工作。”

“你爸是律师吗？”

过了好一会儿，萨米尔才摇摇头。

“他们是付过我钱的，他们一小时付我两百克朗，可是……”他语塞了，“我想，我该心存感激的。”

“对什么心存感激？”

“乔治和玛格丽特没把我撵走，反而把你那个种族主义的小男友请了出去。”

“塞巴斯蒂安不是种族主义者。”

萨米尔哼了一声。“不要再帮他辩护了。玛雅，对他低头的人已经够多了，不要跟他们一样。他们让他为所欲为，畅所欲言。”

现在轮到我生气了。“塞巴斯蒂安知道为什么人们竞相巴结他，你以为他不懂吗？但是那些老师没巴结他，要不然，他就不用重修了。另外，他今晚为所欲为，畅所欲言了吗？他已经被撵出去了。”

“乔治跟玛格丽特不一样啦。”

“怎么个不一样？”

“你知道的。不过，要是拉伯不靠我就能从高中毕业，他们会把我请出去。”

“他们根本就不会这样。”

“你相信你自己讲的话吗？”

“很明显嘛，他们不会这样做的。萨米尔，你都没搞清楚。我相信，他们知道你妈妈不是医生，你爸爸也不是律师。他们不是笨蛋。你觉得自己必须对此撒这么荒唐的谎，也许就是因为这样，他们觉得你很可怜。你觉得自己必须撒谎，我很同情你。不管你父母是做什么的，你就是你，我们都懒得过问你的过去。假如你妈从没上过学，你爸开出租车，而你表现还是这么好，这只证明你比我们其他人都要努力。人们会因为真实的你而喜欢你，就算你来自……”

萨米尔迅速打断我，我看见从他嘴里喷溅出的唾液。

“你真是什么都不懂。你们简直都天真得无可救药了。你们以为自己知道自己在讲什么，但你们真是大错特错！”

“别大喊大叫。”

他仍然没有降低音量。

“我可没叫。你要是觉得好背景不重要，那就错了。只要去瞧瞧《偶像》《X音素》，还有去他妈的《烘焙大师》[1]，那些不管叫啥的节目，就会了解，有好背景你就成功了一半。看到某个胖子唱得跟明星一样棒时，你们期待有惊喜。当他‘排除万难’成功时，你们就觉得高兴满足。你们一厢情愿地认为，我的父母没住在动物岛，既非医生也不是律师，只是时运不济，而这种不公不义绝对不是你们共谋造成的，你们会说这样是不对的，很遗憾我们没有更加照顾好我们的移民，但如果他们能更瑞典化，语言学快一点儿，多努力一点儿，这样美国梦就可能成真了。你们超爱美国梦。你们爱伊布[2]。该死的，你们超爱伊布。当伊布说他自己从没读过半本书，女生不

[1] 《烘焙大师》(Mater Bacer)，瑞典国家电视台第四频道播出的烹饪竞赛节目。

[2] 伊布，瑞典足球明星兹拉坦·伊布拉西莫维奇（Zlatan Ibrahimovi）的昵称，他有移民背景。

能踢足球时，他好像更受欢迎。移民就是这样，敌视女性，没教养。但你们心胸开阔又宽容，你们还是喜欢他们，而且，伊布的微笑好可爱、好迷人哦。你们以为，一切就只是种族融合和环境太糟糕的问题，大家只要努力奋斗，就可以成功……”

“‘你们’是谁？”我开始哭了，我实在忍不住。萨米尔吓了一跳，仿佛被我打了一样。

“什么？你说什么？”

“你一直在说‘你们’。你说，‘你们’这样想那样想，‘你们’觉得这样觉得那样。我想问，‘你们’是谁？”

萨米尔咬紧下唇，我继续说下去。

“萨米尔，大家都了解你的处境比较艰难。只有白痴才会相信瑞典语学得好就能逃过所有偏见，乔治和玛格丽特不是白痴。你不需要害怕……”

“你们，”萨米尔边说边握住我的手，“玛雅，你知道我对你的感觉。拉伯是个好人，乔治和玛格丽特也很和善。”

现在他坐的位置离我非常近，我能感受到他急促的呼吸。“你……你了解我的意思，‘你们’是哪些人。是你，是你和你所有的……”他用另一只手比了个手势，扫过庭院的地面、湖、森林，向上朝着房屋、两边厢房、小木屋、约翰住的猎人宿舍，以及湖滨小屋，“你知道‘你们’是谁，但其他的，你并不懂。我并不害怕你们，这跟害不害怕没有关系，你一点儿概念都没有。”

那你就解释给我听吧。

他转身面向我。手触摸着我的臂，嘴贴紧我的嘴。

我以为他要吻我。可是，他没动弹。

我们就坐在那儿。他呼吸着，我呼吸着。我不敢看他。当我起身时，他还坐着。我没有转身，径自走进屋内，进入我的房间，关上门。当我躺在床上时，我抓起手机，将它开机。塞巴斯蒂安发来一条短信，就只有一条。

“如果你想跟他做爱，我希望你保护好自己。”

22

我和塞巴斯蒂安是怎么从拉伯家里的那个周末“脱身”，回到我们以前相处的情况的？我不记得了，但我们就那样继续下去了。是的，我说服自己必须那样想，不管事前还是事后。不，我想塞巴斯蒂安并没有道歉。是的，我的确说了：我绝对不会……你怎么可以把我想成那样（我不得不针对他发的短信说些什么）。是的，我直接离开了拉伯家，回到塞巴斯蒂安家里，我们做了爱，我还一而再、再而三跟他保证：*我绝对不会那样，我只爱你一个。*

人家说“床头吵床尾合”，吵完架后做爱效果最好，但实情并非如此。这等于是在难过、生气的时候做爱。我是觉得难过、生气，但又没那么难过、生气，事后要假装什么都没发生，也没那么容易。很快地，除了周末在拉伯家发生的事情以外，我又因为别的事情感到难过、生气。塞巴斯蒂安其实没说什么，也做什么特别的事情，反而只有我希望一切完全改观，有时还假装情况真的有所改观。然而，这样其实更糟糕。

日子一天又一天过去。十一月过去了，降临节的第一个主日[1]来临了。塞巴斯蒂安认为，一切都值得庆祝，我则尽己所能地附和。

---

[1] 瑞典行事历通常将十一月最后一个周末定为“降临节”第一个主日（在圣诞夜前，共计有四个主日），标志着圣诞节庆祝活动的开端。

蒙太奇夜店里人潮汹涌，人也许比往年还要多。和往年相比，我们也提早来到这里，但还是得先经过一两分钟的推挤，夜店门口的保安才看见是我们，将我们拉进夜店里。只要塞巴斯蒂安一现身，他们总会放他进去。一直都是如此。即使塞巴斯蒂安没跟我们来，他们通常也会让我们其他人免于排队之苦，但动作总没那么快。

丹尼斯站在门外，肩膀高耸着，要是没有塞巴斯蒂安罩他，他绝对不会被允许进入蒙太奇，塞巴斯蒂安也极少让他一起进这家夜店。他三不五时就在街区里打转，将羽绒衣领拉到下巴，帽套盖住头部，双手在身体前方摇晃，好像承受不住衣服的重量。不过，丹尼斯没什么可抱怨。托塞巴斯蒂安的福，他的客户比过去还要多，付的钱也比他在斯德哥尔摩市中心赛格尔广场那些一般的散客可观得多。

夜店里满是圣诞节的装饰，五颜六色的灯饰，厚重、闪亮的花环，舞池中心的圣诞树上满是银色弹珠和施华洛世奇水晶饰品。阿曼达和拉伯一进门，就迫不及待地在VIP区的沙发上亲热爱抚起来。拉伯半仰躺着，阿曼达坐在旁边，一条腿覆在他身上。两人的舌头活像两只赤裸裸的街鼠。他们每接吻一次，都能从旁边瞥见他们的舌头。

我们入场后三十分钟，塞巴斯蒂安已经非常兴奋，店员开始无法视而不见了。其中一扇门边，两名保安已经聚在一起，他们在监控他。他们想必是在等他睡着或是晕倒，那时就可以送他回家了。

如果保安试图在塞巴斯蒂安昏倒以前就下手，情况通常会一发不可收拾。上星期一个男生插了塞巴斯蒂安的队挤进酒吧，他试图拽下那男生的长裤，其中一个保安就握住了他的手臂。那还是很有礼貌的，仿佛是意味着“我们觉得你也许该回家了，你希望我们打电话叫计程车吗”的一握。但是，塞巴斯蒂安还是暴怒起来，结果他还是可以留在里面。酒吧的经理来了，顺利将他请进一间封闭的单人房，要我在那儿陪他。我陪着他直到他睡着，才在拉伯的协助下，把他拖进车里。

他们总会放他进来，总是如此。他最后才来排队，却第一个被放入场内。这就像让一个公主在滚烫的柏油路上跺着脚，真是不可理喻。

我不知道丹尼斯今晚为他调配了什么秘方，他每次调配的玩意儿几乎都不一样，不过不管是什么东西，都不会让塞巴斯蒂安昏昏入睡。现在他在场子里转来转去，像是在找某个人。他转了又转，绕了又绕。他频繁从我身边经过，要求和我坐在拉伯和阿曼达坐过的沙发上。不过才不到十秒钟，他就受够了，想进酒吧。我们在酒吧里站了几分钟，在酒保将他点的酒调好以前，他就忘记了自己点过什么，又向另一个酒保点了同样的酒，然后他把那两杯酒晾在吧台上，抓着我的手走进舞池。在舞池里，他告诉我“要去上厕所”，离开了我。几分钟后，我又看见他伸长脖子、转头、四处漫游着。他到处走动，绕了又绕，转了又转。

“我们该走了吧？是要上哪儿去？无聊透了，该走了吧？我只是去一下厕所，我们之后就走。”

我试着跳舞，试着喝醉，我甚至试着和阿曼达交谈。这真是个笑话，她根本不想也不能交谈。我理解，有人在帮你按摩扁桃体时，是很难讲话的，即使你耳边只有一根舌头在动，这其实还是很麻烦的，很难专心，这我能理解，但是我还是想和她交谈。透过音乐声，尖叫着靠近她，而不需要说些什么，只需要嘲笑某人难看的长裤或是怪异的发型。然而我却努力跟住塞巴斯蒂安，聆听他的问题，而不需要回答什么。

“我们现在该走了吧？你上过厕所了吗？”

“为什么？你真没意思，我们才刚到啊。你要喝点什么吗？”

我厌倦了塞巴斯蒂安，厌倦了阿曼达和拉伯，对他们所有人，对这整件事情都感到厌倦。我对于年少轻狂，耍酷，站在派对会场外、在寒风中或在VIP房里发酒疯尖叫感到厌倦不已。我对这一切都感到厌倦，但我尽可能跟着一起玩。一晚，一晚，再一晚。绕了又绕，转了又转。我在周六或周日早上醒来，找到口袋里一张皱巴巴的蓝色票券，还有一个塑胶烟盒，以及一个无中生有的问题：*老——天——爷，我究竟是怎么回到家的*？我把手背上那模糊的印章擦干净，用指甲剪剪断音乐节的腕带。然后我就像大家所说的一样，再说一次：*老——天！我喝得好——醉！我——什么——都——不记得了！咱们玩得真——爽！*

但是，我再也不能玩得开心了，我没忘记自己是怎么回家的。我回家的方式总是一模一样，我得确保塞巴斯蒂安回到家，然后我就睡在那里，他则陷入半昏迷，玩游戏机或只是“找点事干”。

我再也没兴致了，但我却又不知道自己要怎么做。分手？如果和塞巴斯蒂安的关系结束了，我又该怎么做？不跟塞巴斯蒂安在一起，我还能继续跟这些人混吗？我没有任何规划。我也不想有什么规划。我只希望一切能够再度有趣起来。

要是我离开塞巴斯蒂安，他准会疯掉的。他已经疯掉了，现在我不能和他分手。当情势稍微缓和下来时，我很快就会这样做，一切就会水到渠成，不过我现在还不能说什么。我和保安从各自的位置望着他，但我们什么都没说。我们都知道他逾越的界限，总会一再往前推移。我们假装一切都会没事，所以什么都没说。我们都知道，一切都会以灾难收场。两名保安聚在一起，我则形单影只。我们都没采取行动，我只是配角，我们全都是配角。在塞巴斯蒂安身边的人，全都只是配角，一个没有台词的配角。不管我说什么，都会被剪掉。我说的话太容易被忽略了，且不需要任何回答。

“我们不回家吗？”

“这个烂地方，这座烂城市。妈的，这里真是无聊，真是个鬼地方。我们去巴塞罗那吧，那座教堂旁边就有家很棒的西班牙小菜馆——等等，那是在帕尔马吧，啊？我去一下厕所，帮我点一杯喝的。我就来，我只是要检查东西。我得弄一杯喝的，我只是去一下厕所。可恶，我们走吧，这真是个无聊的鬼地方，该死的烂地方。你能不能告诉这个死DJ，放些好一点儿的音乐？我们去纽约吧。我只是去一下厕所，检查一下东西，可恶，丹尼斯在哪里？他得……去外面把他抓来，告诉他，我得和他谈谈，可恶，可恶，这真是太无聊了！”

我告诉阿曼达：“我不知道，我是否还爱他。”我们谈到这件事。她说一定很快就会好转的。但是，她和拉伯回避了。自从那个在拉伯父母家度过的周末以来，他们就一直怪怪的。对他们而言，一切都是有顺序的。我知道他们和萨米尔混在一起，而没打电话给我们，我知道他们认为塞巴斯蒂安很麻烦。但是假如他们想到这里来，去夜店或去别的地方溜达，我们就还有用——不用排队。*我们跟塞巴斯蒂安是一起的。*

我想起那些夜晚。我躺在塞巴斯蒂安身旁，他颈部冒汗，在熟睡中战栗着，转身将我抱紧。

我全身上下都可以感受到这些话语。这些话语和我们常以为的不一样，能激发出一种和大脑以外部位相应的感情。好的话语使人心暖。我年纪很小，难以入睡的时候，妈妈总会耳语着“嘘……”（我的小女孩……嘘……现在，亲爱的，睡吧！）；或是老爸大喊“玛雅”时的腔调，他想让所有人知道我是他女儿，我和他是一体的；还有外祖母讲故事时的声音（“从前，有一天……”）。塞巴斯蒂安将要入睡以前，吐出一口气和那句“我爱你”的声音。

我不知道。这不只是糟糕而已。一直以来，这可不只是糟糕而已。

“他老爸总得做点什么，”阿曼达这样对我说，但却没告诉过任何人，“塞巴斯蒂安需要帮助。”阿曼达认为这和毒品有关系，如果塞巴斯蒂安吸毒没有吸得那么凶，我就会继续像以前那样爱他。我那时想，*阿曼达是对的。当然喽，阿曼达是对的。当然喽，我是深爱塞巴斯蒂安的。*

什么都别说，什么都别做，和他谈谈，帮助他。

但是，我什么都说不出口。没人说话。他们又该说什么？

我想离开这里。我想逃。我累了，厌倦了。

塞巴斯蒂安会抓狂的，他已经疯掉了。塞巴斯蒂安疯了，他感觉很差，我必须做点什么。他需要帮助。

我爱他。当然了，我是爱他的。

23

阿曼达睡在我旁边的椅子上。她头上佩戴的圣露西亚节庆典亮片滑落到肩膀上，尼龙袜在膝盖处开了个好大的口。演讲厅的舞台上站着一个足蹬恨天高厚底鞋，戴着超级小巧的耳环和一只超大男士手表的女人。她闪亮漆黑的发型，显然需要一个单独的机位。这位美国女士，可是“欧美世界拥有最多读者的金融报刊总编辑”（根据克利斯特的介绍）。

“你们是学习全球经济的学生，对吧？”

即使演讲厅里有许多人根本没修全球经济课程，我们还是发出赞同的喃喃声。其他高三学生也在这里，还有一大堆家长（来的多半是爸爸），他们对自己子女的圣露西亚节表演，想必是直接跳过了。

家长被告知不要提问，也不要占用座位，所以他们都靠墙而站。每隔十米，就站着一名肩膀宽阔、着深色西装、戴耳罩的彪形大汉，他们就是美国女士的保镖。

“各位当中，即使有人不是修经济学的，还是得把这个听完。”

我们乖顺地笑了，她也露出微笑，笑脸比渡轮上停车场的入口闸门还要大。

连塞巴斯蒂安都在场。今天早上五点，阿曼达和我还为他唱圣歌，随后他请我们和其他几个男生吃“早餐”。不过，当我拒绝搭他的车和他一起到学校时，他就不爽了。现在，他坐在演讲厅的另一端。

一位“不愿透露姓名的慈善人士”出资赞助这场演讲。我问过塞巴斯蒂安，是不是克莱斯出的钱。从他的表情看得出来，他觉得这个问题很蠢。有传闻指出这场演讲耗费了三十五万克朗，但所有老师都不谈这种事情。

这位美国女士不只是总编，她还有着经济学博士的头衔，被《时代》周刊评选为“全球最具影响力的意见领袖”之一。她在YouTube网站上通过肯尼和“芭比”玩偶、“芭比”娃娃的房子及轿车等道具，以影片解释经济学问题而一炮而红。观看人数最多的影片主题是美国金融危机。影片里，黑“芭比”饰演被驱逐的屋主（抚养三个小孩的单亲妈妈），肯尼饰演雷曼兄弟的主管。美国女士让这些娃娃交谈。肯尼骄傲、难以亲近。黑“芭比”骂粗话，英语说得比瑞典上幼儿园的寻常小鬼还差，她梦想成为摇滚歌手。然而，没有人指责美国女士使用与种族有关的刻板印象的词语。她实在太像黑“芭比”，以至于没人敢这样做。她的批评者认为她太极端了，把事情过度简化来证明自己的论点。我觉得总得有人告诉她，她的妆容至少也该调整一下。她的假睫毛要是能够短一点儿，铁定会让她更受欢迎。

今天她的讲题是全球经济的未来，副标题是“成长或崩溃”。副标题后面本该加个问号的，但是并没有加。

“在座的各位，有人厌恶经济吗？有人想真正做点儿重要的正经事吗？”（几声轻笑）“真是明智的抉择。我们可不能信任宏观经济学家。”（笑声变高）

她的手臂扫过演讲厅。“请告诉我某个危险的宏观经济学者的名字。”

“米尔顿·弗里德曼[1]。”坐在最前排的萨米尔喊道。

美国女士满意地点点头。

“这正是我要说的，”她拿起一个装着水的塑料瓶喝了口水后说，“世界经济会影响世人，会影响全人类，就凭这简单的原因，经济学家非常危险。不管各位读不读经济学，不管各位是嗜钱如命还是淡泊名利……都要仔细听好。这和你们各位都有关系。”

这位“芭比”指向我们，同时演讲厅里的光线逐渐变弱。讲台最后方升起一块大屏幕，她不多加介绍，便喋喋不休地讲起二十世纪经济学的懒人课程：数字、历史事件、全民普选权、第一次世界大战、经济危机、第二次世界大战、经济繁荣。她前方升起三维图像柱，旋转的3D立方体和圆圈，以及表示人口增长、平均收入和寿命的圆柱体与图表。先前演讲厅被封闭了一个星期，现在原因终于明了了。这简直像是直接从“007”系列电影里剪辑过来的。她甚至

[1] 米尔顿·弗里德曼（Milton Friedman），美国当代经济学家，一九七六年获得诺贝尔经济学奖。

还有罗斯福总统的全息图，讲台上，他就在她旁边站了几秒钟，从“新政”里朗读一份讲稿。就连阿曼达对此都能保持清醒。

这位“芭比”讲话比体育赛事评论员还快。克利斯特随着她说话的旋律不住地点头。点头，点头，点头，再点头——他的颈椎像是少了一根螺钉似的。作为教师，他竟是如此狂热，仿佛患了某种心理上的尿道炎症。

“许多人深信，经济学是一门受到类似万有引力的力量所操控的科学。要是你掉了一个杯子，它会摔在地板上碎裂。你要是入不敷出，就会破产。”

“芭比”望着那一排排身穿西装和戏服的家长，然后让眼神再落回到我们这些学生身上，继续以单调的声音滔滔不绝地讲下去。

问答时间到了，克利斯特开始拿着无线麦克风到处跑来跑去。塞巴斯蒂安率先发难。就在他起身以前，这位美国女士已经对他面露微笑。*噢，原来是克莱斯出的钱啊！*

我突然很想走人。如果塞巴斯蒂安是被送来这里专程听金融界最新走红的时尚娃娃有什么高见，那么她和克莱斯一定都会失望不已。

塞巴斯蒂安看起来很疲倦，他有点儿口吃，但总算照稿念完了。在“芭比”回答的同时，克利斯特就又来到下一个事先获得指示准备好问题的人面前。

轮到我的时候，在美国女士开始回答以前，我就把麦克风还给了克利斯特。我也不想费心思去追问任何问题。她体贴地朝我点点头，她觉得这真是个白痴问题，却假装毫不介意（会经过克利斯特核准的问题，也都是他已经知道答案的白痴问题）。她回答完以后，掌声响起。这已经是她“一方面……另一方面……关于这个问题，我在我的研究中，阐述了许多新的因素……它们指出，一切绝非黑白分明……”这套话的第五十三种版本了。3D 效果停止了，阿曼达的眼皮开始显得沉重，她开始寻找比较舒服一点儿的坐姿。芭比看起来容光焕发，她可不想说什么让在场人士反对的话，现在总算松口气了。

不过，轮到萨米尔了。他从克利斯特手上接过麦克风开始说话。“几个月以前，我们学校办了一场选举，”萨米尔的声音颤抖，他听起来很紧张，“全校学生进行模拟投票，两个无中生有的种族主义政党，囊括了百分之三十五以上的选票。”

我瞥见克利斯特的眼神逡巡不定。这可不是那种事先预备好的问题。克利斯特困惑不已，将手伸向麦克风，但这位美国女士指着萨米尔，示意要他继续说下去。萨米尔把麦克风转到另一只手上，远离克利斯特能伸手抓到的范围。

“学校高层觉得对此无须慎重看待，他们认定这是因为有一小群学生联合起来破坏这次的练习。”

“可是呢？”美国女士全身紧绷。

群众之中，有人大喊：“萨米尔，就事论事！”一个站在最后面的父亲喊道：“小子，你跑错教室了！”但是“芭比”挥了挥手，一切归于沉默。

“继续说下去。”

“没有人慎重看待这次的校园选举，但这是很好的例子，我们因此学到的政治就是：所有欧洲国家的所有问题都和移民有关，包括在欧洲境外进行的战争，还有恐怖主义。我们的政客管不住这些事情。但同时亿万富翁越来越多，穷人则越来越穷，这种现象就在我们身边，我们却不谈这个。我是说……”萨米尔清了清喉咙，有点儿语塞，“我们难道不应该谈谈经济问题如何影响我们的福利以及民主，它是否影响了民主吗？是啊，好比我们的社会。”

一个坐在萨米尔后面一两排的男生开始哼起《国际歌》。“芭比”再度举起那宛如耶稣一般的手制止他们。

“你叫萨米尔吗？萨米尔，为什么你觉得这些社会冲突是经济问题？”

“我认为这些经济学家应该用自己的数据，对实际存在的问题提出具体的解决方案。他们说必须在基础建设投资上投入金额，却不提出金额的来源。这是毫无意义的。当辩论牵涉到我们因为移民所费不赀、财务紧绷时，这种说法尤其没意义。”

美国女士的微笑出现了变化。它看起来不太一样，过了一会儿，我才察觉到那是新的微笑，那才是真实的微笑。

萨米尔的声音变得比较稳定了。“公共投资当然非常好，但症结在于由谁来埋单。没人敢说出应该由在座的各位埋单。”

演讲厅里的私语声变高了，气氛也变了，那不是愤怒，而像是一整个房间的大人想解释到底是怎么回事。我真切地感觉到那一整排的父亲很想清清喉咙告诉萨米尔（和“芭比”）：你们不懂这个的。老天爷，他们对移民一点儿意见都没有。*真的没有*！他们想说，我们现在是在谈瑞典的产业。我们要为这些*新住民*提供就业、福利和新住宅。这样，我们不能用税收来瘫痪自己。我曾经听爸爸谈过这一点，因此我知道他们想说什么。坐在最后面的爸爸们忘记了他们答应过不要提问，他们当中有四五个已经举起手来。看得出来他们不习惯举手，所以坐立不安。他们当中有些人同时四处张望，想要表示：*这小子真是太天真了！我们年轻时也想搞革命*。还有人用演戏的声音说每个人心里都有革命火种，另一个人则开始不住地咯咯地笑起来。

美国女士无视他们，反而拉出一张椅子，坐了下来。

“屁！”刚才哼歌的男生突然尖叫道。

“芭比”望着他。

“是吗？”她边说边对听众再度投去牙膏广告一般亮丽的微笑。这个微笑说着：*没事的，我站在你们这边*。“各位不要担心，我们不会讨论移民政策。我对这个领域不够了解。我们会讨论如何负担政府的支出。我们该如何支付维持福利的费用，这是很切身的问题，对吧？”她等着赞同的嗡嗡声，“世界上百分之一的人口，拥有世界上百分之五十的资产。假如全世界——不只瑞典，是全世界的资产落在这极少数人手里，使他们在……”她犹豫一下，让声音变得轻柔一点儿。也许她在说笑？也许她正向塞巴斯蒂安投去一瞥，“……在这演讲厅里的少数长凳上拥有一席之地……这难道不是个问题吗？”

其中一个父亲再也忍不住了，他不待获得发言权，也没麦克风，就喊道“不好意思”。但是美国女士看都不看他一眼，反而缓慢地走过讲台，直到来到塞巴斯蒂安坐的那一排才停下。*现在，塞巴斯蒂安可以展现自己能代表法格曼集团了*。我心里想着，我的胃纠结着。*她希望他能帮她启动一场真正的辩论*。我希望塞巴斯蒂安起身走人。*走啊*。我想。*你痛恨政治*。我想起那禁忌。*你太傻了，不适合这场讨论的*。

“芭比”站在大约离塞巴斯蒂安一两米的地方继续说着，口气比以前更漫不经心，但她认定他在听。

“有一种相当顽强的想法，从宏观经济学的角度来看，对亿万富翁特别慷慨是有好处的。在瑞典，社会民主党人甚至认为废除财富税是非常合理的。”她朝家长们招招手，“你们绝对料想不到，要是我说我打算搬到瑞典，我的会计会很高兴，而我还不是亿万富翁呢。”

然后她又转向塞巴斯蒂安。

“不过这会发生什么事呢？当那些还不是亿万富翁的可怜虫发现就是他们在承担所有公共部门的开销时，会发生什么事呢？他们会怎么做？”

她带着挑战意味朝萨米尔指了指。他手上仍拿着麦克风，马上就回答了，仿佛只等着她下令。“他们会抗议。”

“他们当然会抗议。”

那自然的微笑回来了。那些父亲已经安静下来。克利斯特做了个类似脚尖旋转的动作，对这一切，他可是始料未及。

“他们会抗议，”“芭比”继续说，“怎么抗议？流血革命？各位的父母会在城里的广场上被枭首示众吗？你们可不想这样。如果我们能把预算赤字推到移民身上，可能就好一点儿。”

美国女士眯眯眼，朝演讲厅最后排望去。

“你们在笑。”她表示。可是，没人在笑。除了萨米尔以外没人说话。他声音中的不安感消失了，突然间，他仿佛年长了十岁。我可从没想过，他的英语讲得这么好。

“历史上，上流社会从来没有预期过自己会失去权力，他们总是被惊吓到。”

“正是如此。”美国女士点点头，望着塞巴斯蒂安，眼神带有质问的意味。

他没麦克风，回答时还半躺在自己的椅子上，不过，我们都听见了。

“狗屁。是谁给人民工作的？也许是你，萨米尔？还是你那个开出租车的老爸？”

塞巴斯蒂安纵声大笑，就连他旁边那些男生都不买账。

美国女士朝塞巴斯蒂安投去短暂的一瞥，头稍微一偏，然后又转向萨米尔，作势要他回答。他点点头。

“笨蛋才相信越多亿万富翁对瑞典会越好。”

“芭比”点点头，在萨米尔吸气时接口：“我们也可以谈谈那些担任出租车司机的老爸，这些司机老爸有多愿意缴税呢？”

我心想：*塞巴斯蒂安，别作声，安静。*

塞巴斯蒂安没作势想多讲什么，包括粗俗、蠢笨的话语在内。他反而把头往后仰，双手抱胸，似乎想找个舒服的睡姿。

“我看，我们已经离题了，”美国女士边说边清了清喉咙，“在我的保安为避免暴动发生，将我从这里架走以前……”

她看着萨米尔，看着靠演讲厅墙壁而站的那一排家长，看着一头雾水的克利斯特，然后她又开始说话。当她不再使用全息图，不再用图片轰炸我们时，她的语句变得更加深思熟虑。

“我们需要亿万富翁来创造繁荣吗？富人变得更有钱好吗？成功的企业甚至有钱的个人，对社会经济绝对都有帮助吗……”她朝后面几排座位抬了抬下巴，“我对成为亿万富翁一点儿意见都没有。我对亿万富翁其实也没什么厌恶感。”她朝塞巴斯蒂安点点头，不过他在闭眼装睡，“即使我一部分的同胞认为外表和我一样的人……全都是共产主义者，我其实也是相信资本主义的。”

克利斯特咯咯笑着，不过没人跟着他一起笑。

“不过，萨米尔，我觉得你在试图证明另一个论点。换句话说，要想维持稳定的民主体制，社会内部的不均就必须控制在一定的限度内。这一点你是对的，我会说明原因。”

室内一片死寂，大家都想听听原因。我们甚至连姿势都没变。

“我们必须谨慎对待社会契约。双方都必须尽本分遵守合约。公义必须明确易懂。只靠中低收入群体来维持福利体系的支出，是不公平的。大企业缴的税比中小企业还低，也是不公平的。社会契约可不是这样的。而一个护士缴的税，竟然比继承资产的人还多，完全不采用财产税，完全不。”她将食指和拇指弯成一个代表“零”的圆圈，“连遗产税都没有，百分之零。总之那些不需要缴薪资税的人，完全不需要缴税。这合乎社会契约论吗？《圣经》上的‘已经拥有的人会得到更多，甚至比他需要的还多’，就是这个意思吗？”她暂停，喝点儿水，继续说道，“即使是在美国，也没这么慷慨。就算你不是共产主义者，都会发现美国的冲突已经一触即发。认为总体经济和这些冲突毫无关系是错误的。萨米尔，我同意你说的。有人能借由将社会困境推给少数族群获得好处，这不是什么疯狂的阴谋论……假装问题就出在……”她用手指画了个引号，“‘黑人’身上……或是像一九三〇年那样出在‘犹太人’身上。还是像今天你们欧洲人所称的，出在‘移民’身上。”

她沉默了几秒钟。在座所有人从没想过他们的钱和仇视移民两者间会有什么关联性。*我们不是种族主义者，我们站在“善良”的一边，我们可不是没教养、头脑简单的瑞典民主党人*。但是抗议是行不通的。“芭比”并没有指控任何人，没有指名道姓。然后“芭比”非常随意地瞄了眼挂在演讲厅中一端墙壁上的时钟，挺直背脊，指着萨米尔。

“嗯？想想看，这真是意想不到的好玩吧？”

演讲厅里是如此寂静，以至于开口说话的那名家长，声音一清二楚。

“好玩，好好玩。”他喃喃自语。他的声音听起来像刚睡醒，不过他的英语堪称完美。我认得他。他是一家大型银行的主管，手指拨弄着粗浓的头发。“这绝对不仅仅是‘好玩’而已，这简直是提前过圣诞夜喽。我回去会跟同事们说，我们何其有幸住在瑞典这个逃税天堂。今晚真该开香槟庆祝。”

家长们都放松地笑了。友好气氛回来的速度就像它消失时一样快。*这只是政治，我们不一定要达成共识。*如果银行家都不觉得自己被指名道姓地批评，我们其他人就更不需要有这种感觉了。*我们在瑞典过得怎样，“芭比”又怎么会了解？哈哈！*

我们鼓掌。美国女士朝听众们摆出微微鼓掌的手势，对萨米尔微笑。他回她一个微笑，仿佛两人之间有不足为外人道的秘密。

“萨米尔，你提的问题都是难题，”就在我们仍在鼓掌时，她说，“如果继续思考这些问题，你的前途不可限量。”

克利斯特走上讲台，讲出谢词时，我和萨米尔的目光交会。他双颊仍泛着红晕。

干得好，我动着嘴唇默念。*谢谢*，他无声地回答我。我本想再多说些什么，但他已将眼神转开。我转而望着塞巴斯蒂安，他已经睡着了。

克利斯特将花束及一本关于动物岛区的书籍献给演讲者，我们再度鼓掌。一切终于结束以后，我将手机关机，走出演讲厅。得由别人叫醒塞巴斯蒂安了。现在我们有一小时的空闲，但之后还要上一整天的课，我没法再听他说什么，也绝对没办法再上更多课了。于是我搭公交车回家了。老妈和莲娜几小时后才会到家，我可以独处。除了独处，我已做不了其他事情了。

门铃响起时，我已换装完毕躺在床上，把笔记本电脑搁在肚子上，正看着电影。塞巴斯蒂安只会坐在门外等着，看我是否有意忽视他。因此，我下楼开门。

不过，来人不是塞巴斯蒂安。萨米尔的夹克挂在其中一条手臂上，气喘吁吁，仿佛是一路跑来的。

“我可以进来吗？”

他将手搭在门框上，身子靠向我。他下臂的肌肉紧绷，我走向他。我贴近他，用手搓揉着，先是搓揉那单薄的皮肤，然后是手臂上粗短坚硬的毛发。当我轻柔、谨慎地亲吻他时，双唇刺痛了一下。我将舌头伸向他的舌头，皮肤一阵灼烧感。他用手揽住我的腰肢。

“当然，”我说，“进来吧。”

女子看守所

开庭首周：周末

24

每天早上放风休息时，我不能服用任何安眠药。因此，根据我记忆所及的范围，我昨晚似乎没睡。我试着看苏丝给我的电影，试了三次。最后一次尝试时，我总算小睡了片刻。

现在当我回想起来，总算有时间试着搞懂发生了什么事时，很容易将经过归类。我会想把一切划分为几个精确的阶段：在学校的最初几星期，也就是当我“刚和塞巴斯蒂安从地中海回来时”（套句阿曼达的话说），当塞巴斯蒂安和玛雅出双入对、形影不离时，那真是一段毫不复杂、美好自在的时光啊。不管怎样，我在那段时间交到了新朋友，得到了某种新的关注和其他类型的恭维。除了萨米尔以外，我们身边的所有人似乎都认为，全世界没有比我俩的人生以及我们在一起更天经地义的事了。

第二个阶段变得比较复杂、困惑。在我亲吻了萨米尔以后，趋向全盘混乱的第三阶段就开始了。

但是，这样做是行不通的。老实说，第一阶段和第二阶段以及后来发生的事情密不可分。在这团烂泥中，根本没有章节区分可言。

但在一开始，一切还宛如仲夏时节般暖热，色彩斑斓。这种暖热的天气也许对回忆起在地中海那段日子有帮助，让我看不清自己本该看清的那一切诡异现象。那种诡异，不只和克莱斯多么邪恶、多么冷酷有关，它更和塞巴斯蒂安大有关系。学校就和往常一样，但当我和塞巴斯蒂安在一起时，它既萎缩却又成长了。一开始，就算他不去听课也几乎总会在学校。即使我不在根据课表应该出现的地方，他似乎总知道我在哪里。我喜欢这样，他想亲近我，对我了如指掌，这让我感到被奉承的快感。这和跟踪狂无关，他不是那种控制欲强、行为古怪的人。当他突然现身，身穿白色 T 恤出现在我面前对我微笑时，我就微笑以对。这再自然不过了，我们两情相悦，他很高兴看到我，我则乐于被他找到。

不过这不是事情的全貌。他总有另外的一面。那不仅是悲怆感而已，也不是恨意，恨意很简单易懂，但要了解塞巴斯蒂安，从来就不是件容易的事。即使到了最后，我从不认为他会对我做些什么，但我却一直很担心他。就算是一开始，我的心情还是很复杂：难与易，激情与欢乐，悲惨与美妙。

我痛恨看守所的第一个放风休息时间。看守所职员给我第一个休息时间时，还自以为帮了我一个大忙，然而我对此更是痛恨。如果能有时间做其他事情，如用美妙的活动来填补一日，或借由“准时醒来起床”而得到额外时间，我会感到更开心。说得好像除了抽烟以外，我还能干别的事似的。我对晨间休息时间最不喜欢的一点是：那时我抽烟的冲动还不够强。

当他们把我和桃莉配成一组时，我的烟瘾就更微弱了。

其实他们的本意是放风时让我独自一人。因为，即使初步调查已经结束，我还是必须遵守限制，仍应该被隔离起来（“这是为了我自己的安全”)，也被禁止会客。但是看守所里人满为患，如果他们不把一些人配对编组，每天的日照时数根本不足以使每个人获得宪法保障的户外活动时间。另外他们还得考虑到我的年龄，让我长时间无法见到其他任何人并不是好事。一天中的二十三个小时将一个人锁在隔离式囚房里，这种事（拘禁青少年，使他们缺少与他人的沟通交流）是会被国际特赦组织抨击的。菲迪南很喜欢聊她对国际特赦组织的一切所知信息，她说明这就是他们每周让我数次见到牧师、心理医生、教师，而不允许我单独放风休息的原因。

桃莉是个六十岁的女人。她的本名其实不叫桃莉，不过，她的名字还真该叫桃莉。她被认为是我的绝配，是完美的沟通、交流对象。她，就是对付国际特赦组织批评的挡箭牌。

之后和萨米尔发生的事并非计划好的。我们丢了脸，他丢了脸，我丢了脸，我当然丢足了脸。

在拉伯家那个周末过后，我对塞巴斯蒂安（和我自己）说：“我绝对不会和萨米尔做爱。”

在圣露西亚节当天下午，一切仍然发生以后，我和萨米尔对彼此说：“下不为例！”绝对不会再发生这种事。我们不需要说出口就知道是这样的。然而我们说出口，还一说再说，事情却还是发生了，不断地发生。

萨米尔给我打电话，发短信。我不接电话，把短信删掉，然后又反悔，回电，然后再反悔。我和萨米尔在学校相遇，我们坐在图书馆里，那是我们的秘密森林，别人不会进来。这感觉是如此真切。我一看见萨米尔，这感觉就变得很真切，其他一切都是平添麻烦而已。十二月这段时间，我的生活无时无刻不令人作呕，直到萨米尔拥抱我为止。然后我的生活再度变得令人作呕，直到萨米尔再次拥抱我为止。

我一直都觉得人们用刀划破自己的手臂、减轻灵魂的痛楚，使自己能够“承受”，真是非常奇怪的。不过，萨米尔的情况应该是同一回事。和他相处真是愉快，也使我感到隐隐作痛。有时我会想，也许就是因为痛，才会如此美好。甚至我也相信，一切他所没有的特质让我无法抛下他不管。

萨米尔并没有一直处于崩溃边缘。除了他做过的，他不想一直做别的事情。他不指望自己被认出来，被问到，被群众团团包围，受到注意，第一个被请进场。萨米尔进入我体内时，他就只想着进入我体内，不作他想（至少感觉上是如此）。我们在一堆不允许亲热、做爱的地方做了爱。例如在我家里（老爸老妈还在上班，莲娜还在幼儿园时），当我逃课时（萨米尔没逃课，他有一小时的课间空当）。圣露西亚节庆典两天后的晚上，我们在学校一间厕所里做了爱。当时因为合唱团在大礼堂练唱，学校是开放的，但我们在合唱团里没有熟人。就在那时，当他的手抱住我，抚摸我时，我觉得就是这样了。*如果是他和我在一起的话，我就能摆脱掉塞巴斯蒂安了。*萨米尔不是塞巴斯蒂安，他和塞巴斯蒂安完全相反；而这是我真正想要的。也许这就是原因吧。

萨米尔并不是拯救我的王子，正好相反，他就是那个毒苹果。但在当时，就在这一切发生的短短几天里，原因是什么已经无关紧要。“为什么偏偏是萨米尔”的问题，没有重要到能使我对他视而不见。我想这是个错误，我不应该这么做，但我就是无法对他视而不见。因此，我也就懒得这样想了。

*

不管我们有没有清晨的第一次放风时间，在看守所放风休息的任何时段里，桃莉总是坐在水泥凳上，和我保持能捻熄烟屁股的距离，她连续抽着手卷烟，几乎是烟不离嘴。烟雾从她四周升起，她仿佛是口盖子没盖好的汤锅。就算我和她打招呼，她也一声不吭。她既不看我，也不点头，又不会喃喃自语。某天下过雨后，她难以用打火机点着火，那时，我曾听到她的叹息声。但她没问我是否可以借用我的，只是继续尝试，直到一两分钟后终于点着火为止。终于点着香烟时，她发出了一声呻吟。我想那代表着解脱。也许是喜悦吧，那是一种特殊的，桃莉专用的表达喜悦的方式。

我记得，自己在大约十二岁时曾问过老妈，第一次和人做爱的合适年龄。老妈回答："当你好想和某个人做爱，觉得自己宁死也不能不做爱，不管我对这件事情的想法，更不管其他所有人怎么想时，就表示合适年龄到了。"我认为她这么说，是想表示自己觉得性爱很酷，显示自己有多"酷"。我那时觉得她很恶心、很做作。不过她还真是对的，我早该听她的。直到认识塞巴斯蒂安，我才惊觉她的用意。一开始，当他爱抚我的下臂，让它感觉像天鹅绒一样柔软的时候，我才了解。我仍然觉得老妈很蠢笨，但我懂了。这种感觉不再存在时，我准备好不惜一切和能让我重新享受这种感觉的任何人做爱。不过……萨米尔不是什么陌生人，他也绝对没有不择手段。但是，他也让我有这种感觉，让我情不自禁。这段和萨米尔有关的情感，就算是正面的，也是极为复杂的。他是喜悦感的一种变体，但他从没让我开心过。

*

桃莉的个性就像湿裤管一样温暾。她花萼状的身躯，就像美国中年妇人一样肥胖，让我想起一种小时候的玩具。那是一串不同颜色，用耐久塑胶制成的环。它们要套住一根棒子，层层堆叠在一块板子上，最大的环放在最底下，由下往上递减。或是那种在老妈年轻时流行过的呼啦圈（它们会"走下"楼梯）。桃莉的行动非常缓慢，在极少数她没坐着不动的场合里，她一次只能甩一圈。

我曾问过苏丝桃莉待在看守所的原因。苏丝“不便谈起此事”。但不管怎样，看到桃莉待在户外，比她被关在囚栏后面更令人惊讶。如果用十九世纪的旧辞典查询“女性监狱”，会找到一张深褐色的照片，照片中的人物除了衣着以外，和桃莉十分相似。桃莉没穿看守所发的衣服（噢，不！），她穿着厚袜、鳄鱼凉鞋、质地柔软的长裤以及羊毛衫。她在最外层还套了一件雨衣，雨衣的口袋和垃圾袋一样大。她就把烟草藏在袋里。口袋里，还有一整窝刚溺死的小猫咪。

每次我和桃莉出去放风时，我总会幻想着她到底做了什么事情。每次都要想一条新的罪名，还真是一大挑战。要探知这一点可不是那么容易。如果是因为刚杀了自己新生的婴儿而受到拘留，桃莉太老了；她看起来太肥，杀不死自己的老公（除非她整个人压坐在他身上）；或者是世界上还有某个桃莉很在乎的人，使她愿意压坐在他／她的身上。我毕生见过最丑的女人，就是桃莉了。

萨米尔刚进入我们学校就读时，我第一个想到的是：他真俊美。不是帅，是俊美。你随便问任何人，他们都会说这不是他最重要的特质。大家总是会假设，外形靓丽的人内在一定也很有特色，像聪明、善良、有趣，应有尽有。不过，这确实是萨米尔最主要甚至最关键的特质。他明智的评论、优异的成绩、对政治的参与，以及其他他能办到而同龄人却还一无所知的事情，就算不考虑那奶油糖浆般的肤色、异常修长的洋娃娃一样的睫毛和深褐色的双眼，他的表现还是很棒的。当他注视我时，我的双眼就像雨水一样无色。萨米尔身上散发出海水般的咸味。他是我这辈子见过的最俊美的男生，这难道不重要吗？

桃莉的气色像蚯蚓一样灰白，身上散发出被淋湿的狗的味道。上周末，我还想象她是一家妓院的负责人，管着一群常被臭骂的从贫穷东欧老家被拐骗到这里的妓女。我想象她坐在一台胶木质的装有螺丝锥缆线的老式电话机前吸着灰褐色的香烟。她在那儿接受毫无尊严可言的性行为订单，让自己手下那些十二岁就吸毒的雏妓“执勤”。她还有一些鼻息散发出异味、蓄着肮脏胡须的奴才相助。我心想：其中一个奴才因为没收到钱，打电话报警，检举了她。

今天我正在细心推敲，她可能协助某位大毒枭管理钱财（由于他威胁要宰掉她，她拒绝做出对他有利的证明），又或许是帮年纪最小的儿子制造爆破物（他有着粉刺，是俄国帮派老大手下的小跟班）。也许她的瑞典语很流利，只是还在假装，演着哑剧。其实她就在瑞典出生，小时候或许想当演员，却因为其貌不扬，没能挤进表演艺术学院就读。此后她开始酗酒，自暴自弃，一两年后，她开始收养子女（因为报酬不错），也许她其中一个营养不良的养子或养女，由于在学校吃营养午餐时吃了太多莴苣、卷心菜、蔓越莓酱，因而进了医院。医生调查发现桃莉没尽心照顾养子养女。于是她现在和我坐在同一个放风场上，拒绝开口说话。

除了幻想、编造这种故事以外，我在白天无事可做。桃莉是我所试过的最有效的戒烟手段。

小时候当我难以入睡时，老妈常会说：“想象有个让你感到安全的地方……”我闭上双眼，假装照着她的话做，但其实从来没这样做过。现在，我一直这样做。在看守所度过的周末，让时间在脑海中变成一座钟塔，生锈的齿轮以每次一纳米的速率将大脑嚼碎。只有极少数时候，我能让想象变得真实。我最常想的是其他没有任何人存在的地方。

我想了一些应该能让人感到安全的景象，沙滩、大海、荒野、空地、日落，还有风，有时我想到森林。即使时序已经入秋，我还是赤着脚走在苔藓上，松针刺着双脚，脚趾陷在泥淖中。我并不痛恨看守所，因为这是完美的独处场所。你不可能完全变成另外一个人，但是有时候你可以不假装成为任何人，做自己就好。就算这种美好的感觉并不持久，也许只有几秒钟（拉紧腰带似乎感到很舒服，几秒钟后就感觉太紧了），但我还是觉得，只有一点儿也很美好。

比方说，我假装自己走在沙滩上。这倒不是说我曾经独自走在海滩上，而是想象成在布满灰色贝壳、白沙、海藻、浮木的海滩上散步，比较容易。我想象自己在海滩上漫步，退潮时分海面退回时，沙子就像柏油一样沉重、黏密。远方地平线的尽头，浪尖拍击着，海湾周遭的岩壁黝黑，四周白色泡沫缭绕，并在离海面数米高的地方喷溅起来。即使海面看起来平静，但整体上仍然在运动着，散发出声音与气味。我知道这听起来有点儿像瑞恩·高斯林[1]挽着某个美女的手，在沙滩上并肩而行的电影，海风将美女的秀发拂上脸颊。我很讨厌这种电影，但我仍然喜欢想象这样的场景（只要没有人就行了）。

我遐想的所有地方都是空无一人的。只要一想到人，萨米尔、塞巴斯蒂安、阿曼达就会钻回来，我的脑海逼我想起他们。我承受不了。这样老妈的办法就不再管用了。

除了和桃莉共处的放风时间以外，我是被隔离的。“为了我自己的安全”，但我知道这只是他们的托词。我待在单人囚房的目的，不是让我感到安全，而是要让看守所外的所有人感到安全，确保我已

[1] 瑞恩·高斯林（Ryan Gosling），加拿大著名男演员、导演与编剧。

经被严密地关起来了。不管怎样，一切都是老样子，不管是钢质水槽上因湿气导致的锈斑（它向外鼓胀，就像鱼的鳃一样），还是他们给我的安眠药物（当我醒来时，嘴里的舌头重得像仓鼠）或者这里的气味。我始终没能习惯那气味，它就像某种底色从来没变过，有点儿像学校食堂里的奶酪的味道（将大厨房和散发汗臭的运动鞋混合在一起的味道）。

即便如此，我还是很庆幸能在看守所独处。我能思考，想象海洋、沙滩、森林，所有荒谬的陈腔滥调，所有和这里不同的地方。我并不觉得自己在森林里、沙滩上或家里会感到安全，但我独自一人躺着想象这种地方时，会感觉稍微安稳一点儿。

除了萨米尔、塞巴斯蒂安和阿曼达以外，还有其他不该出现的想法。被禁止的想法还包括：家，通往湖边的道路；把莲娜抱上自行车后座的行李架，骑车到橡树角；在巴拉库达公园跳水台的周围游泳；光着脚走在赤杨角上；将停在莲娜双脚上的蚊子赶开；在单车钥匙岛上烤肉；坐在沙发上高声为坐在我膝盖上的莲娜朗读；坐在厨房台阶上、腿上盖着老妈的开司米羊毛毯喝着茶；读到恐怖章节时，莲娜的手冒汗；我那打开一段时间后就会嗡嗡作响的床头小灯；和莲娜一起看恐怖片；被热爆米花和奶油弄得黏糊糊的手指；吃着饺子尽量不舔嘴角的莲娜；当我在莲娜脸颊上抹防晒乳液时，她的眼睛和嘴巴向内缩，皱着鼻尖。

最不该有的念头，也最不该想到的人就是：莲娜。

闭上眼睛，想象一个没有莲娜的地方，不管是在哪儿都好。

当审判过程结束，我被判有罪时，将不得不搬离看守所。我没问桑德，但他还是说了，（“如果情况需要”）他将会要求法院判处我青少年戒护就医，并将我转移到青少年感化院，但是由于我已经年满十八岁，事情“将会很复杂”。

我问桑德能不能留在看守所，但他似乎不认为我是认真的。可我是认真的。

如果我一连几天生病，我从看守所搬离的时程势必会拖延。不管他们将我转移到哪里，我都不会再受到隔离。桑德和其他所有人都觉得看守所最糟糕的一点就是隔离，而没有了隔离，我真不知道自己要怎么撑下去。到时候我周遭将会有一大堆人。他们会和我交谈，触碰我，提出问题，用餐时坐在我旁边，要求我答话。

我需要见到莲娜吗？想必是的。我拒绝想到这一点。

案号：B 147/66

玛丽亚·诺贝里动物岛综合高中杀人案

开庭第二周：星期一

25

我们前往法院的途中，天正下着雨。我朝外望着的车窗，满布条纹般纵横的雨水。桑德和我坐在后座，他和我先在看守所见面，好在前往法庭审判的路上“将几件事情讨论清楚”。

“你睡得不错吧？”他问。我点点头。

我小时候曾经相信，假如做了噩梦就应该说出来，这样噩梦才不会成真。只要高声说出噩梦的内容，它就不会成为事实。可能成真的事情会就此跌到框架之外。

童话故事说，魔法会在阳光下幻灭。我觉得它的意思是，只要把恐怖、凄惨的事情表达出来，展示出来，它就不再恐怖、不再凄惨了。但在现实生活中，遇上真正令人作呕的事情，却是完全相反的。太多的阳光，“真相”“促膝长谈”“打开天窗说亮话”“勇于讨论你的问题”，都会让别人发现：原来，你真是头大怪兽。你那些丑恶的情绪，就像起毛的脓包一样刺眼、醒目。

有时候阳光会让那些直视魔法的人失明。这样，所有光线会让怪兽变成全世界最美好的事物。塞巴斯蒂安就是这样。照在他身上的镁光灯是如此强烈，让人只看见他的其中一面：他是克莱斯·法格曼的儿子、办派对的专家、好酷的男生。他的真面目简直无法辨识。

我已经不再相信自己能借由言语描述这些灾难来驱邪避凶。很显然，不管我说什么，事情总会一再发生。最糟糕的事物是不受迷信、统计数字、概率、盲从所影响的。

“谢谢。”我这样告诉桑德。就算我睡不好，他又能怎么办？“还可以。”

然后我就继续朝窗外张望。热气借由汽车的空调系统呼呼地送进来。太热了，不过我什么都没说。

以前我通常会描述自己的幻想、做过的梦、我假装或想象过的事物。我边讲，大家就边听。老爸会把我抱到他膝盖上，说他很喜欢我那些“生动又活泼的故事”。当我年岁渐长、不能再被抱到膝盖上时，情况就不一样了。那时候当我描述自己想过的怪事时，他会露出嫌恶之情。只有当我评论别人讲过的话，用有点儿讽刺、事不关己的方式表述时，他才会赞许、聆听，有时他还几乎笑出来。要是我太投入，他会觉得我不可理喻，会摆出一副不屑听的样子。他尽全力表现出自己毫无兴趣。我不得不用没有腔调和韵律的声音耳语，这样他才不会叫我冷静下来（“冷静点，玛雅。”）。

但是会这样的不只是老爸，塞巴斯蒂安也一样。萨米尔也是。我和萨米尔做过爱以后，萨米尔的这种倾向就远超过塞巴斯蒂安。（“玛雅，冷静点。你是在激动什么？”）所有男生做了爱，射过精以后，就全是这副德行。这一点，所有女生都知道。

女生们讲了笑话，不可以自己先笑，讲话不能快，更不能大声说话。一个女生大声讲自己的所思所想，会被看成豪放地在公共场所小便，或在国会大楼外露胸。*月经来了，典型的青春少女，女性*

荷尔蒙过剩了。

老爸只有在理论上喜欢我的狂想，实际上他很害怕。现在很多人变得和他一样。他们相信我的幻想就是我的一部分特质，它被证明是既危险又无法驾驭的特质。因此我从不与人谈及我做的噩梦或我所害怕的事情。我已经不再相信这样做就能让邪恶的事物消失。迷信对现实是毫无帮助的。忧郁症患者染上致死疾病的概率和其他所有人是一样的。

我们抵达法院，停车，下车，搭电梯上楼。

“你想要讨论什么？”我问道。直到那时，我才察觉一路上我们都保持沉默。桑德耸耸肩。有那么一瞬间，我还以为他会轻拍我的脸颊，就像外祖父那样。

“玛雅，你表现得很好，”他反而这么说，“非常好。”

桑德总会聆听我，即使我闭口不言。

法庭仿佛比平常还要阴暗，这倒不是因为平常窗户会照入大量日光，而是今天，我们即使在室内，也都被包覆在灰暗潮湿的阴影中。空气干燥得我们在开始以前就已经感到停滞了。法院的审判流程还剩下近两周，而我却觉得，这像永恒一样长久。我已经懂了。

*十点钟开始，四点钟结束，如果情况许可，周五可以早点结束。*桑德告诉我日程表时，日子听起来并不会特别漫长，但我当时还不理解，人在穷极无聊时会非常疲劳。我压根儿没想到自己案件的审判过程会非常无聊。检察官一五一十地朗读议事记录、表格、报告书和裁决书（等到该由证人朗读相同文件时，我们会“再回来”谈这一点），甚至还有更多的议事记录和更多裁决书。

上周超过一半的时间都花在听检察官带我们“将再回来探讨”的内容，简直永无止境。法庭就像一场一直在找东西却忘记要找什么东西的噩梦。那就像试图在梦中尖叫却叫不出声，就算你掐住喉咙，还是连“呱呱”声都发不出来。这倒不是什么恐怖的梦会使人害怕，你不会紧张到直冒冷汗，然而，你还是会感到，一切糟糕透顶，而且你束手无策。

今天桑德将进行陈词（他会发表自己那些该死的文件，那些他稍后会详细说明的文件）。他的陈词在某种程度上意味着会讲述我的故事，不过他也提过，他将“说明我们认为你应该获得无罪释放的理由”。

桑德从来不说“一切都会没事的”这种话。他不会对我说谎。菲迪南说过一两次“别担心”，但她甚至懒得装出自己确实这样想的样子。再加上我本身的感觉也称不上“很担心”，我就懒得理她了。

我不在乎煎饼圆脸男说什么。

首席法官插上麦克风时，时间是九点五十八分。一开始他先擤了擤鼻涕。其中一名陪审打起哈欠，也不用手遮住嘴巴。最初两天，陪审们都坐得挺直，但现在他们已经做不到这一点了。我们才刚要开始，他们的表情就已经比门口的警卫还要无聊。桑德的牙齿还在闪闪发亮，他精神很好，他觉得我表现得很好。

首席法官淡漠地念完开场白（“我们召开案件B 147/66的审讯……”），就像“以圣父、圣子、圣灵的名”或“我以天地为誓”那样，立刻就轮到桑德说话了。

“根据检察官的说法，玛丽亚·诺贝里涉嫌谋杀、教唆杀人、协助谋杀及谋杀未遂罪。”

我不觉得需要提醒这伙人这件事情，但桑德似乎觉得这是势如破竹的开场白。

“玛丽亚·诺贝里对罪责提出质疑。”他继续说着，现在该轮到他滔滔不绝了。他在提到我对主要申请、选择性申请时所做的初步陈述，就已经把现在滔滔不绝的话讲过一遍了。情况顿时变得穷极无聊，我真想拔腿就跑。但是他随后就稍微降低了单调的速度，必须全神贯注，才能听到他说话。

“检察官认为玛丽亚·诺贝里涉嫌对克莱斯·法格曼的教唆杀人，她计划并执行了在动物岛综合高中的刑案……”

桑德的腔调就像结冻一样，这声音在说：检察官的宣称真是荒谬，既不合理也不可能。这声音显示丑八怪丽娜所说的一切是如此荒唐，桑德甚至没有热忱、没有气力重复这些话。他说完时，作势发出叹息声。

“玛丽亚·诺贝里对此表示否认。”

桑德的眼神从法官席的其中一端扫向另一端。那位疲劳的陪审再次打起哈欠——这次，他转过身去。桑德继续说下去。

“检察官的罪行描述包括……”我很好奇，会不会轮到桑德打起哈欠，“关于……我该怎么表达呢？最起码关于一个诡异杀人犯的描述。”

检察官坐立难安。她看起来并未昏昏欲睡，反而露出明显的怒意，笨拙地望着首席法官，试图唤起他的注意力。

桑德拉长声音，露出满意的表情，抬起头，就像是在这一秒钟又想起新的事情。

“检察官将玛雅描述成犯人的方式，在某种意义上可谓独树一帜。”

我努力让自己看起来稀松平常。一般，寻常，我想让大家瞧瞧，我是多么普通。*独树一帜*？他为什么这样说？那不是好事吗？检察官对我的描述有什么不好的？桑德让它听起来像是腺鼠疫（嗯，或者说，大屠杀案）。但是没有人望着我，大家都瞧着桑德，生怕漏听他所说的任何一个音节。

“玛雅真是这样吗？”我退缩了一下。这句话像是用鞭子抽了我一下。“玛雅真的像检察官所说的那样吗？”

现在，检察官的座椅不住地刮擦地板，她坐立难安，非常震怒。

桑德让这个问题悬浮在空中。桑德对我的优渥待遇、来自动物岛区、“天之骄女”、与现实脱节、受到隔离，以及检察官所讲的一切，全略过不提。桑德的反诘，用意在于我是不是十恶不赦、罪无可恕。

从统计数据来看，我的处境是有利的。单是我的性别就已经决定，我不太可能冲进学校开枪杀人。过去确实也出现过女性校园杀人魔，但真的寥寥可数。塞巴斯蒂安就不一样了，他的一生确实独树一帜，从各方面来看，都是个典型的校园杀人魔。撇开他是全瑞典最有钱的人不论，其他一切都合乎模式：心理有问题的白人男子，常常嗑药，在学校问题多多，双亲离异，常接触武器。桑德的举证中包括一位精神病学家的诊断书，这位精神病学家将以证人身份被传唤出庭。

“让塞巴斯蒂安发疯的，不是玛雅，”精神病学家将会这么说，“他是自己发疯的。”的确，他们很难把我套进这个公式里。我们的专家将会指出：“玛雅不是校园杀人魔。”

桑德的王牌在于从数据上来看，我应该是无辜的。只不过问题是，所有杀人犯并非全是典型的。在为数甚少的女性校园杀人魔案件中，她们总会和自己的男友一起犯案。但桑德对这一点却不置一词。不过检察官已经准备了一群专家，等着要提出这一点。

现在检察官受够了，她按开自己的麦克风，嘴巴皱成一块梅干。“桑德律师，就算只是出于时间方面的考量，难道不应该集中陈词，把现在这些话留到结尾的申诉吗？”

法官摇摇头，他看起来也很恼火，只是他是针对丑八怪丽娜，而不是针对桑德。法官不希望自己在主持审判时，被别人指指点点该怎么做。

“桑德律师应该很了解我们的规划，以及他所拥有的时间。”他瞧瞧桑德，“是吧？”

桑德点点头，继续说下去，精神显然好多了。

“检察官的罪行描述，堪称举世无双的故事。全世界都被塞巴斯蒂安和玛雅这对全瑞典最不可能扯上刑事案件的小情侣给迷住了。过去这九个月以来，新闻记者一直描述玛丽亚·诺贝里是如何说服——噢抱歉，操纵自己那行动与力量上都不成熟的小男友，对他们最亲近的人执行血腥报复。这为检察官的故事写作提供了良好素材。”

检察官叹息着，叹息声如此之大，所有人都听见了。她用叹息声说，我从没说过这些话。不过就算她没明说，她还是说过的，大家都知道她的意思。法官不情愿地举起手，朝桑德的方向画了个圆圈。他用手势说，*请就事论事*。这手势也说：*老太婆是很多嘴，但她的话有几分道理，你稍后可以再提到这点*。我低头望着桌面，我知道桑德在玩什么花样。不过，他在谈的还是我和塞巴斯蒂安。

“到了现在，我们都知道这故事的经过了。玛雅和塞巴斯蒂安是一对问题多多的小情侣：毒瘾、酒瘾，和学校、彼此之间都有问题，亲子关系、与朋友的关系也都有问题。检察官试图证明玛雅非常渴望获得注意，她对自己和塞巴斯蒂安最亲近的人怀有无以名状的恨意，她想报复。塞巴斯蒂安很软弱，他觉得自己受到了威胁，于是提出质疑。玛雅是他生命中唯一固定的支点，他渴望获得她的认可。”

检察官又清了清喉咙，这回声音更高了。桑德毫不在乎，继续说下去。

“我们已经听过检察官对克莱斯·法格曼之死和动物岛综合高中悲剧发生以前一连串事件的说明。玛雅同意检察官大部分的描述，”桑德又极其幽微地叹了口气，“但其中某些关键地方，有显著的差异。”

桑德低头望着自己的文件，安静地翻阅了一会儿。他倒是不需要这些文件，关键在于为我们争取思考时间。他希望我们来得及感到有兴趣且迫不及待地听他继续说下去。

当首席法官了解桑德辩词的序幕已经告一段落时，便翻找自己的记事本，他边听边做笔记。其实我挺喜欢他这一点的。有时候当他觉得丽娜·派森说得太快的时候，他会举手比出一个暂停手势，使她放慢下来。有一回当丽娜·派森出示我在事发前一晚发给塞巴斯蒂安的短信时，他要她安静，好让他能记下事发时间。他甚至说：“嘘！”当然那可能只是一时口误，随后他也马上说“等一下”，丽娜·派森就安静了下来。就算法官已经有了所有文件，丽娜·派森又大玩她那套“大声朗诵，看屏幕”教学法，法官还是希望在自己的纸上记下所有事发时间。他对此很慎重，对丽娜·派森的话没有照单全收，他这一点我挺喜欢的。

桑德继续说下去。

“本案案情特殊，备受关注。我们大家都已听过检察官的说辞。在相当长的一段时间以来，她已经毫不在乎地把这些话转达给媒体。现在我们该退一步来看。直到现在，玛雅才能从自己的角度陈述事情的经过。请听她说，谢谢。请保持宽阔的心胸。同时也请各位记住：我们在检视完所有证据、听过所有证人的证词以后，才能对我们实际所知的做出结论。哪些是事实，哪些又是臆测？直到审讯结束，我们才能将我们在本案中所有的事证和玛雅的说辞比对。”

检察官发出一个很像翻白眼的人所发出的声音。这声音在说：

不要把我们都当成笨蛋来耍。

桑德朝菲迪南点点头。她起身，贴着一张附有抽屉、摆着计算机的讲桌而站。她从那儿拾起一个小装置，它的形状像一支笔，连接到法庭的两块大屏幕。借由这装置，她就能用激光指向图片。

激光人？我边想着边感到一股笑意升上喉咙，就像突然冒出的逆流的酸液。最后一刻，我才勉力将笑意压制成一声咳嗽。菲迪南点开塞巴斯蒂安家私人车道的监视器录像带。屏幕上的一角注明了事发时间。这段影片没有声音。

"所以……我们知道了什么呢？"桑德问道，"我们先来看时间顺序。玛雅曾说过案发当天，她在凌晨三点刚过时，步行离开法格曼家的房子。从法格曼家监视器调阅的影片显示，这说法是真实的。玛雅在凌晨三点二十分步行离开了那栋房屋。她提过同一天早上接近八点钟时，她又回到那里。监视器影片证实这说法也是真实的。"

他清了清喉咙，朝菲迪南点点头，菲迪南点出和克莱斯其中一名保安进行问话记录的复印件文件。

"根据和法格曼家保安进行的问话，玛雅于凌晨三点二十分离开房屋以后，他借由设有摄像机的门口对讲机，最后一次和克莱斯·法格曼通话。对此我们可以做出什么结论？当玛雅离开那栋房屋的时候，克莱斯·法格曼还活着。"

菲迪南又点回到监视器的影片，让红色的光点在大屏幕上舞动着。

"我们再看一次。法格曼家房屋入口车道处的监视器显示，玛丽亚·诺贝里如何在凌晨三点二十分离开法格曼家的地址，以及她如何在上午七点四十四分再次回到现场。"

桑德清了清喉咙，让图片依序放映。他们已经把监视器录像带画面剪辑在一起。首先我们看到我如何走出塞巴斯蒂安家的大门，向下走到私人车道。然后，我再度回来。菲迪南用激光指示棒在事发时间旁边画圈圈。

然后，菲迪南在屏幕上展示出一份验尸报告书。

“根据法医鉴定报告书，克莱斯·法格曼的死亡时间为玛雅于上午近八点钟再次回到该建筑物前的两小时。克莱斯·法格曼被击毙的时间，约为星期五凌晨五点钟。法医在现场的调查也支持这样的时间点，后续的法医验尸报告亦然。因此这样的调查显示，当克莱斯·法格曼被击毙时，玛丽亚·诺贝里并不在场。玛雅已经表示她在这个时间点上，凌晨三点半到八点钟以前，都待在自己家里，离法格曼的凶宅超过一公里。当天晚上法格曼家私人车道入口处的保安，以及玛雅父母的描述，都能证明这个说法的真实性。”

我从眼帘瞥见检察官大摇其头。她觉得这一段也是毫无必要的，她仍然认为桑德应该进入正题才对。但当她描述时，却说得不是那样清楚，她的意思比较难懂。

“总之，我们足以确认的是，克莱斯·法格曼是在玛雅不在屋内的一段时间点上死亡的。这也和检察官的罪行描述相符。我的当事人对这部分并无异议。”

有那么一会儿工夫，我还觉得桑德会略过那些短信，对它们只字不提。他会假装它们不存在。不过他当然不能这样做。

“所以，当玛雅待在父母家里、离开和即将前往法格曼家的别墅时，发生了什么事呢？检察官对这部分罪行描述已远离了我们所知，成为纯粹的臆测了。”

同时菲迪南点到塞巴斯蒂安和我在前一天晚上互传的检察官之前展示过的那些短信。我马上汗毛倒竖，我的头皮一阵紧缩，这和“叫我丽娜”上周展示这些短信时的反应是一模一样的。我不想再看到它们，永远不。桑德任由图片闪动着，同时继续说下去。

“检察官对事件过程的描述有许多玛雅表示反对的说法，但请先让我简单提醒各位玛雅所承认的事实。她在侦讯中提到克莱斯·法格曼和儿子发生粗暴的争吵。一群青少年待在屋内开狂欢派对，他们离开别墅后，争吵仍持续下去。玛雅与塞巴斯蒂安一同外出散步，然后他们回到屋内，塞巴斯蒂安和其父再起冲突。玛雅离开他们的别墅，准备回家睡觉，这时塞巴斯蒂安和克莱斯仍然在争吵。到目前为止，她没有任何反对意见。”

派对。一想到这里，我就全身作呕。当克莱斯把丹尼斯、拉伯、阿曼达和其他所有人都赶出去以后，别墅里陷入一片死寂。一开始我还觉得这样很舒服，然后克莱斯开始吼叫，不只对着塞巴斯蒂安大吼，也对着我吼。我们不得不离开那里。我们待在外面，走了相当长一段时间。我很怕，塞巴斯蒂安的爸爸让我感到害怕。当他坐在办公室和人们谈话、接受付款、使他的人生过得更好的时候，你直视他时，简直会对他肃然起敬。然而，作为塞巴斯蒂安的老爸，他就顿时变成了另一个人。

我们回来时，克莱斯已经换上晨用大衣，他就在厨房等我们，甚至都懒得装作在看报纸了。你几乎认不出他来，皮肤上的光彩全掉光了，就算他以前看起来从没化过妆（即使是上电视亦然），他此时看来，还真是一副完全没化过妆的样子。

就在一小时以前，当克莱斯把所有人全轰走时，他看起来真是伟大，甚至比平常还要伟大。但现在，当所有人都走光、他也鬼吼完毁掉一切以后，他却变得又矮又丑，所有商业上的光环全部消退，坐在餐桌旁边的只剩下一个身着晨用大衣的苍白老头，一条在污水里转圈圈惊恐不已的鱼，一条陷在海底迷茫的苍白的鱼。看得出来塞巴斯蒂安的老爸就只靠黑暗和单细胞海底动物为生。

当时我对克莱斯·法格曼的恨意远超过以往任何时刻。

“但是——”

桑德伸出一根修得齐整的修长食指。我们等着他说明我在哪些方面不同意检察官所说的，同时我发现屏幕上的红点收缩起来，固定在我第一条短信上。菲迪南已经放下激光指示棒，红点落在那里，纯粹只是手误。我发的第一条短信。

没了他，我们还不是过得好好的。你不需要他。你爸真恶心。

其他的我没再读下去。

那天晚上，我发的短信不止如此，大家都能读到它们的内容。我低头望着桌面。

其他人也可以读到：**他该死。**

开庭第二周：星期一

26

“隔天上午玛雅回到法格曼家的别墅时，她已经用手机向塞巴斯蒂安发了九条短信。塞巴斯蒂安回了三条短信，给玛雅打了两次电话。这两位青少年对彼此说了什么呢？检察官表示他们在这些对话中计划如何犯案。第一通电话持续了两分四十五秒，是在玛雅刚离开塞巴斯蒂安的家以后、回到家以前。第二次通话是在她刚离开自己家门，准备去找塞巴斯蒂安时进行的，为时还不到一分钟。”

桑德瞧着菲迪南。她再次拎起激光指示棒，将它指向列有那两通电话的通话记录表，那红点轻微颤抖着。怎么会有人能理解，为什么我那时会写下这些东西？克莱斯多么恶心。他没对塞巴斯蒂安说该说的话、做该做的事，这还不是最糟糕的。最糟糕的，是他实际上说了什么，做了什么。

以前塞巴斯蒂安从来不想看到他这一面。他崇拜自己的老爸，他是他唯一崇拜敬重的人。然而，就在这最后一夜，塞巴斯蒂安被迫正视我已经知道的事实。当我离开那里时，他看起来非常疲累，生气、争吵、散步以及我们说的话，都让他筋疲力尽。我觉得他那时会离开那儿去睡觉。我很生气吗？我不知道。这么久以来，我的感觉已经不再重要了，塞巴斯蒂安才是重点。“我该怎么办？”当他发给我第一条短信时，我想表示站在他那边，我想说我也见识到了他爸爸的为人，没有他爸，他还是过得很好，一切都会水到渠成。他爸爸不值得拥有他，他爸爸没权利侮辱他。

没了他，我们还不是过得好好的，你不需要他。

我拒绝再看最后几个字。但是我写给塞巴斯蒂安，告诉他克莱斯该死。我是认真的。

对于我当时的感觉，桑德完全不置一词。即使我已经告诉过他。他反而再度举起手指，手指伸得更高，命令的意味也更浓厚，他命令我们仔细听。

“这串通话记录告诉我们什么？首先塞巴斯蒂安与玛雅彼此谈过，他们互发短信。我们不知道他们谈了些什么。我们倒是知道短信内容，但我们知道它们的意思吗？”

他又高举一根手指。

“玛雅已经承认她并不喜欢克莱斯·法格曼。她认为他没扮演好父亲的角色。玛雅是根据克莱斯·法格曼对儿子的态度，做出这样的理解。然而，过去玛雅始终没有采取足以被视为驱使塞巴斯蒂安杀死自己生父的行为，她所说的话在法律意义上也不足以被视为符合教唆的要件。”

但是我就是希望他死啊。对于这一点，桑德是要怎么辟重就轻？

“关于她是否有预谋，‘他该死’的短信是否意味玛雅希望塞巴斯蒂安杀死自己的父亲，或对塞巴斯蒂安而言是否会把这句话解读成鼓励行凶漠不关心，我们会再讨论。我们认为玛雅并未预谋。还有另一个更重要的原因不符合教唆的要素，塞巴斯蒂安想杀自己的父亲，在这一点上，他并不需要由玛雅来说服。我们会再讨论这一点。”

新闻记者对这一切可是爱得不得了。我看不见他们，但可以感觉到坐在椅子上的他们全体将身子前倾，生怕漏听任何一个字。他们聚精会神地听着关于皇帝克莱斯·法格曼的每一个字，听着这邪恶的亿万富翁如何把自己的儿子当成不听话的奴隶来对待。他们喜爱桑德将克莱斯·法格曼形容成一头怪兽，希望自己能被放进他家里，了解一切关于他如何忽视儿子，使他丢脸、羞辱他，将他逐出家门的所有细节。一个正常的父亲应该要确保塞巴斯蒂安获得照顾与关爱，而克莱斯·法格曼却再三对他吐口水。我看不见那些新闻记者，但法庭的温度却因为他们对这段新故事感到的兴奋，升高了好几度。他们很想描述这段故事，却忘记了自己刚刚还在讲另外一段故事。现在他们要让观众和读者们好好认识一下全瑞典第一大富翁克莱斯·法格曼——把亲生儿子变成大屠杀凶手的亿万富翁。这段故事还能影响股市，新闻记者们觉得这真是妙不可言，不过他们可没有能力处理这个附带的“红利”。

“我们再回到时间轴。我们很清楚的一项背景是：玛雅在法格曼家逗留了十一分钟以后，塞巴斯蒂安·法格曼和玛丽亚·诺贝里就坐上克莱斯·法格曼的一辆车，前往动物岛综合高中，他们将两个提包带上车。检察官宣称玛雅在协助塞巴斯蒂安将提包放进车内以前，就意识到里面是装着什么东西了。检察官意指最晚在当天早上八点，在玛雅逗留于法格曼家别墅的那十一分钟期间，她就已经知道提包内装的物品了。”

他放下手臂。

“玛雅否认这一点。塞巴斯蒂安会告知玛雅他所做过的事以及打算要做的事，这一点纯粹是检察官自己的臆测。塞巴斯蒂安和玛雅到校时，她并不知道塞巴斯蒂安已经杀了自己的父亲。塞巴斯蒂安准备在学校做什么，她也不得而知。玛雅相信是塞巴斯蒂安接下来那几天晚上不打算在家里过夜，因此才需要打包行囊。她认为他会睡在家里拥有的其中一艘船上，并在放学后将提包带到船上。她是否应该问提包里装了些什么？她难道应该想到塞巴斯蒂安已经杀了自己的爸爸吗？事后她面对警方问话时说，她希望自己当初这样做，但在这一点上我们不能责怪她。而且假如她这样做了，后果也是难以预料的。塞巴斯蒂安是否会杀掉她和保安，然后只身一人到学校？也许吧。这一点我们不得而知。另外，起诉声明也是令人感到索然无味的。关键在于检察官不能证明玛雅和塞巴斯蒂安共同策划了任何一起凶杀案。检察官甚至不能证明，玛雅当时是否意识到塞巴斯蒂安有这些打算。”

“你，滚出我的房子！”当其他人还在场时，克莱斯·法格曼吼叫着。不止我一人听到这句话。他对保安说：“我给他二十四小时，然后我们就换锁。在这以后，不准再让他进入这块区域。听见没有？听清楚我说的话没有？我不想再跟他扯上关系。他是成年人了，我不用再为他负责。他该滚出去了。我受够了。如果有必要，我会叫警察来收拾他的。”

现在桑德对此还不置一词。但是稍后就会传唤保安，他会要求他们详细描述这些情况。

桑德再度伸出一根手指。

“玛雅对塞巴斯蒂安的计划一无所知。她没有协助他准备或规划，她也没有直接或间接协助塞巴斯蒂安犯罪。本周剩下的时间里，我们会逐一深入探讨起诉书在这些部分的缺漏之处。不过，现在我想先提到检察官的书面举证。调查中有没有证据能指出，玛雅事先就知道提包里并非装着塞巴斯蒂安的行李，以及她事先就意识到里面装的是炸药和武器？答案是否定的。”菲迪南点出一份记录，先前检察官就谈过这份文件，但现在轮到我们出示同样的文件了。“调查中所有出现过的射击用枪械均归克莱斯·法格曼所有，在案发前保存在一个设有密码的武器收藏柜里。玛雅并不知道密码，那些提包是属于塞巴斯蒂安·法格曼的，她并没有协助打点这些提包，或是以其他方式协助准备工作。我们会再回来谈技术调查，并证明这项调查也能证实玛雅的说法。”

老实说，我觉得桑德的描述开始有点儿不稳，但首席法官似乎仍在听着，其他陪审看来也没有想睡着的迹象。桑德描述我们如何驾车到学校，花了多长时间将车停在哪里，菲迪南则点击自己的计算机，并用激光指示棒指着重点。煎饼圆脸男翻找着自己的卷宗夹，并三不五时地将文件塞给桑德。

桑德讲到当我们来到我的置物柜时，塞巴斯蒂安将其中一个提包放在里面。那个提包里就装着炸弹。

我被问到自己为什么让他把提包放在那里，为什么会答应，还说类似于“请把你的炸弹放在我柜子里”的话，已经有六十三次之多。检察官就像那些侦讯我的警察一样，纳闷儿为什么我不要求塞巴斯蒂安把东西留在车内，如果他的行李真的要放到船上去，为什么要带进学校里。

我已经努力说明。说实话，真相就是塞巴斯蒂安根本就没必要问我能不能把提包放在那里，他就这样做了。我不需要答应，因为我从来就不敢不答应。

如果你不觉得他把其中一个提包放在那里是很奇怪的事，为什么你不觉得让他把两个提包都放在那里会比较好？他将一个装着行李的提包一路拖进教室内，你都不觉得奇怪吗？

另一个提包根本塞不下。他没法把两个提包都放在置物柜里。为什么用我的置物柜，而不是他的？塞巴斯蒂安没带自己置物柜的钥匙，他从没带过。我甚至不认为他的钥匙还在——不管怎样，我从没见过他使用自己的置物柜。如果他需要置物柜，他就用我的。他还用我的课本、纸笔（而他极少在乎这种事情）。塞巴斯蒂安将另一个提包带进教室，而不是将它留在置物柜，一点儿都不奇怪。

桑德讲完关于我的置物柜与提包的事情以后，就盯着菲迪南，等着她更换图片。那是教室的空间示意图，我感到从上颚传来的恶心和呕吐感。我真想用双手遮住眼睛，但我知道自己不能这样做，我必须听。我必须装作一副能撑过这一切的样子。

“教室里的案发过程，目前尚未完全明朗，但是根据玛雅能够忆及的部分，事发过程大致如下：在教室里，塞巴斯蒂安·法格曼把那个带进教室的提包，放在教室后排的其中一条长凳上。”

菲迪南用红点指着。

“塞巴斯蒂安进入教室后，立刻打开提包掏出一号武器——那是一把登记在克莱斯·法格曼名下的半自动猎枪。该武器厂牌为雷明登（Remington），口径为308W。塞巴斯蒂安开火时，玛雅就站在他正后方。一号武器装着标准弹匣，里面有四颗子弹。塞巴斯蒂安开了两枪，命中……”菲迪南让激光束指着丹尼斯的位置，该点标示为“一”，“随后塞巴斯蒂安清了枪膛，重新装上一组标准弹匣，再一次开枪。”菲迪南指着克利斯特和萨米尔的位置，“他并没有放下武器，装弹时间大约花了两秒钟。玛丽亚·诺贝里因为塞巴斯蒂安开枪的关系，拾起二号武器。这把武器也登记在克莱斯·法格曼名下。它就放在已经打开的提包里，清晰可见。这把武器的型号和一号武器相同，也同样装着含有四颗子弹的标准弹匣。在那之后，塞巴斯蒂安一次击发一颗子弹。”

菲迪南让激光束扫向阿曼达被命中时的位置，再让该点停留在代表塞巴斯蒂安的数字上。她点着自己的计算机，图片显示了代表塞巴斯蒂安和阿曼达的数字，以及代表我的实线圆圈（我没被标号，只有一个圆圈）移动着。

“当玛雅拾起武器时，那把枪很可能已经开了保险。就在她试着找寻开保险的位置时，她出于失误先击发了一颗子弹，随后又击发了另一颗。几秒钟后，她才把枪膛清空。”

菲迪南又用手上的玩意儿在平面图上点出四个新的位置。*点、点、点*、这些数字移动着，直到完全静止下来。这让我想到小时候，外祖父常为我做的那些活动挂图，每页角落总有个简笔画，快速翻阅时，它就像在飞奔一样。有一次外祖父画了个上吊的人偶，到最后一页时人偶就死掉了，这让外祖母很恼火。

“枪击结束时，玛雅等候警方和救护人员到场。他们到场时，玛雅并未有任何抵抗，任由他们解除武装。”

在死尸从教室移走以后，他们在教室照了许多照片，不过桑德没有展示这些照片，只有笔记，以及包括小点、数字和虚线的素描。没有血迹。我的陈述——或者更准确地说，我的辩护律师的陈词，一点儿血腥味都没有。

“现在，我们进入检察官罪行描述的核心部分。”桑德从侧面望向我，“简言之，检察官意指玛雅和塞巴斯蒂安事先一起预谋杀光所有在场的人，让放在玛雅置物柜里的定时炸弹引爆，最后再饮弹自尽。检察官意指玛雅刚击发二号武器时所开的那几枪，目的在于杀死阿曼达。检察官并宣称玛雅蓄意杀死阿曼达，并在不能被视为是‘必要防卫’的状态下杀死塞巴斯蒂安。”

桑德再度暂停。没有人再打哈欠了，他们再度挺直了背脊。桑德的话讲完时，陪审们望着我。我用手背擦眼睛，回望着他们。煎饼圆脸男递给我一张纸巾，我接过它，将它拧成一团。桑德继续低声说下去。

“玛雅否认罪行，她并未与法格曼计划这些罪行。当她来到法格曼家，坐他的车到学校时，并不知道克莱斯·法格曼已死。她也并未被告知这件事。她不知道提包里装着什么。针对玛雅还在自己父母家里时，法格曼父子之间发生了什么事，我们就只能臆测了。也许争吵升温，导致塞巴斯蒂安决定射杀自己的父亲？也许他事先已经打算这样做？但是在这场审判中，我们将不会对塞巴斯蒂安·法格曼的行为和动机做出臆测。法院唯一的职责在于确认玛雅在这当中的角色。枪击发生时，玛雅是很震惊的。当她拾起由塞巴斯蒂安带进教室的其中一把武器时，目的是要保护自己和其他人的生命，阻止塞巴斯蒂安。他很快就射杀了前三个牺牲者，动作非常快。玛雅不是什么熟练的枪手，而且她已经被吓坏了。在她一开始击发武器时，阿曼达·史坦被击中了，但这绝非玛雅的目的。玛雅很不习惯自己在提包中找到武器，她在调查中说明，在试图找到保险开关时，误击了第一枪。子弹击发时她被吓住了，出于失误再度击发了那把武器。直到那时她才开始慢慢掌握手中的武器，再次射击时才击中塞巴斯蒂安。在这一整段期间，玛雅都处于完全的必要防卫状态。她活命的唯一方式在于拿起塞巴斯蒂安带进教室的其中一把武器，用它保护自己。”

现在桑德站了起来。他再也无法坐着，他走到菲迪南面前，从她手中取过激光指示棒，任由红色光束在教室示意图上旋转，却不特意指着某个点。

“调查是否有指出玛雅事先就和塞巴斯蒂安计划了这一切？没有。是否指出玛雅事先就意识到了塞巴斯蒂安的计划？没有。检察官是否能证明玛雅预谋杀死阿曼达？不能。这所有的问题，答案都非常清晰明确。起诉书无法证明这些事项中的任何一点。玛雅是否出于自我防卫杀死塞巴斯蒂安？当然是的。”

检察官第二次抓起麦克风。现在，她显然是气疯了。

“我必须严正抗议。律师进行客观陈词时就事论事真有这么困难吗？律师难道不能在最后阶段再讲述这些辩词吗？”

首席法官不情愿地点点头。“桑德律师？”

桑德反而转身面向我。他迅猛地举起手，红色光点照在我的肩膀上。我退缩了一下。桑德看起来很生气。法官和检察官认为他应该改弦易辙，他也不在乎。他们必须把他赶出去，才能让他闭嘴。他似乎已经不再对陪审们说话了。

“请帮我说明。玛雅……一个青少年担惊受怕，生命遭到威胁……她还能怎么办？”桑德的手臂又落了下来，转身面向陪审座位席。我可以松一口气了，“请为我说明，如果你们陷入她的处境，你们会怎么做？请帮我说明，你们怎么能够责难她？”

检察官的麦克风开启着，她高声咳嗽、清喉咙，刻意持续好一段时间。

法官又点点头，这次显得比较坚决了。

“桑德律师，我们得进行下一阶段了。律师应该有些必须提出来以供探讨的书面举证。”

桑德转向菲迪南。他耸耸肩，把激光指示棒放回去，回到自己的座位上。他坐定时，声音已经回到往常那干枯的腔调。

“我们是有一部分书面举证必须引用。是的。”

一部分。这很符合桑德的性情。他递交上去的书面举证文件可是重达数公斤。

菲迪南已经拾起一摞厚重的文件夹，法官们人手一份。首席法官先拿到属于自己的一份文件。最后，菲迪南将四个卷宗夹放在检察官的桌上。除了塞巴斯蒂安的精神病医生针对圣诞节隔天发生的事件做的诊断书以外，还有针对我个人调查的补充，以及桑德让自己的职员预约并执行补充性调查措施的影印件。他完全不信赖检察官的任何一条分析，而是自己针对凶器与刑案发生现场做了调查。他甚至针对这起校园枪击案，自行重新建构现场。桑德所做的几乎就是另一次完整的调查。

他将针对每一份文件在庭上一一详述、文件、文件，还是文件。我们将会“回过头来”探讨绝大部分文件。先是午餐时间，然后就进入午后了。很快地，一切再度变得无聊起来。

桑德喝完水，盖上最后一份文件时，时间是下午三点二十五分。法官高举手臂，发狂般地在笔记本上写着。桑德给他留了时间写完。

然后桑德把双手摊在自己面前，手掌伸开，眼睛直视前方。

“有时候，针对特别难判定的悬案，我们常说，每个字都针锋相对。在这里，事情要简单得多。技术调查显示塞巴斯蒂安打理了提包，独自处理了武器和爆裂物，他是独自一人策划这起刑案的。玛雅并没参与杀死克莱斯·法格曼的过程。玛雅击毙了杀人犯。我们对于事发背景又知道什么呢？我们知道塞巴斯蒂安的问题很严重，问题严重到连玛雅以外的人都为他的人生担心。圣诞节的事件爆发以后，她陷入持续性的忧虑。春季时，塞巴斯蒂安变得越来越暴力，越来越难以应付。他周遭的许多人都证实了这一点。这种非理性的行为最终演变成这场灾难，玛雅是受害者之一。她从来没有显示暴力的迹象，直到自己的生命受到威胁，她都没有显示过这种迹象。”

桑德从侧面望着我。突然间，我领会到他想握住我的手。我将手放在膝前，望着首席法官。当桑德说完时，他直视着我的双眼。

“玛丽亚·诺贝里在自己的教室里，击发了一把武器。她为了保护自己的生命才这样做。但是，现在轮到我们了，我们必须拯救玛雅。”

开庭第二周：星期一

27

随后，现场一片沉寂，死一般的沉寂。几乎就像有人在教堂完成了绝美的独唱，却不准人们拍手的情景。桑德以全瑞典最优秀的刑案辩护律师而闻名。也许直到现在我才真正意识到，他绝非浪得虚名。

他是陈述的高手，但我先前却没意识到他是如何善于说服他人的。煎饼圆脸男始终斩钉截铁，即使许多人相信这就是成功的特质，他还是无法在法庭上发言。人们认为，只要展现出百分之百的自信，就足以说服他人。然而，在现实生活中，那种自信是没人会买账的。政客应该要学会的一点是，我们期望以问号收尾的句子。我们期待有人能给建议，而不是把一切弄得一清二楚。*我不确定这样行不行，但我乐于尝试。*

一路上，每一步桑德都让所有人紧随着他的质疑。当他说出“我们应该扪心自问实情真的是这样吗”时大家全都好奇起来；当他说到“我们决定自己亲手调查这个案件”时，即使人们先前觉得进行警方该做的工作真是时间、金钱上的浪费，大家还是觉得这是个非常好的主意；当他提到“我们对结果惊讶不已”和“我们已经得到结论”时，每个人都屏息凝神，专注聆听。即使他们确信他有错，他们还是会忍不住降低心防，想着“也许……他说的还真有几分道理”。

此时法庭的气氛和今天早上已经不一样了。新闻记者们是如此努力写着故事全新的爆点，使得人们相信，即使记者们自己掰出了前一个版本，他们还是已经忘记第一个版本的故事了。首席法官望着我，即使他没必要望着我，他的眼神在这一天中，仍数度与我交会。他先前可没这样做过。

我想这些由我发给塞巴斯蒂安的短信，意义已经不那么重大了。这是我第一次想到，对他们而言，这也许不是能充分证明我背着提包，以及他们在我的置物柜里找到炸弹的证据。它们也许不足以充分说明“很显然地，你想把整个学校炸飞”。我来得及把这一切想清楚。我来得及想到法庭气氛的转变，也意味着他们改变了对我的想法，也许改变了他们对“我是谁”的看法。

*我宁可死，也得把他除掉。他该死。*真有可能怀有这些念头而不杀人吗？这种话能说吗？桑德认为可以。桑德说，告诉男朋友自己讨厌某人，并不能以刑责处分。他说，不管我对塞巴斯蒂安说了些什么，他都会杀掉自己的父亲，把他想做的事情做完。就算我没做这些事，一切依然会发生。我只来得及想到，*也许他是对的。*也许？

“今天，我们感谢辩护律师的陈词。”首席法官说着，开始整理他眼前少数几份文件。我望着陪审席上的其他人。他们从来不提出问题，也只会在认为我没察觉的时候才会望着我。

“明天将由被告进行陈述？”

桑德点点头。我不情愿地屏住气息。*该我了！时候到了*！法官瞄了一下自己的腕表。

“我们今天就进行到这里，”他伸手取来自己的公文夹，把笔记放在里面，“如果没有其他意见的话。根据我的理解，原告审讯的时程有一些问题，是这样吧？”

丽娜·派森轻咳了一下。

首席法官望着她。她挺直背脊，果决地点点头。她仍然很不爽，但这提醒她这场审判还很漫长。很不幸的是，我也被提醒了这件事情。

现在桑德已经尽到自己的本分，明天就换我陈述了。不过如果这间法庭的诸公质疑我就是检察官宣称的杀人魔，那很可能也只是偶然，那种想法不会特别持久的。

丽娜·派森靠向那小巧的麦克风，转开电源开关。因为当我一讲完，就又轮到检察官发言了。换句话说，某人不同意桑德说的，打算对所有人强行灌输：我杀了自己最好的朋友。这个人说我拾起武器的时间点比我宣称的要早，我击中阿曼达的时候根本没有瞄准塞巴斯蒂安，所以根本不是误击。

丽娜·派森开始大放厥词。

“正如我已经知会法院方面的，一如各位所知，原告本周无法参与……因此我将由引述一号至四号证人的证词开始。相关证人均已收到通知，并接受了时程变更的安排。随后我要求原告根据法院方面的指示，于周一上午十点钟出庭。据我的评估，我们会需要一整天的时间。”

我瞥见煎饼圆脸男，他看起来闷闷不乐，表情一点儿都不像是我们胜券在握的样子。我想到一开始的某次，其中一名看守所警卫独自陪我从侦讯室走到我的囚房时，对我说的话：“你知道，这个桑德从来就没打赢过任何官司吧？这些明星律师从来就打不赢的。他们只管接最恶、最烂、大家都知道有罪的客户，只因为他们喜欢没希望的案子。然后，他们就打输官司，这当中就数桑德损失最多了。”

这一点煎饼圆脸男当然心知肚明。他知道明星律师接我这种案子从来就不打算赢，他只想昭告天下，他准备让世人接受原则，然后打输这场官司：*就算是最恶、最烂的罪犯，还是有权利获得辩护。*

在座的诸位很喜欢听桑德说话，*看专业的律师出勤*，但是该来的还是躲不掉的，我已经干下了这件事，干下这件事时，还有人参与其中。我有权获得全瑞典最好的辩护律师为我服务。但是，我没权利打赢官司。

法官点点头，用法槌敲了敲桌面。那感觉仿佛直接敲在我的额头上，*你该死*。

“那就这么说定了。将在周一上午十点传唤萨米尔·扎伊尔德。我们明天继续。”

我和萨米尔

28

“把证书挂在厕所里？”萨米尔笑着，回到我的房间，躺在床上，双手抱在头部后方，“真的有人这样做吗？把证书悬挂在访客用厕所的墙壁上，老天爷，让大家看看真的是在斯德哥尔摩经济学院，还有欧洲工商管理学院待过？”

我试着用不在乎地笑来回应他的窃笑，并起身将窗户打开一条缝。那是圣诞节前一周的周六，房间内空气相当闷。距离萨米尔第一次亲吻我，已经过了五天，现在他已经在我这里过夜了。我还能说些什么？我爸非常蠢已经不是新闻。塞巴斯蒂安周末在南非打猎。我老妈和老爸在伦敦，还带着莲娜同行。没人会在接下来的一天多的时间内回到家的。

“这种事很讽刺，但爸爸觉得这种事很好玩，其实他只是不想承认这对他很重要。”

“访客用厕所，”萨米尔还在笑，“你老妈把自己的成绩单挂在哪里？挂在访客的卧房里？”

即使老妈在校成绩比老爸好，她可从不会用这种方式表现自己。

有次我在顶楼的一个箱子里找到他们的旧成绩单。我告诉老妈时，感觉她并不开心，似乎反而很恼火。“我大学时成绩也比较好，”她嘴里嗞嗞作响，“在法学院就读的最后四个学期里，我的成绩可是第一的。”听起来就像是我恶意中伤、羞辱了她似的。

我的双亲都很怪，但奇怪的地方又不一样。我回到床上，跨坐在萨米尔身上。

“我老爸认为，让大家看他多么努力才到达今天的地位是很重要的。不过对他来说最重要的事情，就是假装自己朴实、不浮夸。”

萨米尔挽住我的头发，亲吻我，将舌头伸入我的嘴里，只是有点儿太深了。以前亲热我们都是匆匆完事，趁没人发现时见好就收，今晚，我们第一次有比较充分的时间相处。六天以来，我们做了五次爱。最近这二十四小时以来，更是做了三次爱。和他一起入睡、醒来的感觉很奇怪。他的手指感觉不太一样，我还不习惯看到他赤裸的全身。

“努力，你说，”萨米尔愉悦地摇头，“你老爸想让大家瞧瞧，他靠着努力才爬到今天这个地位？他不就跟现在的拉伯一样住学生宿舍喽？”

“对，可是……”我知道萨米尔想说什么，但就算不是在街头长大，为自己做过的事感到骄傲，这不过分吧？“我爸住那里，可不是因为我爷爷奶奶有钱，他们住在国外，他不得不上寄宿学校。”

“我了解，”萨米尔对着我的颈部喃喃自语，用自己的鼠蹊部挤压着我，“那一定非常辛苦。你老爸真辛苦，真可怜。”他再次笑开来，然后终于安静下来。萨米尔撩起我的T恤时，我瞥见我们在窗玻璃上模糊的倒影。他把手臂搭在我的腹部，嘴巴贴着我的胸部。我向后靠，躺下，让我的头部和头发垂在床沿，以便能直视我们的倒影。我很爱我们此刻的模样，萨米尔的感觉以及他搂住我时那厚实的线条与宽大的双手。他不够温柔，不够熟练，不过我希望他继续更用力、更贴近地呼吸。我们在一起，真是美极了。

我有权决定要怎么做爱，甚至不得不这样做。萨米尔乐于担任发轫者，却把其他一切留给我，让我展示、主导。我想仰躺就仰躺，要是我压在他身上或是做五体投地状，我们就这样搞。要是我什么都不做，他会恼火。“来啦！”要是我没自己拉下丝袜、内裤，双腿张开，或没做出能让他直接插入的动作，他就会这样说。除非我对他说“脱掉我的内裤，分开我的双腿，插进去”，他才会这样做。

完事以后，我们就头脚平行、并列躺着。他正对我，半坐着倚着我的枕头，用手指缠起一绺深色的鬈发。当他盯我太久的时候，我的胃就一阵紧缩。*我和他，我们会渐入佳境的*，我心想，*当我和塞巴斯蒂安分手以后。*

“你圣诞节要做什么？”

一开始他没搭腔。他反而闭上眼睛，将我从床的一边拉过来，逼使我在他身旁躺下再次亲吻我。我将手伸进他浓密的头发中。床不够宽，这种姿势下，我们的空间不够，我感觉像要从床边坠下。

这时我的手机闪动着，铃声已经关闭，不过屏幕闪动的光线很明显。我贴近萨米尔，完全无视手机，举起手搭在萨米尔的肩膀上。

“你进去一点儿，我没位置了。”

他向内翻动了一两厘米，却在我滑动的时候起身，从我身上爬过去，下床，伸手抓来自己的内裤穿上了。

“我要看书。”

我讶异地望着他。难道他只因为我收到一条短信就吃醋吗？

“你一定要现在看书吗？”

自从萨米尔到这里以后，我就没给塞巴斯蒂安打过电话。我回过他的短信，但都是先把自己锁在浴室里，再回他的短信。我对此不能视而不见。萨米尔没理由因为塞巴斯蒂安发短信给我就对我生气，我已经向萨米尔解释过情况，他说他了解。

“我是说，放假的时候你问我圣诞节要做什么，我会待在家里看书。”

萨米尔穿上内裤以后继续穿 T 恤，就随他去吧。

“我去洗澡。”我说。我把手机放在床头柜上。如果萨米尔想读那些短信，他大可以直接看，我不在乎。我会和塞巴斯蒂安分手，这件事显而易见，但不是现在，我甚至会迫不及待用电话分手，这一点，就连萨米尔也必须搞懂。

我进到厨房时，他就坐在厨房里，喝着我们家浓缩咖啡机的黑咖啡。他前一晚还对这咖啡机非常嫌弃。

萨米尔对装潢有一大堆意见。天花板吊灯，*我看，这是来自废弃工厂的回忆*。刀架，*为什么买磨不亮的刀*？咖啡机，*这台机器在一个能真正品味咖啡的国家是卖不出去的*。电炉，*是你妈在煮饭吗？*藏酒的冰柜，*我也要有一个！如果让香槟和那些无产阶级者的牛奶搅和在一起，你就知道会发生什么事了。*

他在我们的餐具间找到一包盖着一层灰的麦片，将它们倒在碗里，却完全不尝。我做了水煮蛋、烤面包，现在却头痛起来。我想不起来该谈些什么。户外，太阳在这十天以来第一次露脸，我们却不能手牵手散步或去某个地方，或坐在咖啡厅里勾勾手指，或去看电影，然后躲在暗处亲热。当我外出时，总会遇上熟人。

“你在想什么？”我说。

“我得赶快回家了。”

“你告诉你爸妈，你在哪里了吗？”

他耸耸肩。

我起身，将我的盘子放进洗碗机。萨米尔坐在自己的位子上，举起双手，使我能接起他的咖啡杯。

“我会跟塞巴斯蒂安谈谈。可是……”

萨米尔哼了一声。“我可没叫你做什么。”

“我知道。可是塞巴斯蒂安心情很糟，他……”

“闭嘴，玛雅。关于可——怜——的小瑟——巴——斯——钦，你们之间的垃圾事情，自己去解决，但是别把我扯进来。他没什么好可怜的。如果家里的豪华别墅住得那么难受，怎么不搬出去住？如果不想来学校，怎么不直接休学？你那个男朋友，不管他是毒瘾上身还是头脑清醒时，都是个垃圾。我要是他老爸，老早就把他撵出去了。至于你为什么认为自己非得照顾他不可，我也不懂。”

我吞了一下口水。“他需要……”

“玛雅，他不需要你。让你失望，我也觉得很难过，不过他谁都不需要。对塞巴斯蒂安·法格曼来说，没有人是不可取代的。他对谁都不在乎，对你也一样。”

我来不及反应，来不及想到该说什么才能让萨米尔了解，我的手机就开始嗡嗡作响，铃声悄悄地传了过来，由于振动，手机在琉璃台上向前蠕动着。我们注视着我的手机，直到语音信箱响起、屏幕上的光线熄灭为止。

“十二分钟以后有一班公交车，”萨米尔起身，“我要赶上这班车。”

他把那一碗黏胶状的麦片留在餐桌上，走进玄关。我紧随其后。我趋身向前，吻了一下他的脸颊。就在他绑鞋带的同时，我将门锁打开，钥匙还插在内侧。我开门时，阿曼达站在我们家的私人车道上，正在将自己的自行车上锁。

“嗨。”她说着，站在那儿，双手叉腰。萨米尔从我和她身旁经过。

“嗨、嗨。”他对阿曼达说。他的声音听起来毫不在乎。阿曼达没有回应。萨米尔到了路上，就开始半奔跑起来。

“到时见！”他喊道。我们之中没有人搭腔。

当我再次望着阿曼达时，她回瞪着我。在确定我已经看到她了解情况以后，她再度打开自行车锁，将车子推上大路，开始骑动。我没法跟上去。身上只穿内裤和T恤就去吵架，实在太冷了。我又回到那该死的《BJ单身日记》的状态了。

阿曼达消失在视线外后，我回到屋内锁上门，将手机关机，把我的羽绒被拉到客厅里，躺在沙发上看了三集《行尸走肉》，直接从汤锅里取出涂着奶油和奶酪的通心粉吃着。我等了四个小时。倒不是因为我不知道阿曼达在哪里，也不是因为我对情况置之不理，任由它爆发。原因是，我需要独处。

当我再度走出大门时，夕阳几乎已经下山了。天空下着雪。我边走边打电话给萨米尔，他没接。从天而降的其实不是雪片，而是雪的一种变体，提醒我们，不要觉得冬天很有趣。我走入化成烂泥的雪和十二月的阴暗之中，鞋底湿透了。马厩里每扇窗户的内侧，都因为点亮的设备、马匹的体温和吐出的气而雾气迷蒙。门敞开着。

“我们可以谈谈吗？”

她没搭腔，我就走了进去，坐在小马戴文头部的旁边。阿曼达起身，用长毛马刷刷着马儿的臀部，每刷一下就刮擦一次。马儿的身体已经闪闪发亮，但阿曼达不能现在停手，否则她就得看着我了。

我在这里干吗？我为什么会突然觉得需要澄清？让阿曼达冷静下来，难道是我的任务吗？我可没对她怎样。但是我还是待在这里，想要解释没发生什么严重的事情，她的人生会一如往常，不会有所改变的。然后，还有道歉。我们之间的关系看起来就是这样的。不管我有没有做错，总是由我道歉，她则从来不道歉。

戴文垂下头来，呼出的暖空气逸散到我的头发上。我抚摩着它的口鼻。我上次待在马厩至少是半年前的事了，之前其实常常住在那里。老爸总是说只要我开始“喜欢男生”，我就会对骑马失去兴趣。我很厌恶的是，他是对的。每次我一钻进马厩，总是下定决心要重新开始，但是我始终没能重拾对马术的爱好。

“阿曼达。”我尝试着把事情讲清楚也好。

“你不能……”阿曼达转身面向我，举起手，用长毛马刷作势威胁。她非常愤怒，连声音都颤抖，“我真不懂你是怎么想的，玛雅。我不懂，你觉得我还要讲什么。你知道这一切有多么荒谬吗？你知道你做了什么吗？”

我点点头，表示赞同。也好，也许这样能缩短过程。

“总之，我知道这样对塞仔很不公平……”她开始哭起来。阿曼达坚信这一切和她有关，“但是，玛雅，他不应该受到这种待遇的。玛雅，他很难受。你不能对他这样。”

*你再喊一声“玛雅”，我就打死你！*我心想。我不得不暂时先安静下来，从一数到一百，让她把话讲完，我根本不需要听，我只需要让她自己讲话。但是她不能左右我的想法，她不能阻止我对她尖声大喊，你什么都不懂。她是个白痴，她甚至根本不懂她帮塞巴斯蒂安取的绰号让和我们很熟的这些男生，听起来像卡通片里的角色。什么拉伯，什么塞仔，然后是陶仔、卢仔、蚵仔、方仔、夏仔。我吞了下口水。我受不了阿曼达了。对于所有自认为了解和塞巴斯蒂安在一起是怎么一回事的人，我都已经受够了。是我跟他在一起，只有我跟他在一起。我并不想这样，但结果还是我在承受，而他们完全不懂我的心情糟透、烂透了。阿曼达太过分了！我处理不了的。但是，我仍然不敢抗辩。

“我不能……这不……”

“萨米尔呢？这样对他也不怎么好。你是爱上他啦？”她的哼声是如此轻蔑，使人觉得我们在谈论的是某个身穿工作裤的肥胖的社民党基层政客，而这政客的成年子女刚好又子承父业。

*为什么不可以？我凭什么不能爱上萨米尔？*这真的这么难以置信吗？自从阿曼达和拉伯在一起以后，她每讲到萨米尔，就仿佛要刻意大发慈悲似的。*萨米尔好聪明。萨米尔真有趣，又聪明。他真是太有趣了。我说得没错吧？*

“不，”我边摇头边说，“不，不。”我连感觉的精力都不剩了，这也许是谎言，但我没力气在乎自己了，“我不知道。阿曼达，情况一直很麻烦。我喜欢萨米尔，他不会一直这么麻烦。我已经……我和塞巴斯蒂安已经没……”

我不需要把任何一句话说完，任由阿曼达填补上自己认为最恰当的内容，反而更好。其实我也应该要哭的。我们不可以同时哭泣，阿曼达不喜欢别人分享属于她的关注。但是她一停止哭泣，就该我哭了。为了要真正把她拉拢到我这边，我也应该让她来安慰我。但是我很犹疑自己是否能办到这一点。

“事情就这样发生了。和塞巴斯蒂安有关的一切都那么麻烦，而萨米尔……”阿曼达愤怒地瞧着我，“我会跟萨米尔谈谈。”我向阿曼达保证：“我也会和塞巴斯蒂安谈谈，但你必须答应我，什么都别说。你千万别对拉伯或塞巴斯蒂安说些什么，因为不能让塞巴斯蒂安知道。要是他知道的话，他会疯掉的。”

阿曼达点点头。“当然，我不会透露的。”

我很纳闷，她会不会已经告诉拉伯了。

“很好。”我说。

“我会永远保守我们的秘密。”阿曼达恼怒地说着，还带着浓厚的鼻音。

我心想，*你还是先学会把话讲清楚吧！*信守自己的*诺言*，不泄露自己的*秘密*。但是我懒得再指出这一点了。

我反而说："谢谢你，阿曼达。"

29

屋外陷入一片漆黑，下午四点，夜幕就已低垂。*欢迎来到十二月的瑞典*。在为了自己根本没犯过的错安抚完阿曼达以后，我就离开马厩再度打电话给萨米尔。他还是没有应答。我一连拨打了四次电话。我发了一条短信，他的状态显示为"在线"，但当我的信息被标示为"已读"时，他就离线了。没有回复。当我走到文德路上时，看见巴士从广场上驶来。我跳上巴士，再度打电话给萨米尔，电话直接被转入语音信箱。

我们必须促膝长谈。我不想等到塞巴斯蒂安回家。我要在别人能阻止我以前，在我反悔以前，把自己不得不做的事情做完。萨米尔离开时，就算是在阿曼达出现以前，还是带着怒容的。我不希望我们之间出现不和，我不希望他认为我以他为耻。我希望他知道我是认真的。

列车车厢里有两扇窗户是开启的，空气相当冰冷。然而，周五晚上的酒臭味与密集的圣诞节大采购气息，仍清晰可闻。摩比站和东矿区广场站之间，所有空间都被人潮和购物袋占据，要进入旧城区得花上一点儿时间。人实在太多，我根本望不见窗外的景象，不过，在我换乘其他线路以后，情况就好转了。

克利斯特提过一个根据各个车站附近居民平均寿命所做的研究调查。比方说，红线的丹德吕德医院站和绿线的巴格莫森站附近，居民预估平均寿命差距达到十五年。在我到达汀斯塔站前的最后三站，车上就完全没有老年人了。车上也没有和我年龄相仿的女生，只有年轻男性，还有两个推着婴儿车、戴着面罩、身着长袍罩衫的妈妈。也许和我年龄相仿的所有女生都待在自己的公寓房间里，就怕遇上性欲高涨的年轻男性勃起的阴茎，或是被推下阳台。

我夹克口袋里还装着妈妈从法国带回来塞给我的催泪喷雾器。有那么一次，喷雾气还在我口袋里时，我不小心按到了按钮。直到我将手伸出口袋，才发现这一点。当我用手抚平头发的时候，我的双眼就要爆开了。在那之后的两小时内，我的眼睛灼痛，泪水直流。老妈想载我到医院急诊室，但老爸将我带到浴室，用温水浸渍我的脸庞，直到情况稍微好转。然后他打电话给一位担任医生的朋友，这位朋友用电话订了一种药膏和冲洗剂，它们能让肿胀消除。之后老爸要求我把喷雾器扔掉，但是被老妈严拒。我可能会因非法持有武器被逮捕，但老妈“不管”这么多，因为“我的安全更重要”。令人好奇的是，比什么更重要呢？会被警察逮到、遭到处分的是我，可不是她。不过现在我很庆幸自己带了这个。当我对面坐着男生时，我就会把玩着喷雾器的瓶子，低头盯着地板。

我很谨慎，不和任何人有眼神接触。我考虑过坐得离那些妈妈和婴儿车近一点儿，但她们把婴儿车塞在中间，使人无法接近那些空着的座位。

汀斯塔中心是列车蓝线的倒数第二站。车上除两个人以外，其他人都和我同时下车。我放慢步调，确保自己是最后一个踏上电扶梯的。我事先看过手机的GPS，输入萨米尔家的住址，查看在走出车站以后该往哪儿走。不过我可不想亮出手机，我完全不想暴露出自己在这里不认路。

街上的人比列车车厢里的人要多。跟我在同一个车厢里的女人和一个十一岁左右的男孩会合。我瞥见另外三个身材松垮女人的侧影，她们正从较远处一家 ICA 超市的门口走出来。除此之外，视线所及尽是男人。男人、男人、男人。

萨米尔从没提过自己住在汀斯塔。当我查到地址的时候，感到惊讶吗？也许吧。也许是因为汀斯塔的缘故，感觉有点儿极端，几乎像是瞎掰出来的。但我不知道自己对这个地方有什么期待，我从没来过这里。蔬果摊？铺开的地毯上贩卖着伪造钟表，还有贴着古驰（GUCCI）标志的塑胶手提包？烤杏仁果，栗子？多子多孙、生育十九个小孩、彼此一起踢足球的家庭？低头注视围棋棋盘、活像电影《洛基》里双手用纱布包扎的老头，所有戴着头套、拉起连体运动衫路跑的行人经过时都会拍手？比特斗牛犬，还是红牛提神饮料？番红花，还是大蒜？法式滚球游戏，还是嘈杂的笑闹声？或者我以为它会很像丹尼斯住的街区。有次我和塞巴斯蒂安到那里去，即使我们在离房屋有一段距离的地点接他，还是看得出来那里尽是无趣、毫无重要性可言的廉价住宅。你在离开那里以前，就已经忘记了建筑的外观，它们就和免洗塑料杯一样毫无意义。可是这里呢？只是令人不解。一个没有理念的地方，就像腐坏且没加盖的谷物储藏室。

夏天，天色不那样昏暗、树木尚枝叶繁茂时，也许还好一点儿。但此刻它是我这辈子见过的最丑陋的地方之一。那些拿自己“在汀斯塔住过”的经历来说嘴的政客和新闻记者，绝对都是白痴。他们在市中心的南岛区，可都有公寓房呢。

在列车站外地下通道的广场旁，我就看到四根损坏的路灯柱。克利斯特那忧虑、严肃、老师典型的声音在我脑中响起。要是他知道我到这里来，铁定会非常满意，缓缓点头，用老成持重的声音说道：“玛雅，这才是真正的瑞典。就是这样”。但是，这可不是真正的瑞典，它不比东矿区广场、斯德哥尔摩外海群岛区或是中心的海滩路更真实。丑陋的事物并不见得就更真实。

我在广场另一侧的公交车站前坐下，一手掏出手机，另一只手则藏在装着催泪喷雾器的口袋里。我不得不这样做。我尽全力说服自己，自己感到恐惧和种族主义完全没有关系。老妈的声音传过脑海，“谨慎，不代表感到恐惧”。然后我就开始找路。萨米尔的住处离公交站并不远，根据测距仪，只有五分钟路程。当那个下了列车后赶时间的男子，在公交车车门完全关上以前冲上公交车离开时，我开始沿着一条铺着柏油的步道前进。步道上仍是空空如也。没人在外面走动、遛狗或让家里的小宝宝呼吸一下新鲜空气。没人慢跑，没人走动。我快步经过涂鸦区，看见自行车零件还固定在翻倒的车架上，穿过一条满是尿臊味的隧道，再经过两处空荡荡的游乐场。

萨米尔住在一栋廉价公寓的一楼，它看起来就像所有青少年电影里描述郊区时所呈现的廉价公寓一样，只不过少了史坦马克[1]式毛线帽、吸血鬼、爷爷的自行车还有白雪。楼梯间传出回音，大门敞开着，看来是不需要输入什么密码就能进入。萨米尔家公寓房门就在电梯旁边，当我按下门铃时，它便“叮叮”响起。前来应门的人和萨米尔非常相似，只是比较年轻，不过我还没来得及自我介绍，萨米尔本人就现身了。

他的爸妈都在家。我不知道他还有两个弟弟，他们长得实在太像了，除了是兄弟，不会有其他的可能性。我对所有人自我介绍，但我觉得我们也许该坐在厨房。进了玄关以后，就是一条狭小的走廊，一扇通向阳台的门，阳台上看起来堆满了空空如也的纸箱。我本以为他的父母会想跟我谈话，问我是怎么认识萨米尔的，或坚持要我坐下

[1] 史坦马克（Ingemar Stenmark），瑞典史上最著名的高山滑雪职业选手之一。

喝杯茶，吃块黏糊糊的蛋糕，至少他们总会面带好奇地打量我吧？不过这些全都没发生。他们看起来对此毫无兴趣，很显然，他老妈非常恼火。她用一种我听不懂的语言说了些什么，之后我就再也没看到她。他老爸握了握我伸出的手，但连自己的名字都没说就放开了，然后转过身坐在电视机前，电视正在播我从没听说过的两支足球队的比赛。那台电视很大，至少是我们家电视的两倍大。一开始我以为电视是静音的，之后我才发现他老爸戴着一副笨重的翠绿色耳机。

我不懂萨米尔为什么看起来这么不爽。是因为我不请自来吗？可是他也曾经没事先通知我，就在我家现身。一切就是这样开始的。

我没要求他以女朋友的身份介绍我，但他说“她叫玛雅，我们是同班同学”不就好了吗？

我们总可以去他房间吧？我很想去瞧瞧，即使他和弟弟们共享一个房间也没关系。如果这是他的居住常态，我也不会在意。

我想告诉他，*你不用觉得羞耻，我不在意的*。不过这感觉真怪，所以我保持沉默。我们可以谈谈吗？我能挤出口的只剩下这句话。

萨米尔点点头。他穿着我在学校从没见过的运动鞋，跺了跺脚。他也换了衣服，穿着一条闪亮的松紧带长裤。我心想，*这是郊区的制服。*

“我们走。”他说。我转身，想回到客厅向他老爸说再见，但萨米尔抓住我的手臂，将我拖出门外回到楼梯间。大门仍旧半开着。

很显然，我的到来使他心烦，他非常恼火。我只是希望我们能够独处，谈谈关于阿曼达知情的事。我想问他：现在，我们该怎么办？我就是不想做任何决定。我希望由他说出和塞巴斯蒂安分手。然后我就会回答：今晚我就这样做。这样我就不会觉得孤立无援了。他为什么就不能意识到我来找他，而没有要求“你能不能来我这里”是一种善解人意的表现？我想证明，我很乐意来找他。证明这对我没有影响，我也不介意他住哪里。

这真蠢。总是这样，*萨米尔，我不在乎*。我很纳闷，为什么让他知道我不在乎是如此重要的一件事。难道萨米尔觉得汀斯塔[1]真是首善之区，比其他所有地方好上千万倍？完全不是这样。要是这样，他就不会每天花两小时才到动物岛综合高中。*我懂*。

也许我本该说，他被迫住在这种难以忍受的鬼地方，我可以理解他的厌恶之情。我是真的理解他为什么会竭尽全力一心要从那里脱身。他值得一个比汀斯塔更好的地方。他比自己的栖身之地要好得多。也许我本该这么说的。无论是他的公寓、楼梯间、回家的路上、离家的路上还是聚酯纤维运动长裤，我不觉得他应该因此而感到羞耻，因为这不是他的错。但是我也不能这样说。这样还是会让他感到可耻。

他一语不发地走在我前面，我不知道我们要往何处去。这已经无关紧要了。我不知道在汀斯塔，如果想要小聊片刻会有哪些合适的去处。我已经做好万全准备：洗衣间、位于地下室的储藏间、涂鸦墙板前、青少年活动中心、位于街角的小咖啡厅或是玩滑板的空地。只要是能平心静气谈话的地方就行了。

片刻之后我才发现，我们正走向列车站。这时我拦住他，强迫他停下来。

就在我说出我觉得我们为什么要“促膝长谈”以前，萨米尔已经用怪异的眼神瞧着我。当我继续说下去时，情况更糟了。坦白说，我不记得他说了什么，但他认为我真的不需要因为他和塞巴斯蒂安分手。“玛雅，我们又没在一起。我们只是做过几次爱，那是不一样的。”

---

[1] 汀斯塔（Tensta），位于斯德哥尔摩西北的郊区，中东与回教移民人口占压倒性比例。

这也不是说他把我当成婊子、贱货看待。没这种事。但是这位冰雪聪明、对政治超敏感、将来的驻外记者、世界第一的萨米尔正用全新的目光打量着我，而且是那种“你一定是脑袋坏掉了”的眼神。

他不想静静地站着，显然他说话时，我们要一直走动。他只想尽快摆脱我，我想说什么都不重要了。他又挽住我的下臂，我就像个想违逆父母意思拒绝从游乐场回家的小孩。他说完时，我们已经来到列车站，但就算在那里，他还是让我不得安宁。他站着，穿着又丑又白的运动鞋的脚不断地跺着，直到我的列车驶达。他就一同上车，跟我一路坐到列车的市中心总站。

他以为我想干吗？他以为我会偷偷留下来，交一大堆很棒的朋友，弄到一栋天花板高度才一点九米、铺着亚麻油地毡的地板、色调昏暗的公寓房，变成他的新邻居，怀他的孩子，身穿比赛用的连体训练服，用有图案的围巾罩住头部？就因为这样很酷吗？

我在座位上坐定，即使整个车厢全是空位，他仍然站着。当我们到达时，他看起来稍微放松了一些。就在离开我以前，他将一只手搭在我肩膀上：“玛雅，再见。我们学校见。”我多么希望自己能吐他一身。

我从丹德吕德医院站一路步行到家。和汀斯塔中心相比，由列车站出口一路延伸到摩比小学外停车场的步行地下通道，真是特别美观，简直就像家里的客厅一样温馨。但是，就在到达史托克松德运动场以前，我着凉了。那双阿曼达给我的在洛维卡[1]生产的针织手套（“嘿，我可是在纽约曼哈顿苏豪区一家很炫的店里找到的”）

[1] 洛维卡（Lovikka），位于北瑞典、接近芬兰边界的小镇，以生产针织手套闻名。

已经湿透了，内层浸满了汗，外侧则渗着薄薄的雪片。它们重如毛皮地毯。我将它们扔进一个放在分隔车道橡树下的纸袋里，然后双手插进口袋，但这并不管用。

终于到家时，我冷得颤抖不已，便直接窜进浴室，直到将浴缸注满水才开始脱衣服。水温很高，躺在水里时感到了些许疼痛，但我还是躺了进去。

我本以为萨米尔已经爱上我了。也许，我还把这当成是理所当然。他爱我爱到死去活来，他一直都是如此（当然喽？），我一路专程到他家里，就为了证明我也喜欢他，我本来以为他会明白的。他应该会觉得，我是值得他辛苦付出的，但他不这么觉得。

当我感到温暖、皮肤开始起皱、泡澡水开始变冷时，我披上老爸的晨用大衣走进客厅（我的羽绒被还躺在沙发上）。我钻进衬垫里，打电话给塞巴斯蒂安。明天晚上，他铁定就会从南非回来，但我现在就得结束一切，马上，在我后悔以前。我们几乎讲了二十分钟。他一开始回话时，我根本听不清楚他说什么。他走进一个比较安静的房间，也许是到户外去，我就把自己知道的不得不说的话说了。他回话了，沉静、理智，没有陷入疯狂。我说，他回到家以后，我们可以再谈。他说“你希望我说什么？”他的口吻听起来并不难过。不过，他似乎了解一切。我们互道再见，然后结束通话。十分钟后，我不确定他是否记得我说过的话，因此，我发了一条短信。

他没有回信。我又发了一次短信，内容一模一样。假如他忘了这一切（即使他的声音听起来并不恼火），我仍然要确保他查看手机时会最先看到这条短信。

我等着。直到过了午夜时分，我才打电话给萨米尔。当我说我会这样做的时候，他或许还不相信我是认真的。他表现出的行为，也许就是出于这个原因。我第一次打过去他就接听了。我想我把他吵醒了。我什么都没说他就挂断了电话。他从手机屏幕可以看出是我打给他的，我期待他会回电。八分钟以后，我又打了一次。萨米尔的语音信箱说他会回电。大约一小时后，我睡着了，手上仍握着手机，铃声音量调到最大。萨米尔没回电，塞巴斯蒂安也没回电。

30

和塞巴斯蒂安（还有萨米尔）的事情结束了，但结束一段感情以后该做的事我全都没做。我没看那些小时候觉得哀伤的电影，没拆开冰激凌包装直接吃起冰激凌，也没听那些抱怨所有男生都是浑球儿的歌曲。然而，我感冒了。接下来的两天，我仍然硬撑着去学校上课，但在本学期最后一天结束、圣诞节假期开始时，发了高烧。

假期的第一天，老妈喂了我双重剂量的布洛芬退烧药，并在车内放了一条毛毯和一个枕头。在车程的大部分时间里，我都陷入了昏睡，偶尔醒来时，感到背部、颈部、喉咙和双腿十分疼痛。我冒着虚汗，莲娜从后座的另一端望着我，深蓝色的双眼间，现出一小条忧虑的皱纹。我们停车准备吃饭时，爸爸将我摇醒，我不得不跟着走进休息站的小店。小店里卖着抹上番茄酱的烤香肠，深色、有棱纹的炸薯条。不过，我宁愿留在车上。

“那儿太冷了。”老爸说。

“你得吃点儿什么。”老妈说。

当晚六点过后，我们来到外祖父的家。通往房舍的路上，积雪已经被铲除了。夏天时，我常带外祖父养的小狗外出散步、郊游。外祖父的家离小店和 ICA 超市有三公里。我还小的时候，外祖母觉得我应该跟邻居家的小朋友一起玩，但是我不认识他们，因此，我拒绝了。我反而在外祖父家与小店间往返，帮外祖父买晚报，然后再回去为自己买冰激凌。我就专干这种事情，来回，往返。有时候，我往返的次数之多，多到连小狗们都没力气再跟着我了。夏天的道路总铺着砾石，中间植上一小撮草，下雨时，路面出现很深的水洼，蚊子就停在闪亮的波光间。现在道路两旁已经堆起了两米高的积雪，这已是外祖母去世以后，第二年的圣诞节了。现在，在这专属于外祖父的楼梯间，只摆着一棵没有装饰物的圣诞树，以及两盏点亮的灯。

我房里的壁炉燃烧着，外祖父已经在床边摆上了一台电暖器。我没有换装，直接和衣而睡。老妈进来两次。第一次时，她将我的衣服脱去，将一件干爽、新烫过的晚礼服套在我身上，那是外祖母的晚礼服。第二次进来时，她给了我柳橙和苦杏仁口味的无酒精饮料，那是她从美国买的流感药。我睡着了，一直睡、睡、睡。其他人则做起姜饼屋（我闻到味道）、装饰圣诞树（我听见老爸将树扛进屋内，老妈则斥责他弄得整个玄关地板上都是雪）、炒着肉丸、烤着火腿（还是味道）、腌着鲑鱼。烹饪完成以后，老妈带了个三明治上楼给我。我吃不下。

外祖父上楼来给壁炉添柴薪，将其中一条小狗放进来时，我仍躺在羽绒被底下。小狗就睡在我的羽绒被底下，鼻子抵着我的跗关节。老妈端着装有茶和奶酪三明治的托盘上楼时，我仍然躺着。但我还是吃不下。我把衬垫拉到下巴处，半坐起身，舔着一根香草冰棒，莲娜向我展示她准备当成圣诞礼物送出去的图画。冰棒舔完时，我像母体内的胎儿一样缩成一团，再次沉沉睡去，莲娜则继续说话。

直到圣诞夜我才下床，冲了半小时的澡，洗了两次头发，换上干净的衣服。妈妈帮我换了被单，我整整吃了三人份涂着草莓酱的米布丁。莲娜在米布丁里挑着，终于找到藏在里面的杏仁果。我找到杏仁，已经是多年前的事了。因为，看到莲娜开心就够了。

“玛雅，圣诞老公公住在哪里呀？”她问着，嘴里塞满食物。

“嗯……”我犹豫着，我们以前就讲过这回事了，不应该有什么惊喜的，“没有圣诞老公公这回事。”

“我知道，”莲娜叹了一口气，咬着下唇，“可是，那些会飞的驯鹿，它们住在哪里呀？”

今年只有我们和外祖父一起过圣诞节。老妈的兄弟姐妹们决定要和自己的姻亲过节，这已经不再是外祖母死后的第一年圣诞节了。但我可是庆幸不已。那些打闹、玩耍、轮流哭泣、逼迫大人介入完全没来由争吵的表兄弟姐妹，全都不见了。这样的圣诞节安静多了。

平安夜，当地的降雪纪录被打破了（自从开始测量以来），抛物面天线和网络连线都断线了。我们用外祖父的音响听音乐，在厨房吃午餐（那里比较温暖）。吃完以后，我们大家就坐在客厅里，用电视看老爸选的一部 DVD 影片。我睡着了，醒来时头枕在老妈的膝盖上。她用手揉搓着我的额头，我闭上眼睛的时间比实际上需要的时间还久。莲娜教我一种她自创的纸牌游戏。老爸则待在厨房削马铃薯皮。我们其他人则到外面散步（“趁太阳还在，我们要把握机会”），清冷的空气划过喉咙。我们回来后，我将厨房壁炉点上火，大家对我赞誉有加，以至于让人觉得点火成功比发现青霉素还要困难。

当我们还在外面散步时，外祖父在我口袋里塞了一个信封。他抚摩着我的脸颊微笑着。那是我的成绩单——我获得的零用钱多寡，就取决于成绩的高低。那信封还是很厚重，即便是这次，信封还是塞得满满的。那时候我的成绩一向很好。

我通过了。

“谢谢。”我默念着。外祖父看起来很开心，我因他的微笑而感到开心。即使这是外祖母过世后的第二年圣诞节，我还是很喜爱外祖父的微笑。

在学校的哲学课上，我们曾经谈论过情绪是什么。总共存在六种原始的负面情绪，而只有一种正面情绪：喜悦。我曾经举手说："大家想必都知道，我们感到害怕的方式大致上是一样的，如果某人说他觉得很丢脸，我们总能理解他的意思。那些最纯粹的情绪，那些使我们想努力活下去的情绪，总是负面的。"

一想到自己坐在教室里，试着展现比别人深奥、敏感的一面，我的身体就一阵紧缩。我觉得自己知道生气是什么样的感觉，我觉得自己知道什么是失控。不过，废话！在别人熄灯时，吃掉两大条涂着奶油和奶酪的面包，当然不算在内。假装吸毒出现幻觉，狂嗑可卡因，然后说"真爽，我觉得自己欲仙欲死"，这都只是在瞎掰。我对想死这种事情，完全一无所知。我有生以来参加过的葬礼，只有外祖母的葬礼，我从未真正感到害怕，从未孤独，从来就不想死。我从来没被碎尸万段过。坐在教室最前排的聪明又认真的玛雅举起手来：*我知道答案*！不，你不知道的。*你什么都不知道。*

现在离开教室以后，我知道原始情绪是无味、无趣的，只是一个到处走动、整天狂笑到岔气的疯子罢了。

我有时会笑，但我的喜悦是一种歇斯底里的反应。可耻、恐惧、悲伤、仇恨。

这些是已经消失的复合式情绪，是颜料店的混合物，呈现蛋壳色调。黄色和蓝色相配，混合成绿色，友情、嫉妒、关爱、关注、同情心、快乐。快乐是一切的混合，也是我最欠缺的。它结合了所有负面情绪、一小撮惊讶和一大堆喜悦。快乐就是最完美的混合物，但没人知道配方。

在外祖父家度过的圣诞假期，是我最近一次感受到快乐。我笑着跟妈妈说话，并没有想到我只不过说了她希望我说的话罢了。莲娜的圣诞礼物是一台手提无线对讲机，她要我和她一起到积雪的户外，测试机器的传输范围有多远。我们盖了一座雪屋，点亮灯火，还做了雪天使，将雪球扔向湖中心，只为了看雪球能飞多远。我吃了抹着巧克力的杏仁蛋白糊，觉得它很美味。我还吃了夹着芥末火腿的薄脆饼，只因为没有比它更可口的东西了。尤西·毕约林[1]唱到充满泪水和郁郁寡欢的悲恋时，外祖父示意我安静下来，他认为我必须洗耳恭听。

那三天以来，我感到难过的时间极为短暂，更从没感到害怕。那年圣诞节，就是完美的快乐混合。平安夜、圣诞节，以及圣诞节次日。

但是如果把调色盘里的所有颜色都混合起来，就只剩下悲伤的褐色。最后，一切都变成了黑色。圣诞节过后两天，早上七点钟刚过，老妈就把我摇醒。克莱斯·法格曼打电话来，他们讲了十分钟。对于必须大清早就打电话来，他表示很难过。对于必须转述这件事，老妈表示很难过。因为塞巴斯蒂安自杀未遂，我得赶到丹德吕德医院的精神科急诊室。

31

两小时后，一架直升机降落在外祖父家那向下方湖面延伸的草坪上。当我带着提包，半走半跑向直升机那敞开的舱门时，踏起的雪片回转着。外祖父小跑着，尽可能地跟在我后面，他的腿有点儿

[1] 尤西·毕约林（Jussi Björling），瑞典知名男高音歌唱家。

僵硬。他简短地和直升机驾驶员谈了一下，我得坐在驾驶员身旁。他会“载我”到“城里”去，然后一辆车会来接我去医院。不幸的是，克莱斯不在医院，不过他“亲切地致意”，他“真的非常感激这一切”，他“不得不”待在其他地方。我对此置若罔闻。

塞巴斯蒂安试图自尽。

外祖父的头部做了个怪异的动作，亲吻我的脸颊，让我上机。

直到坐上直升机，我才猛然想到，完全没人问过我想不想去探望塞巴斯蒂安。但要是那样，我会怎么说？不，他得靠自己了。

我得去。很明显，我真的得去喽。

塞巴斯蒂安手臂上打着点滴，缠着白色绷带，穿着浅蓝色长衬衫。当我进门时，他开始哭起来。我坐在他身旁，再次起身时我走到另外一边，也就是靠近他没打点滴手臂的一边。我在他身旁躺下，鼻子贴近他的喉咙，吸气，也跟着哭起来。

“怀疑是药剂过量。”老妈描述时，双颊浮出一阵桃红色光晕，她说，“玛雅，塞巴斯蒂安需要你。”她既害怕又难过，不过看得出来，她还有别的意图。老爸用他时有的怪异眼神打量着我。*我们的女儿很成熟*，他们心想，*她为自己负责任，塞巴斯蒂安和她之间是有些问题，但他爱她，她也了解，她必须帮助他，陪伴他度过这一切。*

他们知道我们已经吹了。但是在“这种情况”之下，这一点似乎被淡忘了。不管我们之间这种青少年式的斗嘴是出于什么原因，没有比我“挺身而出”更重要的事了。老爸和老妈很以我为傲。撇开一切不谈，他们为我所做的感到骄傲。

可是我既不成熟，又不勇敢。我先对塞巴斯蒂安不忠，然后因为自己“受不了”就离他而去。我抵着他的喉咙哭泣，因为我不知道自己到底想不想待在那里。我被吓住了。这是我第一次想到，他有可能轻易地死去。生与死，只有一次心跳的区别。我握住他的手腕，用手指按压绷带的力道远超过我的胆量，我必须感受到绷带下的血管。我这一生，没有比现在感到更害怕的时刻。塞巴斯蒂安差点儿就死了。

而这是我的错，我背弃了他。

“对不起。”我耳语着，嘴巴紧贴着他的颈动脉。我帮不了他，我没办法，要怎么做？对不起。该怎么告诉一个人，叫他别寻死。*当其他人都受不了你的时候，我还是会爱你的。我保证，我不会再让你孤独一人了。*

我还躺在床上时，塞巴斯蒂安开始讲述这件事。平安夜的前一天晚上，他在外面鬼混，丹尼斯随侍在旁。丹尼斯必须随时待命，不然还能怎样？然而救护车来接塞巴斯蒂安以前，丹尼斯就开溜了，塞巴斯蒂安躺在位于图书馆路的平价时装店 UO 外的人行道上。医生表示，来电者是使用没登记的预付式电话通知的。不过塞巴斯蒂安没有责怪丹尼斯。丹尼斯已经收到通知，可以在瑞典待到毕业，之后他就会被遣返。从看守所脱逃，要比从他住的寄养家庭脱逃难多了。现在，尤其是现在，他担不起被警方逮到的风险。

塞巴斯蒂安被怀疑服用过量的毒品，被送到急诊室。他老爸来到医院，在会客时间内探望了他，不过二十分钟后就走了。一天以后，也就是平安夜与圣诞节之间的夜里，医院职员发现塞巴斯蒂安倒在病房厕所里。

镜子被砸得稀烂，紧闭的厕所门缝底下还流出血来。他大量失血。在那之后，他就躺在了精神病房。为了避免在圣诞假期打搅我，他们一直在等适合给我打电话的时间点。

克莱斯已经和急诊部门的医生谈过。塞巴斯蒂安醒来时，护士们已经转告他这件事了。

“会不会是医生告诉爸爸不能来这里？”他问我，“我不能会客？医生有这么说过吗？”

他要我回答，不过我没有回答，因为他不想听这些答案。即使我什么都没说，他还是发起脾气来，说：“你不知道自己在讲什么！其实我老爸必须管好公司！我爸不能呆坐在医院里瞪着人看！”塞巴斯蒂安讲了很多次他老爸不能待在这里，我很清楚这一点。我继续保持沉默。因为我们两个都知道，这不是真话。

*换成是你哥的话，克莱斯就会留在这里了。*我这样想，却没这样讲。因为塞巴斯蒂安的哥哥从来都不会想自尽，卢卡斯没犯过什么错。

然而我却说：“克莱斯应该要留在这里，所有正常的爸爸都会这样做，为人父亲不该这样。”这下塞巴斯蒂安更生气了，但他没力气吼叫，反而哭起来。他只能呢喃着：“他不是普通爸爸。”那声音似乎要寻求我的赞同，之后就没再多说什么。而我也不想让他更难过。我们谈到了他的妈妈。

“他们找不到她。不是我要求他们找她的，我不觉得我爸会因为这种事情打电话找她。”

“为什么？”我竟敢这样问了，“他为什么不打给她？你们为什么从不见面？她为什么离开你们？”

这次，塞巴斯蒂安没生气。

“我不知道是不是她离开我们，”他只说，“我爸说是他把她轰出去的，但有时候我觉得是她离开他的，我不知道她是否想带我们走，或是一个人清静地走。但是卢卡斯不想搬家，而我也不想这样，老爸更永远不会让她……”

当他的声音恢复时，他便重新描述。

“卢卡斯昨天打电话来了，打了两次。他打给我说，如果是妈妈离开爸爸，她是没法见到我们的。他是不会允许这种事发生的，从不。我老爸禁不起这种羞辱，而妈妈……”我用卫生纸擦干他的鼻涕，对他耳语“继续说”，而他哭得更凶了。他哭完以后，哽咽了一下，说道：“我不像妈妈。老爸总是说我像她，但我恨她，我跟她不一样，她是个白痴。对于是不是她开溜，我才懒得管，肯定是这样的，因为她什么都承受不了。卢卡斯也这么说。她烂透了，没救了。”

那时，我就不再多说了。

他的爸妈都不在家。他那不敢顶撞克莱斯，认真又优秀的老哥卢卡斯也不在家。卢卡斯只敢趁克莱斯不在时，偷偷打电话过来。但是，我是亲自到医院来的。我也伤了塞巴斯蒂安，但我们已经不再讲这回事，我做了什么已经是细枝末节，不重要了。我耳语着：“原谅我。”他说道：“没关系，现在你能在这里，已经很不错了。”我亲吻他，他亲吻我，将他那只还健全的手伸到我毛衣底下，揽着我的头发，抱着我的脖子，再三地亲吻我。没了我，他活不下去，这是攸关生死的问题。

我真的相信吗？他有我才活得下去？是的。这是事实。当他被转到精神科急诊病房时，他的父兄正在瑞士策马特山滑雪。他爸爸就从那儿乘飞机到另一座城市出差，卢卡斯就直接回美国了。在我来到精神科急诊病房以前，唯一来探望他的人，就是克莱斯的秘书麦利斯，这听起来真是个笑话。你们也许会觉得我在瞎掰，但是我没瞎掰。最糟的不是克莱斯派自己的助理来，最糟的是，他完全知道这样做不对，但仍然这样做。

塞巴斯蒂安躺在病床上哭了很久。我躺在旁边，从他身上看到，他离死神有多么近。我从他身上看到，他想死。我心想只要我能和他待在一起，就能让他好转。我想让他用独特的未曾出现过的眼神盯着我，想让他感到迷惑，像是失去立足点一样，只能记住一件事情：他要我。这时我就会想到，这时我就会知道，该怎么做才能救一个人。那时一切就会好转。那时塞巴斯蒂安的精神就会好起来。

我想到萨米尔了吗？也许吧。但他并不想要我，我不适合他的人生，他也不想适应我的生活。萨米尔不需要我。

当我躺在塞巴斯蒂安的病床上，我们两人一起哭时，我想为他点燃这个世界，向他揭示他存在的意义，陪伴他，为了他而走向他。

无稽之谈！你们也许会这样想，但那是因为你们现在已经知道结果会怎样，所以才这样想。当时完全没人知道会怎样，也没人问我："你想这么做吗？你可以吗？"或是对我说："我们会帮你，你不必全部自己承担"。因为大家都知道，选项只有一个，那就是我。

没有人问过我想不想拯救塞巴斯蒂安，但每个人都因为失误谴责我。

我不知道当克莱斯·法格曼表示自己忙着滑雪、庆祝圣诞节，不能到精神科急诊室探视自己的亲生儿子时，医生说了什么。但我知道大众从来不对克莱斯·法格曼提出任何要求，包括医生在内。他们也许会在茶水间、在克莱斯听不到的地方谈论说："总该有人劝劝他。"但是他们自己从来不去做那个人，没有人想当坏人。一旦他们见到克莱斯·法格曼，理论上应该仗义执言的时候，之前重要的事情就被他们忘记了。*你是在干吗？你是他老爸！他老妈在哪里？*他们从来不问，完全不问。他们对克莱斯·法格曼是如此心悦诚服，以至于如果不确定是他会喜欢的事情，就从来不说。他们也很怕他会把对儿子的怒火和轻蔑转移到他们身上。

我躺在塞巴斯蒂安的床上抱着他，直到他哭完，直到他入睡，直到他又醒过来，我还躺在那里。

整个地球竟然没有一个人起身高声尖叫，让人听见：*有没有哪个死鬼能把塞巴斯蒂安那下三烂的父母抓来这里，强迫他们，用合乎他应该获得关爱的方式来爱他？*

当他哭到不能说话时，我亲吻了他，然后他回吻我。这样有些不太自在，我的嘴沾到了他的鼻涕，绷带还挡在中间，但就在那时，就在医院里，塞巴斯蒂安就是爱情的化身。他就是我所需要的一切，他与我同在，也没有要往别处去。我其实觉得，自己是能够造成某些改变的。我不笨，也知道自己改变不了这个世界，但我想到当他出院以后，只有两人独处，全身赤裸躺在他的双人床上，他在我肚子上玩画路线游戏，我吸入他呼出的气体时，会是什么情景。我们只要活在两人世界，不需要受任何人干扰，我们不需要他那恶心的老爸。我在塞巴斯蒂安的耳畔低语着："该去死的是他，不是你。"我是认真的吗？我当然是认真的。我恨克莱斯·法格曼。为了塞巴斯蒂安，我愿意牺牲一切。唯一的问题是，我对什么是"一切"一点儿概念都没有。直到更重要的事物出现以前，爱情都是最重要、最伟大的。

我搭直升机和专车来到医院，我到医院是天经地义的事情。我回到塞巴斯蒂安身边并留了下来。塞巴斯蒂安需要我，他孤立无援。他爱我。*我们何其幸运，能够拥有彼此。*

现在，时过境迁以后，我所怀念的，是我能感受到的那接近快乐的温和情绪的交集，是在外祖父家度过的圣诞节假期。遍地的白雪，我的脑海像是暴雨后的天气，我的情绪被稀释成恰到好处的混合物。

爱情？不，我可不怀念爱情。爱情不是最伟大的，也不是最纯净的。它只会是一种不纯净的液体，而不会是完美的混合物。你在品尝以前，必须先闻闻看。然而，它的危险在于：你仍然无法辨识出，它可能是有毒的。

夜间，女子看守所

开庭第二周：星期二清晨

32

即使是半夜时分天色最漆黑的时刻，一道微弱的光线还是直探进我的囚房。它来自外面的城市。城市里从来不曾陷入完全的黑暗，也不曾完全寂静过。我醒来时先仰躺了一会儿，让眼睛适应，然后就认出了周遭事物的轮廓。我那条被单下面的单薄的黄色毛毯随着我的呼吸上下起伏。我将手搭在床沿，感觉自己的指甲在柔软的松木上留下了印痕。这时，我孑然一身。

小时候，我有过一张松木床。我想要一张分成上下铺的床，妈妈就在宜家家居买了这张床。我从来不敢睡上铺，只是缩在床底下平直地仰躺着，在床柱上刻着要给后代子孙看的信息。有时我要阿曼达跟我一起来，当时我们也许还算是亲近的朋友。生活中还只有冰激凌、口香糖包装盒上的亮片刺青，还要比赛谁画的马儿脑袋比较好看。不过床下很挤，我们从来没在那里待很久过。

当我得到围着古斯塔夫三世风格帘幕的新床时，涂鸦的时代就过去了。直到莲娜需要睡在正常的床铺以前，我一直保有这张围着帘幕的床。之后她就获得了这张床，我则得到了新卧室以及双人床。

阿曼达刺上了真正的刺青，在手腕上刺了一朵百合。她戴着手表时，完全看不出手腕上有刺青。

塞巴斯蒂安从没在我家过过夜。倒不是老爸和老妈会反对，而是塞巴斯蒂安在自己专属的环境里感觉最自在，而我们家总是吵吵嚷嚷的。他想要安静。他出院返家以后，这一点就更重要了。*我想要安静。你难道就不能闭嘴吗？*

我在囚房里不需要开灯就可以上厕所。即使周遭一片昏暗，那道钢圈还是闪闪发亮。我就坐在上面，即使它表面坚硬、狭窄、使人感到不舒服，对我也已经不再是困扰了。上完以后，我知道冲水的按钮在哪里，无须再摸索。现在，我在这房间已经住了这么久，它已经陷进我体内，像滚烫炙热的铁条灼烧着我，像一道用墨汁刺成的灼痛的刺青，永远烙印在皮肤上。醒来后的那一秒钟，我不会好奇自己在哪里，清醒过来也不会思考为什么。

但是，我仍然做着梦。有时当阿曼达张嘴笑着挽住我的手臂拧我一下，表示我们是永远的好朋友的时候，我就可以跟她在一起。

她和我。我和塞巴斯蒂安。

一想到他，想到如果是塞巴斯蒂安那会是什么情景时，我的身体就有了反应。即使我的脑海抗议，也无关紧要。我的身体，甚至连我的皮肤都记得他。

在遇见塞巴斯蒂安以前，我只是个说“是”或“不是”的女孩，没有其他任何角色，但跟塞巴斯蒂安在一起后，我就变得像那些男生一样。即使我知道往后我会痛恨自己，但依然无所顾忌。我说：“加把劲啦！”我哀求着，“拜托”“再来一点儿”“再一次”“最后一次就好”。比起我多么想要他，我的身体记得更清楚的只有一件事，那就是当他消失时的感觉。

*

快轮到我讲话了。再几个小时就轮到我了。桑德会先引导我完成整段发言，随后检察官就会提问。

我从脑海中可以听见检察官会说些什么。你怎么能这样？你做了什么？你知道什么？你为什么不阻止他？*回答啊！*

“你不用说明塞巴斯蒂安为什么做了这些事情，”桑德说，“你越快意识到这一点，越快放掉它越好。这段故事中，你必须集中心思处理属于你自己的那部分。”

桑德认为我不用提到自己多么爱塞巴斯蒂安，那“跟事情无关”。当我谈到自己如何背弃塞巴斯蒂安时，他也无意倾听。谈到塞巴斯蒂安心情恶劣是我的错或者他需要我时，他总借着翻阅某份文件离开我一小段时间，或在口袋里找眼镜来躲掉这个议题。桑德不想听我们的故事。我们的爱情故事是不适当的。他认为这会让我看起来必须负起责任，要么就是脑子坏了。这是一体两面的。

这跟事情无关，你不需要讲这个。你把这种事留给自己就好。它在法律上没有什么关联性。

但是有些事情是桑德不理解的。桑德年轻的时候，国王新婚时不需要在皇宫前的台阶上亲吻西尔维娅皇后。国王不需要在晚宴上对着全国人民发表电视直播讲话：“西尔维娅，我爱你，西尔维娅……”老百姓、平民大众对“我们经历了水深火热，我们选了一条艰辛的道路，但爱情最伟大”的需求，不必借由演讲稿撰写人来满足。在桑德的时代，人们可以平静地处理这种事情。在桑德的时代，人们得自己保守秘密，否则会很难堪。但是，那样的时代已经过去了。我知道现在的要求是什么。原来我知道自己一直想要知道的，我原本就知道一切，要求就是详述关于我和塞巴斯蒂安之间那段肮脏、病态、毒药般致命情感的每一个小细节。这样才能了解，为什么我觉得他老爸该死，为什么我会射杀自己的男友以及自己最要好的朋友。

塞巴斯蒂安为什么会做出这种事情，或许轮不到我来解释。它*在法律上没有什么关联性*。但是我在场，他是我男友，我比那天在教室的其他任何人更了解他，我对他的所知，绝对比他亲生父母对他所知的还多。而我杀了他和阿曼达。如果我不说明……那要由谁来说明呢？

为什么？我也想知道。这个“为什么”是非常深奥的、广泛的。回答它需要绝对的开诚布公，而“绝对的开诚布公”的条件是：我必须比过去任何时刻更加留意自己所说的话。我一说出口，就会变成事实了。

在经历所有延误以后，这一天终于来临，轮到我说话了。时间还早，我却已经醒来。

在天色最昏暗时醒来是最难受的，而今天我就是在此种时刻醒来。我一睁开双眼，就知道自己绝对无法重新睡着。我感觉不太舒服。我在水槽前俯身，低着头，让水流着。看守所水龙头的水总是不冷也不热，我洗了一下脸，睡衣的领子浸湿了，我便将它脱去。随后我赤裸着身体站在房间中央，吸气、呼气、吸气，再呼气。我打着寒战，冒着汗。

针对今天将要发生的事，桑德已经教我做好准备，我们已经预演、预演、预演，再预演。不，这倒不是说桑德瞎掰了一个故事，要我将它背得滚瓜烂熟，而是他知道如果人们看出我开始脸红、冒汗、说话结巴，那么不管我说了什么、不管我有多诚实，就都没有意义了——整个法庭里，没有人会相信我的。

被告，那就是我。再过几个小时，就轮到我说话了，让我*发表*

*陈述*的时候到了。

桑德说过，我有“保持沉默的权利”。这意味着审判全程中我可以选择闭嘴。没人能逼我说话，没人能逼我回答问题。如果我想保持安静，我就可以保持安静。

塞巴斯蒂安在医院里说了话，但离开那里以后他就沉默了。我便让他保持沉默，没丢出一堆问题，更没要他回答。我了解他需要保持沉默。他的“好朋友”们竭尽全力，装得事不关己。他们之中没人到精神科病房来，然而当他回到家以后，他们想再继续演戏就比较困难了。丹尼斯是其中演技最好的，而拉伯的演技最差。圣诞节后，拉伯见到塞巴斯蒂安就开始哭，作势想拥抱塞巴斯蒂安。那时，阿曼达也试图依样画葫芦，效果糟透了。塞巴斯蒂安恨透了这一点。

我再次躺回床上时，感觉着凉了。我的柜子里有毛毯，但我颤抖得太厉害，几乎拿不到毛毯。我闭上眼睛时，眼皮下方感到一阵灼痛。我侧过身，试着用手臂抱住膝盖，在毛毯下呼吸。寒战一波未平一波又起，就像打嗝时一样，来得快，去得也快，我还没来得及适应这样的韵律。

当我讲完时，就再也没有退路了。但今夜，就在此地，充斥着各种版本的故事，和我的人生平行开展。我无法不想到它们。在一个版本的故事里，我从没亲吻过萨米尔，从没允许他挽着我的手，从没去过他居住的郊区，他从没对我产生过恨意，或为我让他产生的感觉感到羞耻。他不必对我感到有责任，也找到了除了塞巴斯蒂安以外，让他感到兴奋的目标。我从没爱上过萨米尔，不需要和塞巴斯蒂安分手，塞巴斯蒂安没有试图自尽，他在圣诞节后的状况没有恶化，那“最后一场派对”从没举办过，他老爸没生气，塞巴斯蒂安仍对老爸的父爱怀抱希望，他从没开第一枪，也从没开接下来的数枪。我没杀死阿曼达，没杀死塞巴斯蒂安，我们继续活着，有一个比较好的结局，比较好的开始，比较好的人生。

正是我和塞巴斯蒂安的分手，让他察觉到死亡是多么容易时，他才开启杀意的。我了解到这一点时，一切已经太迟了。

在另一个平行的宇宙里，我早在前一天晚上就射杀了塞巴斯蒂安——在派对后直接射杀。我不知道自己为什么这样做，以及怎么办到的，但其他人能因此继续活下去，所以这样还算比较好。在第三个版本中，前一天派对结束后，我没有回家，爸妈一大早打电话报警，他们发现了我的尸体。我已经溺毙，警方直接找上塞巴斯蒂安，逼他接受问话。这样他就不能在房子里行凶，也不能到学校里大开杀戒。

在第四个版本中，派对结束后，我并未离开塞巴斯蒂安的家回到自己的住处。即使他老爸直接劝阻我，我仍置之不理，强迫塞巴斯蒂安和我在一起。如果我留在那里，他就不会杀死自己的爸爸。这意味着大家都能活命，阿曼达也能活命。

所有的版本都有一个共同点：我仍然无法不想到他们，至少现在，还无法不想到。

“你必须告诉我们实情。”问话的烫发女警对我耳提面命的次数，多到我自己都数不清了。“就当作是为了阿曼达吧。”

人们总是以为自己知道死者想要什么。*阿曼达会希望你勇敢一点儿，阿曼达会希望你说出真相，阿曼达会理解的。*

这一切都是彻头彻尾的屁话，胡扯。阿曼达会希望我没有开枪射杀她。阿曼达不想死。我想，这是我们唯一能确定的。

真相是：自从我再度回到塞巴斯蒂安家以后，一切都是因为我无法制止而发生的。

我该描述关于塞巴斯蒂安，关于这个罪人的事吗？当然，有何不可？替他辩护可不是我的责任。现在，他就像我一样孤独。但是我不确定这样对我有帮助，甚至也不确定这特别重要。今天轮到我陈述了。然后，就轮到萨米尔了。

案号：B147/66

玛丽亚·诺贝里动物岛综合高中杀人案

开庭第二周：星期二

33

没错，萨米尔幸存了下来。塞巴斯蒂安朝他开了三枪，其中一枪的子弹留在腹部，另一枪陷入肩膀内，第三枪则贯穿了手臂。他不得不动了六次手术，他们将他的胰腺摘除了。我不确定这意味着什么，但传票上写着他终其一生必须接受药物治疗，左手臂的灵活度严重受影响，并将长期承受背痛。

但是，他复原的程度允许他继续就学。根据煎饼圆脸男的说法，他靠着法格曼家族企业集团的赔偿金，进入美国斯坦福大学深造。

萨米尔可不只是其中一名受害者、其中一名原告，他更是检察官的头号证人，是丑八怪丽娜能从教室现场取得证词的唯一证人。她以萨米尔的陈述为基础，建立对我的起诉内容。我当然知道他陈述了什么。对他的问话记录，收录于初步调查报告书中，而我已经读过。我读过问话记录无数次，对内容可谓滚瓜烂熟。萨米尔表示，我蓄意射杀阿曼达。我平心静气，拾起武器。对于我拎起武器，塞巴斯蒂安看来一点儿都不感到紧张。在我开枪以前，塞巴斯蒂安要求我："拜托，帮帮忙，现在就动手。我知道，你想做！"先是阿曼达，然后是塞巴斯蒂安。

*

我进入法庭就座时，厅内一片沉静。外祖母要是在世，准会说室内弥漫着某种期待。就连法官们的神色看起来也不一样了，就像第一天一样，他们全神贯注起来。萨米尔直到下周一，才会出庭作证，他必须在斯坦福大学处理一些事情，法庭核准了他的申请，但我则必须在今天陈词。就因为我即将发言，所有人才会莫名紧张。然而考量到我们大家都知道萨米尔会说什么，我不理解大家为什么会兴奋、紧张。不管我说了什么，他的陈述都不会凭空消失的。

桑德提过，必须“从萨米尔的处境来检视”他的证词。他的意思是，他能“从萨米尔的观察中指出疑点”。然而我知道，他们听完他的说辞后就会采信的。人们都信赖萨米尔。

桑德先提出关于我的问题。即使尽人皆知，他仍然问了我的年龄。他问我住在哪里，我没说“动物岛”，而是回答“我和爸妈以及五岁的小妹妹莲娜住在一起”。随后他要我描述在学校的状况，我说“相当好”。桑德指出，“非常好”。热身完毕后，就该开始谈“先前发生过的事情”了。

桑德曾经提过，他不想“集中探讨”萨米尔“对事情的理解”，但我被迫描述教室的状况。然而，我们先从塞巴斯蒂安自杀未遂开始谈起。我可以谈谈他在此之前的心情多么恶劣，以至于疯狂办派对。我感到这很棘手，于是我和萨米尔见面。当我提出分手时，塞巴斯蒂安说了什么，我们在医院里又谈了什么。

“你是否能够描述一下塞巴斯蒂安出院返家后的情况？”

跨年过后一星期，塞巴斯蒂安才获准返家，和开学日恰好同一天，但他又请了足足两星期的病假在家待着。一开始我以为情况有所好转，但并没有，可是我仍相信会好转。塞巴斯蒂安不再上夜店，不再邀请两百个人到家里开派对，不再预订到巴塞罗那、伦敦、纽约的周末旅游。他反而想和我在一起。即使是我该待在学校的时间里，他仍希望随时和我在一起。他也不再谈到我们该做什么、该上哪儿去、该怎样开派对。他反而希望我们能够单独相处。他老爸绝少在家，他希望我们就待在他家。我以为这是好兆头。他不再喝得烂醉，不再那样常发毒瘾。当他的朋友在我在场时打电话给他，他会直接拒听电话。如果我们要和他人互动，他也希望是在自己家里。如果有人登门拜访，他也常躲到别墅的其他地方去。有时就连我都找不到他，他就这样消失了。

很显然，他十分消沉。不过，在此同时，他刚出院返家，穿着睡衣到处转的那几个星期，他对我的爱意似乎是前所未有的浓厚。想必也是在那段时间，我爱他爱得最深，为什么？

在《哈利·波特》的尾声，对伏地魔的战争进行得如火如荼之际，赫敏和罗恩接吻了。他们接吻，是因为相信自己必死无疑。随后出于相同的原因，哈利和金妮也接起吻来。我相信塞巴斯蒂安特别爱我，是因为知道自己本来可能死掉的。我也曾相信他必死无疑，所以有着同样的感觉。现在，直到知道发生了什么事以后，我才想到也许他那时就已经知道，他不只是可能死去而已。他会死，或者他至少知道，如果决心寻死，死亡是非常容易的。

那种强烈的恋爱感觉，终究会消失的。

我们谈到克莱斯。桑德要我谈谈他说过的话，他做过以及没做过的事情。

“这对塞巴斯蒂安来说，很麻烦吗？

“塞巴斯蒂安对自己的父亲感到失望吗？

“你们谈过这件事吗？”

我描述着。我也描述了其他事情。谈到卢卡斯，谈到他妈妈，拉伯，那所有的派对。谈到丹尼斯，毒品，萨米尔。我什么都谈了。

“你是否能谈谈塞巴斯蒂安健康状况的变化？”

我也描述了这一点。

大约直到复活节连假期间，我才不得不向自己承认，情况完全没有改善，只是一路恶化。包括阿曼达在内的所有人，很早就已经看出了这一点。二月底，塞巴斯蒂安就不再要求自己独处，不再需要借由挂断手机通话或装病来逃避事情。由于没人想跟我们一起，我们只好自己待着。

和自己心爱的男人过着快乐美满的生活，白头偕老，只有在故事书里才能成真。“白头偕老”这个词其实是瞎掰的，充其量只是时间够长而已。爱情，不会使人得到永生。

对桑德来说，有两件事相当重要。其一，他要提出塞巴斯蒂安和他老爸有冲突，而我对这场冲突没有责任。我没说服他杀掉克莱斯，不管我说了什么、做了什么，塞巴斯蒂安总会开杀戒的。其二，他要指出，我和塞巴斯蒂安没有共同的报复计划，我们没有躲在克莱斯的别墅里密谋，决定该怎么进行大屠杀。桑德要让法院理解，我怀念我的朋友们，但不恨他们。病得越来越重、越来越易怒、越来越古怪的，是塞巴斯蒂安，而不是我。

我也向法院、新闻记者与在座其他所有人描述了这一点。我描述了他与日俱增的暴行。头一遭，即使我什么都没说，塞巴斯蒂安仍然尖叫“闭嘴。你要是不闭嘴，我就痛扁你”。我相信他会动手揍我或者做其他事情。

“你是否对塞巴斯蒂安感到恐惧？”桑德问道。首席法官身子微微前倾注视着我，等着我的回答。

但是第一次甚至第二次发生这种事情时，我那时对他还不感到恐惧。这真是难以描述。我找不到能让人们理解心理感受的词语。

“真的是这样吗？”桑德问道，“你不害怕？”

我没回答，泪水却止不住地落下来。我摇摇头，现在我什么话都说不出来了。我哭得太凶了。

“是的，”最后，我挤出这么一句，“这是真的。我并不为自己感到害怕。我也许感到害怕，但并不是因为他会对我怎样。”

“你这是什么意思？”

“我无法离开他。”

“你是否相信，一旦你离开他，他会再度试图自尽？”

我点点头。恐慌，在咽喉处剧烈撞击着。“嗯。”

“你为什么这么觉得？”

“他是这么说的，而这是真的。我知道这是真的。”

“而你不希望这样。”

“我当然不想这样。”

“玛雅，你是否和人谈过这件事？你是否说明过这件事非常严重？”

我再度点头。

“是的，”我说，“我谈过。”

我和塞巴斯蒂安

34

我们不知道克莱斯居然在家。但是，他确实在家。他和其他四个中老年人正在厨房里吃晚餐，其中一人站在电炉前面。我认得他，他常把披肩长发绑成一个可笑的结（也许，他想让自己看起来像个足球专家）。电视上有无数个烹饪节目，他是其中一个节目的座上宾。现在，他的头发脏污不已，披散开来。他站在塞巴斯蒂安的厨房里，一只手将一条鱼举到脖子的高度，另一只手抓着一把刀。这位电视大厨已经烂醉如泥了。

克莱斯正在吹嘘自己的丰功伟业：他在南非打猎时，狩猎队长命令他去取更多的弹药。大家至少听过这个故事二十次了，但是他们仍在时机恰当时高声大笑。

“坐下。”克莱斯突然插入这么一句才继续讲故事。我们就座。为什么？因为塞巴斯蒂安总会照着克莱斯说的做，而我总跟着塞巴斯蒂安做同样的动作。

“你去拿几个盘子来。”他转向离我最近的男子，一个五十岁左右的老头。我也认得他，他不是财政部长，不过也是部长级的人物，也许是产业部长吧。我以前见过他。他面带困惑地起身，转身走向橱柜。部长不知道餐盘放在哪里，并且他也已经烂醉了，所以他不得不用手遮住其中一只眼才能看清楚。他用肥嘟嘟的食指指着冰箱，问道："你们的餐盘放在哪里了？"这时我站起身来。

"我来。"我说。我想离开那里，不管克莱斯想要我们做什么，走为上策。

"你今天是哪根筋不对劲，塞巴斯蒂安？"克莱斯的故事说完了，"你看起来真是清醒啊。你有病吗？"

塞巴斯蒂安虚弱地笑了一下，为我们倒酒。他举杯一饮而尽，再倒满，举杯敬自己的老爸，然后又一饮而尽。

"我看哪，他会子承父业。"电视节目里的大厨说着，凑到我旁边来。他身子向前倾，把一盘点缀着莳萝香菜的马铃薯和一碗糖荚豌豆放在桌上。"他的品味也很高雅。"他追加一句，拧了我的下臂一下，才回去处理那条鱼。

"那你就错喽！"克莱斯说，捞起一勺子马铃薯，再将盘子传下去，"他妈的，他根本就不会'子承父业'。我几年前检查过这件事，他竟然是我的亲骨肉，真够怪的。但是，他百分之一百二十是延雪平小姐，甚至比正版的延雪平小姐还正。他让他妈妈看起来既聪明又稳重。"

克莱斯烂醉的朋友们哈哈大笑。也许他们笑得有点儿犹豫，但还是大笑着。没人会相信他是玩真的。电视节目里的大厨回来，抓来一张椅子，硬挤到我和塞巴斯蒂安中间。他坐得如此近，以至于我能感受到他的气味：一股混杂着鱼内脏的腥味、汗臭与浓厚的男用香水的气味。

"不过，说来听听啊，"克莱斯继续说下去，"塞巴斯蒂安，败坏家风的小害群之马，你好吗？"

“你在乎吗？”我喃喃自语，试图将椅子朝另外一边稍微挪动一下。我原以为没人会听到这句话，但克莱斯却从餐盘前抬起头来。他该不会想开始大笑吧？

“我在乎吗？”

电视大厨将手搭在我肩上。

“小妞，他只是在说笑。放轻松点儿，好好品尝美食吧。”他取来我的叉子，叉起一小块鱼肉，将它送到我的嘴边，“飞机来了……嘴巴张开，替老爸咬一口。”

克莱斯爆笑开来。过了一会儿，其他所有人再度笑得前仰后合。我张开嘴，不知道自己为什么这样做，但是电视大厨又发出飞机俯冲的嗡嗡声，将鱼肉猛塞进我嘴里。就在我吞咽的同时，他用他的餐巾擦干我的嘴角。我没再看见塞巴斯蒂安，但我听见他也在笑。他老爸在卖弄、搞笑时，他总能够硬挤出这种笑声。这让我觉得很不舒服。塞巴斯蒂安深陷其中，他摆脱不了这种霸凌，他永远摆脱不了的。他没发现这一切是多么病态、畸形吗？他当然发现了。克莱斯的行为有多恶心呢？当然是很恶心。克莱斯为什么毫无反应？他为什么不理解不能这样对待别人？为什么他可以无视其他人必须遵守的待人处世规则？克莱斯·法格曼想干吗就可以干吗，我们其他人只能“逆来顺受”。

大概就在电视大厨要喂我第三口时，我抓狂了。我双手抵住桌边，将他和他那把该死的叉子推开。

“小妞……”我挣脱时，电视大厨试图抗议，“你要多吃点儿，才会长壮壮。”

“嘴巴张大。”有人粗声大笑。我没听出是谁，也许是部长。我听见塞巴斯蒂安又在笑了，就像他老子一样。我迅速、用力地紧闭双眼，白点在视网膜上飞舞着。

我转身面向塞巴斯蒂安。“我现在就回家。”

他一声不吭，连看都不看我一眼。他总是选择向他老爸屈服，将我牺牲掉。

“真是个好主意，”克莱斯边说边将手伸向装着马铃薯的碗，装更多食物，“真他妈的好吃。”他继续说着，转向电视大厨。

我站起来，几步之后，站在克莱斯正前方。

“你真的觉得……”我勉强挤出话来，喉咙疼痛，声音微弱。再过几秒钟，我就会泣不成声。在那之前，我得赶快从这里开溜，但我必须把话讲完，“你觉得这样 OK 吗？你都不想做点儿什么吗？”我吞了一口口水，“塞巴斯蒂安精神状态糟透了，他没办法……你完全一副事不关己的样子，你都不想做点儿什么？”

克莱斯抬头望着我。他微笑着。

“做点儿什么？”他的声音冰冷刺骨，“玛雅，你说说看……你又希望我怎么做？你认为有什么是我该做却没做的？到底该怎么做，你倒说说看？”

我试着回头张望。我试图使目光保持平稳，但力不从心。他会不会说我们应该私下谈这件事，在男士之间的晚宴上讨论这种事不太妥当？不会。克莱斯一点儿都不感到可耻，他怎么会感到可耻？他从来就很无耻，没人能威胁他，全世界可以为证，没有他说不出、做不出的事情。他放下手中的餐具，向后仰去。其他所有人也已经不再吃东西。他们瞧着我。

“玛雅，我们在听。告诉我们，你在想什么。你说说看，我应该怎么做。”他转着手中的酒杯。金黄色的酒在杯中像波浪般地转着。他的另一只手安静地摆在餐盘边，手指微张，他那戴着图章戒指的左手小指敲击着桌面。

“没事。”我挤出这么一句，声音细如蚊蚋。我的喉咙犹如灼烧一般疼痛，我已经筋疲力尽。“你什么都不用做。”然后我转身离开那里。塞巴斯蒂安并没跟来。

*

我到家时，老爸和老妈正坐在客厅里看电视。我直接走进自己的房间，我不想让他们看出我哭过。进房后，我尽可能用力地关上门。也许我只是想让他们听见我回家了。即使周六总会在塞巴斯蒂安家里过夜，我仍要他们知道，这次没在他家过夜。三分钟后，老爸来敲门。我已经脱掉牛仔裤，窝进了被子里。我已经不再哭泣。

“你还好吗，小妹？”

我转身对着墙壁。

“那当然。”

“你想谈谈吗？”

“我想睡觉。”

他走到我床前，弯下腰来，将我垂落到脸颊的头发拨开。

“晚安，亲爱的。”

隔天早上，当我吃早餐时，妈妈坐到我正对面来。

“发生什么事了，玛雅？”

我耸耸肩。

“你们吵架啦？”

我又耸耸肩。片刻的沉默。

“他怎么样？”

“不好。”

“我们了解。你希望我们做点儿什么吗？”

是的，我希望。

“不用。”

“你确定吗？答应我们，如果有什么是我们能做的，就告诉我们，我们知道这并不容易，塞巴斯蒂安有些问题。我们和你的老师们谈过，他们也能理解。他们能理解，有时候你没办法去上课。不过，你的表现仍然很好，他们并不担心你。”

我吞了一下口水。

他们应该要为我担心的。我为自己担心得要命。

“玛雅，你很努力。他需要你，你必须陪伴他。在你的年纪，没几个人能承受这一点的。答应我们，如果有什么是我们能帮忙的，就告诉我们。好吗？”

“没事。你做不了什么的。”

老妈微笑了一下，这个微笑来得有点儿太快，嘴角也笑得有点儿开。她感到解脱，看见她不需要处理这种事情时，展现的无比逍遥、轻快，简直像喜剧一样逗趣。同时她也感到满意、自豪，对她来说，这真是个无比美妙的早晨，这是她最喜欢扮演的“母亲角色”。*倾听子女的心声*，打钩！*问问他们，你能做些什么*，打钩！*展现你的关爱*，打钩！

*做点儿什么？*能做什么？说啊！跟我解释啊！你总得告诉我，我才能做出什么贡献吧。这不是我的责任。*老天爷！塞巴斯蒂安可不是没爹没娘啊。*

我曾答应过要带莲娜去做体操。她推着自己的推车，我们一路上带着它，好让她在回程路上累了时可以坐。萨米尔在接近我们学校的公交车站上车。他见到我们时，面露犹豫之色。有那么一瞬间，他想直接走，但当莲娜打招呼时，他就坐在前面的座位上，转身望着我们。

“你好吗？”

"你周末还上学啊？"

他摇摇头。"我把数学作业本忘在柜子里了。"

"哇，那真是凄惨啊。"我说，"没有数学作业本，还要撑过一整个周末。"

萨米尔脸颊掠过一个酒窝。突然间，我又哭了起来。我对于哭泣已经感到厌倦，这对问题没有任何帮助。要是萨米尔没有露出微笑，我还能控制住。当他面露不爽、行为古怪、弃我如敝屣的时候，事情反而比较简单。我趁他不注意时擦干泪水，努力想回他一个微笑，却没成功。我望着车窗外，尽可能向后贴着椅背。我不希望被莲娜看见。

"你……"他试着开口。

见鬼去吧！我恨你。如果你不想要我，就不要用那种方式看我。

我用手背擦干泪水。

萨米尔，你真懦弱。要是你没有那么胆小，今天就是我们在一起了。

"你叫什么名字？"莲娜问。她已经从座位上爬起来，站起身仰着头。我紧张地一笑，抚平她的头发。

我不想再哭了。

萨米尔也笑了，屈身向前，靠近莲娜，两人脸的距离仅有一两厘米。

"萨米尔。"他耳语道。她陶醉不已，咯咯笑了起来。

莲娜可以当我们的挡箭牌。我们可以放任她讲一大堆她觉得很重要的事情。只要她讲话，我们就可以不用说出自己该说的话。

萨米尔，我已经没力气再生气了。对你也是一样。

莲娜一如往常，问了二十多个毫无意义的问题。萨米尔逐一回答。他不时地望着我。我有充分的时间将泪水强压下来。但是莲娜随后沉默了下来，坐回座位，抓起她带出门准备在公交车上翻阅的书本。她假装在看书，萨米尔皱起眉头。

我摇摇头，耸耸肩，避免与萨米尔有眼神接触。我比出所有能让谈话对象了解情况糟透了、一切烂到极点的动作和手势，但我不能说出口。这种事不能说出口。

我不想谈这件事。怎样？

他点点头。

“你不用为他负责任。”他先开口。

“不，”我说，“我其实得负责任。”

“玛雅，他有病，”萨米尔耳语道，“他在家里干这种事，而不是在学校或史图尔广场，并不表示他这样就是合法的。你不需要照顾他，这不是你的责任。”

萨米尔，这不是毒品的问题，那还不是最糟的。情况不一样了，他已经变成了另一个人。他身上出现了问题，晚上一直喊痛。他头很痛，直接高声叫喊。他体内有毒素，有时他连光线都受不了，就连很微弱的光线都受不了。我不知道该怎么办。帮助我吧。

我吞了一下口水，抚摩着莲娜的头发，俯身嗅闻她的后脑。她用老妈的洗发精洗过头。

萨米尔点点头。我想，他了解。他了解一切是多么恶劣，而这也是他没问我他能帮点儿什么忙的原因。他知道情况是多么糟糕，以至于他根本就不问他是否能帮我什么忙了。

不过，我没说什么。我什么也没说。

我和莲娜在摩比的前两站就下车了。我们走了最后一小段路，当作是体操前的练习。就在我帮她换衣服时，我收到一条短信。

“一切都会没事的。”萨米尔这样写着。

我应该回信，但我没回。我反而删了他的短信。他不懂的。绝对会出事情的。

我不想再和萨米尔有联系，因为他不想和我扯上关系。因为他是超级该死的懦夫，所以他不敢。

我本该这么回信：*不，绝对会出事的*。或者至少这样回信：*萨米尔·扎伊尔德，你是个大白痴*。但是，我没这样做。

也许正是因为如此，到了最后，一切演变成了大灾难。很明显，萨米尔曾经试图协助我，或许他感到良心不安，因此想要帮我。萨米尔是那种相信自己能帮上忙的人。我早该理解这一点的。

案号：B147/66

玛丽亚·诺贝里动物岛综合高中杀人案

开庭第二周：星期三至星期五

35

当我说完时，又轮到丽娜·派森发言了。因为萨米尔不能按时出现在法庭上，所以，总检察官丽娜·派森先传唤第一名用电话报案的人士。报案电话的录音也当庭播放。

陪审们入迷的双眼睁得斗大，我们一起听着那恐慌不已的声音。那声音尖叫着，表示发生枪击了。另一个沉稳的声音回答，并提出问题：你是从哪里打来的电话？你现在在哪里？你有没有通知学校的领导层？学校有没有采取人员疏散措施？背景中，我们也听见了疏散的声音：学生们边跑边哭着。我们也听见那原本沉稳的声音越来越紧绷。“我们在路上了。救援车辆已经出动，你听得见警报声吗？你能离开建筑物吗？”

从陪审们的神色能看得出来，这通求救电话，让他们身临其境。声音，真实的声音，恐慌，真真切切的恐慌。还有尖叫声。但对我来说，感觉正好完全相反，我们谈论的、听见的，都不是我的亲身经历。我根本不记得教室里曾经传出过这种声音。这通求救电话可能和任何人、任何事都有关，它甚至可能是捏造的。

“叫我丽娜”向那位报案求救的女性提出八个问题（我数过），她是个我过去从没见过的值班门房。被问到第四个问题时，她开始哭起来。不过她描述的东西了无新意，我都听过了。桑德没有提出问题。

然后，“叫我丽娜”传唤了最先进入刑案现场的三名警察。他们依序陈述自己所见到的，进入教室时是什么感觉，在教室里见到的一切，他们做了什么以及没做什么。其中两人哭了起来，或者更精确地说，其中一人哭了出来，另一人哽咽着，哽咽的人清了清喉咙、吞下泪水，才没哭出声来。我不认得那名从我手中抢下武器对我说话的男警员。不过，当他看着我时，面带疲惫之色。那表情更像是疲惫，而不是怒气或难过。他没哭。不过，坐在首席法官左边的那名陪审员倒是哭了出来，她甚至擤起鼻涕来。

桑德让他们看了一张教室平面简图，要他们确认，萨米尔和阿曼达是在图上所标示的位置被发现的。他们确认了这一点。

检察官还传唤了枪击案发生时，正在外面走廊上的两名学生。我不认识他们。但其中一人一看见我就开始剧烈颤抖，仿佛我是僵尸或杀人魔查尔斯·曼森，仿佛恐怖到一接近我，就会发起羊痫风。她开始漫谈我和塞巴斯蒂安的传闻“大家都知道他们在搞什么”时，首席法官打断了她。

“我认为，我们现在必须就事论事。”首席法官说。那个只想假装认识我，其实对我和塞巴斯蒂安的状况根本一无所知的女生，脸颊上浮现红晕。

桑德对每个学生各提了三个问题。你认识塞巴斯蒂安吗？你认识玛雅吗？教室的门是关上的吗？她们回答：不认识。不认识。是的。

拉伯借由视频通话接受传唤。他拒绝和我待在同一个房间里接受传唤，首席法官同意了他的要求。拉伯说，关于塞巴斯蒂安，“大家都很忧心”“大家都知道他有问题”，我和塞巴斯蒂安“已经不再像过去那样交往”。关于他们如何回避我们，只有想开派对、狂欢时才来找我们，他可是只字未提。他讲到最后的派对时开始哭起来。他解释，自己从学校赶来，“因为这似乎很重要”，而他在派对后，到阿曼达家里过夜。就在他准备说明自己隔天早上赖床、没去学校的时候，他哭得更凶了。大家根本听不清楚他在说什么。我真庆幸他不在法庭上。这样就省得见到他，我永远不需要再看到他。桑德没有对他提问。“谢谢。”当他讲完时，首席法官说。当“叫我丽娜”对着自己的麦克风喃喃自语说“谢谢”时，拉伯早就下线了。

随后“叫我丽娜”传唤了进行技术鉴定的技师们。他们说明哪样武器的扳机上有我的指纹，哪样武器只有在枪管上才有我的指纹。他们必须说明，根据调查，是哪一把武器先射杀了阿曼达再射杀了塞巴斯蒂安，以及由我击发这把武器的说法是出于什么样的事由被认为明确合理。桑德对技术检查人员的提问集中在射击角度、误差范围，以及我击发武器时所在的位置。他让检查人员看了他自己进行的调查报告书，让他们表达对报告书可信度的看法。假如我过去不知道他提出这些问题的原因，那我现在还是不确定自己是否知道。他想说明，有人（也就是我）在不熟悉武器的情况下，发生这么严重的误击（没击中塞巴斯蒂安，反而命中阿曼达），是不足为奇的。

桑德谈完技术鉴定人员对于我开枪时位置的看法以后，便开始谈到我置物柜里的手提袋。检察官曾经问过“是否能排除玛雅处理过手提袋的可能性”，技术鉴定人员的答案是“不行”。

现在轮到桑德了，他问道：“玛雅处理过手提袋，而能不在提袋内外留下任何指纹的可能性有多高？”

“这种可能性并不是特别高。”

然后，他就开始讨论那枚“炸弹”了。它在初步调查报告书中被称为“爆裂物”。检察官的罪行描述中提到“爆裂物”，认为这足以说明我和塞巴斯蒂安事先计划要“造成更大规模的杀伤”，“不能排除他们准备对学校进行恐怖攻击”。调查人员循线追踪，查到几名在克莱斯·法格曼家里执行过一些工程的建筑工人，他们和这枚“炸弹”有关。他们提到，由于缺少引爆装置，那只是一枚炸弹的半成品而已。初步调查报告书中提到，建筑工人准备以爆破手段，清除法格曼家族海景小屋用地上的一片石块时，塞巴斯蒂安很可能偷了这些装置。工人们也可能忘了带走这些装置，塞巴斯蒂安发现它们时，就将它们保留起来自己使用。不管怎样，建筑工人没有针对这些被窃的装置向警方报案，他们也从不想承认自己丢三落四。

检察官意指，这枚“炸弹”显示我和塞巴斯蒂安长时间策划这起攻击，但桑德对此则有不同的理解。他提出的其中一项异议是，克莱斯的海景小屋兴建时，我和塞巴斯蒂安都还没在一起。桑德也希望技术鉴定人员能够承认，放在我置物柜里的物品从未构成任何危险。至少就它当时放在置物柜里的状态是无法引爆的。因此桑德认为，讨论炸弹是缺少意义的，而这项物品甚至还不能被定义为炸弹，他也质疑讨论“炸弹”的目的何在。

检察官表示，塞巴斯蒂安并未了解炸弹是没有作用的。她表示炸弹有没有实际效果，从“动机论”来看根本“无关紧要”。桑德和她针对这点吵了好一会儿，直到首席法官打断他们，表示我们“可以先行搁置塞巴斯蒂安对该物品功能性了解程度的争议”。他认为，塞巴斯蒂安是否蠢到相信“炸弹”能用是无关紧要的。

桑德对技术鉴定人员大量提问，技术鉴定人员则报以长篇大论。我连其中一半内容都听不懂。但当首席法官问桑德，考量到“起诉只针对已经完成的罪行”，他到底想借这些问题证明什么样的论点时，桑德就不爽了。

“整件刑案调查报告，是根据‘我的委托人有意炸平自己学校’的错误理解进行的。考量到这一点，我认为一方面证明我的当事人和手提袋及其内装物品无关，另一方面证明手提袋内的物品对周遭并不构成任何危险，是非常重要的。”

之后，法官就让他继续提问。但我还是觉得桑德这样做是不智之举：从头到尾，法官都面带怒容。他深呼吸的声音清晰可闻，有一次甚至瞄了自己的手表，而他以前可从没这样做过。

他们谈完炸弹以后，桑德提到“缺乏能够证明我的当事人和手提袋、武器保险柜以及其他在犯案现场发现的与武器相关的证据”。

“玛雅装填手提袋的可能性有多高？打开武器保险柜以及处理其他武器的可能性又有多高？”

“不能排除这样的可能性。”

桑德皱起眉头。

“除了装有武器的手提袋提把以外，各位有没有在其他任何地方找到她的指纹？拉链上？提袋里面？各位有没有在武器柜找到她的指纹？其他武器上有没有？”

“没有。没有。没有。没有。没有。”

在那之后，桑德就不再问了，然而他的眉头仍然紧蹙着。检察官脸上带着怒容。

我并不觉得这一段审判过程的进展对我们有利。

法医来说明验尸调查报告。受害者的年龄（丹尼斯估计在十五到二十岁），确定的死亡时刻（丹尼斯、阿曼达、克利斯特在教室里就已宣告不治，塞巴斯蒂安死在救护车开往医院的路上），以及他们是怎么死的（不能只说他们遭到射杀，法医被迫描述子弹造成的确切伤害，以及如何决定哪一处伤口是致命伤，哪一处不是致命伤）。

专业证人发言时，我目不转睛地打量着他们的脸孔。我想看看他们讲话的方式：在鼻尖抓痒，咬紧下唇，拢一拢额前的刘海儿。他们是否能为我提供线索，解决一个无解的谜语。

这一招并不灵光。我只想呕吐。

阿曼达的妈妈准备受传唤时，我曾经向桑德要求回避这一段。然而他拒绝了。阿曼达的妈妈曾经提交过一份陈情书，要求让我坐在隔壁的演讲厅，用视讯屏幕同步收看她的传唤过程。然而首席法官驳回了这项申请。即使我告诉桑德，我觉得这样做会比较好，他同样反对。

阿曼达的妈妈不得不坐在离我不远的位置，大约在斜侧面。我从侧面望见她，她已经失去一切光彩，头发也掉了一半，原本苗条的身材，现在已是骨瘦如柴，我完全认不出她来。检察官放任她大谈阿曼达的事：她是谁，她喜欢做什么，高中毕业以后本来有什么打算。法官没有告诉她：不要离题，就事论事。

阿曼达死时，她妈妈并不在场，因此她不需要谈到这一点。不过，她谈到我和阿曼达在整个春季渐行渐远，她感到事有蹊跷。她和阿曼达谈过这件事情，阿曼达则对她说，我和塞巴斯蒂安只想在两人世界里清静。阿曼达的妈妈很担忧——她为我担忧，为塞巴斯蒂安担忧，但可从没为阿曼达担忧过。

轮到桑德提问时，我还以为完事了。我对他的策略只知道的一点就是，如果他不确定答案，就不会提出问题。我认为他会希望阿曼达的妈妈赶快讲完，越快越好。理所当然。

然而当我听见他的话时，我真想抓住他的手臂，逼他把这个问题吞回去。我想说，*你没看见她看我的眼神吗？你都没看出她有多厌恶我吗？她多么希望死掉的是我，而不是她的阿曼达*。我从没见过一个人对我的恨意如此深厚。*你都没发现吗？*

“你认为玛雅会蓄意伤害阿曼达吗？”桑德问道。他的声音单调，不带一丝情感。

阿曼达的妈妈哭了好一会儿才回答。然后她转过头，直接瞪视着我。

“不，”她说，“玛雅绝对不会这么做。玛雅是喜欢阿曼达的。”

女子看守所

开庭第二周：周末

36

我抗拒着。整个周末，我一直待在自己的囚室里。他们无法使我出去“散步”；或说服我穿上训练服，双脚不断地踩着那台坏掉的运动自行车；或是同意“找人谈谈”。一想到看一个汗流不止、就读心理学系最后一年的周末代班职员坐下来，翻阅自己的笔记而不提出任何问题（因为清单上没有包括任何问题，只注明“须多加注意”），我就快呕吐了。

她的睡眠质量是否恶劣？她是否显露出紧张的迹象？焦虑？突发的情绪变化？是否口吐白沫？

我窝在自己床上，*显露了情绪变化的迹象*。如果他们真想在我回到法院以前让我外出走动，就得将紧身衣硬套在我身上，才能把我从这里弄出去。不过，我才不买账。

阿曼达的葬礼在某个周六下午三点举行，那是我杀死她以后五周的事了。弥撒与讲道仪式就在动物岛区礼拜堂举行。

我和阿曼达是在八年级与九年级之间的夏天，在动物岛区礼拜堂受坚信礼的。我们戴着一样的白色风帽，身穿相似的白衣。她的衣服是科洛·莫瑞兹[1]的样式，我的则是出于设计师史黛拉·麦卡尼之手。她的衣服是新买的，老妈则是在卡拉广场上的一家二手店帮我找到这件洋装的。但是，它们的外观看起来几乎一样。喇叭形展开的裙子，恰到好处的领口，闪亮的棉质布料，有着细长链子的白金十字链悬挂在颈边。就在当天早晨，我们已经收到爸妈给的礼物，各自都是手表，同样的品牌，只是款式不一样。对此，我们哈哈大笑。我们的爸妈是何其相似，所做的事情又一样荒谬，同时又不需要事先和彼此沟通。但是我们的主要笑点还是：我和阿曼达是如此相像，简直可以当姐妹了。我们去接阿曼达，老爸在坚信礼开始前一小时将我们留在教堂时，就是这么说的。

你们简直可以当姐妹了。

当然了，坚信礼不是什么质询，我们也不紧张。在营队活动期间，流传着一种谣言：我们得认真学习，在教堂会被问到一个问题，如果没答对，就会通不过坚信礼。但事后营队里所有人都通过了坚信礼。我们准备了从《圣经》里摘录的短剧，说明了我们要演什么角色。其他人自我介绍时，我们差点忍不住笑出来，因为他们简直像在呻吟。“大家好，我叫雅各，我将扮演庶民百姓。”“大家好，我叫爱丽丝，我将扮演耶稣。”

有些人选择在教堂里朗诵一段《圣经》的章节。阿曼达要“即席”描述“一件她所学到的大事”，她就朗读自己写过的关于“诚实为做人之本”的内容。牧师之前刚读过这段文本，做了一点儿更正，而没有承认他很想决定她得说些什么。

---

[1] 科洛·莫瑞兹（Chloë. Grace Moretz），以童星身份出道的美国电影演员。

看守所里，也有一位脸上留有粉刺疤痕的驻监牧师，他的橡胶鞋底足足有两英寸厚。我也无心见他。这一整天我只想躺在自己床上，等着吃早餐、午餐，最后则是晚餐、睡觉。第二天，同样的事再做一次。下周，就是最后一周了。

苏丝来祝我“周末愉快”的时候说：“之后就完事了。”

是啊，当然。

血，是洗不掉的。我在戏院和老妈看了那无聊得要死的《麦克白》。不管怎么刮、怎么刷，血就是洗不掉。要是刮得太用力，皮肤上就会出孔，又流出新的血来。一切永远没完没了。阿曼达的妈妈永远不会宽恕我。我永远不会宽恕自己。

你们各位呢？你们觉得怎么样？我知道你们做过什么，以及你们现在仍然在做什么。你们耗费时间，试图让我符合你们认为的我应有的形象。你们拒绝承认我不符合任何类型——无论是正面还是负面。我不是学生会里的野心家，不是什么勇敢的强暴案受害者，不是典型的大屠杀凶手，不够聪明，不是什么貌美的时尚达人，不会踩着高跟鞋去拦下小黄出租车。我没刺青，也没留下什么摄影记录。我不是谁的女朋友，不是谁最要好的朋友，也不是谁的女儿。我就是玛雅。

你们永远不会宽恕我的。

我敢断定，你们就是那种经过街上乞丐时，会想到“我也可能会落到这步田地”而有些湿了眼眶的人，你们都很有同情心，是天性善良的人。你们心想：*任何人都可能会生病，都会一不小心陷入经济困境，被炒鱿鱼，被房东撵出去，还有，我也可能会落到这步田地*。穿着刚拉完屎的长裤，低垂着头，等着一些零钱，到麦当劳去买一杯咖啡。你们想要展现同情心，*因为好人理应如此*，但实际上你们只是在假装。你们从来就不相信会轮到你们。另外，极度的自我中心在于，只有深切地相信自己与他人休戚与共，才能感受到同情心。同情心，恰好相反。它的精神在于：觉得一个身上散发出粪便味、和自己的生活一点儿都不相关的恶心不堪的人，不该以这种方式生活，不管他做了什么，都不该睡在一张散发出尿臊味的床垫上。如果你们各位真有同情心，就应该理解，这就是我的情况。

萨米尔说我希望阿曼达死。我蓄意射杀她。从他第一次接受问话就这么说，他清楚地看见我瞄准、射击阿曼达。他说，他觉得我放任自己被塞巴斯蒂安说服，我的世界里没有人比塞巴斯蒂安更重要，我对塞巴斯蒂安唯命是从，我为塞巴斯蒂安牺牲了自己的人生。我杀了阿曼达和塞巴斯蒂安，只因为塞巴斯蒂安对我说我得这样做。

在这一切发生以前，我问萨米尔："'你们'是谁？"他回答："你不懂的。"

我相信你们会站在萨米尔那边，是因为你们比较喜欢他，而不是我。你们觉得这样做会让你们变成更善良的人。萨米尔的命运使各位印象深刻，你们认同他。我只是一头有钱的小乳猪而已。

我在上午十一点吞了一片安眠药，午餐送来时我还在睡。但是他们让我继续睡。到目前为止，他们都让我保持个人的清静。当然了，他们还是三不五时地来察看我，但频率没那么高，不足以充分显示他们提高了对我的戒备。

他们知道，我听了阿曼达妈妈的陈词而"太深受打击"。他们知道"需要"让我一个人清静，但由于我是个危险人物，他们还是得"提防我"。由于我"处于高度压力之下"，这样的危险性还是针对我自己的。

然而，午餐餐盘上摆了整套的塑料免洗餐具。要是我有余力，还是可以试着把刀叉插进喉咙的。

其中一名警卫带着晚报来到这里，将它们放在桌上就又出去了。

针对晚报，他没特别多说什么，这应该意味着，晚报里没有我的新闻。要不然，他们通常会事先告诉我。

“你想看吗？”他们指着标题（总是头版的标题）问。大多数情况下，我都会想看。如果我不想，他们就把报纸拿走，但今天他们什么都没说。我仍然让报纸放在原地。即使那名警卫没说什么，报纸上还是可能刊出关于阿曼达的老妈、塞巴斯蒂安的老妈或另外某个该死老妈的新闻。我现在受不了的、没心情看的，正是这种狗屎蛋。

总检察官丽娜·派森传唤法医的同时，也在屏幕上出示了阿曼达的验尸报告书。她高声朗读报告书内容，读出我射出的子弹命中阿曼达身上的哪些部位，以及子弹对她身体造成的伤害。她在教室平面图上展示阿曼达陈尸的位置，以及警方攻坚时我所坐的位置，她甚至将这件武器拖进了法庭。它被放在一个用胶带层层封住的塑料袋里。那五颗子弹则分装在另外两个超级小的塑料袋里。其中一袋装着击毙阿曼达的子弹，另一袋装着射杀塞巴斯蒂安的子弹。她把这些全带来了。我安静地默数到五，一、二、三……好漫长的时间，真恐怖……四、五……我怎么可能开了这么多枪？

她可没把阿曼达的尸体一并带来，她早已入土为安了。

阿曼达下葬的那一天，我依旧窝在自己的房间里。没人侦讯我，那一整个周末，他们也让我一个人清静。我不认为他们理解我的处境。我并不认为他们了解我知道那是阿曼达下葬的日子，这日子对我来说“很痛苦”。也许那天的安排只是偶然的、随机的。他们也只有在一开始时才天天对我问话，之后情势就缓和了下来。他们知道我会在哪里，也知道我不会消失不见。所以如果他们能避免周末到这里工作，当然是能省则省。

我觉得那些来来去去的警卫，在用格外奇怪的眼神看着我。他们也许知道那是阿曼达下葬的日子。所有的报纸或许都在报道这件事，也许成了头条新闻，也许上了瑞典国家电视台的《实时快讯》和《新闻桥》节目。但那时我还没获准读报，他们也没对我说什么，只是睁大眼望着我。

然而，我知道是哪一天。桑德告诉过我，我可没忘。

阿曼达葬礼当天，我一整天都坐在自己房间里的地板上。吃完午餐，我按了四次电铃，想问警卫当时是几点钟。当他们告诉我是下午两点半时，我开始在心中默数。一分钟，两分钟，要整整数三十次。当我几乎确定时间是下午三点时，我就放起事先准备好的音乐。老妈之前把我的旧 iPod 寄给了我。因为警方要确保这个 iPod 连接不上网络，还事先将里面的所有歌曲听过一遍，以确保——我其实也不知道他们到底想确保什么，所以整整两周后，我才收到 iPod。但我猜他们是想确定，在老妈无聊至极、“牙齿之间有洞、声音沙哑”的女高音声乐，和老爸一路听到中年“我好想有一把电吉他”、像是发了点毒瘾的音乐之间，没有偷藏什么秘密信息。他们要先确定里面没藏什么会让我痛下决心自我了断的内容。他们检查完，我就收到了 iPod。就在阿曼达在我们穿得像姐妹、接受坚信礼的那间礼拜堂下葬的同时，我在自己的囚房听着音乐。

除了我录的音乐以外，老妈还顺利下载了三个我最常听的 Spotify 清单。警方从这些清单中删除了三首人畜无害的歌曲，但保留了另外两首。这证明，假如真有人逐一听过所有歌曲，确保我不会听到让自己更想自杀的音乐，那个人一定是头脑坏掉了。但是，我没抱怨。能留下来的，都是让人特别心痛的歌曲。

在我认为时间已是下午三点时，我就躺在囚房的地板上。那里空间狭窄，我必须斜躺着，将双脚塞到床下。我想起礼拜堂里的情景：里面挤满了人，所有人都到了。他们就像接受坚信礼的阿曼达和我一样，身穿白色衣服，胸口插着花。阿曼达的两名手足和她的双亲，在入口处招呼大家。他们已经哭到没有眼泪了。现在，他们看起来既疲倦又困惑。阿曼达的妹妹依莉欧诺拉看来更是如此，阿曼达的兄弟很生气。教堂容不下所有人，没受到特别邀请的人必须站在外面，他们沿着车道的入口处而站，胸前插着花。那些和阿曼达还不够熟、挤不进教堂里的人，脸上还残留着泪珠。电视摄影镜头挪动时，他们哭着、互相拥抱着。教堂的门关上时，那些哭得最凶、抱得最久的人，满心希望挤上镜头，这样才能在新闻上看见自己有多么难过。

老爸、老妈和莲娜绝不可能去阿曼达的葬礼，他们绝对不可能寄吊唁卡片或鲜花。它们会被扔掉、烧掉，被当成是种讪笑。

但我还是能感到莲娜拽着老妈的手，问道："妈咪，我能去吗？我想给阿曼达献花。"老妈回答："不，亲爱的，你不能去。"尽管这只是我的想象，我还是能切身感受到这一切。我也能听见老妈永远不会告诉莲娜的话：他们不想在那儿看到你。

身体的记忆方式是很奇怪的。我记得小时候和爸爸相拥的感觉，我的鼻尖顶在他坚硬的髋骨上，我如何抱住他的腿。我记得他弯下腰将我举起、拥抱我的感觉。我记得他的双手触及我腰部时的感觉。但我却不记得那是什么时候的事。我不记得第一次和最后一次是什么时候，不记得是哪个具体的时间。我记得不够清楚，因此无法止住心痛的感觉。

莲娜是否知道阿曼达已经死了？她是否曾经问过：“拜托，拜托啦，我可以跟阿曼达说再见吗？”一想到这一幕，我的身体就作痛不已。身体是否能记住从未发生过的事情？或者这意味着，她其实问过这个问题？

我在自己和阿曼达的坚信礼上，朗诵了一段《圣经》经文。这是我自己选的。我和阿曼达在营队那难受的床垫上躺了一整晚，想找到一段有趣的经文。牧师提了几个建议：《路加福音》《约翰福音》《诗篇》和《传道书》。《诗篇》中有一小段，写到上帝“打了我一切仇敌的腮骨”，敲碎了恶人的牙齿等，我和阿曼达笑得很开心。对于绝大部分文本，我们都笑得前俯后仰。这和文本的语言、牧师的神情以及阿曼达的姿势有关。要认真看待这些文本，简直是不可能的。当牧师想讨论耶稣为门徒洗脚（“我尚且替你们洗脚，你们也应该为彼此洗脚！”）时，情况就更荒谬了。我一看见阿曼达那面露恶心的表情就咯咯笑，笑到全身抽搐。

我的囚房里也摆着一本《圣经》。到了第二周或第三周，有人（想必是苏丝）问我，想不想见驻监牧师。我说好。答应总是比拒绝容易。为了消磨时间，让他们领着我穿越走廊，依照警卫的手势，穿过一道又一道门，在已拉开的椅子上坐定，就近取水杯喝水。

这位驻监牧师给了我一册《圣经》，我将它带回自己的囚室。当我躺在地板上，想到阿曼达的葬礼时，我就把《圣经》从架上取下翻阅。我和阿曼达曾读到关于一名“身怀罪恶，犹如怀着身孕”男子的故事。他满身的罪恶，竟如怀孕一般。邪恶就在他体内增长着、膨胀着，直到他将所有的罪恶都“生出”为止。我们也为此笑得乐不可支。然后，我们读到一堆“哈利路亚”，许多诗篇。阿曼达在床上起身，一只手拿着《圣经》，另一只手放在胸前，我笑到几乎要晕厥了。那名身怀罪恶的男子，跌进*属于自己的坑洞里*，他就是自己所有罪恶的受害者——而不是别人。我们坚信礼上的牧师认为上帝是公正的、良善的，他所读到的故事里，恶人死去，堕入地狱。而我则很好奇，阿曼达的葬礼上，牧师关于那位公正无私、深爱孩子的上帝，到底说了些什么。

罪恶，是毫无公平、正义可言的。现实中没人会跌进自己为自己所挖的坑洞里。

不到四十八小时，下周一就轮到萨米尔陈词了。

我从来没法长时间想着阿曼达。自从我躺在地板上，努力想象她葬礼上的场景以来，我就无力再想到坚信礼的情景。自从那一天起，我也无力再花心思多想阿曼达的葬礼。

窗外，天气相当好。也许我还是应该要求他们放我出去透透气。我可以躺在像奶油蛋糕一样的水泥块上吸烟。上周末曾经下过雪，当我出去放风时，户外满是积雪，一片洁白，显得轻蔑不已，却又满怀希望。隔天，白雪就化为湿滑水泥般暗灰的泥泞，风尖锐而刺骨，像要将玻璃迎面击碎似的。但当时在户外呼吸还比较容易——至少比在囚房里容易一点儿。

我还保留着为阿曼达葬礼制作的曲目表。我们曾经随着这些歌曲翩翩起舞。那是我们同声欢唱（音调是如此高，我们简直唱到失声）的歌曲，我们对歌词非常熟悉。这些音乐一播出，我们就冲进舞池，两个人像疯子一样跳舞。*爱玩的派对女孩不会受伤，麻痹自己感受不到任何情感，我要什么时候才能学会，我压抑，再压抑。*教堂里是永远不会播这种歌曲的。

坚信礼上，我高声朗读耶稣逃到教堂里、“与自己的父”同在，以及他的双亲不知他的去向而担忧不已的章节。

朗读完毕时，我不得不针对青少年有时必须清静独处的重要性发表一些见解（牧师“协助我”，整理出“我自己的看法”）。而教堂，就可以是这样一个去处。

假如他们现在要求我说些什么，我就会朗读关于虚无的段落。这是唯一的真理。*一切都是虚无的*。像是试图捕捉风与影，永远徒劳无功。牧师说我该读一些会让我觉得和我自己以及与我的生活有关的东西。我早该读这个的。关于“年轻真好”的说法，我也早该置之不理的。那全是屁话。

不管怎样，我还是按下电铃。我会要求他们让我出去放风。我要带着自己的 iPod 出去，边听着属于我们的歌，边抽烟，抽到感觉不舒服为止。

事发的前一天晚上，距离凶杀案发生仅有数小时，塞巴斯蒂安的老爸将除了我以外的所有人通通赶了出去。阿曼达亲吻了自己的指尖，在跨出门外将要下台阶之际，朝我挥了挥手。

我假装用手掌捕捉她抛来的飞吻，将她的吻抱在胸口。戏剧性，可笑，荒谬，和舞台剧如出一辙——就像阿曼达一样。

这是我们倒数第二次直视彼此的双眼。我们周遭已经陷入一片混乱，塞巴斯蒂安疯了，克莱斯、萨米尔、丹尼斯以及其他所有人全都疯了。阿曼达向我抛来一个飞吻，告诉我：*玛雅，没事的，一切都会好转的*。我也跟着演戏，而不戳破一个事实：我俩都心知肚明，她错了。她可是大错特错，一切都不会好转的。

阿曼达试图抚慰我。我对她撒谎。我想，这只是对她好罢了。阿曼达对我总是很好、很宽容。她对所有人都很好。大家都低看塞巴斯蒂安，瞧不起他，她还是相当宽容地对待他。

总是如此。

*但是，*等等，你们现在有了疑惑。

你已经提到过自己有多么讨厌阿曼达。你对丹尼斯厌恶至极。你已经承认，自己痛恨克莱斯·法格曼。

*而且，*你们还对彼此说悄悄话，*你跟其他人不一样，你被关在这间囚室是有原因的。*这是因为你们不愿想到，*我可能会落到这步田地。*你们希望我头脑坏掉、想错了。你们希望能确保我和你们没有共通点。你们可不会到处走动、设身处地为我着想，从来不会做我所做过的事、说我说过的话，老天哪！你们认为发生在我身上的事情永远不会发生在你们身上。因为我活该如此，我一头栽进属于自己的坑洞。我被塞巴斯蒂安迷惑，我缺乏同情心，娇生惯养，脱离现实，也许我搞不好还有毒瘾呢。我们难道不能假装是这样吗？

你们没有鬼迷心窍，你们没嗑药，你们会报警，你们不是我。

为什么塞巴斯蒂安会看上我？总有原因吧？为什么他会在那天晚上走进旅馆找我？他怎么会一路追踪我，追到尼斯来？他为什么留下来？当我和他分手时，他为什么试图自尽？

有人曾经说过：巧合，就是上帝保持匿名的方式。一切有意义的事物，都是中大乐透的结果。这将决定你出身赤贫或权贵之家，是女性还是人妖，会是一鸣惊人的艺术家，还是两千五百万克朗大乐透的得主。一切都是巧合。突然间，事情就发生了。事情就是这样，如果好运会从古怪的后门翩然而至拜访我们，那罪恶也是一样的。

我会说：巧合，证明上帝是不存在的。极其悲惨的事件可以是经过策划或祖传的，然而它也可能是因为巧合。这是司空见惯，稀松平常的事。

邪恶，是没有意义的。邪恶的定义就是如此。然而某件事物导致疼痛，并不意味着疼痛的原因就是邪恶。

我做过的事情使许多人心痛，甚至痛彻心扉。我并不了解克莱斯、克利斯特、丹尼斯、阿曼达和塞巴斯蒂安的死亡，或者我的存活有什么意义。我试图拯救塞巴斯蒂安，却反而帮助他进行杀戮，也帮助他求死。我不懂，也没有什么好懂的。但是，我并不是邪恶的。或许我也并不善良，然而各位已经缺乏同情心，所以拒绝了解这一点。

警卫进来时，我从桌上拾起晚报，请他把晚报拿出去。我不想读。我希望他删除所有关于为青少年提供更优质的心理医疗、校园枪械管制、监视器和扫毒措施的文章。我说，我想外出休息、放风。“我去看看作息表。”他边说边走了出去。他很恼火，却不能拒绝，他是不能拒绝的。要是拒绝，菲迪南就会请国际特赦组织关照他。

随后，我在自己囚室的床上缩成一团，盖上那条恶心的黄色毛毯，转向墙壁哭了起来。这是第一千次了。

我知道，击毙阿曼达的那几枪是我开的。但我只想活命，我想制止塞巴斯蒂安，我希望能阻止他，因此我才朝他开枪。我杀了塞巴斯蒂安，这是真的，我杀了他，这是重点，不然我还能怎么办呢？我只能奢望：第一次射击时就击毙他，我只能奢望自己没击中阿曼达，这是我一辈子以来最希望的事。但是我在那之前，从来没有用过那种枪械。我以前曾经射过几次泥质飞靶，但这种枪械射速慢，也有重量，可以轻易握在手中。这太容易了，我几乎什么事都不用做。我只管拾起武器，当手指拉住那玩意儿时，我以为是要开保险，我不知道自己在想什么，就按了下去。根据初步调查记录，我扣了五次。第一枪、第二枪都没击毙塞巴斯蒂安，但随后我就射杀了他。在那之前，我已经击毙了阿曼达。这样一来，我是谁、我给人的印象如何、发生的事情以及一切是非原因，还有什么重要性呢？重点是我所做的事情，这是唯一重要的。我杀了阿曼达。

阿曼达再也无法翩翩起舞，无法歌唱，无法听那些她从不喜欢但大家“应该会”喜欢的音乐了。

阿曼达抛出飞吻给我，让我接住它，我好喜爱这一幕。她肤浅，可笑，与现实脱节，自我。我爱阿曼达，我当然爱她。她是我最要好的朋友，我永远不会伤害她。*永不，永不，永不*。然而，我还是伤害她了。

塞巴斯蒂安

37

我不知道关于最后那几个星期该说些什么。日子一天天过去，塞巴斯蒂安的情绪越来越糟。因为他不再要求我随时陪伴在旁，我就常到学校去。然而我只是在教室最后一排的座位上听讲，下课后，即使塞巴斯蒂安没有要求，我还是会到他家去。他也曾经载我到学校自习。有一回，他甚至跟着我听课。有时他就坐在外面，等着我下课。有一两次，老师过来问他最近过得怎样。他回答“还不错”时，老师就会告诉他，他“得开始上学了”。他点点头，然后他们就互道再见。克利斯特试图使他“发愤图强”。

之后克利斯特想到一个主意：我们可以在毕业典礼上来一场公演。他直到最后一刻才想到这主意，我们都不确定是否能凑出适当的剧组人数，然而克利斯特表示，这对于解决存在于“班上”的、已经被确认的“冲突”是很有帮助的。他每年都安排这样的表演，而且总是“备受好评”。阿曼达喜欢这个点子。丹尼斯八成认为，这对他申请居留证有帮助。老师要求的一切，萨米尔完全配合。然而塞巴斯蒂安觉得这就和冷笑话一样难以令人发笑。克利斯特坚持己见。“不管怎样，先来开会吧，我们来讨论看看可以怎么做。你们有什么建议，都可以告诉我。”结果，我们只开成一次会。

另外一两位老师打电话给克莱斯，想谈谈塞巴斯蒂安的“问题”。不管怎样，这是在事发后他们被警方问到时的说法。根据初步调查报告书，“有一两次”，校长甚至亲自找他。他没能找到克莱斯，他“难以联系上”，不过校长留了言，也寄了信到他们家里。塞巴斯蒂安今年的成绩绝对只能留级，即使他已经成年，学校还是有义务通知他的双亲。

根据初步调查报告书，警方进行居家搜索时，在克莱斯的办公室里找到了校长的信。那封信从未被打开过。

那么，塞巴斯蒂安的妈妈呢？

桑德找到了她。八卦晚报媒体也找到了她，她在住家外被狗仔队跟拍到，初步调查报告书也记录了一次与她进行的问话。我知道桑德想过是否要请她出庭，让她在法庭上发言。我知道他的意图：让她描述克莱斯和塞巴斯蒂安之间发生的事，她将能够说明父子俩的关系从一开始就已经“死刑定谳”（桑德没这样说）。也许能让她说明，克莱斯有着什么样的问题，说明身为人父的他，为什么是这样一头怪兽（桑德也没这样说），他为什么这样做，以及为什么这样对待塞巴斯蒂安。菲迪南认为这是个馊主意。事实上，除了我以外，如果还有让菲迪南更加痛恨的对象，我想那就是塞巴斯蒂安的妈妈了。菲迪南说这真是“太过了”。我想她的意思是，不管可能有什么样的解释，真相是躲不掉的：塞巴斯蒂安的妈妈是个自我感觉良好的白痴，塞巴斯蒂安的爸爸则患有情感障碍功能症。让塞巴斯蒂安的妈妈来“为我”作证，绝不是什么好主意，不管她说了什么，没人会认同这老太婆说的话。这就像请希特勒的老妈来为你的人格作证一样。

我相信一开始，桑德自认为塞巴斯蒂安的妈妈能证明他的假说——塞巴斯蒂安不需要被我说服，就已经有杀父的动机。不过他之后就对这一点绝口不提了，我相信他已了解到她会帮倒忙。当人们听到这婊子试图解释为什么选择离开自己的孩子时，会不由自主地感到反胃。所以，塞巴斯蒂安的老妈只有再度消失的份儿——躲得越远越好。

但是我读过她的谈话内容，她大部分时间都在谈论自己。她谈到无法和克莱斯同居（这点我算是有同感），她一开始认为自己能"使他痊愈"（这措辞听起来似乎是某个心理治疗师教她的），就算他不太善于表达情感（想必也是治疗师爱用的字眼）也仍然能够爱她。然而她"被迫"离开他，他就以"拒绝"让她得到孩子作为"报复"。"我能怎么办？"她问道。她使用这种反问句，使她不得不自问自答，引出她想要的答案，"克莱斯拒绝合作，我无能为力。"

卢卡斯拒绝配合检方调查，也不愿和桑德合作。他不和任何一方谈话。他继承了家族企业，和所有受害者及其家属达成和解。然而，他完全不提这件事，只字不提。

在桑德介绍了关于"邪恶的克莱斯"的故事以后，八卦晚报写过关于他在寄宿学校的成长历程——他能亲近的是保姆，而不是爸妈，是职员，而不是家人。从没见过克莱斯、塞巴斯蒂安或卢卡斯的心理医生也表示：克莱斯始终无法建立和亲生父母的亲密关系，因此也永远无法建立和自己亲生子女的亲密关系。同一位心理医生还说，塞巴斯蒂安想必从老爸身上遗传到了同样的行为。有人甚至跟着唱和起来：即使笨小孩在动物岛的豪华别墅有着自己的房间，他们还是受害者。不过桑德永远不会这样唱和，他没那么笨。*我们必须集中在你做过的事，以及你必须应答的问题。塞巴斯蒂安的问题，除非能证明你无辜，否则在法律层面上，和我们一点儿关联都*

没有。

但是，媒体可是很重视这些信息的。他们如获至宝。

我对塞巴斯蒂安的妈妈，以及她为什么离开自己的孩子，非常好奇。我想过她是否患病，是否有毒瘾，是否有其他的原因。也许这就是为什么她从没接受过“全世界最重要的记者”的“独家访问”，谈谈“幕后的真相”。她从没接受过记者访问，连一次访谈都没有。也许她有不可告人的秘密，某些让她感到可耻的秘密，克莱斯知道这些秘密，并借此威胁她。或者，她也许说谎。也许她不想要自己的小孩，也许她迫使克莱斯照顾他们，我不知道。又或许她怕他怕得要命，受到压迫与憎恨的程度和塞巴斯蒂安不相上下。没人知道。*在法律层面上，这一点儿意义都没有。*

然而对我来说，这还是很重要的。我情感上相信，她爱自己的孩子，她真的有难言之隐。我希望一切都是克莱斯的错，他确实死有余辜。我宁愿相信卢卡斯也是受害者，他和其他所有人一样，对克莱斯怕得要命。但我唯一确信的是，就在塞巴斯蒂安需要母亲和哥哥的时候，在最后那几个星期，他妈妈和卢卡斯都不在。那时我势单力薄，我撑不住的。

有时除了陪伴塞巴斯蒂安，我也尝试做些别的事情。有时我想离开他。因为那个出院返家时，沉静麻木的塞巴斯蒂安早已变成了另外一个人。有时，他像个生气的疯子。有时，他摆出一副事不关己的样子。某天，他可能因为我没先打电话给他就到他家，大骂我是白痴。隔天，他就将手机关机，然后骂我背叛他，不顾他的死活、他的处境，我绝情无义、目空一切。因此我想过，我应该和阿曼达一起进城里玩，讲故事给莲娜听，和家人共进晚餐。但是，我已经忘记该怎么做了。他们是我日日一同生活的人，和他们相处，应该像呼气、吸气、疲累时睡觉一样天经地义。但是，他们感觉上像是陌生人，因此我避免和他们接触。阿曼达来电话时，我不再回电；家里如果有其他人在，我就直接上床睡觉；就算去学校，我也是孑然一身。

复活节假期间，老爸、老妈和莲娜出游了。我告诉他们，我要和塞巴斯蒂安与克莱斯去法国的昂蒂布。但实际上，我和塞巴斯蒂安窝在家里。我们足不出户，最常泡在游泳池里，打电话叫外卖，边抽烟边听塞巴斯蒂安选的音乐。丹尼斯有时会过来，但他不会停留太久。当我见到老爸和老妈时，他们问我们玩得如何。

“很好。”我说。

“你过得怎么样？”老妈问道。

“马马虎虎，”我边说边走进自己的房间，“我觉得自己快要病了。”

他们没再提问，也完全不觉得我的脸色比离开时更加苍白有什么奇怪。

发生了什么事？

真相是：过去这几个星期以来，没有任何变化，没人说过什么重要的话。日子一天一天过去，情况不仅没好转，简直可以说是糟透了。不过，随着日子一天天到来、一天天过去，塞巴斯蒂安有时不再高亢，不再发疯，不再生气。有时我觉得，情况似乎有些好转。不过我事后会这样想：当时只是因为情况没有显著的恶化，我才觉得有所好转。

在许多日子里，情况恶劣到惨不忍睹。周末更是如此。周末，整整四十八个小时，我见到的活人就只有塞巴斯蒂安和丹尼斯。但最糟的还是克莱斯在家的时间了。

我努力让塞巴斯蒂安了解这一点，但他不愿了解，完全不予理会。他的感觉越糟，他的老爸就越恼火。克莱斯·法格曼不断地用言语凌辱他，一副事不关己的样子，这让两人的关系更加恶劣。他毫不在乎，塞巴斯蒂安崩溃时他就更不在乎了。有时我觉得，他希望塞巴斯蒂安自我了断，这样一来，问题——那个他一有机会就提到的问题——“妈的，我该拿你怎么办？”——就迎刃而解了。

和电视节目主厨吃过晚餐、试着劝诫克莱斯以后，我也登上了克莱斯的“白痴名单”。想必是因为我既无法让塞巴斯蒂安停止堕落，也无法逼他开始做些本来就该做却从不做的事情。我遇上克莱斯时，他不再跟我打招呼。他只会用第三人称提到我，从来不看我一眼。我和他儿子在一起，因此他轻视我。

是的，我认为这是克莱斯·法格曼的错。如果他表现得不一样，如果他没做他做过的事、没说他说过的话，已经发生的事也就不会发生了。我告诉过桑德，我希望他死，我是说真的。我说的每个字都是认真的。我一说再说，也在短信里写到这件事。克莱斯·法格曼是塞巴斯蒂安的爸爸，他本该疼爱他，却没尽到本分，我认为他该死。

桑德说，这并不会让我对杀父案负有责任。他说检察官必须证明，我“唆使”塞巴斯蒂安下手杀他，必须能证明我说的话、做的事，和塞巴斯蒂安的行为之间有“因果关系”、有关联性，两者缺一不可。假如塞巴斯蒂安本来就决定杀他，不管我怎么想，即使我希望塞巴斯蒂安杀他，关联性仍然不足。

对桑德来说，很明显地，塞巴斯蒂安是因为克莱斯对待自己的方式，决心杀掉自己的父亲。

“最后的派对”也符合桑德判断的模式。这场派对，能让人更容易了解发生的事情。他表示克莱斯的行为——把塞巴斯蒂安撵出去，命令他搬家、滚出去、消失，是压垮塞巴斯蒂安的最后一根稻草。他在学校是个失败者，一切与他有关的身份认同都被拔除了。他走投无路了。我任凭桑德在法庭上这样说明。但这也只是他的猜测，真相是不能用假设来说明的。

当我在庭上发言时，桑德说："请谈谈塞巴斯蒂安第一次殴打你的情况。"因为这行为太恶劣，桑德希望所有人都听听。桑德希望法庭能对我心生怜悯。我谈了这件事，但没提到这没什么大不了，或是不怎么重要。我任由他们觉得这件事很恶心，令人发指。

那时复活节刚过，我们在塞巴斯蒂安家里。当我到场时，克莱斯和塞巴斯蒂安正坐在厨房"规划"塞巴斯蒂安的"高中毕业舞会"("我不确定那个周末会不会在瑞典，实际的安排，你要叫玛雅帮忙")。克莱斯在场时，我什么都没说，但当他离开时，我就再也克制不住自己了。

我们吵架了。这倒不是因为塞巴斯蒂安根本没法从高中毕业，我们不会吵那种事，而是因为塞巴斯蒂安还在假装克莱斯不用在晚餐上为他致辞是正常的，这让我很生气。高中毕业派对不管花多少钱，克莱斯都出得起，然而他却不打算到场。

"我不懂，你为什么任由他对你弃如敝屣？塞巴斯蒂安，他恨你，他一直都恨你。你不应该被他这样对待的。"

即使我看出塞巴斯蒂安很难过，我还是这么说了。我看得出来，这让他很伤心。我看得出来，他永远无法让自己的老爸感到满意，甚至骄傲。然而，我还是这么说了。这有帮助吗？没有。塞巴斯蒂安总是被处罚，但永远得不到照顾。我这么说，也许是想让他更难过。我对他实在很坏，我对此心知肚明，但我还是这样。

我在挑拨他。我在他和他爸爸之间，挑拨离间。

接着，塞巴斯蒂安当面赏了我一巴掌，一语不发。那并不特别痛，但我拔腿就跑，将自己关在浴室里，却无法从里面把门锁上。自从塞巴斯蒂安从精神科病房出院返家以后，法格曼家里的浴室就都不再配置钥匙了。

我在那里坐了好一会儿，他才进来。听见他接近门边时，我尽可能用力抵住门。门从外面打开，但塞巴斯蒂安并没有试图拉动门把强行破门（他比我强壮，其实完全可以这样做的）。过了一会儿，大约几分钟，我才意识到他想干什么。热气从他那一端的金属把手传到我这一端来。塞巴斯蒂安在将它加热。他用从厨房取来的加热器，把金属把手变得滚烫。他全程一语未发，甚至连门都没碰。当我不得不松开时，他用臀部推开门。

他来到我面前，脱掉我的上衣，但它却卡在我的颈上。然后他解开我的胸罩，瞧着镜中的我。

“我们难道不能把门关上吗？”我耳语道。我听见克莱斯就在楼下，打扫的女清洁工也在那里。有人在草坪上用割草机除草，负责安全的警卫想必也待在停车场入口处他们的老位置。塞巴斯蒂安没搭腔，他看起来甚至并不生气。他的脸浮肿，眼下有黑眼圈，疲倦但不生气。他解开裤子纽扣，拉下拉链，脱下长裤。他用手背打我，直接打在我的脸颊上。他的腕表打中我的颧骨，几乎钩到耳朵。我倒在地板上，瓷砖一片冰冷，我任由他褪去我的内裤，上衣还卡在我的颈部。他吸吮我其中一只乳头，一只手握住我另一只乳房。他压住我的乳房，再将它拉动。我可不想被强奸，也没被强奸。我抓住他的手，将它带向我的阴道，他将两指塞进我的体内，我感到他压着我的大腿。我不想被逼迫，就抬起脚抵住浴缸边缘，然后他就进入了我的身体。他不需要太多时间就完事了，之后他就走了。

桑德要我谈谈塞巴斯蒂安打我的经过，我就说了。然而我没说出口的是：事发时我全身充满一种解脱感。我的血液奔腾，在脑中轰鸣着，那时我还以为自己能够控制住。如果他打了我，他就不能再对我做些什么了。如果他打了我，将我打得面目全非，所有人都会看到，大家终于能看到他的真面目，我将能够被解放出来，甚至从他身边解脱。我就有理由离开，不再回头。没人有权利要求我照顾他，爱抚他，服从他。连我都意识到：我得放手了。第一次挨打的时候就该走了，不要待在打人者的家里，不管他道几次歉，绝对是走为上策。这点，大家都知道。

不过，塞巴斯蒂安从来不道歉。我的脸颊有点儿肿，但几乎看不出来，我要是不去碰，它甚至不会痛。没人看得出来发生过什么事，我该去哪儿申冤呢？

38

最后一夜来临了，那是五月的最后一周。塞巴斯蒂安的“高中毕业派对”没办成，自从在浴室里发生那件事以后，我们绝口不提派对。他受邀参加拉伯的毕业派对，却没出席（我也没去），我也不觉得他会出席阿曼达的派对。

在一个寻常的周四，隔天还是上课日，塞巴斯蒂安表示他想办派对。那天下午的空气别有一番韵味，天空特别蓝，我很高兴。我突然想起夏天就是这样的情景。有那么一会儿工夫，我想到那个在户外烤肉的夜晚，裸泳，光着双脚。

“会来很多人吗？”我问道。

“不会太多。”塞巴斯蒂安说。

天气很热，气温超过二十五摄氏度。我想我们可以窝在游泳池边，如果一直这么温暖，还可以到海滩上喝点儿酒，但别喝到烂醉，可以闲聊，听音乐。这感觉几乎就像去年夏天一样。*几乎？*当时，塞巴斯蒂安只需要“我们没别的事干”这种理由。当时，“我们来开派对”还是一件超好玩的事情。桑德曾对我说过，他相信塞巴斯蒂安那时已经下定决心，事实上，这将是他的“最后一夜”。他老爸所做的事，也许让他从一般的自杀转入其他的念头。不过，塞巴斯蒂安当时至少已经计划要寻死了。如果塞巴斯蒂安真有什么计划，调查人员目前还没找到和他计划有关的证据。桑德只能臆测，没人说得准。不过，我想桑德是对的。丹尼斯先到场，还带了两个朋友。塞巴斯蒂安没告诉我他会出现，但我并不惊讶，也许甚至并不失望。不过丹尼斯能带朋友来，这就令人费解了。我们从没和他的朋友们打过交道。一开始，他们独自待在游泳池旁边的露台上。他们看起来很放得开，一直只是在那儿笑着，仿佛无法相信自己肉眼所见，但是表现的方式不怎么好。

然后，我从没见过的妞儿出现了。她们并没被邀请。看得出来，她们是用钱请来的。雇她们是会花一点儿钱，但也没那么贵（这也是看得出来的）。她们手上端着饮料，等着进一步的指示。

我觉得是丹尼斯带她们到这里的。虽然是丹尼斯，但先向她们打招呼的是塞巴斯蒂安。

“你们先。”塞巴斯蒂安说。

丹尼斯穿着短裤，弯下腰来，拉着左脚的圆筒短袜。袜子的松紧带已经脱落了，他还是试着把袜子拉回定位。他摘下棒球帽，把它倒立在餐桌上。我站的地方和他有一小段距离，不过，我仍然能看见汗渍和皮屑所构成的那道颜色较深的印痕。丹尼斯和他的朋友们走进克莱斯的卧室。*不过塞巴斯蒂安没这样做*，我心想，*塞巴斯*

蒂安永远不会这样做，他不喜欢这种事。

你们先。我的心一沉，沉入了流沙。我看着离我最近的那个女孩，她黑色裤袜上有一处被钩破了，穿着尼龙袜实在太热，被钩破之处很快就会松脱。她把自己的酒放到一边，拇指指甲一路被咬到只剩粉红色的皮肤。我希望她能盯着我看，但她没有。如果她能看着我，如果我能望着她的眼睛，她就是个真正的活生生的人，我就会感到生气、难过、抓狂或嫉妒，拔腿狂奔、逃离那里。但是她避免接触我的目光，和另外两人一起进入了房间。我的心越沉越深。我可以感觉到她的味道，廉价香水味夹杂着汗味。但我什么都没做，没有尖叫，没有哭泣。我什么都不能做，要是我做了什么，就只有溺死了。

丹尼斯和他的两个朋友出来后，塞巴斯蒂安走进房间。我想，中间隔了二十分钟。我没问为什么。我没说别这样做。我没哭。拉伯和阿曼达刚到。在塞巴斯蒂安关上门以前，他转过身看着我。他的双眼一片漆黑，已经死气沉沉。

“你要来吗？”

不过，他不待我回答，就直接关上了门。

我没打人，也没狂喷口水。我没跟进卧室拉回我的人生。我根本动弹不得。塞巴斯蒂安不要我了，他已经下定决心了。

玛雅，他想平静地死去。他就是这样离开你的。

丹尼斯看到我的面部表情，张嘴高声大笑，笑得前仰后合。他从那条猥琐不堪的短裤里掏出一个小塑料袋。他把袋子里的东西掏出来，那玩意儿还不比一张邮票大。很简单，我需要做的，就是放手。我应该可以抛开这一切的。塞巴斯蒂安不要我了。他问：*你要来吗*？这意味着：*滚，玛雅，你已经无能为力了*。我呆若木鸡。如果我现在放开，我会沉入流沙，让黑暗覆盖一切。那深不见底的黑洞。

“嘴巴张大。”丹尼斯说。我望着他。我想，*他了解。他知道该怎么做，才不至于溺死。*

随后屋内人声鼎沸，音乐在游泳池建筑里轰鸣着，我坐在泳池旁，双脚泡在水里。有人点亮了迪斯科舞池的灯光，它闪动着，光线在房里翻转，倒映在墙壁上，照进我的脑海，然后引爆。我在泳池旁躺下来，我礼服的侧面已经湿透了，我瞥见池里闪烁的波光。有人将一个香槟酒瓶扔进水里，它载沉载浮着，和音乐的韵律很不协调。表面闪闪发光，我脑海中浮现的小火花，硕大、高涨、呈蓝绿色的烈焰。丹尼斯给我的东西已经快要失效了，我很快就需要再补充了。

我不知道这中间过了多久。音乐翻腾着，我从胸中感受到音乐，它找到出口，炸了开来。塞巴斯蒂安做了什么已经无关紧要，我不在乎了。但是，她模糊的身影映入我的眼帘。

“阿曼达，”我喊着，或者至少努力喊着。她没听见我的声音。我对自己耳语：“阿曼达。”她会帮助我，将我带离这里。帮我再多做一点儿，帮我接回塞巴斯蒂安，帮助我回家。

她挽着拉伯的手，他们四处张望，他们在找某个人。直到拉伯将手搭在那人肩膀上，他转过身来，我这才看到他。

是萨米尔，手上拿着手机，然后我看到他正在录像。

塞巴斯蒂安背对他站着。塞巴斯蒂安在地板上将可卡因分成几份，三个赤身裸体的应召女郎中有两个跪下来吸可卡因。塞巴斯蒂安抓住其中一个女孩的臀部，拉高她的屁股，将鼠蹊部压向她。丹尼斯哈哈大笑。

萨米尔仍然在录像。

我不知道自己是怎么起身的，但就在我拿到手机以前，拉伯拦住了我。我觉得自己并没有尖叫，但连阿曼达也抱住我，他们将我拖离现场，进入另外一个房间。音乐声震耳欲聋。我见到的最后一幕，是正在吸食两份可卡因的塞巴斯蒂安。他用舌头卷起剩下的部分，转向另一个应召女，让她舔干净。

我觉得我哭出声来了。萨米尔铁定跟在我们后面，他手上仍握着手机，盯着我瞧。

“够了，我们得阻止这一切。”是阿曼达说的吗？也许吧。或是萨米尔。

“我们得把他送到条子那里。”

这绝对是萨米尔。天杀的，该死的萨米尔。他想有所作为，*伸张正义*。老天爷，他本来就不应该在这里的。如果不是因为塞巴斯蒂安在*忙*的话，他根本就不可能被放进来。他不可以这样搞，这解决不了塞巴斯蒂安的问题。然后我害怕起来，怕得要死。这是我第一次为了自己怕得要死。

如果警察来了，一切就全玩儿完了。

“你不能这样做，”我尖叫着，“你不能打电话报警，不能打他的小报告，你不能这样。要是你打电话报警……”我的心脏奔腾着，心跳太快了，于是就把话重新整理了一遍，“要是你打电话报警，就不止塞巴斯蒂安一个人会去见条子。”

“我们得采取行动，不能放任他这样搞。”

我拎起我的手机。一切发生得很快，简直进入全自动程序。这就是我想要的，这就像是我一手策划的。我找到那个电话号码，把手机交给萨米尔。

“打给他。打给他！”

我真觉得他敢这样做吗？我已准备好要逼迫他了。什么都好，就是别报警。萨米尔把电话号码输入自己的手机里。

“你干吗？”我问道。也许那时我才意识到我所干的事，以及这将意味着什么。萨米尔面带骄傲，满脸优越感。他眼中散发出“你永远想不到”的眼神，我想将他千刀万剐。“你他妈的在干吗？”

音乐声震耳欲聋，音量大到我们必须放声尖叫才能听见彼此。然而我仍然听见了拨号声，萨米尔的手机中传出克莱斯·法格曼私人手机语音信箱的声音。萨米尔没有在短信里留下文字，只把他刚录下的视频当附加文件传了出去。*你这该死的白痴*，我此刻想让他打给警察了。*打给警察！打给警察！*我想从我的看守所囚室这样大喊。*求他打给警察，命令他打给警察。要是你当时打电话报警就好了。*

不到十分钟后，地狱就炸开了。

案号：B147/66

玛丽亚·诺贝里动物岛综合高中杀人案

开庭第三周：星期一

39

萨米尔进入法庭时，看起来一如往常。几乎没变吧，可能变得比较清瘦，也显得有点儿老。他就座时没有看我，但是我望着他。我看了又看，看了又看。自从审判开始以来，我第一次感觉到和恐慌有所不同的情绪。他的头发比往常要长些，他将手在米色长裤上擦了擦，仿佛流着手汗似的。他不住地清喉咙，借以掩饰自己的极度紧张。

萨米尔还活着。这不只是他们说的，他真的活下来了。他幸存了下来，就坐在这里，距离之近，我仿佛只要起身，就能触碰到他。他在这里的目的，就是要说我蓄意杀害阿曼达，但这无关紧要了，我想重点是他还活着。

检察官开始发言，她让萨米尔心平气和地陈述。

“请用你自己的话……”

萨米尔谈到为什么自己会就读动物岛综合高中，他如何认识塞巴斯蒂安、阿曼达、拉伯，还谈到他怎么认识我，是的，他谈到我们之间有多么熟识，他、阿曼达和拉伯都很担心我和塞巴斯蒂安，他们决定要“采取行动”，以及事发前一天晚上派对中发生的事。

—

最先到场的是保安们。克莱斯·法格曼到场时，还带了更多人来。萨米尔谈到，其中一名跟着克莱斯到场的保安拿走了他的手机。他得到一部更新、更漂亮、还未拆封的手机。

萨米尔的旧手机（还有克莱斯的），都被列为调查中的证物。我们已经看过录像内容（就在那之前，萨米尔还录了另外一段，却从没发给克莱斯），现在，检察官又播出这些视频。视频中可以看出我有多激动，当我察觉萨米尔在录像时，简直陷入疯狂状态。我尖叫着“妈的，你在干吗？你疯了”，影片最后一幕，是我冒汗脸孔的影像。检察官让我的脸孔对着全体观众好一阵子，才把画面切掉。

萨米尔谈到那场混乱。克莱斯失去控制，抛开那个习惯高高在上、冷酷的自我，将再次和应召女进房间做爱的塞巴斯蒂安拖了出来。塞巴斯蒂安全身赤裸，克莱斯的重拳当众轮番擂在他脸上，他跌倒在地板上时，然后克莱斯狠踹他的肚子。

“我想，有三次，”萨米尔说，“也许两次，我不太确定。”

其中一个保安将克莱斯从塞巴斯蒂安身旁拉开，另一个保安从克莱斯的卧室里将丹尼斯和应召女抓了出来。丹尼斯被抓个正着，手上抓着长裤，粗肥、几近于深蓝色的大腿间还夹着胀得像蚯蚓般的阴茎。

萨米尔谈到，克莱斯手下的一名保安开车送他回家。他要求在离家有一小段路的地方放他下车，他不希望自己父母看见这辆车。不过保安坚持载他到门口，萨米尔的父母没察觉异状。

萨米尔用了近五十分钟来陈述教室里发生的事。检察官提出所有问题时，声音都比平常来得低。每次萨米尔哭起来（三次）时，检察官就用同样低的声音问他，需不需要暂停。萨米尔只是摇摇头，努力使声音保持平稳。他想离开这里，他想了结这件事，他不假思索地说出已经在警方问话时谈过的事，遣词用字几乎完全一致。对于我所做的事，他很“确定”，也“知道自己看到了什么”。

轮到桑德时，萨米尔的额头发亮，双颊浮现一道圆形的粉红色晕，位置就在通常酒窝出现的正上方。在桑德提出第一个问题以前，他就已经面有愠色。

“你在第一次接受问话时，曾表示几小时后警方才到场。”

“嗯。”

“你记得吗？”

“那感觉像是好几个小时。”

“实际上那甚至还不到半小时吧？我手上有报告书，上面写着，最后一枪击发后十五到十七分钟，教室就被打开了。那离最初几枪击发时，也仅有十九分钟。”

“那有什么差别？”

“你也说到，克利斯特是第一个遭到枪击的。”

“是啦……”

桑德的声音变得低沉。

“你在那之后的一次问话中，就收回了这句话。”

“我那时神志还很不清醒，我刚动完手术，我还在住院，他们就对我问话……我……”

“萨米尔，我了解。我了解这对你而言是很艰难的。但是，你后来就将自己在最初几次问话中提到的许多内容给收了回去。”

“完全不是这样的。”

“你是过了几天才接受问话的？”

“四天。”

“那几天你家人都跟你在一起吧？”

“对。”

“你们谈到发生了什么事，对不对？”

“那时我谈得不多。”

“我了解，那时候你的状态很糟。病历上写着你用了大量的止痛剂。我了解，你当时很不舒服。但是，你爸妈……他们跟你谈到过这个？”

“我们当然有谈到这个。我不懂，这一点怎么会是个问题。”

“萨米尔，你要回答问题。”

“我妈妈一直在哭，她只是一直哭。”

“你和你的父母说什么语言？”

他犹豫着。“阿拉伯语。”

煎饼圆脸男将几份文件递给桑德。桑德接过文件，翻到最后一页，继续说着。

“我们和照护你的医疗人员谈过。其中一位护士提到，你问玛雅怎么样了。”桑德转向首席法官，菲迪南则发着与那名护士进行问话内容的记录，“她也是说阿拉伯语。”

“嗯。”

“她也提到你爸爸的回答。”

“这有什么奇怪的，我提了一个这么简单的问题，我爸总得回答吧？”

“你记得他的回答吗？”

“她进了看守所吧，我想。”

“她说，你爸爸对你说，警方已经拘留了玛雅，为了玛雅对你所做的事，她真该在监狱里彻底腐烂掉。”

“我爸爸很生气，他觉得玛雅应该为了她所做的事受到处分，你觉得这样很奇怪吗？”

“你爸爸说，警方已经在玛雅的置物柜里找到一个手提袋。你爸爸也跟你提到手提袋里装了什么，对不对？”

“他为什么不能这样做？警方也确实这样做了，他们在玛雅的置物柜里找到了手提袋，难道我爸应该对我说谎？”

“你爸爸告诉你，玛雅和塞巴斯蒂安是同伙的，她和塞巴斯蒂安一起进行了枪击。”

“他们一起犯案。”

“你爸爸是在警方第一次对你问话前两天对你说这些的，不是吗？”

“我不知道，也许吧。但他说的只是事实，我爸完全没有胡说八道，这……”

“我不觉得你爸爸胡说八道，我想他是在报纸上读到这些的，我也觉得他相信这些内容。玛雅进了看守所，你爸爸和其他许多人一样，认为她只是青少年，如果没有罪，怎么可能会进看守所。我认为你也掉进了这个陷阱里，你在教室里留下的记忆，你在事发时所不了解的一切，都根据你随后听闻的进行了调整。”

“所以你觉得是我在无中生有？可是玛雅进了看守所，因为她枪杀了自己的……”

桑德打断萨米尔的发言时，面露悲戚之色。

“是的，你爸爸，或者说你所有的家人，所有进医院探视你的人，都必须遵守保密义务。你知道这意味着什么吧？”

“知道。”

“这意味着他们不能和你讨论这些事情。”

“我爸什么都没和我讨论。”

“你爸爸不能告诉你任何关于玛雅的事情，或他在报纸上读到的内容，甚至是他觉得自己知道的事。因为警方要确保你不会受到关于玛雅和罪行的传闻影响。他们希望在你对事件没有自己见解、认知的前提下，对你进行问话。”

“事发时我就在现场，我是根据事发经过构成自己的认知的。我为什么要凭空……”

“萨米尔，我没有觉得你凭空捏造。但是，我认为你想……你最希望的，就是了解自己这段惨痛、创伤性的经历，这样的建构看起来是最合乎逻辑的。”

“我爸没说塞巴斯蒂安和玛雅一起犯案。”

桑德狐疑地抬起头。“但是他告诉你，她进了看守所。”

“是的。”

“他是否有告诉你，她为什么进看守所？”

“他不需要……”

“他也许不需要这样做。说出玛雅进了看守所，就足以使你了解，警方怀疑玛雅做了什么事。但是，萨米尔，你爸爸这样做了。

他告诉你他在报上读到的内容，以及他所认为的真相。关于那位听见你们对话的护士，我有她的声明书。如果你愿意，我们可以请她到这里来。她听见你爸爸非常震怒，她也听见由于‘玛雅试图谋杀你’他想对玛雅进行的处置。”

“这不是那么简单的……我爸只是希望我知道……”

“萨米尔，我了解。而这其实正是我希望我们该谈谈的。要说明发生了什么事，并不是那么简单的。”

桑德让自己的陈述在空气中缭绕，同时取来水杯啜饮。

“你对自己遭到枪击的理解是？”

“他……塞巴斯蒂安枪杀了丹尼斯，然后是克利斯特，然后是……”萨米尔清了清喉咙，“他说……”萨米尔开始哭泣，再次清了清喉咙，“他说，现在你死定了，然后他就开枪了。我觉得，自己那时候已经死了。”他哭了一会儿。桑德让他哭完，然后才继续问。

“他开枪的时候，玛雅站在哪里？你记得吗？”

“在门边。”

“当时她手上是否有武器？”

“我不知道。”

“但是，玛雅没有对你射击？”

萨米尔哼了一声。“我从没说过玛雅曾经对我射击。但是她……”

“你是什么时候意识到自己没死的？”

“当我听到他们彼此交谈的时候。”

“谁在交谈？”

“玛雅和……玛雅和塞巴斯蒂安。”

“你在问话中提到……”桑德翻阅着自己的文件，大声读出，“你说……‘让他们相信我已经死掉，我才能保命。’”

萨米尔提高了音量。“如果他们发现我没死……”

桑德降低音量。“你装死，以避免再次遭到射击？”

“是的。”

“你闭上了眼睛？”

“没有完全闭上。”

“所以，你看着现场？”

“我看着，但没完全睁开眼睛。是的。对，我是看得很清楚。”

“你不害怕他们会发现你在看着他们吗？”

“我怕得要命。我这辈子没有比那时更害怕的了。”

“你当时是否感到疼痛？”

“我这辈子，没有比那时感觉到更疼痛的了。”

“安静不动地躺着装死，想必是很困难的。”

“我别无他法。”

“你在问话中提到……”桑德掏出一份文件读着，“‘他们是一起做的。’他们到底一起做了什么？”

“他们……”

“当塞巴斯蒂安对克利斯特，对丹尼斯，对你射击的时候，玛雅有没有射击？”

“没有。她……”

“那时候，她手上有没有武器？”

“没有，我不这么认为。我不知道。”

“但是，当塞巴斯蒂安对她说话的时候，她手上有一把武器。他……说了什么？”

“他说‘你知道你得这样做’。”

“你知道他这样说是什么意思吗？”

“杀死阿曼达。”

“但玛雅的意思是，塞巴斯蒂安说‘这样做’的时候，是希望她杀了他自己。她必须杀了他，自己才能保命。”

“那她为什么要杀阿曼达？不就是因为塞巴斯蒂安要她这样做，她才射杀阿曼达的？”

桑德沉默片刻。然而，这倒不是因为他觉得萨米尔说得有道理，他只是要吸引所有人的注意力，让他们全神贯注。

“当警方重新建构枪击案现场时，你是在场的。”

“是的。那时……”

“但是当我们重新建构犯罪现场时，你并不在场。”

“没有，那时我并没受邀到现场。而这又有什么关系？事情发生的时候，我就在……”

“我不知道该怎么称呼他，但是那个扮演你的人——你知道关于他从你所躺位置能看到的，他说了什么吗？”

“我怎么可能知道？”

“他说，他看不见玛雅。”

“我看见了玛雅。”

“他看不见玛雅。要想看见玛雅，他就得扭过头来。但是，要是他转头，他就无法看见塞巴斯蒂安了。总而言之，他无法同时看见玛雅和塞巴斯蒂安，也无法同时看见玛雅和阿曼达。当时你是否转了头去看玛雅？”

“我不知道。也许吧。”

“你装死，不是吗？”

“是的。”

“尽可能安静地躺着？”

“是的。”

“你可知道，那位参与我们建构犯罪现场的先生还说了什么？”

“见鬼去，我怎么可能知道？”

“那位参与我们对犯罪现场重建、扮演你的先生还说，从你所躺位置能看见的是，阿曼达和塞巴斯蒂安并不在同一条射击线，而是他俩站在彼此身旁。但从玛雅的位置——也就是说，从另外一个角度能看见的是，塞巴斯蒂安站在阿曼达的斜前方。你认为从你的位置所看见的和从玛雅的角度所能看见的，会有所不同吗？”

“是玛雅杀了阿曼达。”

“萨米尔，我们都知道是玛雅杀死了阿曼达。但是，我们不知道玛雅为什么射击她。”

“她要让她死。”

“你确定？”

“她们没有……她们没……塞巴斯蒂安和玛雅已经变得……”萨米尔再度哭了起来，“阿曼达说，玛雅不再打电话给她，她们不再有所往来。玛雅变得非常古怪，阿曼达很担心她，但玛雅不想再跟阿曼达扯上关系，她只想和塞巴斯蒂安在一起。她被塞巴斯蒂安迷惑了。除了塞巴斯蒂安，她什么都不管了。”

“你是否听玛雅说过，她希望阿曼达死？”

“没有。”

“阿曼达是否告诉过你，她对玛雅感到很害怕？”

“没有。但我不了解玛雅想要……直到教室里发生的事以后，我才了解。”

“当急救人员来到现场的时候……你还倒在教室里，医护人员首先开始检视你状况的时候，他们表示，你已经失去知觉了。”

萨米尔耸耸肩。

“你那时的状态是这样吗？”

“我想是吧。”

“你是否记得，自己是什么时候从教室里被运走的？”

“不记得。”

“因为你那时候已经失去知觉了？”

“是的。我从没说过我记得急救人员到场时发生了什么事。”

“你昏迷了多久？”

“没有很久。”

“我们和你的医生谈过，他表示，你可能从遭到枪击时就已经失去知觉了。”

“才不是这样。”

“你确定？”

“我看到了我所看到的。”

“你看到了什么？”

“我看到玛雅瞄准……”

“但是，从你躺着的地方，无法同时看见玛雅和塞巴斯蒂安，也无法同时看见玛雅和阿曼达。如果你转头，当然就能同时看见他们。但你自己说过，不想冒着被他们发现你还活着的危险，所以没转头。而且从你所躺的位置的视角，也无法看见玛雅瞄准塞巴斯蒂安或阿曼达。”

“塞巴斯蒂安说……”

“他说‘你知道你得这样做’，玛雅也承认他这样说过。但你是否知道他为什么这样说？”

“我……”

“萨米尔，你得注意自己说的话，必须确切知道才行。你是否知道塞巴斯蒂安为什么说这些话？”

“不知道。”

“你是否百分之百知道，玛雅为什么这样做？”

“我怎么会……”

“萨米尔，我只是要你坦诚回答。你是否知道，玛雅为什么对阿曼达开枪？”

“不知道。”

“你是否能确定，她是蓄意开枪的？她存心杀死阿曼达？”

“不确定。”

“谢谢，我没有别的问题了。”

塞巴斯蒂安

40

我在塞巴斯蒂安家的玄关站了十一分钟。我没从那儿离开，我在等他。我听见他打给警卫："我爸今天要在家工作，他不希望有人吵他。"

警卫没有提问，他想必没感到这很不寻常，他没有理由对此感到奇怪而做出反应。考量到那天晚上和那天半夜的事，克莱斯想清静一下，补个觉，很正常。

我可不想冒着撞见他的风险，我就待在入口的玄关处。

塞巴斯蒂安要我帮他提手提袋的时候，我凭什么拒绝呢？我以为他打包完毕，准备搬到游艇上住一阵子。或者他想出国？想躲起来？住到旅馆去？我不知道，除了"别撞见克莱斯"外，我没有什么别的念头。然而，我不想放塞巴斯蒂安一人独处，我不想待在那里，却又不敢离开那里。

有谁会相信，那两个手提袋里装了武器（用床单包覆住）和爆裂物（用另一条床单包着）。要是手提袋里装了一千万美金的现钞或是皇冠上的宝石，我还没那么惊讶呢。

我没问塞巴斯蒂安要做什么，我没针对手提袋提出任何问题。我没问，因为我已经无力再管那么多了。

但是，你们各位同声抗议。如果那真是要搬到游艇上的行李，他为什么想要将它带进教室？他为什么想把其中一个手提袋留在你的置物柜里？*你都不觉得奇怪吗？*我不知道。我什么都不想知道。我为什么不问那是什么？我为什么没有提出任何问题？我不想问塞巴斯蒂安任何问题。我累了。我只希望撑过那一天、那个学期，以及整段高中。

如果当时想过，我或许会发现，塞巴斯蒂安想到学校去，事有蹊跷。他为什么会突然想参加克利斯特那可笑的准备会议呢？但是我想很久以前，我就不再问塞巴斯蒂安想要怎样、不想要怎样了。当我认为自己理解他的行为时，总是会出错。我什么都不理解。即使从来不想登上舞台和萨米尔与丹尼斯一起引吭高歌，他还是想到学校去，这也不是什么不可理喻的事情。

也许我会怀疑，他想和萨米尔、阿曼达起正面冲突，或是狂骂他们，痛揍萨米尔一顿。还是我只觉得，他想去找丹尼斯弄来新的毒品，克莱斯的保安大军已经把整栋屋子里的毒品一扫而空，塞巴斯蒂安是需要和丹尼斯见面的。如果我仔细思考这件事，我会觉得他们事先约定在学校见面。

克利斯特想到让我们在毕业典礼登台，这很符合他的个性。他相信再怎么严重的青少年问题，都可以借由强迫青少年登上舞台、分给他们麦克风，得到解决。然后，想想看，学校网页上又可以多出美好的和其乐融融的照片！多元，友爱，族群融合，团结一致。出事前两星期的某天下午，克利斯特在走廊上提到自己的计划时，塞巴斯蒂安说："我们当中没人坐轮椅，真可惜。"而塞巴斯蒂安到学校的那一天，克利斯特看见了我们，就小跑赶上前，又喊着站得比较远的萨米尔和阿曼达，强迫他们也来听。“我会跟丹尼斯谈谈，”克利斯特说，“不管怎样，至少来开一次会。我们一定能想到大家都觉得好玩的点子。”阿曼达满心欢喜，她热爱歌唱，每学期学校结业式，她都登台演唱。萨米尔保持着和颜悦色，他的想法想必和我一样，觉得不管怎样，这件事最后一定成不了气候。

但是，我们还是去开会了。塞巴斯蒂安走在我前面，先进了教室。他将手提袋扔在门边其中一张书桌上，像是将它甩在桌上。我知道，我听到声音便起了疑心。那声音很不寻常，手提袋里藏着重物。

“你去把门关上。”克利斯特对我说。当我关上门时，塞巴斯蒂安已经亮出武器，站在教室中央。我放开门把，他开始射击。

武器声轰鸣着，丹尼斯的脸部和胸部中弹。我在转身的同时，看见了这一幕。就在塞巴斯蒂安对克利斯特和萨米尔开枪时，我睁大了双眼望着。然后，他停顿下来。随后我听见丹尼斯发出三次气喘般的“嘫嘫”声，然后他就安静下来。我觉得克利斯特在被击中以前说了或喊了一句什么，不过，我不确定。

我从没听过武器在室内击发的声音，那声音真是震耳欲聋，我几乎没能反应过来。这实在太荒诞、太不真实了。当我察觉到塞巴斯蒂安从手提袋里掏出武器时，我不知道自己在想什么。我不知道他开了几枪，他们大概问了我一千五百次，但我就是不知道。

当我离开丹尼斯身边时，阿曼达跌坐了下来。我不知道塞巴斯蒂安开始射击时，她站在哪里，也不知道她什么时候移动位置的。不过，塞巴斯蒂安停止射击时，她就靠在窗口的墙边。他尖叫起来，噢，不对，他没有尖叫，我想，那时没有人尖叫。他用一般的语调对我说话，我看见阿曼达在他后方，缓步向后退，每步仿佛只挪动一厘米的距离。她哭着，她的双唇动着，不过当时我的耳朵里尖锐地“哔哔”作响，而塞巴斯蒂安在对我说话，所以我不再看着阿曼达，转而看着塞巴斯蒂安，没听清她说了什么。

塞巴斯蒂安提进教室的手提袋，就在我的正前方。它敞开着，拉链一路被拉到底。当时的气味，比枪击刚发生时还要浓烈。我认为塞巴斯蒂安只盯着我看，没盯着阿曼达。我看见手提袋里还有一把枪，看得非常清楚。塞巴斯蒂安再度开口说话时，阿曼达与他的距离已经变远，但又没那么远，因为她不想经过克利斯特倒毙的地点。我觉得她向内拐，贴着墙壁。塞巴斯蒂安开始尖叫时，她就不再动弹，我没再看见她的眼睛，没看到她的嘴巴。我不知道她是否说了些什么，我不觉得她有说什么。我只听见塞巴斯蒂安对我发出的尖叫声。就在几小时前，他也曾经放声尖叫过。

“闭上你的狗嘴，卑鄙的死垃圾！”当保安将塞巴斯蒂安的老爸从他身边拉开时，他朝萨米尔大吼。萨米尔也大声骂回去，我不知道他在骂谁，但他暴吼着，像是已经抓狂，他已经丧心病狂了。大家都疯了。克莱斯·法格曼拖着塞巴斯蒂安出来的时候，萨米尔看起来就像个疯子，几乎和塞巴斯蒂安一样疯狂，但克莱斯最无可救药。如果保安人员没有上前介入，他会不断地对塞巴斯蒂安拳打脚踢。

所有人都被赶走了，克莱斯对塞巴斯蒂安大吼，叫他滚蛋。他离开的时候我便跟着他。我们离开了那栋房子，我觉得他看起来很平静。我们对这天晚上的事一字不提。我们绝口不提塞巴斯蒂安做过的事情，不提那些应召女，还有塞巴斯蒂安那死鱼般的眼睛。我没告诉他，是我把他老爸的电话号码交给萨米尔的，不过，还会有谁呢？塞巴斯蒂安心里一定有数。这件事真是“舍我其谁”。然而即使这是我的错，是我招来了他老爸，他在散步时，还是显得很平静。塞巴斯蒂安不想抱我，不想挽我的手，但他看起来并不生气。他已经离开我了。他已经抛弃一切了。

手提袋敞开着，我拿起放在里面的武器。起先，塞巴斯蒂安没有尖叫。但是，他马上以前所未闻的高分贝大声喊叫，我不知道他开了几枪。但是我知道他为什么尖叫，我当然是知道的。他起先还用正常的方式讲话，然后就开始尖叫。他用武器指着我，我了解为什么。那时，我就开枪，再开枪，再开枪，再开枪。不然，我还能怎么办呢？

我并不相信巧合，也不相信上帝。我相信发生的一切都和先前发生过的事情密切相关，犹如连锁效应。这是事先就注定的吗？不。怎么会事先就注定呢？但这和“该来的总要来”的说法还是不同的。地心引力可不是随机的。水受热而沸腾，遇冷则结冰。这不是随机，也不是关于天意的证据。实情就是这样。

有一次一位老师说，一切都可以源于各种气体的爆炸性。我到现在还觉得他真是个白痴，宇宙大爆炸和我从手提袋里掏出武器有什么关系？和阿曼达、塞巴斯蒂安又有什么关系？几分钟后，也许仅有几秒钟后，从教室内的一切都被扫射得支离破碎以后，只有我腕表的指针还在飘浮，无动于衷地指着数字，这跟宇宙的起源又有什么关系？塞巴斯蒂安为什么不对我开枪，这样阿曼达就可以继续活命？那位无能又没用的老师，根本就解释不了这一点。

一切都寂静、沉默、荒诞而不真实。塞巴斯蒂安已经从我旁边倒下，他死了，我杀了他，但我又将他拉近，尽可能地拉近。阿曼达死了，而我没有抱住她。

我没看见塞巴斯蒂安从手提袋里掏出武器。但是，当他握住枪开始射击时，我望着他。那声音感觉非常不真实，震耳欲聋，房间里容不下这些声音，它在我脑中爆炸，我看见了发生的一切，但我无法理解。

我拿起另一把武器，因为我走投无路。我知道他想死，我得杀了他，否则他就会杀了我。我没看到自己击中了阿曼达。然而，看见她倒毙时，我知道是我射杀了她。*爱情万岁*。人们一天到晚这么说，有些人甚至还相信这是真的。检察官说，因为深爱塞巴斯蒂安，我才会干下自己所干下的事，对我来说，我对他的爱是最重要的，其他任何事情都不重要了。然而，这不是真的。最重要的是恐惧，是对死亡的恐惧。当你感到自己大限将至时，爱情根本不值一提。

我知道，我应该能说明这一切为什么会发生。我应该能像桑德那样，将事情区分成合乎法条以及不合乎法条的部分。我应该说明，一开始事情是这样，然后是这样，最后变成这样。*这不是我的错，我是无辜的*。或者说：*这是我的错，我有罪*。但我做不到。你们各位为了发生的事而憎恨我，而我为了自己无法说明，更加憎恨自己。这一切是无法说明的。这一切是毫无意义的。

案号：B 147/66

玛丽亚·诺贝里动物岛综合高中杀人案

开庭第三周：最终日

41

开庭最终日的前一天晚上，我试着保持清醒。因为谎言在晚上是不存在的。我想，这都是寂静的错。连飞鸟都陷入沉默、夜空一片漆黑时，梦境就会出现，这些梦不会依循任何规则，没有人能规定它们要包括什么内容，它们是无情的。我的记忆寂静无声地飞舞着，成群的乌鸦直接飞进我体内，我的脊椎化成砾石、沙粒、尘土。我试着让自己不要睡着，但我无法动弹，疲倦感彻底征服了我。睡眠是无法消除疼痛感的，睡眠不是解放者，在梦境中，我得面对真相。

没有，我没有预谋杀任何人。没有，我没有希望丹尼斯和克利斯特死掉。是的，我是希望塞巴斯蒂安的老爸死掉，但我不希望塞巴斯蒂安杀他。是的，我杀了塞巴斯蒂安。没错，我是蓄意杀他，我多么希望自己没有这样做。是的，是我杀了阿曼达。没错，我愿意付出一切，只要时间能够倒流。

当我们一起到学校时，我并不知道塞巴斯蒂安准备要做什么，他什么都没对我说。萨米尔告诉我塞巴斯蒂安不需要我时，我认为萨米尔是错的。我认为塞巴斯蒂安需要我，有我他才活得下去。我坚信对他来说，我的重要性无人能取代。然而真相是，即使我杀了他，他都不需要我，我对他没有任何用处，甚至不能拿来寻死。

我唯一还坚持的是塞巴斯蒂安需要我，但我毫无意义。

人们总说，人命都是等价的，人人平等。他们只是出于礼貌、教养甚至只是出于有高等教育文凭才这么说。然而，这并不会让这句话成为真理。实际上，大家都心知肚明：没有人人平等这种事情。一架飞机在印尼外海坠毁，死了四百人，假如机上有一个瑞典人，新闻报道就会加倍，这就是原因了。一个本来微不足道、汗流浃背、到印尼买春的瑞典游客，价值是四百个印尼人总和的两倍；一个年轻健美、事业有成的女性死于雪崩引起的意外，新闻会以跑马灯（附上照片）的方式轮番报道；一个大小便失禁、离婚、膝下无子的老年人从列车站出来，在返家路上被抢匪杀害，你只会在报纸上关于新电影首映、隆胸手术广告旁看到一小则告示。这，就是原因了。所有关于“动物岛大屠杀惨案”的文章，至少都会摆上一张阿曼达的照片，丹尼斯的照片却绝少出现。这，就是原因了。

只有白痴才会假装你是谁、你所做的事是无关紧要的。他们针对“生命价值”夸夸而谈，假装这不是我们瞎掰出来的假议题。

生命价值是至高无上的……它是永恒的，颠扑不破的，无法被取代的。我们大家都是生而平等的……

不过，塞巴斯蒂安才不吃这一套。他心知肚明，他成长的别墅旁边就有私人专属的白色沙滩，专机和私人游艇会将他专程载到别墅里。他觉得自己就是天神，至高无上，无人能出其右。不然，他还要怎么想呢？塞巴斯蒂安每天的生活都证明了真理，他比其他任何人都要有价值。金钱比瞎掰出来的关于至高无上生命价值的伪哲学更浅显易懂。

塞巴斯蒂安的问题在于，他也知道他的价值依附在他老爸之上。没有他老子，他就一文不值。所有放任他迟到的老师，所有不禁止自己家小孩和他来往的家长，所有他可以直接插队的场合，他所有的朋友，所有为他照相的人，谈论他、分享关于他八卦的人，都只是因为他的老子才这样做。*克莱斯·法格曼的儿子*。当他老爸告诉他，不想再跟他扯上关系，他一文不值，当他老爸对他吐口水、狂踹他的时候，塞巴斯蒂安知道克莱斯是对的。没了克莱斯，他的人生也就走到了尽头。

他倒是很在行一件事：杀戮。他可是打猎的好手。他用武器就可以凭一己之力创出成绩，还会获得夸奖。

把克莱斯电话号码告诉萨米尔的人，就是我。拜托萨米尔别打电话报警的人，就是我，就是我。也许我想对塞巴斯蒂安进行报复。我知道，克莱斯对塞巴斯蒂安的处分比任何人都来得凶狠。也许，这就是我为什么想让克莱斯瞧瞧，他和那些应召女玩的烂花样。也或许我嗑了药，当时非常嗨，害怕自己被警方缠上。就在这最后一夜，晨曦初探，我一只手提着高跟鞋，另一只手握着浸着手汗的手机（很快地，这部手机就要被绝望的短信塞爆），离开塞巴斯蒂安家动身回家时，我和塞巴斯蒂安都知道：我再次背弃了他。显然地，他没对我提这件事，然而光凭这件事，就足以使他杀了我。

在那些夜晚，我就像某个日子里失去了风的空气，一切陷入沉寂，无法飞离。我记得太多事情了。真相，假如各位还有兴趣知道的话，真相就是：我有罪。

开庭第三周：最终日

42

总检察官丽娜·派森按下麦克风开关，清了清喉咙，开始陈述申请事项，也就是将她所有想说的内容做出总结。这时，她的声音听起来几乎有那么一丝悲凄感，她仿佛不愿待在那里。

“早晨送走自己的小孩去学校，但傍晚却等不到他们回家……这是每一位为人父母者最惨痛的噩梦。”

然而，悲凄感很快就消失了。讲了没几句，她的声音就回到坚决、愤怒的基调。那声音说：你们想这么轻易逃掉？没这么简单。

“年轻人满怀仇恨进行这样的杀戮，是很难理解、几近于不可理喻的。然而我们必须正视所发生的一切，这不能阻挠法律的适用性。今天法院的职责在于对被告的罪责做出判决。法院必须勇于做出正确的行动，判决被告犯下教唆杀人、协助谋杀及谋杀罪。被告的刑事责任已经排除一切合理的怀疑。”

她的声音听起来越来越强硬，她一再陈述自己的论点。才过一分钟左右，她的口气就已充满了胜利的优越感。

有两件事情是非常清楚的：其一，针对桑德向萨米尔提出的问题，她丝毫不为所动。其二，她坚信我应该被判处法律上最重的刑罚。

“至于解读……”她轻哼一声，然后说，“要提出合乎真相的解读不是那么容易的。然后……”她迟疑着，不知道该怎么称呼他们，“辩护律师聘任专家所做的解读，只是众多可能解读的其中之一。这不意味着他们得到的结果是正确的。”

辩护律师聘任的专家。大家都知道她希望我们了解的事情：*我付钱聘用他们——被告想用银弹攻势，换取人身自由。*

该死的小富婆。

“警方的调查人员可是很专业的。他们深知自己的职务，这也不是他们第一次进行调查工作了。不是第二次，也不是第三次。没人指示他们该查看哪些细节，需要什么结果。他们进行了公正的、没有预设立场的调查，他们和被告没有聘任关系，请记住。”她说，“请记住萨米尔一开始所说的，在初步调查全程中所说的，以及随着时间流逝，他仍然确切陈述的事项。萨米尔身临其境，在那梦魇般的几分钟里，他清楚地目睹了教室里所发生的事，他能够描述被告做了什么事。他是否得转头才能看到一切？也许是如此。那很重要吗？他看到了他所看到的。萨米尔对于被告所扮演的角色，说法可是毫不含糊的。考量到第一次问话内容得到技术鉴定的佐证，我们绝不能低估第一次问话内容的重要性。在警方方面，技术鉴定调查可是由瑞典中央法医鉴定中心执行的。”

她强调了“中央”这个词，仿佛这个词就足以使人理解，谁是对的，谁又是错的。*中央政府的专家，他们可不是桑德的业余打手，不是被告聘的雇佣兵团。*

总之，检察官坚持自己从头到尾不曾动摇的说法。然而有件事不太一样了，我花了片刻才察觉这一点，但第一次想到这一点时，这个念头竟无法摆脱。当她说起自己编的故事，讲到我和塞巴斯蒂安与外界隔离，策划大屠杀意图报复时，她不再对着首席法官发言。她看着不具法学背景，但仍能参与判决的陪审们发言。

“这对被告而言是非常艰辛的，对此，我相当确信。现在，玛丽亚·诺贝里一定非常懊悔。当她在教室里见到死亡的真正面貌时，可能就已经感到懊悔。她想必感到恐惧。塞巴斯蒂安·法格曼死时，她就不再想寻死了。但是，这对求刑的问题没有任何影响。”

要是丽娜·派森饰演美国影视剧里愤怒的检察官角色，现在她早就屈身靠向陪审团成员的座席了。她会逐一瞪着每一名陪审团成员的双眼，瞧瞧他们会不会想开始大哭。现在，她倾全力操作感情牌，她知道，只要能说动陪审们，我就永无翻身的机会。法院做出判决时，每一名陪审和法庭的首席法官是同等重要的。他们每人一票，不多也不少。首席法官和他所倚靠的法条，可能很容易就被推翻。

我瞧着陪审们，试图从他们脸上解读出他们在想什么，意见如何。然而我什么都没看见，什么都不了解，什么都解读不了，我只看见一张张面孔。

丽娜·派森说完以后，首席法官向她表示谢意。没有人提出任何问题。然后，就轮到桑德了。*请！*桑德并没有马上开始发言，他让菲迪南开启投影机。她点出一份报道的标题：

动物岛综合高中屠杀惨案——少女遭到拘留。

然后，她换到下一张图。一个新标题赫然出现：

克莱斯·法格曼遇害。儿子的女友要求：“他非死不可！”

下一个新标题：

初步证实：她杀了自己最好的朋友。

下一个新标题，然后再一个。

第六个标题闪到屏幕上时，桑德轻咳一声。他高声朗诵标题的前半段：

每个人都得死，没有例外。

不过，我们倒是可以自己读底下的小标题：

现在，她住在这里——七页关于动物岛杀人少女看守所生活第一手报道。

然后，他继续说下去："我曾经想过，我应该为各位说明，究竟有多少关于玛雅的文章，在本案开始审判以前就已经写成了。然而我办不到。文章多到数不清。谋杀案发生后最初十四天，我的当事人持续出现在瑞典全国前三大报纸所有的标题上。是所有的标题。罪行发生后三天里，《实时快讯》《新闻桥》和瑞典国家电视台四号频道的新闻，都把她本人或是她被指称参与的罪行，当成号外和头条新闻处理。在接下来的八天，它仍是头条新闻之一。动物岛综合高中事件发生后不到二十四小时，警方发布了克莱斯·法格曼的死讯，同样在国际媒体上引发了爆炸性的关注。在此之前，他们对本案的兴趣也丝毫不减。我的同事告诉我，本案开审前一夜，他们使用'玛丽亚·诺贝里'作为关键字在谷歌网站上搜寻，找到超过七十五万个条目——而在当时，许多瑞典媒体甚至还没公布她的姓名。'动物岛大屠杀'一词能产生超过三十万个条目，塞巴斯蒂安·法格曼和玛丽亚·诺贝里的姓名组合，能找到的条目总数大致与其相同。"

他叹了一口气，长长的一口气。对于不得不讲到这些，他感到很遗憾。他望着首席法官。和"丑八怪丽娜"不同的是，他望着首席法官。*身为法学人士，我们不能让自己被八卦晚报、网际网络、职业时事评论员、辩论节目、国外新闻和其他族繁不及备载的琐事影响。*桑德全身上下散发出"就靠你了"的气息，但也说明假如有必要，首席法官有义务为陪审们说明这一点。

“教唆杀人。我的当事人被起诉、遭指控教唆了克莱斯·法格曼的凶杀案。这一部分的起诉，也包括我的当事人和已死的塞巴斯蒂安·法格曼共同预谋，一起于当天在动物岛综合高中执行谋杀的说法。”

我的当事人。审讯期间，除了少数几次例外，桑德都没使用“当事人”一词称呼我。但是现在，他的声音干涸犹如沙漠。那是法学人士典型的讲话声音。

“检察官必须能证明我的当事人有动机教唆针对克莱斯·法格曼的凶杀案，我的当事人所说的话或所做的事，与该起凶杀案之间必须存在直接关联，教唆的指控才能成立。我的当事人在事发前一天晚上与事发当天早晨发了数条短信给塞巴斯蒂安·法格曼，检察官引用了这些短信，将我的当事人在短信中所表达的内容解读为鼓励杀人，试图证实此一指控。”

我不懂桑德为什么还要针对这一段继续唠叨。他明知我很厌恶听见自己写的内容，却还是固执己见。现在，菲迪南又站回投影机旁边。她在大屏幕上点出一张图。那张图显示的是全瑞典最多人关注的 Instagram 账户，一个似乎来自博伦厄市[1]的十六岁女孩，照片是一个撒着糖霜的冰激凌。贴文内容是“叫我舍弃美食，我宁可去自杀”。我听见背后传来一两声简短的轻笑。首席法官没笑，不过，两名陪审面露微笑。

她继续点下去。照片显示一块被端到汤锅边缘的鸡肉，仿佛在探头探脑，旁边是另一张在鸡肉加工厂里拍摄的照片。贴文是：“肉食者，全都是凶手！”

[1] 博伦厄市（Borlänge），瑞典中部达拉纳省的一个自治州，人口约四万一千人。

桑德无奈地垂下双臂，菲迪南则继续翻着图片。

“我们的遣词用字都不适当，就连成年人对此也都含糊带过。我总是告诉我太太：我宁愿死也不想再看一集《瑞典歌谣祭》的预选赛。然而我还是将它们全看完，而没有在广告休息时间自杀。有时候只因为我的孙子告诉我，我得用电话投票，选出歌谣祭最惹人厌的歌曲，我就这样做了。我常常指控他们，你们想看到我死掉吗？然而，我并不觉得这是他们真正的意图，至少不是主要意图。”

他们找到一堆范例，像是某些青少年在网上宣称，想要“杀死”听他们不喜欢的音乐的其他青少年，或是鼓动、宣称应该对某个对伴侣不忠的名演员施以“公开鞭刑”的言论。菲迪南也摆上关于某位参加瑞典国家电视台《偶像》节目选拔者博客的评论，以及三四张似乎摘自应用软件 Snapchat、关于足球赛广告牌标语的图片。

然后，桑德不胜恼怒地挥了挥手。这手势在说：“关掉，这堆垃圾我看不下去了。尽是些蠢事情。”他的声音再次变得无比严肃。

“这可不是开玩笑的。现在我们必须做出评断的情况，完全不是闹着玩的。玛雅没有任何理由开玩笑，她在最后几小时内发给塞巴斯蒂安的短信，一点儿都不好笑。我只是试图点出很明显的事实，我们使用和死亡有关的词汇，而本意并非如此。青少年的措辞不仅常常相当随便，而且非常不恰当。这样算是犯罪吗？这是否意味着，这就符合法律上关于教唆的要件？答案是否定的。”

大屏幕趋于黑暗，菲迪南坐回自己的位置。

“但是，我们可以假想一下。”桑德说，“让我们假设，玛雅说的每句话、每个字都是认真的。她身陷绝境，认为克莱斯·法格曼的死亡是塞巴斯蒂安获得救赎的唯一机会。让我们假设，她是真心希望塞巴斯蒂安能亲手弑父。这样，她是否就符合了教唆的要件？答案是否定的。换言之，检察官仍然必须证明，不管玛雅对这件事作何想法，她的行为都具有能够左右塞巴斯蒂安决定是否弑父的关键性。检察官是否已经证明其中的因果关系？答案是否定的。”

桑德指出，能针对最后一夜疯狂派对作证的，不止萨米尔一个人。他们传唤过拉伯，传唤过那些应召女，传唤过保安们，当时曾在场而隔天没死掉的人，他们全都传唤过了。当然，每个人都有自己的看法，这些陈述难免有所出入，但每个人都提到，克莱斯·法格曼怒气攻心。他对塞巴斯蒂安不断地拳打脚踢，直到他们将他拉开为止。他们能够描述当时的情景，塞巴斯蒂安血流不止，他面带震惊，或许有怒意，但没人能说得准他到底有什么感觉。我之前已描述了自己的看法，不过你们却很难相信我。

“浮现而出的，反而是一段伤痕累累的关系，受伤的小男孩，还有他的爸爸。当天凌晨，克莱斯·法格曼死时的情景，我们不知道详情。但我们知道，当塞巴斯蒂安射杀克莱斯时，父子俩是独处的。我们也知道在此之前，他们打过一架，场面非常暴戾。我们还知道，塞巴斯蒂安·法格曼受药效强烈的毒品影响，他有长期药物滥用以及精神方面的问题。玛雅无心发的短信，对塞巴斯蒂安的行动是否有关键性的影响？或者，根据克莱斯·法格曼与塞巴斯蒂安·法格曼之间的关系，以及塞巴斯蒂安·法格曼的精神状态，是否更有可能找到原因？我很确信，法庭得到的结论和我是一致的。”

随后，他谈了一会儿这点对其他指控可能造成的影响，本庭“必须”能够得出，我没唆使塞巴斯蒂安亲手弑父的结论。然后，那干涸的声音又回来了。他逐条探讨检察官对我提出的各项“具体”证据。

“能够显示我的当事人和已死的塞巴斯蒂安·法格曼一同策划、执行动物岛综合高中罪行的事证、证词或其他证据，是否存在？答案是否定的。是否存在事证、证词或其他证据，能显示我的当事人察觉到塞巴斯蒂安的计划？答案是否定的。”

桑德重复他在审判全程中早已说过的话。重申在手提袋内侧、拉链、武器柜上，都没有我的指纹。桑德（又）提到，塞巴斯蒂安老早在我还没跟他熟识以前，就已经弄来（没法引爆的）爆炸物了。

“在玛雅和塞巴斯蒂安密集的通话记录中，是否有迹象显示，玛雅在塞巴斯蒂安下手犯案前，就知道塞巴斯蒂安有杀父的企图？没有。玛雅回到塞巴斯蒂安家时，离克莱斯·法格曼死亡已有近两小时。调查报告书中是否有记录证明，塞巴斯蒂安在玛雅到来前就已通知她此事？没有。玛雅待在别墅内时，是否有证据显示，她获悉克莱斯·法格曼已死，获悉塞巴斯蒂安已经杀了自己的爸爸？都没有。检察官准备的资料中，完全没有这种证据。我反而得用我的时间来提醒各位检察官所无法证明的事情。检察官无法证明，玛雅事先知道藏有这些枪械的武器保险柜的密码。那个保险柜上以及内侧也都找不到她的指纹。然而，技术鉴定人员倒是能够从保险柜的外部与内侧，确认塞巴斯蒂安·法格曼与克莱斯·法格曼的指纹。总而言之，技术鉴定并未能证明，玛雅曾亲手协助从武器柜中取来武器。两只手提袋上以及拉链上都未能找到玛雅的指纹，只有在其中一只手提袋的提把和底侧才采到玛雅的指纹。也没有迹象证明，玛雅和在她置物柜里找到的爆裂物有所关联。玛雅的指纹出现在她稍后使用的那把枪械上，但塞巴斯蒂安所使用的武器扳机上，则没有她的指纹。”

桑德暂停一下，翻阅着文件，喝了一小口水。他不疾不徐，然后才继续发言。

“是否存在事证、证词或其他证据，能显示我的当事人协助塞巴斯蒂安·法格曼犯案？她是否有谋杀或协助谋杀的意图？是的！证据其实是存在的。”他面露惊讶，但那是刻意夸大、带有反讽意味的惊讶。“检察官提出一段证词。这段证词是在模棱两可的情况下，由一名受重伤的男孩提供的。为求保险，这名男孩在第一次接受问话以前，就已被告知，我的当事人因为做了男孩即将被问到的事情，已经被收押禁见。在那次问话中，男孩宣称他所观察到的玛雅的举动，和玛雅自己的说辞有所矛盾。他并进一步表示，他听见我的当事人和已死的塞巴斯蒂安·法格曼的讨论，以及他随后看见我的当事人蓄意射杀了其中一名罹难者。”

他谈到他针对萨米尔的证词所进行的调查细节。我们已经听过那些细节。

“这项调查所得到的结果，显然对我的当事人有利。对此，检察官如何表示？喏，检察官表示：做成这项调查的条件不够客观、不够公正，调查人员欠缺专业素养。”桑德从文件前抬起头来，缓缓地摇了摇头。然后，他从文件堆中抽出一份报告，开始巨细无遗地读着。

这是一份关于参与调查人员的学历、所使用的检测方式的说明，里面尽是一堆技术性专业词汇，真是无聊死了。

然后，他又依据同样的风格讲了一会儿。他的声音越来越单调低沉，我越来越难以呼吸。我摊开手中皱巴巴的纸巾，又将它揉成一团。我想起身，冲到那些陪审面前。*听着*，我真想尖叫，*你们听见他说的话没有？*我感到自己在措手不及下被直接揺了一拳，因为我意识到，我想相信桑德。当他表示我不应该被定罪，我有权利开启自己前途的时候，我想要相信，他是对的。

我希望他是对的。

你们各位甚至可能不记得这场审判是怎么结束的，我是否被定罪，以及被判处了什么样的刑罚。几年后你们会在某场派对上谈到我，表示“事情就是那样”或者“她从来没被指控这一点”，以及“奇怪，你确定吗？我记得她”……除了审判中成册的文件被归档在冰冷的地下室以外，我的真相很快就要不复存在了。

你们将必须用网站搜寻，才能确知事情是怎样的，过程又是怎样的。或者你们会说这项判决写得真是洋洋洒洒，或是警方玩忽职守，或者“她还是坐牢比较好”——只是想表现出你们很了解情况。

不管各位要采信哪种版本，我将以凶手的形象被你们记住。但是，我才不理会你们，以及你们那些该死的偏见。我仍然想离开这里。我希望，法院相信桑德。

*

我允许自己这样想时，疲倦感彻底制伏我甚至让我陷入瘫痪，以至于我觉得，自己可能会从椅子上跌落。但是，我牢牢坐定在椅子上。我必须熬过去，我不想待在这里，我想离开这里。

我的外祖母有过一把摇椅。她坐在摇椅上前后摆动，边看书边做点缝纫工作。这把椅子还保存在外祖父家里，我想再坐在上面前后摇晃。我希望外祖父能在我耳边低语“你的前途一片光明”，我会点点头让他开心。一切都会成真的。我想让别人感到开心。*一切都是可能的。*

我不希望自己需要想什么时候一切才会成真，所有的大门何时才会敞开、通风良好，它们何时又会砰然关上、门庭深锁。我已经年满十八岁，我想变成迪士尼乐园里的公主，高亢、凄厉地尖声叫喊：“我想随心所欲，我想快乐”。请别误认我会像白雪公主的继母那样坏心、邪恶，狠下心来谋杀别人。我想继续深造，在办公室上班，直通二十八层楼、地板稳固牢靠，我脚下的建筑物不会崩塌，我也不会坠落。我想去一个免于让群众俯在我身上，埋葬我躯体的地方。

请听桑德说的。首席法官、陪审们、各位记者们，请同意他所说的。让我自由吧。桑德的老花眼镜下推到鼻梁处，他逼视着首席法官。*就是现在。他现在所说的话会让大家都理解，那些话将迫使他们放我走。*不过，他没这么说。

“检察官并未能针对罪责充分举证。”他只这么说。

在这之后他就没多说什么了。

反而是法官发言。

然后，就结束了，一切都结束了。

开庭第三周：最终日

43

我们进入一间新的等候室，我坐在一张圆凹的塑胶椅上。即使我没在这里坐得特别久，屁股的一侧还是麻了。我端在手上的咖啡混浊如泥浆。显然我同意了他们在我的咖啡里掺糖和奶精，可是我却记不得自己是几时被问起的。

我觉得，我们会被载回看守所。我们大家都这么觉得，这也是本来的规划，我的接驳车已经等在门口。然而法官有别的规划。他准备收尾时表示："……本案审讯在此结束，本庭将独立进行短暂审议，随后将会发布判决或裁决。"他转向桑德，对总检察官点点头表示，"各位可以在这里等候，我们完成后，会宣布本案的结果。"

法庭里嗡嗡作响，像是在说，*这是哪招？*所有人彼此张望，等待进一步说明。我只转向桑德："这是什么意思？"老妈转向老爸："这是什么意思？"不过，没有人回答，没有人知情，毕竟大家都知道：这还属于简单、好判的案子，只管赶快把恶心的罪犯送进死牢里，赶快把罪犯定罪就是了。

这发生得太快了，我不要。

我们起身，我们所有人都起身走出去。

结束了。一切都结束了。

我觉得自己快要吐了，直接吐出来或是陷入窒息，但我只是坐了下来，而且显然接受了一杯咖啡。

桑德没坐下来。煎饼圆脸男在外面，避免回答媒体的问题。菲迪南疯狂地在手机键盘上打字，我不知道她在打些什么，也不知道她要发短信给谁。

桑德对别人的招呼理都不理。他看起来很紧张，以前，我从没见过他如此紧张。他试图握住一杯咖啡，但塑料杯滑了一下，咖啡洒在了桌面上。桑德高声大骂，*搞什么鬼！*

我想，这还是我第一次听见他咒骂。

我们等了一小时，一点儿动静都没有。五分钟后，桑德坐了下来，低头看着手机。菲迪南瞧着我，将口含烟盒递过来。我摇摇头，她递给我一整条尼古丁嚼片。我拆了四颗下来，放进嘴里开始嚼。

我们又等了二十分钟。

我问："我们到底还要再等多久？"没人答话，我又问了一次，"还要多久？"我的声音听起来就像个啰唆、不耐烦的小鬼：*到了没啊？*

"这个问题无法回答。"最后桑德说，却头也没抬地一直看手机。他怎么看得下去？他在看什么？

等待时间已经长达两个小时又十一分钟。

然后，扩音器传出了刮擦声。叫出了我们的案件编码。

桑德站在我正后方，用手推着我的后腰，像要把我带到桌前。或是要把我带往刑场？头部还被一个布袋罩住。我们要上哪儿去？我们到了没啊？

*

我们走到座位前。法官们已经就位，丽娜·派森已经拉出椅子，双腿紧并，双脚拘谨地紧贴着。她的双手紧握，放在膝上。首席法官开始讲话时，我的耳朵里一片嗡嗡作响。我听不到，我不知道这意味着什么，我看着桑德。首席法官则继续说下去。

“书面判决将于稍后公布，它将更详尽地说明判决的依据。”

这是什么意思？他说什么？

我听见老爸屏住呼吸，听起来他感到疼痛，像是被人在肚子上揺了一拳。有那么一秒钟的工夫，我以为他很生气，我以为他会像平常情绪失控那样尖叫。但是，我随后听见他的哭泣声。他哭了又哭，老妈安抚着他，她的声音也很沙哑，这时，我察觉到自己的泪水。新闻记者们的喃喃声，音量越来越大。很快他们直接用正常音量讲话，打断彼此，法庭里已经不再寂静。法官面前有一份文件，不过他不需要看着文件，就知道自己该说什么。

“地方法院认定，起诉内容之所有罪状均应予以驳回。检察官未能证明，被告有任何形式之动机犯下谋杀、谋杀未遂或协助谋杀罪行，或符合教唆杀人之要件。因此，应立即将被告无罪释放。”

44

在桑德车的后座，老爸和老妈坐在我的两旁。老爸用手臂环抱着我，挺直着背脊，用嘴巴短促呼吸。自从法官允许我回家以后，他就一直挽着我，没有松手过。当老爸拥抱桑德时，他甚至还挽着我，两根手指搭在我的衬衫袖口上，他和煎饼圆脸男握手时，挤压着我的肩膀，当他把菲迪南拉向自己时，手还搭在我的脖子上。要是菲迪南及时搞清楚老爸要抱她，我们本来可以来个团体大拥抱的。

老妈全身暖热，她微微颤抖地拉住我的双手，摩挲我的手指、指甲、关节，仿佛需要数过一轮，确保它们都在，确定我真的在这里，确认这一切不是她的胡思乱想。她三不五时就趋身靠向我，一只手伸进我的安全带下方，把我衣服上的褶皱抚平。她拍拍我的脸颊，对着我的头发呼吸。我们并未多谈。我们没说我们觉得“很开心”。我们没说“我爱你”。我们没说“感谢上帝”。老爸呢喃了无数次的*谢谢*、*谢谢*、*谢谢*、*谢谢*。他对遇到的任何人都说谢谢。老妈拥抱我时，则向我耳语*对不起*，每次低语的内容都一样，*对不起*、*对不起*、*对不起*。只有我听得见她的话，她的声音低得就像呼吸声，我则回给她一个拥抱，*对不起*。

我什么都没说，说不出口，讲不出口。

我的妈妈。

*

桑德提过，我们可以在他乡间的小屋住个一两天，以回避媒体。那座小屋位于河边，最后一小段是水路，我们必须搭船。那是一艘体积稍大的渡船，不过我们是船上仅有的乘客，那想必是提供直接包租服务的载客船。*他怎么有时间安排这个？*这里没有新闻记者，没人会问我感觉怎么样，问我高不高兴，问我会不会上诉。他们问检察官：“您是否会提出上诉？”丽娜·派森听起来一肚子火：“我必须先读过判决依据，才能回答这个问题。”桑德听起来就确定多了：“我们对结果感到满意。对于释放我的当事人，法院并未有太多疑虑。如果检察官认为这个判决还有上诉空间，我会感到很惊讶。”

是否因为要回答记者提问，桑德听起来才这么有信心？我不这么觉得。他不会无缘无故就这么有信心。他把场子留给煎饼圆脸男，露出一副“我该解开领带放松一下了”以及“我们真是该死地厉害”的微笑。

我登上甲板，腹部抵住栏杆。风迎面吹来，面对冰冷的空气，我闭上眼睛，双眼泛出泪水。风，我之前还没意识到，我多么想念风的吹拂、氧气的味道，冰冷感仿佛从海上直接释放出来，它是不会凝聚在混凝土里、铁丝网和刺绳上的。我在那里站了一会儿，双颊感到一阵扎刺，随后，我察觉桑德站在我旁边。他穿着一件我从未看过的厚重外套，戴着软质皮手套以及一顶绒帽，绒帽的耳罩在风中颤动着。

他让我想起外祖父。

“外祖父在等你。”老妈在车上时说过，“他很开心，也很想你。”

桑德递给我一条陈旧的优质棉手帕，我小心翼翼地擦拭鼻子和眼睛。手帕微微散发烟草味，我在手中把它折叠起来。

大律师彼得·桑德，你抽烟吗？

我对你所知太少了。我可以称呼你彼得吗？

“现在，事情结束了吗？”我反而这样问。他没搭腔，望着我，脸上掠过一抹微笑。然而微笑没维持太久，他沉住气，拍拍我的肩膀。

“是的。”他说。他拍了我的肩膀三下，拍完以后，手掌放在我肩膀上。他也许是全瑞典最好的律师，但是我仍然看得出来，他在说谎，“现在，事情结束了。”

我握住他的手，向前跨了半步拥抱他。在冰冷的寒风中，这是相当漫长的拥抱，力道比我所敢表现的还要强烈。至少对他而言，事情已经结束了。他拯救了我的性命，请款单也寄给了法院。我将手帕塞进口袋里。

我们在一处私人码头靠岸，下船时引擎还在运转。这里位于乡间、郊外，比市中心寒冷。现在天空在飘雪，海面像钢板一样灰暗，黄昏的暮色笼罩着小岛，沿着山壁悄悄向上蔓延。我的私人物品还留在看守所，手里没有提袋。我沿着阶梯向上朝小屋走去，在台阶上看见了她。

她坐在门廊上，比我记忆所及还要高。头发似乎没梳理，一绺儿细长卷曲的刘海紊乱地垂落在前额。我小跑完最后一小段路。我蹲坐在她身边，察觉到她上颚的两颗乳牙已经脱落。但是，她并没有正视我。她的目光游移，宛如闪动的日光无法捉摸。

“你现在回家啦？”她问道。

我点点头，无法信任自己的声音。她爬进我怀里，用纤细的双臂抱住我，双腿环住我的腰，紧紧攀着我，对着我的领口大哭起来。那长期以来，犹如利爪盘踞在我内心的僵硬情感，此时终于融化决堤，漫出我体内。

“是的，我回来了。”

致 谢

律师论理，作家则发挥想象。我担任律师的时间，是作家生涯的两倍以上。律师务求正确无误，而作家却能为所欲为。

本人愿向阅读手稿并回答问题的彼得·亚尔林和理查·莱尔致上谢意。如果有时我没听从你们的建议，请怪到作家身上吧。假如是过往担任律师的莫琳·派森·吉莉特，可能会比较从善如流。

感谢我的挚友和最重要的读者，玛丽·艾伯斯坦和艾萨·拉森。

作家不仅深陷狂想天地，他们也是有梦想的。感谢Wahlström & Widstrand出版社的奥莎·席林与卡特琳娜·恩尔马克·伦奎斯特，Ahlander版权代理的爱丝翠·冯·雅宾·阿兰德、克莉丝汀·艾德赫尔与凯莎·帕尔罗，以及Simon & Schuster的苏珊娜·巴伯诺和出版团队其他人。因为你们，我才敢筑梦远大。

感谢爸爸、妈妈、赫妲、爱莎、娜拉、碧翠丝，还有克里斯托弗。法语的“谢谢”（Merci）和拉丁文的“恩典”一词语出同源。我想你们会说，这的确是一种恩典。